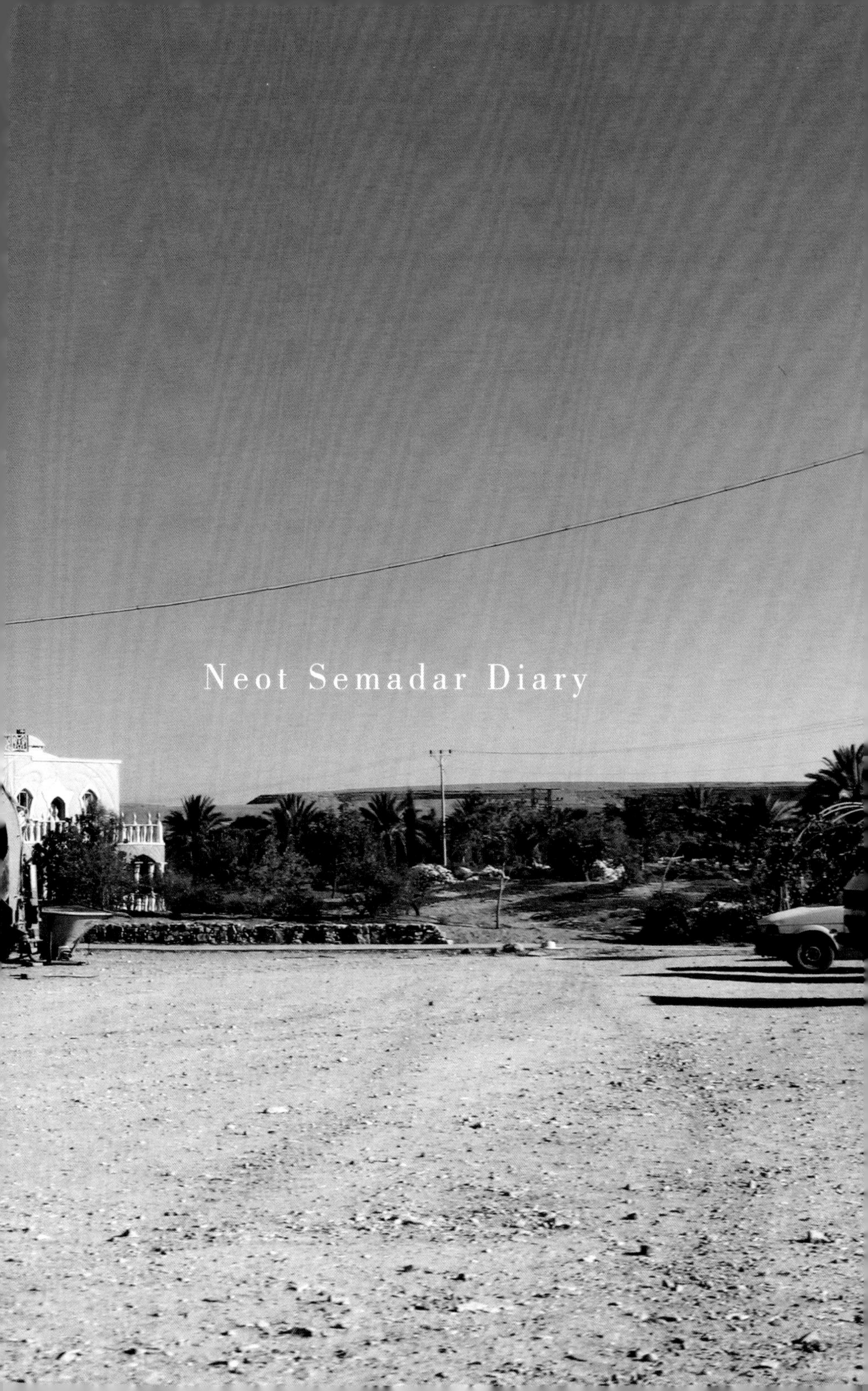

Neot Semadar Diary

自由与爱之地

入以色列记

Neot Semadar Diary

云也退 著

ZHEJIANG UNIVERSITY PRESS
浙江大学出版社

图书在版编目（CIP）数据

自由与爱之地：入以色列记 / 云也退著. -- 杭州：浙江大学出版社，2017.9（2023.11 重印）
ISBN 978-7-308-17047-5
Ⅰ. ①自… Ⅱ. ①云… Ⅲ. ①随笔－作品集－中国－当代 Ⅳ. ① I267.1
中国版本图书馆 CIP 数据核字 (2017) 第 148642 号

自由与爱之地
——入以色列记
云也退　著

出 品 人　杨晓燕
责任编辑　罗人智
特邀编辑　郑　伟
责任校对　徐　婵
装帧设计　陆智昌
内文制作　张　佳
出　　版　浙江大学出版社
（杭州市天目山路148号　邮政编码：310007）
（网址：http://www.zjupress.com）
印　　刷　北京盛通印刷股份有限公司
（北京市经济技术开发区经海三路18号　邮政编码：100023）
开　　本　880mm×1230mm　1/32
印　　张　12.5
字　　数　263千字　　图片　64幅
版　　次　2017年9月第1版　2023年11月第4次印刷
书　　号　ISBN 978-7-308-17047-5
定　　价　59.00元

目 录

引子 001

Day 01 路口 007

Day 02 月亮 023

Day 03 寂静 035

Day 04 果实 057

Day 05 乡愁 077

Day 06 苍蝇 091

Day 07 骄傲 099

Day 08 流浪 113

Day 09 定居 123

Day 10 圣城 137

Day 11 民主 145
Day 12 领袖 157
Day 13 酒厂 173
Day 14 敏感 181
Day 15 羊群 201
Day 16 发明 211
Day 17 大卫 221
Day 18 “皮瓜” 227
Day 19 怀旧 237
Day 20 教徒 247

Day 21 乐观 269

Day 22 幻灭 285

Day 23 逻辑 297

Day 24 目光 305

Day 25 背叛 317

Day 26 满足 331

Day 27 仪式 339

Day 28 离别 347

Day 29 智者 357

Day 30 银河 375

Day 31 尾声 387

引 子

游记都是从路上开始写的。我也一样。

对路上的点滴，我记得特别清楚，有时比目的地的风景还清楚。我甚至还记得在路上时我在想些什么。就在眼下这一次旅行的途中，我一直惦记着三年前，在同一个国家、同一条铁路线旁边的售货机里掏出来的糖球。这些机器就安置在铁路车站上，大大的圆玻璃罩，球的颜色十分鲜艳，即使色盲也能看出它们是甜的。

鲜艳的东西在自然界里往往有剧毒，我对它们一向视而不见，但那天，等了三十分钟火车后，耗尽的耐心早就转化为好奇心了。我决定跟大玻璃罩子做次交易。

车站上什么都没有，除我之外只有两个乘客，其中一个是位正统派犹太教徒，他端着一本小书，面朝墙壁默读，身体一屈一屈，黑袍下面露出几根晃荡的黑布带。记得第一次见到这样的人时，我的反应是低下头躲开，我有点害怕在他们神秘的目光下现出原形。

后来就不怕了，因为我发现，游客在这场无声的较量之中占着优势：总是这些一身黑的人佯装若无其事匆匆而过，仿佛他们是客人，我们才是主人。这跟我在阿拉伯城市的见闻截然相反。以色列有几座阿拉伯人占主体的城市：在拿撒勒，在阿卡，我遇到的阿拉伯面孔的孩子没有不会尖叫的，那些大黑眸子忽闪忽闪的阿拉伯姑娘一看见相机就猛扑上来，在离你一尺远的地方站住等你拍照。起初我受宠若惊，后来习惯了，反而怀念起那些谦卑大度的犹太教徒了。

我走向那台糖球机，从兜里找出一个一谢克尔（以色列货币单位）的硬币，小心塞进了玻璃罩下面的一根币槽里，指望彩色小球转动起来，在玻璃罩里上下飞舞，然后渐慢，最后咔嗒一响，就像电视里彩票摇奖一样，一个球从滑槽里脱颖而出。

但是我错了，什么都没有发生。

滑槽的旁边有一个活门，捅开后，我发现那里并没有糖球；大机器还处在沉睡状态，没有任何迹象表明它会把硬币还给我。

我疑心这是个骗局，因为首先，玻璃罩颜色发灰，肯定许多年没人碰过，里面的糖球表面好像已经氧化，机器也很旧，金属暗淡无光；其次，投币感觉滞涩，而且没有让硬币滑下去的旋钮设置。总之，整件事像是在利用等车人的无聊心理。

我感到有一股陌生的气场在逼近。是那位犹太教徒，黑压压的一片，现在我看清了他的长相：他戴一副银边眼镜，眉毛和胡子都是金黄色，脸红扑扑的，打着锥子旋的鬓角耷拉在两耳边。他的神态非常友好，但绝不热情，看不出任何想跟你合影或者交换名片的意思。

“What happened?”他问，大黑帽的帽檐压得低低的。

“你看，它不好使了。”我尽量让他感到我的语气里生气多于忧伤。

他走过来，推开活门看了看，蜷着四指蹭蹭胡子，然后，全无预兆地，抡圆了往玻璃罩上掴了一巴掌。罩子里的糖球好像战栗了一下，我觉得自己脸上都疼。

他用一根手指拨开活门，扭头看我，露出一种介于冷笑和不以为然之间的表情：我瞧见一个红色糖球稳稳地停在那里，跟我从玻璃罩里看到的一样大小。可能刚才在滚下来之前悄没声地卡了一下。

“哦，谢谢。”但我真正想表达的意思已经被表情出卖了，“对不起我错怪它了。”

“没事。”教徒说。接着又补充了一句：

“我们是不会错的。”

他甩一下手就踅开去了，那几根黑布带继续在袍摆下晃荡着，他后脑勺上的黑发边缘修得特别齐整，步子稳得好像走在真空里。

“我们是不会错的”，在这个国家，我常常耳闻这句话或与它类似的意思。谁也不敢小看任何一个犹太人，哪怕是孩子，犹太人的智力举世闻名，他们善于管理，懂得经营，他们做或不做每一件事都有道理。现在，近五百万犹太人生息在古老的迦南，“应许之地”，从土地上汲取的自信远远超过别人的想象。这位气象威严、看上去很有智慧的中年犹太教徒（或许还是位拉比），果断使用蛮力解决问题，我至今想来，仍有几分惊异。

三年过去，2012 年的夏秋，我重返故地，想来寻找一些东西，说不清是什么，但一定是有益于我，能把我那时时被割成碎末的生活补缀得稍微完整一些的。生活太琐碎了，毕业不少年，我换过七份工作，又好像一天都没工作过，写了些文章，又仿佛什么都没写。我挣着够自己体面活着的钱，可钱似乎随时都会离我而去，而我，甚至还有点期待它们离去似的。我用上班时间买来下班后的闲暇，一旦不爽了就卷铺盖走人，以留下一封让领导印象深刻的辞职信沾沾自喜；而且，因为见多了所谓成功者的单调面孔，了解他们脚下的砖、门前的骨，所以我也不知道“事业有成”四字的意义何在。

我一点都不空虚，可我怀疑我的充实。我被各种不怀好意的感觉所缠绕，其中沉得最深的是耻辱感：悬在二十多层高的写字楼里，在六面中空的隔音板之间，我耻于承认我不属于这片唯物主义的大地，它能把人的几乎一切行为都消化成一串数字，或一个成本与收益的比率。我在这里做的一切事，都会被我自己所讽刺，就像我讽刺他人做的任何事一样。

我都耻于承认我早就是一个玩世不恭的人了。

而在以色列，我很想知道那些人怎么就能坦然地说出“我们是不会错的”，他们心里究竟在想些什么……为此，我也得让自己显得不卑不亢一些，减少初识发达文明时下意识暴露的艳羡，尽管，我的不卑不亢没有任何可自圆其说的来源，它像飓风过后丢了满地的房桩子，再也回不到原先所在的孔洞里去了。

以色列似乎一直在做正确的事情，它总是那么积极，有牢固的物质根基和精神根基，它受到世界上较有理性的、持论较公平的一部分人的支持。不过，第二次前往那里，我的身份已经是记者，而不是三年前那个纯粹的游客了，我已经扔掉了对“一个伟大民族”之类说辞的幻想。世上没有伟大的民族，犹太人也没那么神奇，不是那些明明可以飞却执意要走的人：我没在说中东政治（有人去那里出生入死采访了一大堆政要，只为把“中东问题真的无解”这一声叹息喷吐得更有力一些），我说的是，就连以色列最吸引我的东西——基布兹，国家的骄傲，人类合作生存的典范之作——也已经走到了穷途末路。我过去觉得，基布兹里是可以找到世外桃源的影子的，现在知道，实情并非如此。

据说，到过圣地的人，有很大的几率会产生幻觉，觉得自己是大卫，是所罗门，是亚伯拉罕，是耶稣基督，是上帝。但我同这种白日梦始终无缘。我带回来的不是一大堆明信片、门票和景区说明，也不是关于巴以是非的“真相”，而是一百多段长长短短的谈话。犹太人对我的好奇常常超过了我对他们的好奇，为此，我不得不多次重复那些新闻简讯里常见的外交俗辞：中国人曾向苦难中的犹太人民伸出援手，上海有古老的犹太人区，那里还坐落着一所举世闻名、美轮美奂的监狱。

我已经出发了，不再考虑自己想得到什么和即将得到什么——假使我不止想看到我想看的东西的话。一种对完整生活和积极成长的渴念，仍旧在敲打着我的梦神经，不管在哪里，我都要寻找它们的踪迹。

* * * * * *

我又扫了一眼活门下的那道金属槽，它现在看起来居然不太脏了。我把糖球放进嘴里：那是一颗口香糖，就算被阳光烤熟了，它还是一颗货真价实的口香糖。

Day 01

路 口

从特拉维夫到贝尔谢巴的火车开得不紧不慢。贝尔谢巴是以色列的第七大城市，有二十万人口。跟这个国家的很多城市一样，贝尔谢巴附近也有一个考古遗址，在那里，你可以看到好几千年前，第一批来到这里的人住的敞篷石头房子。索尔·贝娄在他的书里提到过，这城市最有名的一种产品是果子冻，还有带浮雕的银质圆珠笔，适合用作赠礼。

打开手机，我重又看了一遍上个月收到的邮件：

标题：关于内奥·茨马达

内奥·茨马达有二百人左右（包括孩子和志愿者），有个小学校给孩子上课用。

工作日，冬季劳动每天早晨6点开始，17点结束，在炎热的夏季，我们会提早出工，有四到五小时的午休时间，然后工作到19点结束。

房间和设施都有供应。通常是简易的二人公寓，同性别（伴侣当然除外）。

你必须自带工作服和鞋子，一顶遮阳帽，防晒霜，一条被单，一条浴巾以及你所需的所有个人用品。食物以素为主，每周供应两次鱼肉。

我们的生活非常静，没有娱乐设施。人必须穿着朴素，不能扎眼，在进餐时必须保持安静。蜂窝电话必须留在自己房间里用。

这里有许多来自以色列和其他国家的志愿者。你有时可能感到孤独，哪怕多数劳动均为团队协作。

工作经理会给所有人制订一张任务表，根据需要每日更新。你可能去帮厨，可能去挤奶，可能去摘橄榄，可能去工地，也可能在餐厅工作。有时，你一天要做好几种不同的工作。

…………

在这里，你可以探究以下问题——你不妨先问问自己：
人与人的关系究竟蕴藏着多大的潜能？
真正的合作需要哪些条件？

…………

• 抵达时需缴纳一百谢克尔的劳动保险金。

这封邮件的落款是“阿娜特 & 霍尼”。我打开腰包看看，我已经有了足够缴纳三份保险的积蓄，因为之前都寄宿在别人家，路费有了点结余。

在我的侧前方坐着一个穿 T 恤、戴一顶鸭舌帽的年长者，帽子下方露出的白发，面积刚好能让我想象出他摘了帽子后的样子。他在读一张希伯来语报纸，很认真，眼镜低低的，每一根嘴纹都十分满意。我心里掠过一个数字："六十四。"以色列1948年建国，今年六十四岁，也许跟这位老先生还是同班同学呢。

对这个国家来说，相差三四年根本不算什么，相差三四年，它还是被一群阿拉伯国家凶狠地含在嘴里的一块肉，相差三四年，它还是意气风发地把一根手指牢牢地放在发射键上，准备把从任何方向打过来的火箭弹在空中炸成一朵鲜花。

而且，我对老人有好感，我之所以第二次来到以色列，除了独立记者的身份外，还得益于一个八十九岁老人的邀请。他名叫泽埃夫，他希望我能多了解一些他心爱的国家。早些日子，他领我去参观隐哈律基布兹的"施图尔曼之家"，去看他的故妻在八十年前嫁给的那个人，一位伟大的犹太复国主义者，巴勒斯坦早期犹太移民的领袖，同时得到阿拉伯人和英国人信任的犹太裔社会活动家。

"1938年哈伊姆被阿拉伯人的地雷炸死了，我们每年都在他去世的那天哀悼。"老人说，"哈伊姆去世几天后，柔玛生下了摩西，然后柔玛嫁给了我，我们一起抚养摩西，直到他在独立战争中阵亡；然后是他的孙子，也叫哈伊姆，1969年在苏伊士运河战役中阵亡，死时二十一岁。"泽埃夫必须一次性背完这几件家事后才换气。这些关于死亡的事，与他同祖国的感情紧紧联系在一起。

他安排了一个外孙女来机场接我，安排了两个好朋友领我去参观他们各自所在的农庄，还安排了自己的女儿夏霓接我去住几天；但是，他不喜欢我偏爱的以色列作家梅厄·沙莱夫。"别跟我提他，"他厌烦地举起手，"那是个没有原则的人。"

鸭舌帽老人放下报纸，拿出水壶，又摸出一个药瓶，倒出药片，借着火车的晃动把药片吞了下去。我坐到他跟前时，看到他嘴唇上还留有一个泡沫。

“对不起，先生，请问到贝尔谢巴还有多少站？”

“还有很多站，”老人说，他抬眼时的表情十分儒雅、温和，像是在说“你怎么不早问我”，“还得有一个多小时。”

“那你看我赶得上 894 路车吗？像是到下午 3 点多钟就是最后一班了。”

在以色列这种全民自驾的美式国家里游荡，算错了时间会是一场终极噩梦。上次在死海，因为贪吃一根雪糕，我差点错过了下午最后一班回耶路撒冷的车，在飞跑过去翻越隔离栏的时候还报销了一条裤子，但是车上的人显然已经见怪不怪了。

“你到底是要去哪儿呢？”

我把“内奥·茨马达”的名字报给了他。

“你等着。”他来了精神，手脚利索地掏出了手机用流量上网。在以色列，多数长途大巴里都有免费的无线网络，在特拉维夫这种大城市，你得跑到大学的考场里才能彻底逃脱免费无线网络的追捕。不过上了火车，你还得用流量。

他不停地在液晶屏上划拉，屏幕忽而变成 Google 地图那种绿油油的样子，忽而又变成蓝莹莹的、有光斑闪烁的雷达显示屏模样。最后，他用手指按住屏幕上的一个地方给我看，像在炫耀地说：“就是这里。”

蓝色地图上有一个很小的光点，旁边标着一行希伯来文。“在很——南很南边，”老人说，“你看这里是死海，那边是约旦，下边就是红海，那地方在很——南很南边。”他满足地收起了手机：“你去那里做什么？”

我讲了一下来意，说，我要去那边劳动，然后就是一番恭维，什么你们国家很了不起啦，最发达的农业啦，理想的民主体制啦，最好的知识分子啦，犹太人有发达的大脑和最出色的幽默啦，等等。

“唔，真的？”老人露出酒逢知己的笑容，“想不想听我讲个犹太笑话？”

于是他就讲了起来：在比利牛斯山脉上的一个偏僻的小哨所里，有个哨警几十年如一日地当班，看防任何可疑分子。某一天，他发现有个犹太人，用自行车驮着一个沉重的麻袋从这边越到那一边，晚上两手空空地徒步走回来，之后每隔几天他就这么走一次。哨警怀疑此人走私，但是搜查他的麻袋，里面装的都是普通的土。

等哨警退休后，他又来到自己原先的岗位附近，那个犹太人又来了，他对犹太人说：“先生，我知道你在做非法生意，可是一直抓不住把柄。现在我退休了，我发誓绝不会揭穿你，请你满足一下我的好奇心，告诉我你到底在倒卖什么吧？”

“自行车。”

老人得意地使着眼色，看样子他希望我的后半辈子也全靠这个老掉牙的笑话活着。经验告诉我，在别人的地盘上最好不要抢白，而要积极地倾听并参与到与他们的对话之中。于是，我也用夹生的英文回报了一个我认为特别好的犹太笑话：

日俄战争时期，沙皇征召境内的大批犹太人入伍，两个犹太人便商量怎样能逃脱这场灾难。其中一个说：“你把自己嘴里的全部牙齿都敲掉，你一定能因健康原因免了兵役。”另一个人就照着做了。过了几天两人再次相遇：“情况怎样？”“没错，兵役是免掉了，不过是因为扁足。”

跟年长的以色列犹太人热络，较有效的方式是赞美他们的幽默，而不是赞美他们的智慧、经济、科技、民主，或赞美他们与美国人的伟大友谊。我发现了这一点。我和老人很快稔熟起来，他略过了一些常识性的知识普及，比如什么叫安息日、赎罪日、逾越节，比如耶路撒冷是首都，死海是陆地上最低处，上帝是我们的，以色列国防军也是我们的……都不必跟我讲了。他迫不及待地要告诉我一些深度知识：日俄战争是犹太人历史上的一件丢人的事，而他爷爷家的某个亲戚正是在那场战争后跑到美国去的。

"日本得到了一个犹太银行家的巨额战争贷款，要不然他们怎么有本事跟俄国叫板？"他说，"这个美国犹太人借日本来搞垮俄国，他的动机还是反感俄国的反犹主义，结果遭殃的是犹太人自己。这就像是阿拉伯人来打以色列，首先倒霉的都是以色列国内的阿拉伯人一样。政治的事情多么复杂，你不知道自己扔出去的石头会打到谁的头上。"

我想我遇到了一个无与伦比的以色列人，既骄傲又通达的以色列人，他喜欢的笑话都可以证明这一点——而我喜欢的笑话透露的则是相反的一面：犹太人对世事持有的根本的荒谬认知，错乱，无常。我试图与他多说几句，但是老人立刻显露出一种世故的样子来。

"你的朋友们没有告诉你一句话吗？"

"什么话？"

"你不要去跟四十岁到七十五岁之间的人说话！七十五岁以上的人，他们拥有历史，四十岁以下的人拥有未来，在这两者之间的人拥有的只是困惑。"

一笑起来就有呛水的声音。他只比国家小一两岁，现在正好卡在困惑年龄段的中间，但我弄不清他的态度里有几分是认真的。

老人心境经常出现在我读过的以色列小说之中，约书亚·凯纳兹写过，阿摩司·奥兹写过，特别是梅厄·沙莱夫的《蓝山》，这本小说讲了20世纪二三十年代一批巴勒斯坦早期犹太拓荒者的故事，他们具有强大到变态的集群结社能力，到了一个个行将就木的时候，还要组成“老人之家”，摇着死不瞑目的舌头，倔强地对村里的各种事情发表看法——确切地说是发表讽刺。

“我十几岁的时候很想反叛，因为我的父母，他们生怕同别人不一样。我们住在紧北方的一个村子里——啊哈，你看过地图了——有几年，一到晚上，叙利亚士兵就从戈兰高地顶上偷偷地向我们瞄准。那时候，我父亲晚上总要出门遛一圈，看看是不是别家也和我家一样，黑洞洞的没有声响。我学会了恐惧，可是恐惧会延迟人的成熟，让人一碰到陌生的东西就缩回去。我想变得不一样，想做个有勇气的人。”

“所以？”

“还没等我成年就打仗了，我们把戈兰高地打下来了。那时有很多战斗英雄，我们崇拜英雄，国家也鼓励年轻人去做了不起的新一代，虽然过了几年，又一场战争（赎罪日战争）几乎把以色列给灭掉了，但我仍然认为，我需要做的，应该不止是在这个年轻的国家活下去。我去读书，拿了个物理学博士的学位，这让我感觉自己跟父母的确不一样了，他们都是农民，理想不过就是好好活着，一直活到死。可是，当我也到了父母的年纪的时候，我竟然发现自己走过的路跟他们也没什么两样。”

“这是为什么呢？”

“我根本就没有参加过一场实质性的青年运动。我的很多朋友，起初想做一些什么，最后都觉得还不如去做做生意，赚赚钱。这个国家的无产阶级都是外国人，”他露出一缕明白人的冷笑，“我们是管理他们的人，所有犹太人，不管你是做什么的，都是统治者——我不是说这有什么道德上的问题，我是说，这样的关系让我们越来越不可能对现状提出不满。”

“或许国家安全是以色列最大的政治。”

“安全？在六七十年代，以色列人觉得能活着就很好了，现在的以色列人在这方面没什么顾忌了，我们看起来很强大，但是我们也觉得空虚。我不说什么西岸，巴勒斯坦，哦天哪，那些事情有完没完——我只说在这个国家为争取一份很好的年金而奋斗、成功，看起来越来越没有意义了。你可以听到这里的大多数人都在表达，在提意见，但他们每个人也都会说：算了，没什么变化，就这样了。”

“大部分人都不希望有什么变化，国家不是很好？”

“呵呵，你年轻……”老人没直接回答，“我跟我的孙女聊天，她已经不太有什么反叛意识了，他们的格局都是定好了的：服完兵役去读大学，读完了去找份好工作。她的反叛无非就是看哪个电视节目，拿着父母给的钱，比过去的我们多旅行几个国家。有时候她也说，啊，我喜欢自由。好吧，人的欲望太多，钱、名声、家庭、性、爱，但在把这些欲望一一实现之前最好先问问自己的灵魂。自由，每个年轻人都在说自己要自由，他们离开，他们回来，都是为了自由，可是他们没有认真地想过。你在这里，你和你的家人没有受到任何威胁，你工作，除此之外想干什么就干什么，你为什么还要自由？你怎么要自由？你还要反对什么？”

他在家里一定是那种常常让小辈不耐烦的爷爷吧，我想。他这种奇特的不满让我开了眼界，他希望年轻人有实质性的反叛行为，不要只在乎安逸的可能或者简单的成功法则。“以色列是年轻的，我们一直这么讲，也拼命地表现得年轻一些，积极一些，快乐一些，”

他说，“可是这几年，这个国家一点变化的可能性都没有，年轻人还是很积极，积极地往外跑，而政府却到处勾引那些功成名就的犹太老头子回家看看。”

“不是还有过一场大抗议吗？”我指的是2011年夏季开始的“占领”运动，源于美国“占领华尔街”的东风也吹到了这里。

“完全无效。”老人说。

我们又说了会儿话。现在我相信，他在同一种浓烈的困惑无望地搏斗，而这种困惑我还是头一次遇见。“我们会开开心心地去死，”他说，“不像四十年前了，那时我还想，到我死的时候，我会根据国家是什么样的来选择合适的情绪。现在，没有悬念了。”

火车开得真是慢啊，用我喜欢的一个比喻，就像一个“肌肉拉伤的人”在一瘸一拐地跑。这火车修的年头太早了，等车的时候，酷烈的阳光没遮没挡，照得人只想找个地洞钻进去；上车之后，车窗的玻璃一片灰脏，看来以色列人并未高估沿途的风景，知道没必要把玻璃擦得太干净。

忽然想起看过的一部纪录片：一伙老人在耶路撒冷赫茨尔山上定期聚会，他们眼皮低垂，肚腹在轮椅车上弹出，打个喷嚏都会昏迷几秒，可是一旦被某个主题戳中了胃口，就一个个如坐针毡，瞪圆了眼睛喋喋不休，还颤颤地晃起了手杖。我还在想怎么用自己所掌握的有限的词汇把这个场景描述出来，对面那位困惑的先生把帽子往下压一压，拎起背包就要起身了。

“好了，我到了，祝你开心。”

“呃，可是，我刚想问问内奥·茨马达的情况呐！”

老先生笑了一下，做了个安慰的手势：“我没去过那里，不过你会喜欢那儿的。”

* * * * * *

已经夜里 8 点了。这个名叫“科托拉”的丁字路口一直就没有第二个人经过。从火车上下来，我又坐了四个多小时的长途车，才被司机扔在了这个交叉口。棕榈树高挑着羽状树冠远远地站着，起初还能看清轮廓，后来就剩下灰黑的影子，开始与夜幕互相融合。记得长途大巴走时，我心里生出了一种怪异的预感，好像今天再也不会有人理我了。

这算得上是一次远行，在手机里当地的电台音乐的陪同下，我不知不觉就纵穿了半个国家——半个国家都是沙漠。

内盖夫处处荒凉，一道道深峡渺无人烟，灌木早就被晒成了一根根枯黄的手指，地上沟壑纵横，每条都扮出一副“看，我是小溪”的神态。我拍了许多山崖以及柽柳和金合欢树这两种沙漠里最常见的植物，它们曾被认为是沙漠地区稀缺水源的抢夺者，事实上的确也是，但它们是野山羊的食物，这些家伙探出的沙色脑袋让山丘长出魔鬼一样的尖角。棕榈树林则一般会在有人迹的地方出现。对于内盖夫，西蒙·佩雷斯曾说“那是我们的未来”，“国父”本–古里安也说过（他的辞藻总是很贫乏）：我们要么征服沙漠，要么被沙漠征服。

月亮从棕榈树后边升起。平均五分钟路过一辆车。快要什么都看不见了。

也许我下错了路口？

我正考虑着要不要开始绝望，一束远光灯打了过来，一辆扁扁的白色小车慢慢地靠近路边。有人轻声地喊我的名字。一个人钻出车，径直向我走来。这就是内奥·茨马达的人了，我想。我伸出手去同他相握：非常非常热的一只手。“我叫夏哈。”他说。

不管从哪一个角度评价，夏哈都是个光头，他的前额一直延伸到脑后，看不出发际线在哪里。他身形瘦高，说话的声音啾啾的，英文吐字很清楚，还带着点激情。我边放行李边猜测，作为接待员，他是因为英文好才学的车，还是反过来，因为会开车而去学的英文。

夏哈告诉我几件事情，跟邮件里那些完全一致：禁烟酒，禁喧哗，禁游手好闲，禁吃喝嫖赌等等。除此之外还有两点别的：第一，听到附近传来“嗵！嗵！”的声音不要害怕，那是士兵在操练。第二，有任何不明白的，随便找人问，“村子里都是好人，大好人”。

进村前的公路完全没有风景了，不过，我还是伸头探脑想看点什么。我刚刚得救。接下去，我马上就要在一个什么都没有的地方度过一段日子了：电影院，超市，大商场，人挤人的地铁站，过街天桥，踩着滑板的熊孩子，举牌子的游行者，到半夜都不卸妆的女人，勾挠人心的足浴中心和桑拿房……这些东西很快就要齐刷刷滚出我的生活了，我怎能不为此而激动一小会儿？

“啊，内盖夫——”基本的寒暄结束后，我长叹了一声。

“我们不在内盖夫，这里是阿拉瓦。”夏哈冷静地回答。

“呃？”

“我们比内盖夫更偏远，只有很少的几个定居点，我们东边就是约旦。”他又想起了什么，“啊，你不用紧张，军队会保护我们的。”

穿过一扇破旧的铁门，夏哈把车停了下来——确切地说是两个安着铰链的大铁框上并排拉着一些铁丝。他把门锁好，我看着他瘦长的影子扫过地上的石头，然后跟着他来到一间亮着灯的木房子里。这里有一台复印机，靠墙稀稀落落地堆着些文件、钥匙、笔和本子，显然是村子的前台接待处。桌子后边坐着一个穿蓝布裙的中年妇人，我把铅一样重的旅行包往地下重重一放，“咚”的一声巨响淹没了她朝我投来的微笑。我把护照找出来，给她看过。妇人只是简单地翻了两下，她跟夏哈互打了两句招呼。

“我需要办一份劳动保险，对吧？”我摸着腰包作掏钱状。

出人意料的是，他们好像都没听见似的。

“你的房间是……”夏哈兜住我的肩膀，报了一个号，我没听清，但我听清了下一句，“我领你去。记住，你的房子是在村子的最边上”。我们往外走去，他又转身晃动着一根手指：“对了，你的室友下午也才到，是个美国人。”

我已经很多年没有过室友了。接下去的一个月里，马克将补上这个空缺。我见到他的时候，他正盘着两腿，面冲墙坐着，看到我进来也没起身。我们的宿舍只有十五平方米不到，两张床，右边一张紧靠一个瘸了块搁物板的旧柜子，左边一张已经摊满了东西，旅行袋的外兜翻开，露出了几本很旧的书；椅子背上挂着件旧衬衫。水磨石的地板灰灰的一片，可是马克就坐在那里，两只袖子卷到了腋下，一张脸密布胡茬，他的头顶半秃，但是皮肤似乎已经在有头发的时候被染黑了。

马克说话有点含糊，带着很重的美式卷舌 r 音，需要多次重复我才能听明白。他耐心极好，但看得出自律甚严，我收拾行李包的时候，他就转着脑袋跟我说话，肩部以下一动不动地继续保持打坐姿态，像个高位截瘫的人。“我是犹太人”，他主动承认。

夏哈领我去村里最主要的地方——食堂兼议事厅——吃点东西。为了表示友好，我问了马克一声：“你一起来吗？”我猜他答“不”，随手就把门带上了。

内盖夫是旱区，阿拉瓦是旱区中的旱区，几乎终年无雨。最早在阿拉瓦扎根的基布兹靠的是一眼宝贵的泉水，但要种植作物，还必须除去土壤中的盐分，这个过程漫长而痛苦。我跟着夏哈，在草地和泥土地上走了不多会儿，就看到一个小小的、铺着红色砂岩石的广场，广场后边立着一栋白色的建筑，门前是一左一右两盏路灯，照亮了周围很大的一块绿油油的草皮。

草皮是特别费水的，在其他基布兹，人们告诉我灌溉自家的院子是家家户户的一笔大开销，可是住乡间平房的以色列人绝不能容忍自家没有院子。世纪之交那阵子，是以色列水价的一个高点，有些嗅觉敏锐的公司立刻进口人造草皮卖给国人，并列举了诸多好处：四季常青，绿色无秃斑全覆盖，无过敏性反应，防火，防水渗，护理简便，可在从后花园、房顶、车库、卧室地板到烤箱内部的任何平面上种植等等。一些头脑清醒的人士恼怒地驳斥：你们为什么不直接号召大家在水泥地上刷绿漆呢？

食堂弥漫着一股淡淡的香气，但不是我熟悉的那种剩菜加皂水味的气息，而像是饭后娓娓交谈煽起来的人味。已经很晚了。夏哈直接领我来到不锈钢冰柜前，拉下扳手打开柜门，里面有一大玻璃缸的螺旋意大利面。这个时候，我才意识到自己真是饿了。早晨出发带的几片面包早就不敷脾胃，途中也没想到要进补。

“如果要吃东西，随时都可以来，一般这里都有东西吃。你想要吃什么吗？”夏哈说。

“有胡慕斯吗？”

胡慕斯是一种让我着迷的中东美食。在以色列度日，如果想省钱，只需买两盒胡慕斯酱、一袋皮塔饼和几根香肠，撕面饼卷着香肠刮胡慕斯就能吃上好几天。虽然是泥糊状的，但以色列人严肃地告诉你它是主菜。在那些原教旨主义的以色列餐厅，厨师的自尊心都很强，会把胡慕斯弄热了端给你，然后在一旁偷偷观察你是把它当蘸酱用，还是举着刀叉认真地在一摊烂泥里切割，这关系到你下一次来以色列会不会被拒签。

厨师还会很骄傲地给你做一道传统的胡慕斯：在烂泥上摆了切好的蘑菇、蚕豆和牛羊肉，再配一只煮得很老的鸡蛋，看着你把皮塔饼撕成小片，卷起酱、鹰嘴豆和泡菜，被生洋葱辣得哭笑不得；但是，如果你触犯了忌讳，把胡萝卜掀到胡慕斯里，他们会立刻脸色大变，好像你的行为踢到了他们的命根子。总之，我认为，自从这种酸甜咸俱全、滋味无法描述的百搭神酱问世之后，世界上完全不能吃的东西就大大减少了。

“嗳，胡慕斯啊，现在不一定有了。”夏哈关起一扇冰箱门，又打开另一扇，一迭声地说了好几遍“没有了”。

“好吧，水果呢？”

我们到了厨房里，我可以看到一些人在那里忙碌。许多不锈钢托盘堆在一起，一个装洗涤水的大槽里放着很多杯盘，洗碗机发出轰轰的响声。我们经过一个明显是用来烤面包的大炉子，有人拿着塑料水壶往杯子里倒粉红色的液体。一个年轻女孩在打电话，一部已经很少见的大按钮式电话。夏哈领我来到一个冷库前，他用力把沉重的大门扒开。一股从极北来的冷气吹得人惬意极了。

“你吧，明天不用上工。”夏哈说，把一个小青梨塞给我，那货架上还有十几个，都长得形容古怪。

“我好得很，不用休息。”

“你就四处走走，看看自己想看的东西。”

冷库里也没有太多的吃食，夏哈把底下的纸箱子拿出来看看，胡萝卜、红萝卜、洋葱、土豆，又放了回去。看起来是真不巧。我只好退回到冰箱前，拿螺旋意大利面充饥。

忽然之间，全身被一种幸福感充满了。幸福来得太突然，太简单，两支餐具，一个餐盘，一口沉重的满是面条的大玻璃缸，就是一切。红的是番茄汁，绿的是罗勒，跟面条混在一起还能分辨得出来的，还有青椒、胡萝卜、土豆和某种豆类，我的叉子插入这一大团淤泥之中用力搅拌着。幸福就是在一个榨干人性的夏日，坐了长达六个半小时的车后，吃上一份免费的、可以无限续盘的螺旋意面，内奥·茨马达的螺旋意面。

要是这个时候有两个摩萨德（以色列情报组织）的人突然出现在面前，敲敲桌子：“跟我们走一趟吧！”我也会拿出阿基米德式的风度回答：“别忙，等我吃完这一份再走。”

我去水槽里洗盘子，看到厨房里放着一盘盘切好的南瓜，块儿很大，嫩黄嫩黄的，部分地方渐变为木瓜一样的肉红。“快来吃我吧。”它说。我不假思索地舞动餐叉刺向其中的一块。

“啪！”

南瓜是生的，可为什么看上去这么像煮熟的呢？我把叉子用力拔出来，瓜皮上已留下了深深的五个洞。

Day 02

月亮

我很快认识了几个同日抵达的志愿者。阿诺奇卡和克里丝蒂娜，一个是捷克女孩，一个是斯洛伐克女孩，两人都有点羞涩，好像睡着后刚被人拖起来一样眼圈发红。克里丝蒂娜留着黑发，身板瘦弱，尖脸上挂着几个小雀斑；阿诺奇卡稍胖，腮帮子粉粉的，神态气质都酷肖《布拉格之恋》里的朱丽叶·比诺什。

阿诺奇卡的英文不怎么好。她拖着长音，边说话边找词，回答问题总是先羞答答地说声“嘢斯”，但她的老乡，已经在农庄待了很长时间的金发女孩萨拉，却是语速飞快。萨拉的肤色晒得均匀，脸上比另两个姑娘都干净不少，她躺在床上，脚尖一踢一踢，脆生生地说话。

屋里除我之外还有一个男子——我不想管他叫男孩，他的眼角有很深的鱼尾纹。他名叫达尼埃尔，酷爱交际，第一天夜里，就是他在门口喊住我，然后领我来到阿诺奇卡和克里丝蒂娜的宿舍的。萨拉和阿诺奇卡都来自布拉格，觉得一个一百万人口的首都已经略嫌拥挤了。

自来熟是一种我所欠缺的天赋。达尼埃尔却与我相反，他说完五分钟的话，我只要能回答一两个单词，比如“So what?”，他就可以继续说上五分钟。他热情奔放，但是外表很冷淡，眼珠蓝幽幽的，浓密的金色胡须将原本削瘦的脸型挤得更窄了，他满可以去战争片里演一个行刺纳粹党徒的青年犹太人。在农庄，达尼埃尔是网络技术员之一，他的工作直接关系到我的笔记本电脑能否正常发挥。

睡前，我到淋浴间冲澡，喷淋莲蓬随着渐渐变大的水流慢慢抬起头来，一副心不甘情不愿的样子。我踩在地上，觉得软绵绵、毛糙糙的，也许前任房客刚走没多久吧。

马克躺下了，一把大吉他支在他的床边。我和他聊了几句。说到我访问一些作家，马克坐起身，翻开背包拿出那几本书来给我看。一本卡夫卡的《审判》，一本海因里希·伯尔的《小丑之见》，一本缺了小半页封面的《铁皮鼓》。马克眨巴着眼睛，好像在等鉴宝专家给个话似的。“都是经典喔！”我说。

“是真的吗？”

一个带着这些书在包里的人还能装作什么都不懂吗？可是他的表情十分诚实：似乎没有人告诉他这些书是伟大的。“我还没看完呢。”他说。

在这个寂静而简单的地方，我们说起了清冷的德语文学。他来自费城，就是那个念全名有点费嘴的城市。父母很早就离婚了，他一直跟着父亲过。没有人系统地教给他犹太礼仪，直到三十多岁时，他才开始接触希伯来语。我对他说，特拉维夫有不少很好的二手书店，住在市中心的话，一天可以逛好几个，我还告诉他，其中最好的一家在阿伦比大街上。

那家店缩在一条小巷子里，巷子口立着面橱窗，摆着几本珍版用来招徕顾客。店主是个美国人，名叫约瑟夫，住在特拉维夫的那几天里，我跟他混得很熟；他的口音极正，说起话来就像双手点美钞一样干净松脆。他说，书店开了有二十二年了，他自己和女儿轮流值班，看守店内的六万本英语图书。他的柜台完全埋在书堆里面，书堆顶上摆着两幅油画，其中一幅是一个女人的自画像。

“看，这是我妻子。”有一天我们聊了五分钟，他把画摘下来跟我分享。

那个女人的一张白脸镶嵌在乌黑发亮的背景里面，一根根粗黑的线条把她的五官和肩膀轮廓勾画了出来，模样很俊，但没有笑容。约瑟夫显然很骄傲，娶了一个弗里达一般的女人。

他的书店分类很细致。比如说，“美国小说”的栏目里绝不会混入一本美国诗歌、散文集或纪实文学，也不会出现像艾萨克·巴什维斯·辛格这样的入籍者，辛格兄弟俩（艾萨克的哥哥以色列·辛格也是位著名作家）都在“意第绪语作家”的架子上傲视群雄，一眼就能看到。在哲学板块，英美哲学、欧陆哲学、东方哲学彼此分开。我去找以色列主题的书，发现它们分成四个区域。第一区是犹太思想主题，那些书的封面上都是一只手点着脑袋的白胡子老大爷，要不就是代表犹太民族的六角星；第二区是大屠杀主题，“大屠杀之后”“大屠杀中的孩子们”“大屠杀：方法与理念”“面对极端”“希望反对绝望”“我必须活下去！”都是这类书名；第三区是犹太历史地理主题，第一第二排摆的是耶路撒冷研究，下面有巴勒斯坦垦殖史、犹太复国主义史、建国史等等；第四区是巴勒斯坦和中东问题主题，我所记得的书名都是这样的：“和平没有希望”“和平还有希望吗？”“和平难道没有希望了？”“和平还有希望！”

就连书架上放不下的书，也都按类别堆在相应主题书架前面的地板上，一本不错，这真是奇迹。书架之间的过道很窄，要够高处的书时，唯一的踏凳总被别人的屁股占着。在拐角，你能看到席地而坐的小伙子，一只膝盖顶着墙。犹太教徒的胡子在书架上蹭来蹭去。女孩子伸手够高处的书时，脐环、腹部文身什么的都露在外边。

书店门外贴墙还放着许多书架，每本十谢克尔，也就是人民币十七八元的样子。那个区域店主的视线根本看不到，要是有人偷偷抱走一批，半年之内都不会接到法院的传票。当然，那里的书也都是廉价货。

约瑟夫很高兴能同我这样的顾客聊天。有一次，当我告诉他，他店里有我读过两遍的《耶路撒冷去来》时，约瑟夫飞快地摇着手指。

“贝娄，贝娄，”他说，“我最喜欢他的一本书还不是这个，让我想一想。”他敲了好几下脑袋后才抬起脸来，蓝色瞳仁对焦到了一起：“*Seize the Day*。”

《只争朝夕》是贝娄早期的一个中篇。约瑟夫说，小说里那对父子的关系曾经让他身心共鸣：“什么都在远离你，你的机会，你的运气，你的父亲和孩子。我不觉得人到中年一事无成是一件不可忍受的事，但是，我的父亲是老一代移民，他自己可以干干这个，干干那个，却不能接受自己的下一代仍然没有方向。”

想着这些，我又回看眼前的马克：他也算接近中年了，看外貌，他还不太像个拥有了什么的人。我问马克：“结束这里的劳动以后，我们一起去约旦看看？”

我们这一批人的劳动周期都是一个月。当初，我同农庄联系上时，他们曾反复与我商议时间，恐怕就为了把尽可能多的志愿者凑到一起过来。

“我……还不清楚，阿姆。”“阿姆”是他常用的一个语气词，表示“我在思考”“晚一点再看吧”。

* * * * * *

夏哈关于太平一日的承诺被一个电话无情地击碎了。体力劳动从今天下午 3 点多钟正式开始。

村庄的西北角有个山头，取名“耶隆”，住着一些村民。村里想造一些新房子，作为旅馆供来此地考察、访问的人居住。某位我还不认识的村当家的认为有必要增加人手，应该把昨天抵达的国际志愿者赶紧用上。

一辆小车把我和马克拉上了坡，我们各自眺着自己那边的风景。村子比我想象的要大很多，但是这条路上一片荒凉。有几个孩子骑着单车猛冲下来，那单车好像根本没有手闸。

我们来到工地，这里已经聚了不少人了，一个工头模样、长得很像自画像里的梵高的瘦长男人指点我们去找埃雅尔。我经过耀耀身边，跟他打了个招呼，他是我中午刚刚认识的一位健壮男子，正蹲在地上画着什么。人们在我身边来来往往。

埃雅尔是标准的犹太人长相，中等个头，脑门往上只有一层薄发，鼻子尖突，两眼有鹰相，在以色列你可以找到无数类似外貌的人。他铆足了气力与我握手。他的身边立着一台机器，一个大个蛹形的东西搁在铁架子上，开口向前昂起三十度角。虽然很旧很脏，我仍旧认得出来那是一台搅拌机。

“你看，”埃雅尔伸手到桶里捏出一点泥来，用手指捻碎了说，“我们要做泥了！”

他回头把电源插上，搅拌机浑身颤抖了一下，咔啦咔啦地转了起来。

“so，现在我们要把三样东西搅拌到一起。”他一指，地上有三个用木条围出来的坑，分别放着沙子、土和草秸。“你要做的就是把沙和土里的石头过滤掉，一桶沙，一桶土，再加一桶草，倒进这里面。”

这是内奥·茨马达人自己调配的建材。就像爱斯基摩人用冰块打砖盖房子，巴布亚新几内亚人用藤条和树干做屋一样，你想在什么地方生活下去，自然就能找到，也必须找到合适的建材。一辆卡车每隔二十分钟就从附近的一个地方送来新的沙和土。就在五十米开外的地方，搅拌好的草灰泥倒在一个个大坑里，旁边的男男女女都去取泥。五六座新房子还只有雏形，看上去湿漉漉的。

我手中的工具很原始：一个方形的塑料网筛，几个塑料桶，一把铁铲。筛下垫三个桶，铲起一堆沙子倒在筛里，放下铲子用手筛，让沙子掉下桶里，再把小石子抖掉。铁铲不是一种高效的东西，所有的臂肌一起发力，铲起的沙子也不过是小小的一撮。沙子也非常沉，装满之后往旋转的搅拌机滚筒里倒，那一瞬间很耗体力。滚筒搅起的空气把一部分沙子“嗡”的一声又送了出来，逼得我连连后退，没命扑打。

土也很沉，甚至比沙子更沉，说是土，其实不过是颜色更深一点的沙，把土倒进滚筒时有“轰”的一声巨响。草秸是最轻的，而且刈成了短短的胡茬状，插一只手进去搅一搅沙沙作响。让草秸跟滚筒里的其他东西会合时，无数只一闪一闪的绿色小蝴蝶被滚筒驱赶出来，打在筒壁上的声音是“叮叮”的，非常好听。

以色列有着让人谈虎色变的高科技，但这个村庄里的劳动似乎全靠手挑肩扛，人海战术。滚筒装填后，埃雅尔先是把头伸进筒里去观察，就像戴着发筒的女人套上焗油风箱那样，然后手持水管子添水。呛过水的搅拌机一边翻滚一边咳嗽着，一朵朵小小的泥浪在我胸前腾起。

这台老机器连个开关都没有，全靠猛拔插头操作。机器停下时，一部同样污泥满身的独轮车已经在滚筒口待命多时了。我使尽了腰力，同埃雅尔一道把滚筒口放低。

“一，二，三……”

在万有引力的帮助下，搅拌机里的泥巴“呱嗒”一声掉在了独轮车里，小车“吱”的一下就歪到了一边。周围立刻冲上来两个人，一起吆喝着把小车扶正，他们全身可见的筋脉都凸了出来。筒里倒不出的泥巴，埃雅尔伸手去掏，噼噼啪啪，滴滴答答。

我要把一车沉重的建材从搅拌机所在的地方运到十几丈远的砌墙工地上去，途中土路崎岖，石子遍地，泥土堆、沙堆，还有一条挖出未填的沟，上面铺着块充当桥梁的木板。耀耀正蹲在那里，把土红色、土黄色的砖头铺到打平了沙基的地上。夏哈的光头在砌了一半的墙边晃动着。好几个妇女都扎着头巾，提着泥桶。

持续搬重物的时候，我总会有一个神志不那么清醒的时候，感觉力量好像与身体、骨头和肌肉都分开了，成了一个独立的生命，扛住了所有物理负担，我的精神则被太阳穴鼓胀的青筋给塞满了。当我挥起锤子把一颗钉子砸进墙壁的时候，我希望捏钉子的那两个手指是身外之物，可是，锤子砸到它们时我还是不得不中止劳动，发出一声惨叫，揉上半天，或者含在嘴里。那些靠雄奇的体力吃饭的人，用两只门牙拖动一台火车头的力士，牺牲小腹去把对手掀倒在地的搏斗家，总得先把身体的一部分彻底工具化，变成没有神经、没有痛感，像壁虎尾巴那样的一个身体的附属品。即便如此，在用力的情况下，人也不可能感到自由，那些靠气力吃饭的人是很难享受自己的工作的。有时人们崇拜力士，与其崇拜他们惊人的绝对气力，不如崇拜他们实在太长的疼痛反射弧吧。

以色列的犹太人，还在从事体力劳动的，已经很少了，老人们有时会像《三国演义》里的刘备那样，摸着自己的大腿叹气说："瞧，身上腿上的肉都松了，可惜呀！"他们大多酷爱园艺，在基布兹里，有六十五岁以上老人的家庭，院子大多干净漂亮。我住在北方一个叫"以利隐"的村子里时，每天出门都会遇到一位大妈，她养了一万盆花，几乎把余生完全用来思考如何让心爱的花卉轮流晒到太阳。她把花盆挪来移去，天天位置不重样，把菜地里的土挖出来又填回去，把花种菜种收集在一百多个玻璃瓶里。她把房子彻底丢给了宠物，门窗永远紧闭着，那里面——根据我听到的响动判断——生活着两条爱打排球的狼狗。

对于那些 1948 年后就没搬过家的老人来说，房子不是按揭贷款买来的，而是挖土采石，一锹一锨、一砖一瓦盖成的。他们不愿看到劳动的传统在第三代那里断绝，于是，老人一有机会就要给孩子们讲自己的创业故事：我们很辛苦，我们背砖、种树、修路，起早贪黑。孩子们听到这里，也难过得吃不下玉米片了："爷爷，你们过去是阿拉伯人吗？"在他们的成长记忆里，这些活儿都应该是阿拉伯籍雇工干的。

所以，内奥·茨马达第一个让我觉得新鲜的地方是，在这里，我能一口气看到许多干体力活的犹太人。我加入其中，一道干活，一时竟有些荣耀。我与满载的独轮车共进退，把所有的注意力都集中到了两只手的平衡上。体力劳动是很容易让人产生挫败感的：写一篇文章受阻，你可以无限延长写作的时间；推一样重物未遂，你一下子就到头了，只有放弃。要么全赢，要么一无所有。当我摇摇摆摆地走到最后，借助惯性把小车奋力推过一个土坡，冲到正在砌墙的人群面前，那些刚才还心无旁骛的人忽然炸锅了。

“哟——哦——哦——”

十几只手朝我伸了过来——朝我的小车伸了过来，就像比萨饼广告里，一屋子饿得眼绿的女人围住了一个碰巧长得很帅的送货员。她们个个都在笑，拿着桶和小铲子，去车里把泥挖走，顺带打听这位来自远东地区的小哥的名字。一分钟以后，所有人都相信我户口本上登记的名字是“里奥”了。

“哟——哦——哦——”

我继续把车推到别的地方，把泥巴往每一堆人的场地上卸。往墙上刷灰泥的工作多数交给女人来做，原先跪着的女人回头道谢，原先站着的女人告诉我：去对面，对面还断着货呢。

我一趟趟地运泥，墙越砌越完整。到了4点来钟，孩子们一股一股地加入进了建筑队伍，原来农庄的劳动是不分年龄的。几盏钠灯同时打开，食堂的人来了。他们从车上卸下一个个不锈钢托盘，就是我昨晚在厨房看到的那种。长圆形的米饭，饭里掺着玲珑的胡萝卜丁和豆子；大锅黄色的豆豉汤，汤里有一些小谷粒；主菜是杂菜炖蛋，茄子、白菜、西红柿之类与一只鸡蛋炖在一起，切成巴掌见方的一块块，开盖之后，我连吃了五块。

所有人都坐了下来，围成一圈，包括我、马克、克里丝蒂娜和阿诺奇卡在内的志愿者们挨个起身介绍自己。我的旁边坐着萨拉。天已成了深海一样的幽蓝，太阳还有一些颜色，远处面对着我的是一大片坝形的沙石山，山顶部是齐齐削平的，像是有人在附近挖过大矿坑之后遗留下来的东西，没有植物，但也没有那种远古时代的单纯。没有任何东西能透露这环境流变沿革的年代信息。沙漠就是沙漠，那些沙浪如金岁月留痕的是沙漠，那些绿洲春意水声叮咚的是沙漠，那些像坟地一样土坷垃东一摊西一摊的也是沙漠。内奥·茨马达的沙子里掺着多少煞风景的砾石，该有多么强大的自然神论信仰，才能在这种风景里赖着不走啊。

“欧——哦——哦——”

我还没吃完最后一个炖蛋，就看见有些人往右手边跑去了。怎么就激动了？我听到有人用英语喊：“月亮！月亮！”萨拉刚刚跟我说了两句话，忽然就站起来，“嗨嗨”地叫着小跑过去，我看见夏哈也在这一群十几个人里面。我看到了月亮，又来了，跟我昨晚在丁字路口看到的是同一个，只不过昨晚刚好搁在棕榈树树冠上，今天，因为一群人莫名其妙的热闹，它显得不那么峻厉和清高了，颜色似乎也有点红。那些人跳着，冲了过去，好像认为这可以缩短他们和月亮之间的距离。

索尔·贝娄的小说《赛姆勒先生的行星》，我想到了它，想到了主角赛姆勒先生，这个大屠杀幸存者、心思繁杂的犹太老头儿，和贝娄笔下几乎所有的主角一样爱好梦想。他坚信人类未来一定会移民去月亮，那是个没有纳粹的地方，也没有美国。

* * * * * *

朱莉个子矮小，嗓音同眼睛一样纤细，一个羞答答的微笑都会让她胸脯抖动。她是澳大利亚人，七年前，她一边读生物学博士，一边在约旦的一个外籍牧场里做义工，在那里遇到了正在学阿拉伯语的夏哈。“她在牛肚子上爬上爬下的，”夏哈说，“真有胆量，从澳大利亚到了约旦。”从一个又干又热的国家移民到一个更干更热的国家，朱莉的两个眼窝都布满了辐射状的粉刺痕迹。她给夏哈生了一个女儿。

我和夏哈夫妇以及耀耀坐在一起。“我的儿子前几天也刚刚出生”，夏哈轻轻吹了声哨。

我赶忙表示恭喜：“取名字了吗？”

“哦，我们还在想。”

犹太人的名姓本来非常丰富，有很多人都以经书里的那几位男主角如亚当、挪亚、亚伯拉罕、以撒、雅各、约瑟、约书亚，女主角如雅亿、他玛、拉结、利亚的名字为名。众先知中，但以理（达尼埃尔）的名字特别受欢迎。我认识一位叫“以利亚胡”(Eliyahu)的，他骄傲地说，他的名字里嵌了五个耶和华的代称。

“你们打算多久修完在耶隆的房子呢？”我随口问道。

“里奥，”耀耀忽然沉下脸来，“你都来这里了，不要说‘你们’，要说‘我们’。”

“好吧，”我很尴尬，“我们需要多久才能修完房子呢？”

Day 03

寂 静

6 月头上的一天，夏霓把我从耶斯列河谷的基布兹里接到北加利利她自己的住处。我在她家住了一周，每一天，我都在这栋楼里发现一个新的房间：一间卧室，又一间卧室，又一间卧室，一间工作室，一间画室，一间茶室……最后，我确信她住的是一幢别墅，比我住过的所有房子加在一起都大。

我每天都同她的丈夫雅各闲聊。有一次午饭后，我们说到一些特别沉重的话题，我说，古犹太人当初被罗马人打败，据说是因为他们不能在星期六发动反击。

雅各立刻把转椅旋了九十度："习俗是不可选择的，对犹太人来说，没有习俗就没有民族。你说究竟是调整习俗，把罗马人干掉重要——那当然是不可能的，就说抵抗一下吧——还是千年之后，犹太人仍旧保持犹太人本色重要？"

雅各身形胖大，嘴唇厚，声音雄浑，语速比电大的英语老师还慢。他大约六十多岁，先天患有腿疾，走路需要双拐。他找人在自己的车里多装了两个手闸，用右手来控制油门和刹车。在这样的炎夏，夏霓每周都要陪丈夫去一次游泳池，搀他下水，看着他像海豹一样自由自在地在水里撒欢。雅各有一笔丰厚的退休金，还经常出门讲课，他常常点着头说："我们是一个负责任的资本主义社会。"

"不过现在的军队不能这样做了，否则……"我试图把对话继续下去。

"这是另一个方面，"雅各说，"有时候你需要从相反的角度去理解上帝的意图。如果在打仗中遇到星期六，我们就会想，上帝更希望看到哪一种结果发生，是犹太人取胜呢，还是失败？决定不过安息日，是因为相信这样做并不违背上帝的意图。"

上帝自有他的道理，所以我们可以为所欲为……

"上帝认可每个民族都有它认识事物的一种方式，"雅各接着说，"所以，每个民族都有它自己的宗教。有时候我们看另一个民族的信仰，那不就是个动物崇拜嘛，弄一只狗，一头牛，一群人围着跪拜，这就是神啦！但是我们不能简单地管这叫迷信，甚至不能说这是玄学。人们要想实现上帝的唯一性，不是那么容易的。"

退休前，雅各是个成功的企业文化咨询师，这种给企业提高软件性能的职业在以色列看起来不乏市场。20 世纪 70 年代末，他曾跟第六任总理梅纳赫姆·贝京打过一番交道，最风光的时候差一点就进了政界，换句话说，差一点成了一个在晚间新闻里点着别人的鼻子破口大骂的家伙。他是个实用主义者，从这个立场上，他传授了我很多理解《圣经》和上帝的门道，在他的口中，上帝是一个特宽容、亲切、有耐心的邻家大神，他既欣赏所有良行义举，也听得进一些人胡说八道。当然，他在《旧约》里有时脾气不大好，但那是什么时候的事了，你总得给人家成熟的时间吧。

他们的别墅位于北加利利一个名叫克法·弗哈迪姆（意思是"玫

瑰城”）的小城里，在酷热的夏季，红木板条铺的露台整天无人问津，虚掷了高坡之下绵延好几公里的风景。大多数时候雅各一个人在工作，他从坐姿起身去厨房或卧室的时候，两根拐杖（以色列的残疾拐杖都是同一家公司生产的）就在亮白的大理石地面上强悍地挥打着，发出砰砰的巨响，因此，他家客厅里几乎没有四条腿的家具。雅各说，他从两岁起就站不起来了，那个时候，他同父母住在特拉维夫附近。

“那应该是一个社会主义的时期吧。”

“错。以色列的社会主义从一开始就死了。你知道是为什么？本–古里安管得太多了！他总是不想干干净净地退位，他让列维·艾希科尔上来，接替他做总理，可又不下去。艾希科尔跟他说：‘停！你是伟大的人，但是，现在是我们的时间了，给我多一些权力，也给国家多一些权力。’艾希科尔是个幽默的人，本–古里安再活一辈子也学不来他的那种幽默。”

这是我特别感兴趣的一段历史。有一些人认为20世纪50年代的以色列是个社会主义国家，处于一个民族精神的黄金时期，老的定居者创业精神依旧，新的欧洲移民不仅带来了大屠杀记忆，也带着斯美塔那、盖德、格里格、里姆斯基–柯萨科夫的音乐，马克·夏加尔的绘画，契诃夫的小说。新生的以色列是个熔炉，管你是世俗的还是宗教的，是信仰犹太复国主义的还是文化保守主义的，是黑人还是白人，是从集中营逃生的，还是衣冠楚楚从北美过来视察的，只要你是犹太人，一切的分歧就不在话下，你就可以享受到美国人的捐款和德国人的赔偿，怀着基于《圣经》的故土依恋，一边读着民族诗人哈伊姆·比亚利克的诗，一边听着马勒，和你的同胞们投身于犹太民族的伟大复兴。“犹太民族需要新人”，本–古里安说，他的左派政府雄心勃勃地实施社会主义改造。我听一个耶路撒冷的老左派说，那几年，特拉维夫地区的劳动妇女下班把工作装一脱，就把左邻右舍的孩子跟自己的孩子唤到一块，给他们读托马斯·曼、莱辛和莎士比亚。

“国父”本–古里安在20世纪60年代让位给列维·艾希科尔做总理，自己学习华盛顿，隐居到了内盖夫沙漠里的茨德博克基布兹，那个农庄是他本人创办的，距离内奥·茨马达有一百多公里。但是，每当高层拿捏不定主意，专列就会载着大员们往沙漠里跑，去找国父问计。到现在，左派人士每每论及以巴僵局，常常会怀念本–古里安：“如果他还活着，会怎么做？他会效仿戴高乐处理阿尔及利亚问题的方式吗？”

然而，雅各是自由主义经济的忠实拥趸，根本不认为本–古里安倡导的社会主义是一种靠得住的体制，它在以色列有过明媚的春天，这就够了，它的败落并不足惜。

“到底是犹太文化吸引你，还是社会主义吸引你？”他尖锐地问我。

“思维。”我谨慎地说，“犹太人思考问题的方法是二元的，但是中国思维总是强调只有一个答案。”

“比如说呢？”

我讲了“孔融让梨”的故事，“中国人用这个故事告诉孩子，无论在什么情况下都应该把大梨让给年长者，这是这个故事告诉我们的唯一答案，一个道德性的结论。我们的孩子从小就被传授了这个道理”。

雅各露出了了解的表情，但他的额肉在眉心堆积了起来。“你知道我们会怎样讲这个故事吗？我们会说，父亲把一块蛋糕拿到他所有的孩子面前，然后把餐刀交给最小的孩子：现在由你来分这块蛋糕，但是……”

“但是分完之后你只能拿走尺寸最小的一块。”

雅各呵呵笑出声来：“你知道的，正是。”

雅各的发散思维有点道理，不过这两件事好像不挨着。中国人没能培养出科学的分配正义理念与中西饮食习惯不同有关。如果孔融他爸爸对孔融说，我这里有六个梨，你把它们分成五份给你们兄弟五个，你只能拿最小的一份，孔融的回答一定是：好的爸爸，我去拿榨汁机。

“我总会被问起犹太智慧是什么，”雅各说，“他们觉得这个问题是可以回答的。然后我就得跟人解释，希伯来语里的‘真’（truth）包含三个字母，分别是希伯来语字母表的第一个、正中间一个和最后一个字母，这说明‘真’必然包含一正、一反、一中，没有一面倒的真，什么东西就一定是好的，什么东西就一定是坏的。”

“其实相信犹太智慧是可以用几句话来解释的，不正是对这种思路的违背吗？”

雅各耸耸肩，不置可否：“我会给他们讲几个故事来说明犹太人拥有怎样一种脑子。”

“比如说，有两个人吵了起来，来找拉比告状：一个人说，我卖给他东西，他怎么怎么挑剔，这犹太人太刁了，等等。拉比说：嗯，你说得有道理。过了一会儿，买家来了，跟拉比说，那个卖主奸诈，他想骗我，等等。拉比说：嗯，你说得有道理。

“听到这些话的人就对拉比说：你这可不对，你怎么能同时说他俩都正确呢？这明显胡扯嘛。

“拉比认真地说：嗯，你也有道理。”

“我明白，”我说，“这样的故事我们中国也有，在两人争执不下的情况下，重要的是保持两个人和气，而不是说出你所知道的正确答案。”

“不完全是这样，很多时候，我们根本就不相信有正确答案，就像拉比那样。”雅各说，“为什么要有上帝呢？我认为，就是为了好让我们相信，正确与否的裁判权掌握在上帝手里。”

“但是你坚信社会主义是不好的。”我说。

“上帝是不说话的，会说话的是经验。”雅各微微一笑，“你前边提军队来着，7 月我正好要去给军队讲课了，想不想知道我要讲点什么？”

* * * * * *

现在是 7 月。我从睡梦中醒来，农庄发的床单皱到一边去了，沙漠空调轰轰地响个不停。孔雀开始凄厉地打鸣：咿嗷——咿嗷——拿起手机一看，中东时间早晨 5：20。

第一次活着起这么早。

可是马克已经走了，他的床空在那里，那把吉他靠墙扔着，表情很哀怨。

我是个时间观念很差的人，女孩跟我第一次约会，就能懂得什么叫天荒地老。昨天夏哈告诉过我，内奥·茨马达的早集合时间是 5 点一刻，但这怎么可能做到呢？五个小时前我刚刚关了电脑睡下，或者说，做出平躺的动作。我的脑垂体仍然处在兴奋状态。

兴奋是因为刚刚看了一篇新闻。5 月中旬，美国共和党国会代表乔·皮茨写了封信给一名议员，信中说：“一场反对恐怖主义的全球战争正在打响，当前，对阿里埃勒·沙龙总理和巴勒斯坦权力机构主席亚西尔·阿拉法特来说，镇压那些行暴力无度的巴勒斯坦极端主义者,让业已破产的和平进程重新启动,是义不容辞的责任。”

收信的这位议员姓罗德威尔特，他的儿子伊恩·罗德威尔特是个记者，任职于一家在中东地区发行、关心以巴冲突的新闻机构，于是他们家上下都很关切中东问题。老罗德威尔特刚刚写信给白宫，表达他对白宫新通过的“268号决议”的愤怒，因为这份议案支持解决以巴冲突并谴责巴勒斯坦人，收到这封皮茨先生的答复信后他冷静了下来。他开始意识到，白宫里拎不清的人比他估计的要多。

几天之后，乔·皮茨收到了署名“沙龙 & 阿拉法特”的“公开复函”：

尊敬的皮茨议员阁下：

从耶路撒冷/圣城向您致意。

昨天，我们注意到在一封写给一位议员的信中，您提到了我们的不作为是阿以和平进程失败的原因……

首先，请允许我们声明，听闻您对和平进程产生的新的兴趣，我们倍感振奋。请放心，我，阿里埃勒·沙龙，虽然处于植物人状态，却仍旧和阿拉法特主席——他目前定居在一口棺材里——联系密切。我们已就实质性问题达成了诸多令人瞩目的进展，但我们很难握手，因为我昏迷不醒而他已经死了。

请向您的总统罗纳德·里根及副总统耶稣先生转达我们对未来的乐观态度。

鉴于美国政治家已对中东问题进展及最新情况了如指

掌，合众国能在我们地区的和平进程中取得如此巨大的成功是不足为奇的。期待在您入主椭圆办公厅之后不久，我们双方就能签下一纸和平协议。

此致

阿里埃勒·沙龙总理和亚西尔·阿拉法特主席

这样的事情毕竟不常发生，所以，以色列人抓住机会狠狠地狂欢。他们知道两件事：第一，他们要靠美国人；第二，美国人是靠不住的。与此相应，以色列人在自己的国是论坛里大抵分为两派。一派人爱问：美国人怎么说？另一派人爱问：我们什么时候能脱离美国了呀？像乔·皮茨这类稀里糊涂的政客只是冰山一角。当然，以色列人可以指望华盛顿和纽约的那些犹太院外游说集团，不过，他们也经常讽刺说，西半球的大老爷们要想表达对以色列的忠诚，最好的办法就是举着牌子到肯尼迪国际机场去迎接犹太背包客，让他们用自己家的烘干机烘袜子。

我披上衬衫出门。大夏天的清晨竟然还有一点微凉，让人得意得直哆嗦。房门左边站着一个长长的树桩，这个村子的地形对我来说过于复杂，树桩或许可以用作宿舍的标记。昨天晚上出门倒垃圾，我就认不得回来的路，这里的一堆宿舍都长得差不多，更要命的是，都是用一模一样的白条纹木板做的门，连一块门牌都没有。

农庄养着不少孔雀，这种鸟类平时昂首阔步，一听到人的脚步声立刻灰溜溜地乱窜。我抖擞精神往食堂走去，远远看见小广场上坐着好些人。我径直进食堂里，只见有人进出却无人落座，更没有开饭的征象，又出来，发现广场上摆着张桌子，放着水、杯子和果酱。有人过来倒水，有人从厨房出来，拿着面包来抹果酱，其他人都坐着，坐在草棚底下的，坐在水泥台阶上的，直接坐在地砖上的，盘腿窝在草地上的。

一声不吭。所有人都一声不吭。

有的闭眼，有的半闭着眼，有的睁着眼，有的低头，仿佛在研究蚂蚁迁徙的路线。他们脸上有一种我在一幅名画里看见过的罕见的表情，要么是波提切利，要么是亨利·卢梭。

他们都在做什么呢？一个精力充沛的人肯定会倾向于同工作、市场、社会、电脑、运动、吵架、游行或者性交打交道，这些事情是与他相配的；而一个精力充沛的人选择安静地坐着，很长时间一动不动，就一定有非常特别的缘故。

他们在冥想。

我听达尼埃尔说过这里有冥想的习惯，就以为是像瑜伽房里的那些人似的，把两条腿掰成一左一右，把脸蛋埋下去，尾骨将健美裤戳得老高，保持这样的姿势好久好久。据我所知，二战之后的西方人就在讨论东方的瑜伽了，那个神经兮兮的匈牙利人阿瑟·库斯勒，在1945年出版了一本名叫《瑜伽修行者与政委》的随笔集。他说，瑜伽修行者对艺术的追求是无力阻遏滚滚前进的历史车轮的，无产者们忙忙碌碌，为的是解人民于倒悬，但是他们没办法把瑜伽修行分子们从倒立的睡眠状态下唤醒。

我也找了一棵大树下坐下来，很快进入了半睡状态。我真的被昨天的工地活儿给累到了，即使上帝突然从旋风里现形，我也只当是飞来一张旧报纸。

人们总是到合适的地方去做合适的事情。人们去泰国享受推拿，去夏威夷晒日光浴，去印度参加灵修，去中国大快朵颐，去荷兰嫖妓，去美国置房产；没有人去印度晒日光浴，去中国买房子，去美国吃美食，去荷兰灵修。我有很多通晓常识的朋友，他们要是听说我在以色列参加冥想团体，肯定会紧张地问：“你后怕吗？那儿的人是不是都彻底豁出去了？”他们认为以色列是个精英到牙齿的社会，精气神跟当年的德意志第三帝国有些相似，人人爱好运动，民气旺盛，适龄的小伙子不太沉湎于女色，对女孩子绑在武装带里面肉鼓鼓的身子看也不看一眼，全社会都没有机会培养哪怕一丁点市侩习气。他们认为，中国人，如果没有生意场上的关系，一般不太能与以色列人有深入的接触。他们是一些精密的机器，不停地转动，在保家卫国的事业中准确地找到自己的位置，每天，他们的巡逻队伍经过哭墙下面，都要深情地敬礼，念一段经文，然后迈着整齐的步子走向约旦河边的宿营点。

“问题在于我们没有宗教，”曾经有位资深的国际事务专家跟我说，“而他们要关心的事情远远比我们多，比我们大。我们开会的时候，开了一半他们要跑出去祈祷，而且从来不邀请我一起去。”

我完全不了解冥想，不知道它有什么科学根据。我听说，印度的克里希那穆提在内奥·茨马达是偶像，他的追随者遍及全世界，他有那么多的文字在流传，或许犹太教里有什么理论能与灵修行为交融？我太无知了，需要学习更深的知识。

我跟所有人坐在那里，低下头打盹，微风把我呼出去的空气又送了回来。快有四五十人了，仍然没有一点声音，不断地有人来，重复那个步骤，给自己拿面包，抹果酱，沏上一杯水，手脚都轻轻的，然后随便找个地方，屈下两腿变成一棵植物。我们是一群寂寞又虔敬的沙漠修行者，我们与贝都因人的区别在于他们行走，我们静坐，他们有骆驼，而我们有剃须刀。

我没看清是谁第一个站了起来。总之，忽然之间，所有人就跟吸了符咒的纸片一样活了起来。冥想时光结束了，变成了从休息向劳动过渡的一个中间状态。人们开始各就各位。我的位置在哪里？

食堂门口有一块软木布告栏，那里钉着一张工作分配表，我必须在一排排的希伯来符号之间寻找代表我的那三个英文字母：Leo。我看到了马克的名字“Mark”，看到了克里丝蒂娜的名字“Christina”，也看到了达尼埃尔的名字“Daniel”。

但没有我的名字。我在哪里？这份名单还有附件吗？

人们在布告栏边的衣帽架上拿自己的遮阳帽和帆布背包。一茬又一茬的人来了又走了，我还在找名字。

霍尼过来了，他就是邮件落款“阿娜特 & 霍尼”里面的后半部分，他英气十足，浓密的灰色鬈发下目光炯炯。他自我介绍说，由于他的英语比较好（意思是能领会我这种东方人可笑的用词方式），所以我有事可以找他：“里奥，知道你今天的岗位吗？”

“我还在找呢……”我身边都站了好几个人了。

“我来看看，你昨天晚上就应该看好的，”他只简单地瞥了一眼，“现在你快跟着阿维克多他们去椰枣园，他们在厨房那边那个门集合，赶快。”

阿维克多，这个名字让我想起了鳄梨（avocado），一种奇特的食物。2009 年我第一次到以色列，就带回去两个鳄梨，这是泽埃夫的邻居，一位长得很像总理内塔尼亚胡的农民塞给我的见面礼。我爱不释手，带着它们通过了本–古里安机场脱内裤级别的安检，飞了十几个小时回到家，一直熬到果皮酥软才把它打开，挖出了许多比榴莲肉还软的黄色黏稠物，才知道这便是俗称的“牛油果”。后来，但凡有人问我滋味如何，我都答“凉的”。

阿维克多开车，戴着顶棒球帽。他大约有五十多岁，胡茬灰白，几乎谢完了顶，胳膊上有硬糙的鳞片纹路，像从一张旧照片里走下来的一样，我是说，像那种长到一定的岁数就不会再老下去的人。我坐在他右手边，后面是哈慕塔，一个口型很大、说话声嘎嘎的女孩子，很喜欢用两只手拍打膝盖，只要她一开口，我就知道她跟《列王纪》里西底家的母亲没什么血缘关系。他们都问起我来以色列的动机，或者说“使命”，我告诉他们我是读了这个书，又读了那个书，以色列的传奇故事一直在撩拨我躁动的求知欲。

阿维克多开着车进入浩瀚的沙漠里，这边是沙漠，那边也是沙漠。以色列人在沙子里面开出了很长的公路。内奥·茨马达名下有一片椰枣园，要在公路上开二十分钟车才能到。我想到了一个很关键的法律问题，我问他们：这块地是怎么得来的？

阿维克多非常有风度，没吭声。哈慕塔在后边说：“我听说，像是问政府借的。”我从两个椅子之间看到她一嚼一嚼的嘴。

“哦，是的。”阿维克多说。

“你们……我们需要上缴多少税收呢？”耀耀讲过，一旦进了农庄就要说“我们”。

“我们的钱不归我们管，”阿维克多说，“我们的钱是集体的。”

我没怎么听懂。

“我们不太清楚要付多少钱给政府，我知道的是，这块地的租赁期我们有四十九年。”

“为什么设这么奇怪的一个期限？”

其实我应该想得到的。四十九在中国传统里也是个有意义的数字，有点威望的乡绅死了以后，他府上家人要给他停灵七七四十九天，让肉在入土前烂一烂透，也是因为阴阳两界沟通不便，最好确保灵魂已经在阎王那儿签了到才下葬。而在犹太教习俗里，四十九天是从逾越节到七七节之间间隔的日子。逾越节要吃无酵面包忆苦，而七七节，犹太人要为了感谢上帝赐给他们土地里的食物而大吃一顿。四十九天里，虔敬的犹太教徒每天都要念诵《诗篇》第六十七篇，因为这一篇刚好有四十九个希伯来单词。

“这个就是犹太传统了……啊哈，这里也是我们的地，”阿维克多指着窗外的一片盖着白色篷幔的地方，“我们把这块地租掉了。如果我没记错的话他们种棉花。啭啭啭，棉花！”他看了我一眼，好像我应该立刻表示出强烈的嫉妒一样。

椰枣树站得齐刷刷的，一列又一列，让我想到以色列境内我非常喜欢的两个考古遗址：茨波利和贝特谢安。这些遗址里总有一条通衢干道，地砖上有粉红色的花纹，两边立着圆柱子。椰枣林里，满地都是枯萎坠落的大树枝，踩上去咯咯地响。

“你的鞋穿错了。”阿维克多说。话音刚落，我的鳄鱼鞋前端的窟窿里就扎到了一根刺刀样的枯叶。

我们一共有九个人，分成两组，阿维克多、哈慕塔、我，还有另一个小个子分到了一组。我并不知道要做些什么。椰枣树是阿拉伯国家的重要作物，数伊拉克最多，每株树都甲胄在身，翘起一块块棕色的叶板，从树干的顶部中心辐射状地抽出十几根羽状复叶，那些叶茎上挂下一捆一捆的果实，无声地垂着，像雌鱼的鱼卵。它们种下的时候才只有现在的三分之一高度，从别处运过来的肥沃土壤滋养着它们，而这些土壤现在也是三十多种稗子的家园。

我们来到一台黄色的履带式铁车前，另一些人向另一台车走去。这明明是先进的农业设施，却一副好像快要病退了的模样，它的操作中枢一眼是看不到的，因为履带过于庞大，车体是一圈铁栏杆组成一个“U”字形，让驾驶室显得特别小而旧，需要靠一个浸过汽油的纸捻发动。

阿维克多抓住铁梁翻身跳进了 U 圈里面，我也跟着跳了上去。栏杆周围系满了毛茸茸的麻绳。阿维克多给我一把带鞘的大锯。哈慕塔站到了另一头，小个子直接钻进驾驶室里去划火石了。

车子启动了，先是左右横走，然后前后走，当一棵椰枣树向我们慢慢逼近的时候，我们开始缓缓上升。哈慕塔的面孔上出现了享受的神色，是的，高处有一点小风。

“我们的活儿是做不完的。”阿维克多说，手里捻着一根麻花样的草绳。我们的上身已经完全扎进茂密的大枝之间了，现在我可以清楚地看到这种俗称海枣的果子是怎么长在树上的了：在叶腋里伸出一些扁扁的橘色长茎，长茎上生出几十根细细的茎秆，秆上有细小的节，每个秆头上都挂着一颗青青的大枣，捏一捏还是硬的。

“现在开始吧。”

阿维克多把一根橘色的大枝使劲抬起来，椰果东磕西碰，噼噼啪啪地掉下好几个。“掉了掉了！”我叫道。

“没有关系，碰一下就掉下来的果实都是不好的！好的果实不会掉。”阿维克多伸手拉了一个枣子过来，连着枣子的细秆子弯成一个优美的弧形，晃了一晃，枣子心领神会地一个筋斗翻了下去。

“这个也是不好的。”阿维克多说，他松开手让那根光秃秃的小茎缩回原位，“你看这些枝都互相缠绕在了一起，我们要做的就是把它们分开。”他从腰间抽出根绳子，张嘴一口咬住，抽拉绳头使得绳子对折，三两下穿在一根挂了果实的枝上，用力拎住，另一只手抓住上方的另一根大叶，把这两根粗壮的东西强扭到一起，不知道是哪一根枝在咯吱吱地叫。“嗨——哟！”果枝抬起来了一点点，枣子又一次发出了哗哗的巨响。他的两只手在大叶上方麻利地打结。

“看，就是这样。”阿维克多吐出一口气，拍拍巴掌。

我们说话这工夫，哈慕塔三两步地往上攀，已经踩着两根翘起的大枝的根部，完全站在空中了，好几根果枝像扇骨一样在她面前展开，她舒舒服服地背靠树干，接二连三地掏出绳子施行结扎术。这个松松垮垮的女孩儿身手竟如此了得。我没上过树，树上的风光与水里的一样新鲜。我想踩着栏杆攀两下，一看脚下底板磨得溜平的凉鞋……唉，还是算了吧，还是在比较低的位置寻找适合试手的对象吧。我们几个人全然无语地干着活。

我们一个接一个踩着一把简易的人字梯越过了齐腰高的铁丝网。椰枣树园边缘有一块树荫地，摆着几张蒙着油布的长桌板，一些不知道装填了什么东西的黑色麻袋，还有个正圆形的水池，像是怕人觉得水不够清似的，池子里面漆成蓝色。我们看到，已经有另一些人等候在了这里，有个穿着绿T恤的人正用一杆长长的火钳去捅一堆小火，火上搁着一只漆黑漆黑，好像刚刚从火灾里抢救出来的水壶。

这里是椰枣园的进餐点。

人们从板条箱里拿出大大小小的盘子和刀叉，一个圆桶里放着洗净的水杯。早餐是从一个个塑料箱里拿出来的：面包、胡萝卜、黄瓜、洋葱、甜椒、白菜、西红柿、甜菜根、嫩得流油的鸡蛋……茶端上来了，茶杯里放着一片碧绿的长叶子，喝起来有股无法描述的味道。世上的大多数味道都是无法描述的：火龙果是什么味呢？核桃什么味呢？鹅肝什么味呢？没有一本菜谱可以准确传达菜的味道。中餐菜谱需要对每一道菜的味道作个基本概括，什么酸甜可口啦，入口爽滑啦；西餐菜谱就比较实在：鸡肉土豆火腿沙拉三明治什么味？鸡肉味、土豆味、火腿味、沙拉味和三明治味。

“这茶里泡的是啥？”我问。

无语。半晌，坐在我对面的一个姑娘说了声：“lemongrass。”

她长得真好看，我不由多看了几眼，叶芝有个名句——“美貌就像拉紧了的弓”，说的就是这样的女人。

我点头，又指着桌上的一条细小的嫩叶：“那么这个呢？”

“这是巴西利（parsley），”她说，分别点着盘里其他几样东西，“这是芝麻菜（aurogula），这是紫甘蓝（red cabbage），这是洋葱，这是黄瓜。”她一口气把箭全射了出去，现在没那么好看了。

“谢谢……你叫什么名字呀？”

她莞尔一下：“伊斯迦。”

“哈，是个《圣经》人物吗？”

“哦，只是挪亚的后代里，有一个叫伊斯迦。”

阿维克多用锯齿小刀把生菜裁成等宽的一条一条，同片状的番茄放到一起。哈慕塔在倒橄榄油。哦对了，现在餐桌边可不只有我们在进食，至少还有五百只苍蝇列席，一个不小心，很容易就把它们闷死在对折的面包里。我切洋葱时，有两只不怕死的苍蝇一起过来试刀，我用嘴吹，用刀在盘子上狠狠地切出当当的响声，最后把洋葱切成味道呛人的细末，都无法迫使它们退却。我非常起劲地轰赶桌上这些爬来爬去的家伙，但很快就发现别人跟我不同。我的肢体语言是“都给我滚！”别人的则是“劳驾借光”。

寂静是农庄里的最高价值，农庄的人相信修身的第一要务就是轻手轻脚，肢体放松，内心像寂寞的深渊，对任何事情都要采取和缓的、温吞的态度，不宜大惊失色也不宜大喜过望。你小声地抽泣，自然会有人来过问：跟男朋友拌嘴了？衣服扣子掉了？中午食堂的米饭做酸了？

声音反而会把一些本来很小的事情搞大。吃饭的时候，如果别人的袖子落在自己的沙拉盘里，你可以捂住嘴，瞪大眼，吃惊地指着对方的袖口，这在农庄还不算是得体的反应，你应该一声不响地用刀叉把那只袖子拿出去。平静的习惯使得人人活在一种梦幻的氛围里，尤其是内奥·茨马达的姑娘们，她们缺少普通女子常见的恐惧感。如果你抓一只甲虫放在她的肩膀上，并且设法让他们彼此看见对方，率先尖叫起来的一定是甲虫。

* * * * * *

下午4点钟之后，依农庄的安排，我到厨房里给幼稚园的孩子准备饭食。跟我搭伙的是哈慕塔，她告诉了我一件令我遗憾的事：全村所有的成年人，除了伺候小孩子的以外，就连羊倌都去参加夏哈宝宝的割礼了。

我是真想看一场割礼。我想象着现场也许是这个样子的：圣师手里拿着把银刀子，割下包皮后，用嘴嘬吸小孩血淋淋的龟头，然后闷一口酒，把血连着酒一起吐掉。包皮要埋到一盆土里，给孩子止血用的是一种红色粉末，然后包扎好小壶嘴，圣师再用手指沾一点赐福酒，给孩子吮掉。所以，犹太教规定男孩出生八日即行割礼是很有道理的，要是过了八个月，大人的手指一定会被孩子恶狠狠地咬下来。

这套程序都是法国人蒙田在《意大利游记》里告诉我的。在蒙田那会儿，欧洲的犹太人社会常常因为割礼仪式被传谣，有人说他们会把刀子挥向基督徒的孩子，取他们的血行神秘的巫术，召唤古老圣王的复兴。而现在，全球的男性至少有六分之一都少一大截包皮，而在美国，这个数据已经高达百分之六十。

但其中多数人都把这块东西留在了医院而不是教堂，为了健康，为了让人生更幸福一点，为了加入“前包皮过长症患者之友全球联合会”之类的组织，他们兴致勃勃地付钱去做环切手术。

对割礼的怀疑、讨伐和禁止，现在都是以保护儿童肉体的名义作出的：你割他的时候，就和你生他一样没有征得他的同意。犹太人和阿拉伯人都有割礼习俗，在“反对反割礼”这一点上，两个敌对民族找到了兄弟的感觉。有些犹太人世俗化到了让我都难为情的地步。在隐哈律，有个老头儿号称他二十年没进过犹太教堂了：“上帝是什么？一个假想的神，他能帮我还清按揭房贷吗？”

这么激进的无神论。于是我问他：“那么，你也一定没有行过割礼咯？”

“割礼？”他把刚刚翻上去的眼珠又翻了下来，“当然做过，那是躲不掉的。”

我读到过一个不信教的犹太人对割礼的嘲笑：男人为什么一定要在掏出那玩意儿撒尿的时候，在跟女人哼哼哟哟的时候，想到自己曾同上帝立下一纸契约呢？没有造物主插一杠子他就达不到生命的大和谐吗？你会发现犹太人总在想这种摧残脑子的问题。回答者倒是很聪明，他用一个英国习俗来解释：这就像维多利亚时代的妈妈会对出嫁前一晚的女儿说“宝贝，闭起眼，想着英格兰”一样，不是让你真的想肯特郡和大本钟，而是让你神思和平，不想那些不该想的。

割包皮不是让你事事想着上帝，而是看在上帝的分上，别想那些不该想的，比如会不会整出个孩子之类。这个解释我看合理。阿拉伯人和犹太人的繁殖力举世闻名，在以色列他们以大约3:7的比例混居，虽然犹太人明显占优，但每一届犹太人的政府都要划拨大量的预算来鼓励生育，为了保持人口优势，免得将来有所不测。占国内犹太人总人口不到百分之二十的宗教人群是政府最稳固的依靠，他们遵信耶和华“你要生养众多”的训诫，乐于繁衍也善于繁衍。有时，看见一对正统犹太父母带全家人出门，你会怀疑他们是不是服用了什么秘制的药材。

我们在一辆两轮小车里堆上四个装了杂菜的大托盘，两个塑料桶，一大箱餐具，推了一里地才到幼稚园。哈慕塔用一把比萨铲分配番茄炖菜饼，我一盘盘地端到门外的餐桌上，那里有个好大的院子，孩子们听见餐盘和刀叉的声音便围拢了过来。有个小男孩突然趴到地上一边捶一边哭，不知是不是被我奇怪的眼神吓到了，我心里一直惦记着割礼的事儿呢。

哈慕塔不解风情，不紧不慢地收拾所有的东西。我们往回返，一路上，每当我悄悄加快脚步，哈慕塔就大气不喘地跟了上来。还没到目的地，我就知道这一趟已经完全错过了：很多人正往食堂走。我把小车扔给哈慕塔，径直走向那间房间：那里铺着简洁的红地毯，一角放着架钢琴、几个花盆和椅子，一种很怪异的气体分子悬浮在空中。还有一些人留着没走，他们像刚刚参加完毕业典礼的家长那样镇定地聊着天，透过他们的口型和表情，你就能猜破他们聊的什么：“亚当真勇敢，没怎么哭。”“是啊，去年夏维特家的那小子也还不错。”“哪儿啊，丹恩哭得洗衣房那边都听见了。”“不可能，我可是全程在场的。”“你别扯了，多尔家的小窝囊废都比丹恩强。”“多尔家？没有吧，诺亚是个好孩子。”“诺亚比亚当差远了。”“丹恩还可以。”“我觉得亚当最好。”“诺亚也不错。”“丹恩不能跟诺亚比。”“我喜欢丹恩。”“我喜欢亚当。”……

夏哈真的给他宝宝取名叫亚当了，他和一个黑袍男人一起出来，怀里抱着婴儿，朱莉可能在家带女儿。背婴的橘红色背带在夏哈背后形成一个大大的 X。黑袍男人，也就是“圣师”，长着企鹅身材，戴一个 19 世纪俄国人戴的那种圆眼镜，留着一部灰白的大胡子，一看就从没修剪过，而且未来也不会修剪。

达尼埃尔跟在他俩后边，捧着一些礼仪用品：一盘绶带，绶带里放着一本书，还有一盘珠玉玲珑的青葡萄。夏哈回过头来，正与我面面相对，小宝宝在他的怀里，露出一张猴屁股一样沉着的红脸蛋，痛感好像刚刚走远。我摘了一颗葡萄伸到他的鼻子前面，亚当别过脸去，并嫌恶地看着我把葡萄塞进自己嘴里。

所有的相关牙齿都被酸得五体投地。达尼埃尔大笑起来。

椰枣树站得齐刷刷的，一列又一列，就像罗马人遗址里一条通衢干道两边的圆柱子。

Day 04

果实

跟塔尔见面，是在拿撒勒东边的一个小镇子上，这个地方叫拿撒勒·伊利特，希伯来文原意是“上拿撒勒”（Upper Nazareth）。塔尔是夏霓的侄子，收到我的短信后，跑到马路上来接我。他是个黑脸膛，鬈发，有个面口袋一样的肚子。塞万提斯说过，胖人都是好人；一个年轻的胖人，对社会作贡献的时间还会更长一些。

塔尔家有一道细木帘子做的对开门，前院里醒目地挂着两个用塑料座椅改造的秋千，地砖上有些裂缝。我进了客厅，塔尔已经在地上给我铺好了一个床垫和一条桃色的被单，在以色列一个多月，看来我得第一次睡地铺了。我刚刚摸出手机，塔尔就用一根食指抵住了嘴唇：“孩子们都睡了，轻点。”

这户人家比我之前住过的几家都要暗淡一筹。你可以在地上看到丢弃的玩具，一个铜马头，一个带轴的木轮子，两只互不相干的袜子，旧沙发边放着几个带完整瓶底的酒瓶。正对着前院的水槽是用白瓷砖铺的，砖缝黑得都可以在水槽里下围棋了，洗涤剂里似乎漂浮着一只绿青蛙，就连客厅的电灯开关都是拉线的。

这究竟是犹太人还是阿拉伯人的地方呢？不是说犹太人都过着很好的日子吗？打开冰箱，我看到两桶满满的棕色的液体，大概是廉价糖精，我想。

住了两个晚上以后，我对塔尔一家的认识完全改变了。他们的幸福指数比北欧人还高，最好的证明，就是他家的四个孩子，三女一男，一早起来后就跟吸了笑气一样，咯咯咯笑个不停。我听不懂他们的希伯来语，可是我听得懂他们的情绪。

“咯咯咯，咯咯咯咯咯，咯咯咯咯……”（卫生间，小女孩之一给小男孩穿上衣。）

“咯咯咯咯咯，咯咯咯咯咯……”（卫生间，小男孩站在板凳上刷牙，小女孩之二分开他的两腿，从菱形的裤裆里照镜子。）

“咯咯，咯咯，咯咯，咯咯……”（后院，小男孩丢下一个陀螺，小女孩之三用一根手指指着他。）

“咯咯咯……”(我半睡半醒时,小男孩用一根羽毛挠我的鼻孔。)

那张尖下巴颏的笑脸在我眼前从朦胧状态逐渐清晰，如果这是放电影，那么前一秒钟主角肯定还在梦中的草地上，被两个比基尼宝贝用舌头舔得嘎嘎直叫呢。

对了，那是一根羽毛。小男孩并没有故意折腾我，没有拿出贼忒兮兮、恶作剧得逞那样的表情，他用最合理的方法促使我完全清醒过来，就像张飞用柳条而不是水火棍鞭打督邮一样。他用他自己的方式欢迎我，爱着我。

这不是幻想，罗坦姆就是这么一个孩子。我对塔尔说，罗坦姆太棒了，他与外来客打交道时的距离感是我见过的最完美的，不倨不恭，他邀请我和他共享玩物和时光，即使无法让我听懂他的语言，罗坦姆也认定我是一个可造之材。当我的注意力开始分散，他很快就走到一边，端着他一样一样拿过来的陀螺、画片、气球、橄榄核和一卷不知从哪里翻出来的旧电线。过了十分钟，他估计我该寂寞了，就又屁颠屁颠地小跑过来。

“聪明的孩子是会算的。”我跟塔尔一天说不上几分钟话，仅有的谈话都围绕着他家的第二代，“一般的孩子手头有什么玩具他就会卖弄什么玩具，罗坦姆不一样，他会先给你看陀螺，因为陀螺是可以一起玩的；然后给你气球，因为他需要借助你的力气；等你与他有了初步的合作，感情上的交流，他就可以把其他不那么好玩的东西也拿出来了，比方说一张卡片什么的。”

“这是个领导力问题。”我想起了他的叔叔雅各的专业，再过一个多月他就要当着二十个将军的面打开一个 PPT 文档：“各位尊敬的先生，敢问你们家的人可曾因为分蛋糕而互相殴打？”

“他还是个孩子嘛，”塔尔说，“他也会有脾气。有时候我们让他自己去做，他必须学会解决自己的问题，主要问题是，这个家里的女人也太多了。”他看了一眼正在后院里收拾的太太。“我们尽量促使孩子过互助式的生活，我自己也在做这方面的事。”

塔尔眼下的工作是在拿撒勒·伊利特建成一片互助型社区。“我们不相信社会主义能在农村继续下去，我们认为它的未来应该在城市里。”塔尔晃动着手里的钥匙。他的小女儿“扑哒”一声摔在地上，妈妈赶快过来看个究竟，另三个孩子也都围拢过来了。

“他叫什么？我刚才没听清。”我指着小男孩问塔尔。

“rotem。这是一种花，沙漠里的花。”

* * * * * *

“我在哪儿可以看到 rotem 呢？”在车上，我问拉尼。

我继续被安排到椰枣园干活。今天开车的人是拉尼，另一个黑皮肤、秃顶的中年农民，脑袋很大，他的英语比较拗口，但说得也慢。昨天晚上，我忽然想起了塔尔家的男孩，这个名字太好听了，用小舌发音的“ro”听起来像是往腋窝里呵气，亲切极了。

“可以啊，我们一会儿就能看到。”拉尼说，“听起来你正在熟悉我们的沙漠。”

“内盖夫。”我尽量学着当地人的口音发这个地名，又补充了一句让自己显得很有学问的话，“本–古里安不肯放弃这里。”

“我们所在的这块地方叫阿拉瓦。你知道果尔达·梅厄对尼克松说过一句话吗？她说：我们以色列人最恨摩西了，他带着犹太人走了四十年，就为了在中东找到这么块没有石油的地方。”拉尼得意地笑了，因为大家都很开心。

“呵呵呵，尼克松说什么？”

“尼克松？他说，请立即把摩西革职，我给你派个能源部长过来。哈哈哈，开个玩笑，尼克松没什么幽默感。”

我开始熟悉这段路上的景色了：在驶离农庄大约五分钟的时候，我们会经过一个岔路口，有一条道路向左拐上山去，路口立着块棕色的牌子，指示说那边有个“瞭望点”，意思就是一个有栏杆的高处。我们不可以带着在中国形成的观念去游玩以色列，中国的风景名胜里有的是“神龟望月”“玉兔报春”“大鹏展翅”……上帝没有留给以色列人搞这类幺蛾子的地貌，通常情况下，爬上近一个小时的山，你可以期待的比较理想的结果是看到一座教堂，或一间修院，或几个藏了些石棺和壁画的山洞，再或者，走进一个大约比震灾现场好看一点儿的遗址。

正因如此，聪明的以色列人会在沿途设几个瞭望点拖一拖游客的脚步。在这些瞭望点，你通常会看到几块风尘仆仆的示意牌，告诉你远处那几个乳突一样的山峰各叫什么名字。不过，有时你可以遇到一些在中国看不到的职业和社会团体，例如《圣经》讲解员、犹太教科普宣讲团、历史发烧友志愿服务队、亚伯拉罕《圣经》扫盲联盟等等。在戈兰高地的瞭望点，一个戴着墨镜、留着长鬈发的哥们举着张高像素中东地图，对着一波又一波的观众滔滔不绝地说着话，我来到那里，他正说到激动之处，几乎要中暑了："1946 年，1947 年，1948 年，史上最繁忙的年代啊！叙利亚，黎巴嫩，约旦，以色列，哎呀，这些国家一个接一个地出来了！"

沙漠里的瞭望点，那上面该有怎样壮丽的景色呢？去不了的地方总是让人垂涎，何况我是个那么爱山的人。想起到约旦去的那天，我跟一个阿根廷人拼了辆出租车，看着两边荒凉而怪诞的远山，我说："你看，这里的山要比以色列的好看吧！"阿根廷哥们立刻像触了电一样反弹起来："什么？我见过最美的山在桂林！unbelievable amazing！"

拉尼忽然把车停了下来，指着外边："看！那就是 rotem！"

眼前出现了一丛灰色的荆棘，一蓬蓬、一团团的尖刺，像是许多无柄的笤帚扎在一起。

"还没开花呢！现在不是季节。它会开很小的花，到了季节就是一团团白色的了。"

我猜想，以色列人用沙漠里的朴素小花给自己取名，大约就是取其生命力顽强之义。这地界还有一种名唤"萨布厄斯"(sabres)

的水果，是长在扁仙人掌头顶的一个金黄的小疙瘩。熟透之后极软，掰开可以吃到红木瓜色的甜果瓤，但你要为吃它付出代价：你的唇、舌和手指都会扎到许多无法拔除的细小的刺，刺痛感会延续好几天。这种水果也被以色列人视为本民族理想中的青年形象：外刚内柔，皮糙心细。

我们下车看花——其实就看一堆树枝，一辆辆车从身边驶过：这倒霉人家又缺柴了——司机大概都这么想。我可以看清花在哪个位置谢去，将来又会从什么地方生出来。拉尼“嚓”地折了一根枝下来。“看看这植物，它长出来，开了花，然后怀孕，结了果，果实掉了，然后就没有别的需求了。”他说，“我们也一样。”

我们也一样。

枣园里的一切工作照旧。早餐之后，拉尼、阿维克多他们都坐在我的周围。我们的屁股底下照例是鼓鼓囊囊的麻袋，我坐着一个麻袋，脊背后边又垫了一个更高的麻袋，满意地发现苍蝇暂时消失了。

我们开始聊天。我不想把这些庄稼地里的工友说成是一些纯洁无邪的人，我相信他们身上的力比多和我自己的区别不大。昨天晚上，我读了一篇长长的英文访谈，访问的是一位曾在拉宾、佩雷斯、沙米尔三任政府里任过顾问的以色列老学者，从第一句话开始，她就在批评国人的麻木不仁：“寻乐不是人性之一，哲学家列举的人权，是生命权、自由权和财产权，不是快乐权。美国《独立宣言》也只是说‘追寻幸福的权利’，新科学和基因研究也证明了这一点。”她狂暴地斥责说，以色列人追逐的就是狭隘的快乐，就是把奶酪吃到嘴里、把财产都分到每个人腰包里、把钱都花在看得见的享受上，“弗洛伊德说过，快乐是不可能达成的目标，可能达成的只是将不可忍受的不快乐变成可以忍受的。如果大多数时候不快乐都可以忍受，这就是我的快乐了”。

这些话让我大受触动：原来以色列人也有死于安乐的忧虑。那么，眼前的这些人，他们怎么处理自己的寻乐冲动呢？

我开口问：在闲暇的时候，内奥·茨马达人都做些什么？

拉尼和阿维克多互相看了一眼，他们都长着一副深深的社会性目光。拉尼缓缓地说：“我们没有多少闲暇。”

阿维克多吸了一口茶：“我们有很多很多的会要开。”

然后是一阵沉默。我觉得，“闲暇”从他们嘴里说出来都有些夹生，像是好久闲置不用，刚刚掸了一遍灰似的。

在车里，我听他俩大声地聊着，一打听，聊的是枣子的事。椰枣是农庄的第一经济来源，这片椰枣园之于内奥·茨马达的价值不亚于美国之于以色列。“这两年枣子的价格上涨了，去年还是每公斤十七谢克尔，今年涨到了二十一谢克尔。过一个多月，这些枣树可以收下一百来吨的果实。”拉尼说。

“开会，讨论怎样组织农业生产？”

“讨论一切。我们这里有孩子，有志愿者，我们要生产，要把东西卖到市场上……不只是物质上的问题，需要讨论的事情太多了，我们一直很忙。”阿维克多说，“那天你也在场，我们一起造一个新的旅馆，在这之中有孩子的参与。这间旅馆是给那些对我们的生活有兴趣的人用的。”

“我们试图问自己问题，关于生活的问题。”拉尼插进话来，“比如说，我们讨论闲暇和工作的关系。啊哈，对了，我们的闲暇就是用来讨论闲暇和工作的区分的。比如说，我们不是吃半个小时的饭，吃完就回去干活，我们从不为了要干活就匆匆忙忙吃完。这是不对的。我们设法把闲暇的品质融到工作里面。”

“在工作之中你是要注意一些事情的。你要注意自己的身体，你的注意力还要对工友开放，绝不是说你别的什么都不管不顾就是工作了。你不说一句话，你不看一眼那么美丽的山，”他指了指那些黄不拉叽的沙丘，“这就叫工作了吗？”

阿维克多试图继续提升高度：“存在一个学习的过程。正常情况下，你的脑子在不同的时间思考的是不同的事情。在劳动时你想的是产品，是成果，而在闲暇时你想的是快乐。但你要思考怎么组合它们，既要快乐，又要有生产效率。我也没有答案，或许你一生都在学习这个。”

他那么轻易地就引入了“一生”这个十分敏感的范畴。

“一生？”

阿维克多好像也被自己无意中的用词惊了一下，他把手握成杯状，抚着下巴思考着：“嗯，这是一段相当长的时间。”

我仔细看阿维克多的眼睛。他那么认真，眼里有一种出沙漠而不揉沙子的表情。

“即便你也不知道能否得到答案。”

“完全正确，甚至我都不想结果，我想的是过程。”

“这样……”

“‘你是个中国人，你理解不了我们的思想’，”拉尼忽然开口，然后挥了下手打断了预期之中的反驳，“哦不，不是的，我没这么认为。我认定的是，我要检视我自己的思想，过去的惯性思想：‘嗨，这家伙是个城里人，跟我不一样’（他把“city man”读成“CT man”），‘这是个阿拉伯人，他是我的敌人呢’‘哎呀，这是位专家，他无所不知，我得去听他的……’不！我要质疑这些思想。我们脑子里有太多这样的偏见，并且，我们期待在别人那里找到同样的偏见来支持自己。”

“这很有趣。”阿维克多满意地总结，“思考，学习。”

吃完午饭，夏哈告诉我说下午 4 点来钟在食堂集合。“每个星期五，我们有个固定的集合时间。”他说。

集合为了什么呢？开总结表彰会？迎新？打篮球？抽奖？还是举行大合唱彩排？

我同克里丝蒂娜和阿诺奇卡的感情已经非常深厚了。克里丝蒂娜健谈开朗，交谈不过十分钟，她已经把自己名下的存款数额、缺少男友、经常买彩票、复活节会得到什么样的彩蛋等等情况都告诉了我，再多谈两句，她的开户银行密码也会落到我手里的。阿诺奇卡则完全是个傻傻的大妞，而且明显是第一次出远门，不管我说点什么，都会用“哇”“欧”“噢”“哦”来响应。

但这只是志愿者团体中的内部交流，村里的人并没有主动来促进他们和我们之间关系的增长。来到农庄这几天，除了在工地鼓捣泥那天作了下简短的自我介绍外，我连个迎新会都没轮上。我原先期待着内奥·茨马达是个人们的感情很亲密的地方，人们但见一个生人都要轮流拥抱，互致问候：“你从哪儿来？”“中国，你呢？”“外国，你很漂亮。”“你也很漂亮，见到你太好了。”“我很荣幸。”“我也很荣幸。”而事实是，只有夏哈、霍尼等三四人主动跟我说了话。

然而，农庄自有办法照顾我那酥脆的小心肝。昨天中午我吃完饭独自回宿舍，有一个戴着大草帽、留一圈罗伯特·巴乔那样的胡子的村民，踩着单车从另一个方向迎面而来：“哈罗，里奥！”

我不认识他。劳动者都这么自来熟吗？

"嗨！"我回应道。

他不是来握手的。"里奥，你知道你下午去哪儿工作吗？"

"不知道啊。"

"4点钟你要去厨房，跟哈慕塔一道，别忘了嘿。"

那人挤挤眼，蹬起车转身就走了。

这可真稀奇。他或许知道我叫什么，但他怎么就记住了我的岗位？他莫不是我生命里的贵人？我打过很多RPG游戏，深知路人的多嘴多舌关系到能否通关："昨天我在市政厅门口的大槐树下看到一个闪闪发亮的东西。""你怎么还在这里？全城的人都去刑场看杀头了！""你好，有人托我带给你一封信。""啊哈，主角，有两个天杀的正在客栈里等你呐！"……嗯对了，要不是他，下午4点我一定就跑去看割包皮了。

来到食堂，已经满满当当都是人了，一个个都作跃跃欲试状，犹如童子军过夏令营。负责安排工作的经理达莉亚坐在吃饭时放茶水果汁的桌子后边，嘴里说着什么，她有一张温切斯特公学女督学的脸蛋，眼下正容光焕发。我看到好几个人都坐在地上，这是我见过的第一个地板可以坐得下去的公共食堂。

我落座，发现旁边就是霍尼。后边有个人举手示意，达莉亚点着头。我问霍尼："这是干啥呢？"

"我们每周五都有个活动，一小时的志愿劳动时间，达莉亚逐个念需要劳动的岗位，下面的人就可以举手报名。"

哦……看来这儿的人还真离不开劳动。

霍尼说："听着，艺术中心那里需要扫地的，你去吗？"

艺术中心，是农庄的标志性建筑，它中央有一根圆柱高高地耸立着，每天夜里都亮着一盏灯，我觉得那个建筑太大了，而且很难看，使用的颜色也不太文明。

有人举手说了句什么，众人发出一阵轻笑。对面的达尼埃尔伸手拿起桌上的果酱，挖了两勺放进茶水里使劲搅拌起来，茶水立刻变得像血浆一样。

“这回是什穆埃勒的酒厂需要一个帮手，浇浇花园、拖拖地板什么的。”

农庄里是有个酒厂，但我还没去过，略一迟疑，立刻有人举手报名了。

接下去又叫了几轮，有时人们轻轻地拍拍桌子，有时会有好几个人同时应声。坐在我侧前方的一个小老太太站起来走了出去，我发现她坐着比站着还高。人们也会小小地争论两句，我不知道他们说的是什么，但肯定不是在讨论约旦河西岸定居点问题或伊朗核武器问题。

“拉尼需要人帮他摘梨，你去吗？”

我去！

我一点头，霍尼就替我报了名。达莉亚满意地在纸上写了几笔。

从上空俯瞰，梨树园应该面积不大。可是，一旦在树行之间来回走，你便能领会到农业劳动特有的那种无限感，每一棵树都在炫耀它的成果，但每一棵树又都企图瞒过你的眼睛。沙漠梨树个子不高，叶片是椭圆形，弯弯的，像小牛皮坤包顶上琐碎的皮穗子，摘一颗果子能整得满树噼啪乱响，基本上一棵树如果发育正常，果实全部摘完的时候就成了一个披头散发表情沮丧的夜店女招待。

沙漠里的梨子长不了太大，通常一个拳头那样就算大的了，皮上会有一小部分绯红。我不太喜欢吃梨，梨的口感之于苹果，就如同平面几何之于立体几何。我想说的是，这里的梨不太一样，它们带上了一点苹果的性格，肉更紧实，像一个个小手雷。拉尼上手就摘了一个梨吃："吃一个吧，真不错。"说着他又把手伸向了下一只。

我们开始干活，很快我这里就传出了梨子丢进布篮的闷响，嗵，嗵，嗵。

"嘿，轻点，gentle 一点。"拉尼不高兴地说，"这是摘梨，不是因提法达。"

"因提法达"（Intifada）是巴勒斯坦人发起的反以色列暴力运动的通称，1987 年第一次，新世纪伊始第二次，阿拉伯青年捡起一切可投掷的东西，石块，啤酒瓶，易拉罐，干电池，桌子腿，扔向以色列的武装部队。"因提法达"本意是"起义"，但在以色列人的词典里意味着"骚乱"，以色列人觉得这个词特别好用，每个母亲都曾悲愤地向孩子们咆哮："你们干什么？因提法达吗？"

拉尼今天带来了他的儿子，一个比罗坦姆大好多的男孩，名叫阿迪，走路的样子就像铲斗车后边一颠一颠的铲斗，他的英语也比老爹顺溜多了。阿迪认为自己能给老爹长脸，他跑前跑后，把掉在地上的健全的梨收捡得一干二净。篮子很快就满了，阿迪见我费力地倾翻布篮，将梨子轰的一下倒进地上的水果筐里，立刻得意地笑了，就好像我是个印第安土著，正在拿水烟杆子挖蚯蚓。

"You want to see something?"他老气横秋地说。

"嗯？"

阿迪把他自己的篮子捧进筐里，揭开底板上的搭扣，提起篮子，哗啦……

跟拉尼边干活边聊着天。他不是农庄的第一批创业者——那是

1989年7月的事，创业者们想在一起搞一个村子，但是，他们并不是桃源梦的追慕者，甚至劳动都算不上目的。他们心心念念的都是“学习”。

“我们比别人幸运。”拉尼说。他指的是另一批定居者，他们来得更早，属于一个基布兹改革运动“雅海勒”（Yahel）的成员，他们在这里建了一个名叫“希扎丰”（Shizafon）的基布兹。20世纪80年代后期，基布兹的寒冬降临，无力坚持的希扎丰被迫解散，人们带走了所有能带的东西，不肯分流到附近其他基布兹去的人，拿了一笔钱另谋出路去了；只剩下几间旧房子还立在那里，其中一间目前就合住着一个每天晚上偷点苹果、大枣吃的中国人，和一个忧郁的、没事就拨两下吉他的美国人。

“一个基布兹倒掉，别的基布兹还会嘲笑它，说它经营无方，用很多的劳动力做一些不挣钱的事情。”拉尼说。那些分到别的基布兹里去的人，都得带着低人一等的感觉过一阵子。而那时来到阿拉瓦的志愿者则被哄抢，每家基布兹都会开门招徕你：“这里是磨炼人生的舞台，洗礼心灵的圣域。您快请进，打算干多久？先来个六年怎样？”

我问拉尼：“有没有基布兹彻底破产的？”

基布兹是犹太复国主义运动的产物，它的前身是19世纪80年代巴勒斯坦地区的犹太农业定居团体，他们住到佩塔提克瓦、里雄莱锡安这些地方，他们是犹太复国主义者发起的第一轮“阿利亚”的成果。“阿利亚”（Aliya）意为“向上走”，指的是流散的犹太人往《圣经》故土的大移民。按官方的历史叙事，参与“阿利亚”的人都是理想主义者，因为犹太人善于理财经商，在欧洲都能混得不错。他们抛家别业到贫瘠的巴勒斯坦来开荒，这是图的啥呢？每个出生在以色列的犹太孩子都要在历史课堂上学习祖辈的这种精神。

“阿利亚”前后共有三次，移民人数一次比一次多，不论哪一次，从俄罗斯、立陶宛、波兰等东欧过来的犹太人都占据多数，他们与来自法国、德国等第一世界的犹太移民（通称“阿什肯纳兹”）并不容易融到一起去，与西班牙、葡萄牙犹太人（通称“塞法迪”）和亚洲、非洲过来的犹太人也不是一路。为了增进融洽度，犹太复国主义运动的领导者想出个好主意，他们让移民们组建各种团体——工人小组、劳工奋进社、农业先锋团、低地奶牛养殖技术创研协会……来联络感情，赶走出身带来的偏见。

梅厄·沙莱夫经常讲他们家的一件往事，来说明意识形态如何改变人的行为。他的爷爷（沙莱夫一）和奶奶都是从俄国移民巴勒斯坦的“阿利亚”成员，而爷爷的兄弟（沙莱夫二）当年选择移民去了美国。那会儿还没有以色列，巴勒斯坦被英国托管，犹太定居者抽干沼泽，翻耕土壤，开垦荒漠，一度还同阿拉伯土著及贝都因人一样，给牛马套上犁铧犁地。沙莱夫二听闻后，给哥哥写去一封信，邀他同来投奔美国，被回信拒绝。后来，沙莱夫二的太太又买了台真空吸尘器寄了过去，附信说，给嫂子做家务活用用。

沙莱夫一勃然大怒，他将东西原样退回，附信说：我们不要资产阶级肮脏的东西。

梅厄·沙莱夫是位让人激动的以色列作家。他在2006年由Ynet举办的民意调查“二百名最伟大的以色列人”中排名第四十四位，单看榜单里的作家，他仅次于拿过诺贝尔文学奖的阿格农和还没拿到诺贝尔文学奖的阿摩司·奥兹。沙莱夫在他的第一本小说《蓝山》里揶揄了犹太复国主义者制造的神话，拓荒者利伯森老人在行将就木前发表了一通演讲：

“复国运动喜欢把我们想象成一个快乐的大家庭，”他说，“拓荒者的部落。我们一起来，一起赎回土地，一起耕种，还会一起死，一起被葬成上镜的漂亮的一排。每一张老照片上，总有一排坐着一排站着，后面的板条箱上再加上看着其他人肩膀的两个，前面还有两个躺着，两肘撑着地，一脸动人的模样。四排里有三排最后离开了这个国家。每张照片里都有这么三排人，他们中既有英雄，也有狗熊。”

集体劳动的日子到底怎样，说法不一。在以色列北部加利利地区，有一个 1910 年建成的基布兹，叫做梅尔哈维亚。这个村子最有名的人叫果尔达·梅厄，20 世纪 20 年代她曾在那里劳动，后来，她变成了一位浓眉大眼的老太太，再后来当上了以色列第四任总理。农庄的一个七十岁的老汉，名叫拉菲，给我看他收集的老照片：劳动人民坐在拖拉机上，站在面包炉前，在田野里挥动锄头，在厨房里推着小车，青年排着队一个个往沙坑里跳，妇女抱着孩子站在产房里合影。一个大家庭——我在心里说——他们从不吵架，至少在拍照的时候不吵架。老汉把这些相片视若珍宝。“这个人是书记，”他指着一个穿蓝衬衫的人，“你看不出来，他跟所有人一样劳动。啊，从这一张开始都是 60 年代的照片了。我记得最牢的一件事，是我们的剧作家谢卜泰写的戏那年在村里上演了，我们村自己的剧团排的，在我们自己的剧院里演，全国基布兹的人都来了，政府的人都来了。我们太骄傲了，”拉菲闭起眼睛感慨着，“我们穷成这样，但是能演出这么了不起的戏剧！”

对往事的回忆总是蜜一样地压在这些年过古稀的老家伙们的身上。他们留恋那些日子，种植桉树，采集白垩石，观看火鸡交配，收割苜蓿作饲料，挨着个地捏奶牛的乳头。贫穷被骄傲吸收了。几年以后，以色列人打赢了“六日战争”，他们说这是基布兹精神的胜利，因为正规军里有太多军人都在基布兹生活过，有的一直都是基布兹的社员，天然地具有协作精神、默契和献身意志。这让林登·约翰逊都十分嫉妒：海军陆战队对付埃及和叙利亚绰绰有余，要是越南能换作以色列国防军去打就好了。

但是战争过后，经济上左支右绌的基布兹仍旧要靠政府扶助才能过下去。1977 年右翼政党利库德上台，结束了工党的统治，下决心甩掉这个大包袱。公社化的基布兹大面积地陷入困顿，不得不关停并转。内奥 · 莰马达也要走基布兹的道路吗？

“基布兹就是乌托邦嘛，”拉尼说，“基布兹的命脉是农业，农业本质上是落后的经济形态。我们不是这样，你看到了，我们在乎的是学习，农业不是我们的目的，建成一个无差别、公有、平等的社会，也不是我们的目的。”

“那，我们的目的是什么？”我尽量多说“我们”。

“我们没有目的。”

“我不大明白，”我认为拉尼在回避关键性的问题，“人都有欲望，我们也不可能在这里永远居留下去而保持所有生活一成不变。如果有了钱，人就不见得能满足于过僧侣修行一样的生活，可是内奥·莰马达连一张台球桌都没有。如果没有钱，我们也会动摇，共同体就会有危机。”

“你想远了。”拉尼笑道。

“我也要解答我心里的问题：（以色列）社会主义究竟是不是可能？”

拉尼沉寂了片刻：“万一哪天我们觉得农庄不是我们想要的样

子了，我们就把它卖掉。”

我们摘了好多梨。然后，拉尼建议去采无花果。我没想到村里还有无花果树。

“摘别的是让自己高兴，摘无花果是让大家高兴。”拉尼跳跃着说。

无花果树的个头要比梨树大许多，叶片分成五个岔，果实长得像小铅锤，大约熟透了一半，它们都藏在叶片的夹缝里。拉尔修在《名哲言行录》里说，斯多噶派创始人芝诺就喜欢无花果。这种树在《马太福音》里受了耶稣的诅咒，因为那天耶稣饿了（耶稣也是人嘛），找到一棵无花果树，发现那上面有叶没有果，耶稣大怒，指着树说："从今以后，你永不结果子。"于是树立刻就枯萎了。门徒们大惊，耶稣便沉吟道：你们若是存信不疑，别说弄枯一棵树，就是移山填海都是可以的。（《马可福音》里的记载是过了一晚上才死，因而有人认为耶稣实际上指死了两棵树。）

这场神迹引起了非议。罗素在《为什么我不是基督教徒》里说，人子缺少常识，人家无花果树明明还没到结果的时候嘛。解经者说，非也，我可以从两个角度驳斥此人的谬论：第一，从《圣经》学角度上讲，耶稣的话句句是象征，不结果的无花果树象征着当时精神贫瘠的以色列民众和败坏的第二圣殿。第二，从植物学角度上也能说得通，耶稣是在逾越节期间看到树的，那时果实未熟，长出些小果子可能被路人吃了或是掉地上烂了，所以耶稣知道这树今年是长不出果子了。

问题又来了：既然无花果树并非因自身的原因不结果，它又怎么能充当第二圣殿堕落的象征呢？

回答一：很遗憾，他老人家知道自己四天之后就要上十字架，看不到明年新一轮果实长出来的日子了。回答二：人子并没有蓄意摧毁树木，但他必须向门徒们发布自己的预言，所以……就好比将军咬牙切齿地说“有违令者，格杀勿论”的时候，总要砍掉一个桌角、砸碎一个砚台等等。

回答很圆满，虽然我总感觉有什么地方不太对劲。

无花果富含酸物质真是名不虚传，收工的时候，我的舌头已经麻木得吐不清字了。我们开车回去，把水果一筐一筐地抬进厨房后门外的大冰柜里。“梨们”都安全地过去了，轮到无花果时，我就被从厨房里出来的人围在了中间，他们贪婪地笑着，伸过来的手就像发现了松鼠洞的响尾蛇。

厨房里飘出了香气，我即将度过在内奥·茨马达的第一个安息日。

“它长出来，开了花，然后怀孕，结了果，果实掉了，然后就没有别的需求了。”

Day 05

乡 愁

劳动过后的睡眠总是特别稳当，今天是我第一个完整的休息日。上午，我独自坐在房间里，把相机里的照片导入电脑中，看到6月中旬在太巴列拍的那些，一股虚度光阴的悔恨便在心中升起。

我居然第二次去了这个城市，还待了三天，这真是一个比去加沙地带投靠哈马斯更蹩脚的行为。

没有任何变化。太巴列，号称迦南四大圣地之一（另三个是耶路撒冷、拿撒勒和希伯伦），时隔三年再见，仍旧是那么一副死样子。我背着顶天立地的行李包，在上坡路上走了几步就浑身湿透。太巴列东边临湖，往西往南走就得爬坡，而距湖区较远的地方简直是一片荒败，住着人的房子、待拆的和待建的房子混在一起。我拍了张有态度的照片：一杆高大的塔吊立在远处，近景里是一匹马在顿足。

下到湖区，看起来情况要好一些，我得以在一座废碉堡外墙下的阴影里换掉了身上的衣服。我来到哈雅尔丹大街，怎么都找不着导游手册上标注的一座大公园，只好先解决就餐问题。我只吃得起falafel，这种食品的主要成分是在薄面饼里裹上五六个形似炸肉球但肯定不是炸肉球的仿肉球，再填进腌胡萝卜、腌生菜、腌青椒及其他身份可疑的碎蔬菜，浇上胡慕斯，鼓鼓囊囊地塞到你手里。如果你想检测一下这个神奇的小面口袋到底能装多少东西，店家还会慷慨地奉上芥末酱、番茄酱、沙拉酱，然后迅速掉过脸去，不想被你吃得满手胆汁的模样恶心到。

falafel 的配方很多，口味却大同小异。以色列人在这方面没有多少创新的动力，因为决定顾客多寡的是店铺的地理位置和定价，而不是口味。除了在某些交通枢纽站，我很少看到有 falafel 店里顾客盈门的。在特拉维夫的乔治五世大街上，一家只售六谢克尔的 falafel 店从早到晚门庭若市，犹太拉比和流浪汉在那里面对面坐着，一边吃一边擦掉胡子上的酱汁。在以色列，falafel 几乎是唯一能拿得出手的通俗小吃了。

住特拉维夫的时候，有人介绍我认识了一位剧作家，我们见面聊了没多久，他就费力地向我描述他最新写的一部戏，戏的名字大约可以翻译成《一塌糊涂》。不知怎么的，他雄心勃勃地认定，剧中人充满淫秽言行的空虚人生很有希望赢得城镇新兴小资产阶级观众的共鸣。

“这是一部现代主义剧作，我找到了两个通希伯来语的中文译者。”他说。不幸的是，对方开出的价格让他无法接受。

“一万欧，我呸，我有一万欧还写什么剧本？写剧本是有钱人干的事吗？”

“没有人资助你吗？”

“所有我能做的我都做了，以色列有一个很好的基布兹剧院，”他又露出一丝得道多助者的得意，“我过去在那里表演，我是四大巨头之一。后来我离开了，那剧院现在的老板还是经常打电话给我，说，你有什么困难，找我啊，我说，你或许能帮我点什么，但是我不可能回去啦。”

“他给你钱了？”

“没有，他帮我介绍了译者。”

“梅尔哈维亚的剧院吗？”

他现出惊讶的神色：“不是的！可是你连梅尔哈维亚都知道？”

我于是告诉了他拉菲说的那些，我还跟他说，我知道谢卜泰的戏剧和小说，他的戏剧喜欢写平行的时间里发生的事。以色列建国才六十四年，巴勒斯坦垦殖也不过一百来年，但这些熟悉《旧约》和普鲁斯特的以色列作家总是把自己弄得好像前世是所罗门王的文士一样。他有一本小说讲主人公念念不忘祖辈做出的丰功伟业，越想越激动，结果果断自杀了。

“这些都太老了，太老了，”剧作家说，“我不能写这些东西，你也要更新你的思维，以色列的一切都在变化，我的剧本都跟上了这些变化。”

剧作家牵着两条半人高的大型犬，他一边说话一边使劲拽着绳子，后来索性把一条胳膊绕到路灯杆子上，免得被狗拖走。“你不介意吧？”他问我，“你不怕狗吧？”

“不怕，都是你养的吗？”

“不是啦，一条是我房东的，我帮他照看他的狗，这样他就不好意思急着卖房子了。另一条是我前妻的，我帮她照看她的狗，这样她就不好意思提复婚的事了。”

以色列的离婚率这两年直逼西方发达国家，不过有一点让老派人稍感宽慰：离婚者差不多有一半都会复婚，这个比例远远超过瑞典、挪威等高离婚率国家（“那里的人心雪一样冰冷”，他们说）。

特拉维夫的结婚率傲视全国，超过耶路撒冷和海法，因为这里有风情万种的地中海，一年中有半年沙子都是暖的，每个清晨，戈登海滩上总有几对男女筋疲力尽地堆在一起，像是刚刚被冲上岸来的船难幸存者。

推高结婚率的另一个因素看上去就不那么美好了（虽然更有说服力）：特拉维夫房价全国第一，居民的独身成本太高。由于少男少女合住公寓成风，2011 年，特拉维夫成功荣获了“全球同性恋之都”称号，为此拍摄的城市宣传片足够让宗教界人士看得吹胡子瞪眼。

剧作家对他的私生活缄口不言，眼睛看着别处。我们在阿伦比大街和罗斯柴尔德林荫大道的路口，这里是有名的休闲区，路中央镶嵌着点点绿色的草皮，立着几座咖啡屋，还有一座特拉维夫的缔造者迪赞戈夫市长的铜像，他戴着牛仔礼帽，骑着一匹比鹿还清瘦的马。不远处矗立着一所四四方方的犹太教堂，一些奇怪的柱子从房顶上水平地伸出来，划了个直角垂直落到地上，就像一棵在集装箱里长大的榕树。剧作家指着它，“丑陋，”他说，“造得像奥斯维辛一样。”

“你为什么不找人从英语来翻译呢？你可以找到很多又便宜又好的译者。”

“不行，我的剧作是非常难以翻译的，因为，有很多俚语，只有以色列人能听懂的话，像什么 fuck 啦，screw 啦……”

“这两个词我都懂。”我冷静地说。

“可是你不懂它们在希伯来语里是怎么说的，”他嘴里上面一排门牙露了出来扣住下唇，让我看到他正在尝试表演，“fuck！！screw！！哦不，我的剧本是很有地方色彩的，必须要很懂以色列的人，才知道以色列人都他妈是怎么过日子的。”

我们终于谈到了吃饭的事。在来赴约的路上，我幻想着坐上一位大作家的凯迪拉克，风风光光地到雅法沙滩附近的穆斯林饭馆边看落日边吃烤肉卷饼，现在，我只希望他不要突然一拍大腿：“我们赌一把怎样？今天谁先熬不住饿谁就请客。”

“我领你去一家全城最好的 falafel 店。”他说。

“还有别的选择吗？我吃了两百多个 falafel 了。”

他面露难色：“我建议还是吃 falafel 吧，你不是喜欢吃吗？你肯定会同意我的说法的。再说，这也不方便进饭馆吧？”他晃了晃狗绳。

那个 falafel 店确实价廉物美，所有的食料都比普通的店家大一号，灌完芥末酱之后，我手里的小火山差不多就等着倒计时喷发了。但这次会面还留下了另一个后遗症：每当我看到黄昏里马路上的遛狗人，都觉得他们是去赶着会客的。

来到太巴列，我发现这里的 falafel 店铺还不能跟特拉维夫相比，这里生意萧条，价格还高。按我在哈雅尔丹大街上的所见推断，全城的 falafel 店至少有一半都关着，在这个街区我只能看到两家，一家还算灯火通明，另一家阴暗潮湿，老板就像刚刚从灶台年画里走下来的一样，瞪着阴郁的两眼坐在黑影中。

我过去读过的一个益智故事，说某人路过一村，想要理发，发现这里的一家理发店老板衣着整洁，头发梳得一丝不苟，另一家的老板则蓬头垢面，室内凌乱，他略一思索便走进了较脏的那家店里。想到这些，我便自信地走进了那家昏暗的 falafel 店。

墙上贴着价目表，只有区区十二个菜色，“falafel”旁边写着“14”，一个令人愤慨的价格。但是我发现“14”上边还有一个七谢克尔的东西，就问那是什么。

“半份 falafel。”店主头也不抬地说。

“旁边那个八谢克尔的呢？”

“那是啤酒。你想来份 schnitzel 吗？”

“哦不，谢了。”schnitzel 是被欧洲犹太人带进以色列的炸牛排，外边敷面包屑，它的味道虽然很可以接受，但这个价格在国内可以吃满满四碗漂着葱花的大馄饨。我失望之余，突然被一阵疲惫击倒，就对店主做了个手势：“来个 falafel 吧。”

店老板用一只看上去像是沾满煤炱的手抓了一个全国统一规格的面饼，撕开，把棕色的小球在油锅里汆一汆，丢进去几个，再一层一层地上填料。他无精打采的，连在钢盘上敲两下镊子的劲头都没有，他把东西递给我的时候，店里的风扇忽然发出一阵嗡嗡的响声，像是在欢呼一笔交易的达成。

谁在太巴列能快乐又幸福呢？

在太巴列的考古公园，几块不三不四的石头立在那里，偌大的一块地方，只有我一个人在看石头下面被太阳烤得火烫的标牌，想象着它们从某教堂或某神庙上拆下来，丢在地上，过了几百年又被竖起来的全过程。公园中心的下沉式广场中间立着一间正方形的游客中心，一端的茶色玻璃门上写着“此门不通”，绕到另一端，看到“此门已闭”。

到了临湖边最繁华的一带，情况稍好一点，至少看得出市政府没有徒尸其位：一条路挖开了半条，而且施工队懂得把自己翻腾出来的那些没有文物价值的货围上一圈布幔。有一个大个的起吊机伸出吊臂，跨街用硕大的钳子夹住一个旧电话亭，保持这个姿势就不动了，我不知道它是要把电话亭连根拔起，还是要夹碎了吃里面的肉。起吊机的操作员不见踪影，几个工人起初在旁边指指点点，后来干脆钻进了电话亭里。

街边有无数卖太阳镜、游泳镜、毛巾、洗澡液、内衣内裤以及各种用来丰富私生活的用品的小店，可我根本看不到这城市有任何活色生香的诱惑，那些被晒成一块块活动腐乳的白人游客一定在后悔：有这个钱去阿姆斯特丹多好。

加利利海，也叫太巴列湖，希伯来语名字是“基纳瑞特”，是以色列境内第二大湖，仅次于死海，排名第三的是埃拉特的一个游泳池。以色列最有人文关怀的左派报纸《国土报》刚刚在头版上发布了一条消息，称此湖中的水蛭数量激增。它的品种倒是良性的，吸上你的腿后，一接触空气就能取下来。但这份大报说，这是水蛭七年来第二次造访加利利海，因为前两年，这里的水体中突然出现了大量一种名叫“提亚拉·斯卡布拉”的东亚蜗牛，这说明加利利海的环境和物种极不稳定。报纸很高明地将水蛭与进军迦南的古代以色列人联系起来：“在提亚拉·斯卡布拉繁荣兴旺之后，‘水蛭们’不知道花了多长时间发现了这一块宝地，这是水蛭的上帝赐给它们的‘流奶和蜜之地’，它们甚至不需要对付这里的原住民。”

水位下降，环境恶化，加利利海风雨飘摇。湖边的地盘被各种旅馆圈掉很多，可是在眼下的酷暑中，这些地盘的利用率很低。湖面上看不见一个活物，只有一艘吹吹打打的大游艇，以龟速驶出码头，十分无聊地漂来漂去，像是在完成什么河伯的祭仪似的。时近傍晚，正对着湖景的几家餐馆仍旧桌椅如山积，不见有顾客上门，这让我无比想念中国：我们的旅游文化多么发达，随便支起一块“一次成像”的招牌，你所在的地方就成了景点。

米德拉霍夫街一带倒是还有个小集市，人们把店铺开在一些马车造型的流动小房子里面：卖和路雪冷饮的，卖裙装的，卖古钱币的，卖一些形状荒诞的石头的。有个小店卖的是一些铜质或铁质、模样普通的小舵轮。太巴列至今还没找到自己的象征，你可以买一个舵轮拿给以色列人看："这是我在太巴列买的喔！圣地喔！"然后，也许你能看到他们羞愧的样子。

在太巴列，我看到了圣地十分无聊的一面，尽管这也许是每个发展不起来的小城都会有的情况，尽管，在这里你还可以归咎于天气。天热倒不怕，整个以色列到了夏天就是一块电烙铁，可怕的是昼夜几乎没有温差——这就是地处低洼的太巴列独享的厄运。耐不住酷热的年轻人纷纷走出屋子，可是无事可干，一个个站在路灯下，蹲在马路牙子上，连踩个滑板或旱冰鞋溜一圈的活力都没有，绝望地抽烟，说上三五句话就面面相觑。这会儿，对那些从未产生过兴趣，甚至还有些憎恶的东西，比如KTV，我居然都有点怀念起来了。坐在一个公寓楼下小店门口的木桌子上等人时，我十分同情地看着那几个人：我教你们玩三国杀好吗？或者“天黑请闭眼”？

就是在那个百无聊赖的太巴列之夜，我在临湖不远的一个小超市外面，听见一声中文的“朋友”，扭头一看，这位老兄的头发掉光了，穿着橘红T恤衫，戴个棒球帽。他的英语比太巴列还要破烂不堪，但是，这个世界上最伟大的感情之一——乡愁——使得他一看见我就扑了上来。

他叫丹尼尔，竟然是个从上海来的以色列人。确切地说，是个总是企图在自己家乡假装依然生活在东方大都市的以色列人。

他翻来覆去地说着几句话，“我想念上海”“我去过北京”“太好了”。他是个木匠，十几年前随公司到中国待了半年，疯狂地爱上了那里的灯红酒绿，说及太巴列则直摇头。“太巴列，no no no！”他说，“什么旅游城市呀，也就以色列会有这种旅游城市。”

我跟他说，我曾租了辆自行车，花了半天时间绕着加利利海骑行一周，骑到夜里8点多钟，在一片漆黑中奇迹般地摸回了旅馆。算上无数次上下坡，这一趟足有六十多公里。他马上举杯，庆贺我没有被此地臭名昭著的超速汽车送去见大卫王：“不然我就见不到你了，我爱上海！”

因为他的好客，我才在太巴列又待了两天半，夜里，他派了个开出租的带我去湖边他的度假村里小坐——听起来是一个有很多比基尼女人的地方，事实上只有丹尼尔雇用的几个赤膊小伙子在干活，他们把粗壮的竹筒敲进地里去，铺上一张又一张新做的木床。

我坐在宽阔的吧台上，望着加利利海黑乎乎的一片，就像一个白天死气沉沉、入夜倒头就睡的糟爷们一样教人闷气横生。老头儿面向湖水，自豪地说，这个度假村都是他一个人设计的：“你看，竹子，所有的材料都是竹子，还有木头。”

我问他生意怎样，他就憋着嘴，不说话了，低头又去摸新钉好的床。“你看，”他指着一个钉子，“这也是竹子做的。”

不知为什么，我觉得他好伤心。如果在太巴列还能感受到一点伤心，就算没有白来吧。

“啊对了，”老头儿忽然说，“我还会唱一首中文歌呢。”

他把刀叉往面前的通心粉里一插，就这么蠕动着嘴唇唱了起来，文字居然还大体不差：

流浪的人在外想念你，亲爱的妈妈。
流浪的脚步走遍天涯，没有一个家。

冬天的风啊夹着雪花，把我的泪吹下。

流浪的人在外想念你，亲爱的妈妈。

流浪的脚步走遍天涯，没有一个家。

冬天的风啊夹着雪花，把我的泪吹下……

* * * * * *

安息日晚上，我跟克里丝蒂娜、阿诺奇卡、达尼埃尔、萨拉和马克他们叙说太巴列见闻。我会跟三位捷克和斯洛伐克的姑娘聊雅罗斯拉夫·赛弗尔特的诗以及布拉格佩特馨山的风景，她们一个个张开嘴巴，十分惊喜的样子；而在见多识广的达尼埃尔面前，我便不停地同他说我在以色列的观感：我说，其实这是一个单调的地方，这儿的娱乐形式惊人地少。

“不见得，”达尼埃尔说，“这儿的人很爱踢足球。”

“我在太巴列的湖边用电脑看欧洲杯比赛，也没人上来看两眼。”

“他们喜欢踢，不一定喜欢看，看和做是不一样的。”

我告诉他们火车上的听闻，以色列老人苦于社会的缺少变化。“这是正常的，”达尼埃尔说，“老人都喜欢说这些问题，那是因为他们回不去了，他们没有理由再从银行里贷款出来做点什么，也必须接受别人的看望而不是去照顾别人。”

我只能记得达尼埃尔的这几句话，他说话就像一波波的电脉冲，又疾又快；他的交际能力一流，有本事把在他眼前经过的任何一个人变成朋友；他滔滔不绝，但不咄咄逼人；他是个百分之百的现世论者，相信所有事情都有其理由。与他的成熟相反，三个女孩的说话则离不开自己家的那些事。克里丝蒂娜说她没有男友，只有一点点钱可用来出国走动；阿诺奇卡则说，她需要等一个月结束后，再考虑是不是要回去继续进修工艺美术。当我提到瓦茨拉夫·哈维尔的时候，阿诺奇卡、萨拉和克里丝蒂娜不约而同地说，她们在葬礼上都哭了。

“我们爱他呀。”

“嘢斯，”阿诺奇卡说，“他是个很好很好很好的人。”

像伊扎克·拉宾总理一样好，我心想，不过没有说出来，把话题转到政治上是很煞风景的。

沙漠的夜比白天凉快多了，空气像搽了爽身粉一样，要是黏糊糊、懒洋洋的太巴列能有这样爱憎分明的气候，至少那里可以建成一所像样的大学来扩一扩人们的器量。太巴列不伦不类，既无历史可以陈说，又无未来可以期待。那么，老木匠为什么还要守在那里，经营他的生意呢？

很奇怪，他让我想起玛格丽特·杜拉斯《抵挡太平洋的堤坝》里写的那位母亲，在各种复杂的念想、原则、欲望互相冲击和追逐之下，苦守着那座风雨飘摇的吊脚楼。一个目光短浅的人只会趋利避害，可是自认为目光远大、心灵结构比较复杂的人，难免要陷入迷惑。世上有那么多聪明的人，做的事情不过就是因利而上、见害而退而已。他们就像那些敏锐地嗅到千里之外的蜗牛肉味的水蛭，秘而不宣地把空地填满。索尔·贝娄说过：“除非你将自己的生活作为一个转折点，否则便没有存在的理由。”多好的一句话！但它会被混同于一种普通的乐观主义；我想，可能得有一点犹太智慧才能充分理解，为什么贝娄说的是“把生活作为一个转折点”，而不是“把眼下当作人生的最低谷”。

内奥·茨马达，就现在来看，它已经显出了一些与太巴列相似的地方：一样的炎热，一样的荒凉，一样凌乱的房舍和缺少夜生活；唯一的好处是，我在这里能有更多的人可以说话。而我要待上整一个月。

我们谈到农庄，克里丝蒂娜在昨天的会上提到过，是否能在工作场合放放轻松的音乐，被阿娜特否了："农庄不可能允许这一点，在劳动中保持绝对的安静是内奥·茨马达从建村以来就奉行的守则。"我们议论了几句，我说："你们有没有觉得，内奥·茨马达人其实在精神上也缺少些野心？"

大家都静默，最后是马克回答的："我听他们说过，我们宁要月亮，不要钱。"

马克是带着他的吉他来的，我们都说，该听他弹唱了。他深沉地把我们挨个看一眼，拉长肱肌，低下头颅，拨出几个音符，又拨出了几个音符。一两分钟之后，我们都明白了，开始自顾自聊起别的来。

我听他们说过，我们宁要月亮，不要钱。

Day 06

苍 蝇

足球部!

内奥·茨马达有个“足球部”，我要去那儿劳动。早餐后，我正在食堂门口看劳动安排表，霍尼从我背后经过，探出个灰白脑袋来:“里奥，今天上午你该去足球部，夏哈在那里。”

“football section。”

我在那儿能干点什么呢？修剪草皮？浇水？油漆看台？还是把渔网缝到球门框子上去？

我还想细问两句，霍尼一闪身消失在了卫生间里。厨房里出来个围着大围裙的白净姑娘，我问她足球部怎么走。姑娘给我指了条路，小嫩手鱼一样地在空气里游动着:从这儿走啊走，绕过艺术中心，走啊走，经过羊圈，走啊走，看到一堆蓝色红色的房子，那就是。

我沿着这条路走过去，踩着沙子和碎石。羊粪的气味飘了出来，不是很好闻，但一想到羊奶的味道，身体里的血液就会欢畅地流动起来，几个水嗝儿冲口而出。这几天，我注意到食堂里开水机边上总是放着至少半壶羊奶，昨天一天我就慷慨地喝了五杯。羊圈有一扇破旧的铁框门，平常，那些山羊彼此推推搡搡的，面无表情地看着外边。圈里有几块小土堆，每个高地上都站满了羊，来得早的可以跪下，来得晚的只能在它的身后等座。下午的某一时刻，在两百多米远的地方，你能听见地上敲起许多小鼓，橐橐，橐橐，好像有许多年迈的朝圣客们拄着拐，从轮船的甲板上颠颠颤颤地踏上码头——你便知道羊群的望风时间到了。

来到红色和蓝色的房子那边，我看到一个小花坛，一根水管子从红房子的门底下钻出来，搭在花坛里头。花坛边上有个凉亭。蓝房子那边，夏哈刚好提着个方桶在二楼看见我，便叫我的名字。

我拉开门走进蓝房子，迎面是几扇玻璃窗，可以看到蓝房子中央是一个放着许多机器的大车间，周围有办公室、休息室。我绕着车间外围走了一圈，看到冰柜的绿色大门虚掩着，透过门缝可以看到一排排的货架，靠墙立着一长排高及腹部的蓝色塑料桶，都摆在方形的木托盘上。有人拉着叉车走来走去。这哪儿是个跟足球有关的地方？

夏哈从二楼下来，身后还跟着一个人，他介绍我俩认识："这是宁录。"

跟别人相比，宁录的神色要冷淡一些，他长着黄色的眉毛和略深的眼窝，一层比胎毛还短的头发。握手的时候，我感到他的力量非常出众。

《旧约》里的宁录是有名的刺头，作为挪亚的曾孙，他修了包括尼尼微在内的一些亚述城市，最大的罪过就是修巴别塔。宁录率族众苦干四十三年后，上帝震怒，混乱了人的语言，直接导致了英语四六级考试的问世和小语种专业的吃香。宁录遭此重挫，他的余生也十分悲惨，吃什么都不香了。

“我叫里奥。”

“你跟着我来。”宁录扭头走进一间仓储室里，贴墙排开好几个铁架子，那上面满满放着的都是玻璃瓶装饮料。“我们需要把一些果汁换换位置。”

果汁是农庄自产的。我所见到的，有油桃汁、苹果汁、杏汁、混合果汁等好多种。成品果汁装在玻璃瓶里拿去市场上出售。箱子很沉，而且随便动一动就叮当乱响。我爬来爬去忙活了半晌，把许多果汁都堆在了地上。整一上午，宁录一共说过这样几句话：“把这个搬到这儿”“把这个搬到那儿”“很好”“好样的”，没了。

快到中午他说了第五句话：“我们该休息了。”

休息就在外边的凉亭里，马克也来了，他一直在车间里，我看见他和其他几个人围着一张桌子叠纸盒，不知为什么，我觉得他们的动作很好笑。（我小时候总听奶奶说：“好好读书吧，隔壁弄堂里的那家印刷厂招了很多白痴，每天叠纸盒。”）克里丝蒂娜和阿诺奇卡在削刚从冰柜里取出来的李子，还有几个我不认识的人。我们围坐在一大盘水果周围——苹果、梨、无花果，宁录给所有人都倒了果汁。“苍蝇们”也及时赶到了。

“都自我介绍下呗。”宁录说。

我们所有人都自己报了家门。坐在我侧前方的一男一女，都是大脸盘子，女的是德国来的，叫约兰达，男的生得粗矮，喘气的声音很大——他也叫达尼埃尔，为了区别，我只能按《旧约》把他译为“但以理”。但以理善于解梦，巴比伦的尼布甲尼撒王把他投入火炉，但但以理能在炉子中行走，看守炉子的士兵却都烧死了。尼布甲尼撒大骇。这种传奇故事让他成了整本《旧约》里最讨人喜欢的男先知，威廉·退尔和周公的合体。眼前的但以理看起来不像个有神力的人。轮到我时，我介绍自己的身份是“记者，一个爱好以色列文化的人”，轮到他时，他说“我是个粗鲁的人，大家多担待”。

宁录沉默了一会儿。这个乏味的人会说些什么呢？他会拿出一副扑克牌来吗？还是拿出一根中间有窟窿的牛骨：“我们来算命吧？”

“OK。”宁录说，“这样，我们每个人都轮流说两句。格式是这样的：我看到什么，我听到什么，我在想什么。”

我还没听明白，宁录身边的小个子就先开口：“我看到大家都在这里，我听到有昆虫在飞，我在想它们很快乐。”

接下来是约兰达：“我看到工厂，我刚刚听到飞机的声音，我想一切都很宁静。”

但以理低下头：“我看到地板，我听到那边的羊在叫，我想它们该吃饭了。”他一直是一副不太高兴的样子。

克里丝蒂娜：“我看到桌子和水果（阿诺奇卡看了她一眼，像是在说“你怎么一个人说掉了两样东西”），我听到风声，我在想，我们可以有很多这样的交流。”（阿诺奇卡又看了她一眼。）

阿诺奇卡：“我看到杯子，我听到……人在说话，我在想……生活真好。”

轮到我了，我尽量寻找文学一些的表达：“我看到花园，我听到蚯蚓在泥土里钻，我在想，这个地方二十三年前是个什么样子。”

克里丝蒂娜悄悄笑了下，可能很多人都在传说，这个中国人总在打听内奥·茨马达的过去。

然后是马克：“我看到远处有山，阿姆，我听到有人在浇水，我在想，下午该干点什么。”

接着是夏哈，接着是阿里埃尔。一圈轮完了。

这又算是一种什么仪式呢？我转着眼珠想。

宁录端起杯子啜了一下，发现大家都在等他说话。杯里的油桃汁几乎见底了，再也没有什么理由不开口说话了。

“Let me say，”他说，“大家可以给我一些灵感。现在是一个很好的机会，让我提出一个问题：正常的联系是怎样的？”

我莫名所以。夏哈说：“宁录，我想你应该说得更具体一点。”

宁录想了一会儿，摇了摇头，像是对自己扔出了一个哑弹表示歉意。

“处在正常的联系里面，我会感觉自己在一个正确的方向上吧，”克里丝蒂娜说，“我能觉得快乐，我能按照预期的后果来决定自己该做什么……等等吧。”

“我跟拉尼说了会儿话，”我尝试着发言，“我得到的信息是：内奥·茨马达唯一在做的事情就是让其中一切都变得正常，不是完美，不是更好，只要正常，在劳动、生产、生活都正常的时候……”

“啊哈，”约兰达说，“我想起来了，前天我们水果团队在给苹果装箱，我刚好在门外，就听但以理叫我，我回头看啊，他开着叉车慢慢过来，朝我叫：‘嗨，约兰达！’还像这样招手哪。你们说，这是正常的联系带来的快乐吗？”

这几句话破了冰，我们都乐了。但以理像个被小孩揭了短的大人那样笑着摇头，宁录摸着脑袋。夏哈便说：“一些工作好像比另一些工作更容易让人高兴一点，站着工作要比坐着工作更好，在高处要比在低处更好。一样是在耕田，你开着拖拉机的感觉就比赶着一头牛要好。”

“噢，那只是因为用拖拉机你能干得更快一些。”

“有了拖拉机之后我们谁也不要动物了。”

“看见动物的时候我们还会朝它们叫：‘嘿，动物们！’”约兰达说。她左眼下面有颗大痣，倒也无妨美观，否则她应该不会这么有趣。

“我喜欢车，”但以理说，“从小。”

“嗳，以色列的小汽车真多。”我说。

“跟美国人学的，”阿里埃尔说，“每户人家都要有一辆，每个星期五，特拉维夫出城的车都会排长队。公共汽车公司是赔钱的。”

“堵车吗？”我问。

“堵车，一般来说，出城最长的可以堵近一个小时呢。”

与椰枣园里深沉隽永的谈话相比，这一桌子人的交谈实在有点不着边际。我们把宁录同他那个玄得很的问题扔在一边。说实话，我真不知道机动车这种东西怎么能改善一个人的自我感觉。驾车在路上，别人对你的称呼是“一部奥迪”“一部雪佛兰”“一部奔驰”“一部桑塔纳”，车还在，人没了；你自己看别人也是如此，你会说“前边那部桑车怎么一动也不动”，而不说“前面那个人怎么还不开车”。人的尊严在钻进汽车的刹那就丢尽了。

汽车在沙漠的公路上飞奔，与我们距离最近的时候，一两秒钟的噪音会盖过说话声。我很担心自己会患上干热空旷的地方特有的耳鸣症，就好像耳边一直放着两台处于雪花屏状态的电视机一样。没人主导的谈话，主题乱成一团麻，不过，他们并不是为了杜绝冷场而东拉西扯的，有好几次，席间的每个人都没话了，但没有谁觉得难堪，反而都露出了一副“休息就要有休息的样子”的表情。

只有宁录始终有点尴尬。他默默无语，可能早就习惯了被人冷落了吧。后来，夏哈说到了贝都因的盗窃团伙，他们开着车夜袭，把村里的羊抓上车带走，或者给自己的汽车加饱汽油扬长而去。夏哈说，村里最严重的一次损失是丢了收银机，机器里没什么钱，但是，收银机本身很贵，而且财务被迫买了两只计算器支用一段。谈话变得非常快乐，宁录才跟了句话说：“村子太大，我们防不住盗贼。”

夏哈说：“今天晚上负责巡逻的是拉尼，你想跟去吗，里奥？我告诉他一声。”

他好像看出我的好奇心很重。“能看到什么有趣的东西吗？”

“不能，就是看个夜里的内奥·茨马达吧。”

苍蝇在空中打转，落到还没吃完的水果上。据说在酿酒榨汁的地方，苍蝇都是洗得干干净净才出门的，数量多还说明食物的新鲜。上加利利地区有很多葡萄园，去访问 Galil 葡萄酒庄时，导购小姐把我和另两个访客领进立着大玻璃门、空调开得十足的品酒室，跟了一路的苍蝇，至此才“轰”的一声退散。“苍蝇真多。”我指着外边。

“我不知道啊。”导购小姐说，一点都不紧张，好像早就看出这个口袋里插着录音笔的黄色人种不是会带来一笔大单子的人。然后，她挨个说起附近几个村子的村办酒厂里苍蝇的情况来。“我可以很肯定地告诉你，”她最后说，“在整个加利利地区，我们这里的苍蝇都不是最多的。”

Day 07

骄 傲

接触的人开始多了起来，我必须经常带着灿烂的笑容考虑如何回答一个问题了：为什么来到内奥·茨马达？

这个问题就跟“为什么来到以色列”一样不好答，不管是泛答还是精答，是抬出外交辞令还是说真话，我觉得，他们从没对我的回答满意过。

我说，这里很美，很安详，人人都很善良，羊粪的味道很浓很香，他们便会意地频频点头，默默地把我归入“一般看客”一类。我说，我喜欢共同体，想到一个集体互助的环境里生活，他们立刻带着一种热切的谦虚反问：中国不是也有公社吗？你们比我们做得更早，对不对？我进一步解释说，我们曾经的公社后来无法维续下去。他们就换上一副永远比你想得更深一点的容貌：朋友，是的，但是公社制度在我们这里的处境也不好。接下去，如果我不太走运，那人便会开讲像梅尔哈维亚、迪戈尼亚之类的元老级基布兹瓦解的过程，公家财产用了两三年时间才分干净：两三年，痛苦的过程，就像用一把钝刀慢慢拉肚子。

内奥·茨马达的人坚定地认为自己做的是全世界有数的最平常的事，春耕秋收，采果榨汁，牧羊取奶。我对他们的工作表示出任何好奇，都会招来他们宽厚的嘲笑。“没见过羊吗？”“没见过石榴长在树上是什么样？”“长这么大一次都没有把土豆割成细条？”“什么，你从来没有在面包上抹过橄榄油？”在农庄以外，在那些更不平常的事情上，以色列人也是淡定得不可思议：在耶路撒冷，哭墙前的黑袍男女们不明白为什么有这么多猎奇的镜头对准他们；海法人才没空跟你吹嘘，巴哈伊花园是个什么了不起的世界奇迹。

以色列几乎从未发生过出租车纠缠游客的案例。倒不是因为司机们为人正派，而是可用的诱饵实在太少也太缺吸引力了，他们不得不实在一点。太巴列的出租车司机，我不知道他们都是靠什么吃饭的。在海法，出租车最好的买卖，就是把你从巴哈伊大花园所在的迦密山山脚诓上车，开上个五分钟，问你拿二十五谢克尔车费，再把你丢进刚刚从旅游巴士下来的老年白人的行列里——这些永远都在开怀大笑的领年金者呼啦啦地走向观景阳台，当你看到玛瑙色湿漉漉的一片地中海时，心头的恼怒也就不太情愿地撤退了。

即便在耶路撒冷这种游客较多的城市，出租车司机也是很低调的。耶路撒冷最值得看的地方步行就可以抵达，2011 年 8 月，耶城还通了一列横贯城腹的轻轨列车，把赫茨尔山和老城连接了起来，敲响了本地出租车业的丧钟。我在耶路撒冷的长途汽车站下车时，发现只有两部出租车犹犹豫豫地跟了上来。第一个司机探出个脑袋：“怎样，去大屠杀纪念馆吗？”

大屠杀纪念馆在城西，赫茨尔山那边，也不过就三公里多一点的路，但对拉游客的出租车来说，这么一趟已经很不错了。

“哦，我可以去老城吗？”

“OK，我带你去，快上车吧，快啊！”他急躁的样子仿佛开的是辆消防车。

“可是，有轨电车不就可以直通老城吗？”

司机发动引擎，一溜烟地走了。

另一辆车慢慢停了下来：“朋友，去大屠杀纪念馆吗？”

耶路撒冷的每个司机都想带游客去那些悲惨的地方，这也没有办法，圣城没有自由女神像、卢浮宫、斜塔，也没有科尼岛或迪士尼乐园。除了大屠杀纪念馆，圣城的另一个有名的景点就算哭墙了，那是纪念两千年前所罗门第二圣殿被毁的地方，很多人想当然地认为两个景点是在一起的：每个游客参观完纪念馆出来，都要手扶墙壁哭一会儿。

“哦，我想先去看看橄榄山。”

“橄榄山？当然可以，我当然可以带你去啊！”他向我招手，用下巴动作配合，但是我看出他的样子已经不太自信了。伟大的橄榄山就在老城以东，中间隔着一个约沙法山谷，世上最古老的一批犹太人坟墓就倾泻在山谷东边的缓坡上。

“我坐有轨电车去哦。”我尽量让他知道我不是那种任人宰割的无知游客。

“我带你去啊！”

“你只要告诉我雅法路在哪儿就可以了。”电车车站就在雅法路上，但是耶路撒冷地势起伏，近在咫尺的目的地常常被挡在路基和围墙后边，一眼看不见。

“我带你去啊。”

我一边摇头叹息一边往前走。那位司机死死地跟着我，嘴里叽叽咕咕地说着什么，眼看着我往车站的方向而去，他才绝望地踩下油门，一溜烟地走了。

以色列人不喜欢夸耀那些普通游客都能看到的东西，相反，他们如果有机会炫耀对自己国家的了解，就会变得得意洋洋起来。我在以利隐住时，有一次被房东大叔带着去爬附近的一座小山，他是一名前国防军飞行员，他给我讲自己的生活，讲他的基布兹里还剩下几个清早习惯拿橡皮管浇花的人，讲他为何三十五岁悍然退伍(在军队干到四十岁，便可终生领取丰厚的津贴)，讲他如何刻苦地学烤鲜果蛋糕，如何换了一个比较好看的老婆，就为了拴住三个儿子的心，希望起码留下一个在基布兹工作，别跑到大城市里去。1973年赎罪日战争时，他在离此不远的戈兰高地驻防了一阵，他认识的两个村民都被弹片拿走了性命。“戈兰高地，”我说，有点投其所好的意思，“那里风景不错，还有很多瀑布呢。”

“你还好吗？”他问我，像听到了什么遗憾的消息。

“我，我很好啊。”

“你刚才说的什么？瀑布吗？”

我诚恳地点头，拿破仑在上，我肯定没有把“waterfall”说成“Waterloo”。

“荒唐嘛。你没有去过尼亚加拉吗？或者维多利亚什么的？”大叔语重心长地嘲讽道，“戈兰高地上那些小瀑布算什么？”

“OK，OK，”我连连说，“懂你的意思了。”

真的，在以色列，你要小心别随便奉承人，贴冷屁股的滋味不好受。

我们走到一个瞭望点，那里立着块牌子，上面印有与我抬头所能眺望到的山脊线完全一致的图，图上标出了一个个地名，制牌人认为游客有必要了解这里那里分别叫什么。我发现其中有一个湖，就问房东那是什么东西。

“一个人工蓄水池，”他说，“你可知道你每天喝的水都是哪里来的？”

“从蓄水池里来的吗？”此地的自来水都可以喝，有意思的是，在这个季节，水龙头里放出的每一杯水都会浮着几个一直消不掉的气泡，应该是含氧量大的标志。

“到处，”大叔咣当一下咧开嘴，“从湖里，从河里，现在是海里，你知道吧，现在我们已经基本上解决了水的问题，十年前还不行，我们百分之九十的水都是再循环的。就技术上而言，海水脱盐提取净水也不是问题了。你等一下喝我家的自来水，会觉得有点怪味，不用紧张，这表示矿物质丰富。”

我对他的几桩最深刻的印象，都是有关骄傲的。骄傲的人最不屑于被奉承，而喜欢奉承的人多半缺乏自我价值感。大叔清楚地记得方圆四十公里内发生过的所有恐怖案，遇难的人数，国家的后续反应。他说，以色列的民主要比英国的强，因为“我们的民主不会鼓励男人在马路上随便对女孩子做淫秽手势”。他最大的骄傲是，自己的大半生都敢于住在边境，住在黎巴嫩真主党的枪口下面。到现在，他还保持着每晚向黑黢黢一片的赫尔蒙山投去警惕一望的战时习惯，潜意识告诉他，下一场中东战争肯定会以夜袭的形式爆发。

我们在以色列第一次见面时已接近夜里10点，他从耶斯列河谷开车两个小时带我去北方。他把油门疯狂地一踩到底，一边拨着免提电话跟各种人聊天，一边考我的山川地理常识。车到半途，他忽然猛打方向盘，在公路上拐了个弯，把车开到路边的应急车道上停下，打开车门吩咐我一起下去。

我不知道出什么事了。他要我面朝东方，看着远处。

"你看，那是加利利海。"

我顺着他手指的方向看去，那边有一小片灯火，是橘色的，那种最最普通的橘色，中国的任何一个四线小城里都可能给寺庙宝塔什么的镶上这样一圈橘色的灯，在夜里打亮。我嘴里说着"是"，眼前看到的就两种东西：亮灯，黑暗。

"亮灯的地方是太巴列。"

"呃。"

"那边是加利利海。"他的胳膊平挪了四十五度，指给我看另一片黑暗，"你看不见水的，但是你看见它就在那里。"

"……"

"再往那边一点，"他指向第三片黑暗，"是戈兰高地。你分清它们的关系了吗？"

哦，以色列的夜色是多么美啊，好像走过去就会融化在墨汁里。

"每个人都应该懂他自己的国家，我最喜欢在这里停下来看风景。"他继续说，甚至陷入了幸福的回忆之中，"你知道阿姆斯特朗？那个美国人，他上月亮的时候，我正在加利利海边扎营，那月亮就在水里，可以用石头打着。我们训练的空闲会玩战术游戏，分成两组，根据加利利海和戈兰高地的地形，在地图上部署军队，画路线，哪里设置障碍，哪里埋伏，那边进攻，这边防守，这边进攻，那边防守。我看到这连成一片的山、湖和城市，就喜欢。"

"我们走吧。"我预感到再不走，他就要去后盖箱拿帐篷了。他的车在应急车道上熄着火，几乎看不见，万一——我是说万一——再有两个过路的盲棋爱好者，一时兴起想停车坐爱一番，就能把我们连车带人以一条抛物线撞进加利利海里去。

"OK。"大叔迅速从他的梦里醒了过来。

* * * * * *

夜里8点，我和马克一起往艺术中心走去。内奥·茨马达志愿者代表大会于今晚召开，没人知道这是第几届。

黑夜里闪着一只白色的眼睛——艺术中心中央高塔顶端的灯，往下，你就只能看到一个酒坛子一样的建筑轮廓。农庄是没有围墙的，如此黑的夜，在这灯火寥落的地方行走按说会有点心悸，不过，凝固不动的空气会把不知来自何方的少年的嬉笑声发送过来，在我的身边铸起了一座声音的海市蜃楼。人们传着阿拉伯狼的消息，野生动物监测站的人说，内奥·茨马达的范围内生活着六匹狼，它们会啃咬水管，所以，负责水系统的人是农庄里最忙碌的之一。沙漠里的食草动物，野驴、野山羊、野兔，都在远离人迹的地方生存，躲避着狼和狐狸的追捕。沙漠毕竟是比较单纯的地方，村里从未发生过羊被叼走的事，如果是在加利利地区，务农的人们就必须提防獴、野猫、蛇和老鼠，它们可不会记得当年挪亚的大恩。

我们围拢在艺术中心二楼的露台，纷纷盘腿坐下，用手指滑过地面，可以捻起盐粒那么薄的一层粉末，这是空气里仅有的杂质，被地心引力拉到了地上，星斗满天可以直视无碍。沙漠的气候是严酷的，但也有规矩方圆：夜里8点准时切入黑夜模式，登高一丈必然有习习清风拂面。阿娜特和另一个厨房团队的男孩一起把一些垫子从房间里抱了出来，阿娜特，就是和霍尼一起给我回信的那位，我从没见她出现在劳动或其他的会议场合，她的名下应该只有内政和外联这两项职责。

多么清澈的夜！我们何不一起谈谈理想？

阿娜特没有太多的开场白可说，她讲，志愿者在内奥·茨马达是个有年头的传统，所有志愿者，来了有议事权，也必须参加议事。所以，大家有什么想说的，就说说吧。

我的左边，能叫得出名字的有捷克人萨拉和阿诺奇卡，斯洛伐克人克里丝蒂娜，美国人马克，右边，有加拿大人玛扬，瑞士人艾琳，德国人约翰。阿娜特和那个厨房男都是以色列人，其他两人都很少说话，其中一个模样内向的瘦小姑娘有个拗口的名字，我只听夏哈叫过一次。一个人不必因为自己名字太长就羞于开口吧，不然，克里希那穆提怎么布道呢？

约翰是我昨天刚认识的人，高个子，戴眼镜，因为腰肢过于细长而显得腿很短。我看他跪在宿舍外边不远的草地上，不知是在检查相机里的照片，还是在用镜头给螳螂做放疗。看到我经过时，他主动地打招呼，并准确地叫出我的名字。我们说了会儿话，他总是用满是嫉妒和爱意的目光看着我。

我跟他谈了一些粗浅的以色列观察：经济很不错，甚至不亚于美国，只是所有人都在抱怨税负太高；名胜古迹数量庞大，不过彼此相差不多，两平方米以上的马赛克拼画没有一幅是完整的；民气很强大，人们一边啃着炸牛排一边骂政府，有个心宽体胖的刑事律师说："我的生意不太好，所以盼着恐怖分子给我的车上安个炸弹，哈哈哈。"

约翰很喜欢听我极具辩证法智慧的言论，他总是说："对啊！""有趣！""太棒了！""真的！""好啊！""嗯！""嗯！嗯！嗯！""嗯！嗯！嗯！嗯！嗯！"

约翰是个游牧学者——跟吉尔·德勒兹没什么关系——我是说，约翰决定以游牧的方式在中东一带作一些共同体考察，研习人们的结社形式和当地风土之间的关系。我问他，有没有去访问过贝都因人。“还没有，”约翰不好意思地说，“我不知道去哪里找这些人，也不知道他们是不是有旅馆给我住。”

“很可能你要跟着他们的骆驼队一起走哦。”

“对啊！”约翰拍着手说。

他到哪儿都背着个帆布挎包，这是显示一种旁观者身份：我不是你们的人，我是来观察你们的。但是，农庄的人并不忌惮被他写进田野考察报告里，还给他地方住，给他饭吃，好比拿上好的三叶草喂一头误闯进来的努比亚山羊一样。耶隆山上的旅馆造完后，农庄一次可以供养更多的约翰，他们整天在羊圈、果园、厨房、酒厂进进出出，看到一头驴或一只鸡都要按动快门（“快看，沙漠里的鸡！它爬上鸡舍了！”）。我也带了一台相机，但按照劳动纪律，我得把它留在卧室里。

阿娜特的抛砖没有引出什么玉，时间太短了，我们都还没来得及体会。我们都是进了鲸腹的约拿，绝对的寂静一下子涌上来把我们吞没了。体力劳动是满负荷的，但一项劳动所激发的探索兴致通常高开低走，面对阒寂无边的黑夜，我开始回味空洞的感觉。

忽然，约翰开口了：“阿娜特，我有话要说。”

所有人都看着他。约翰说了起来，他的声线不高不低，但是很细，像是绷在空中的一根伶仃的绳子。

“我很不理解，这是发生在前天的事，”他说，“我有一个很好的朋友，她自己开车游历中东，她电话我问：我能不能来你的农庄度个周末，仅仅一个周末，我会带来葡萄酒和新鲜的面包。我刚好在什穆埃勒那里，很高兴，就去问什穆埃勒，你们知道他怎么说？”

他停顿了一下。我们谁都没吭声。

“他说：不行，你必须忍受孤独。”

克里丝蒂娜的上身往后慢慢倾去，又止住，很快回到直角。我们专心地看着约翰。

“我很遗憾地得到了这样的信息：我必须孤独，至少在头一个月里我必须孤独。我很难理解这一点，内奥·茨马达在把自己变成一个特权人待的地方，如果你是一个社员，你就可以为所欲为，而我却连邀请一个友人的权利都没有。我来的时候，人们对我说，大人孩子在这里成长，现在，我不知道是不是可以这样讲：他们将在一个极权的环境下成长起来。”

阿娜特的表情很难看；而约翰的声音都有点哽咽了。

“我想告诉你两点，”阿娜特叹了口气，皱着眉头说，“第一，内奥·茨马达是一个十分特殊的基布兹；第二，你把‘孤独’这个建议看得太重了。就是现在，你需要用你自己的感受判断你所在的地方，而不是用从别人那里得来的信息，你可以跟待在这里比较久的志愿者——比如玛扬，比如萨拉——交流交流。

“而且，内奥·茨马达是个说希伯来语的基布兹，这里百分之八十以上的人，英语都非常非常蹩脚。（这话说得……）他们企图用破碎的英语来传递自己的真情实感，结果往往徒劳。你要他们解释一下‘桌子’‘盒子’‘枕头’‘山羊’，没什么问题，你要他们解释‘孤独’，唉，饶了他们吧。说到什穆埃勒，啊啊，”阿娜特做出一副恨铁不成钢的样子，“什穆埃勒的英语真是见了鬼地烂呐！他总是没办法让人准确明白他的意思。你必须考虑到这一点，所以……”

“我知道你遇到的这种情况，”达尼埃尔开口了，“我来这里之后一直受到霍尼的照顾，那时我也问起，是否可以在周末带个客人过来。我说，这个女朋友，在我出国之前正在欧洲游历，没能见上一面，现在我想邀她过来。霍尼的回答跟什穆埃勒一样；不过他是这样说的：你在农庄的头一个月，你不该带朋友来，也不该随便就跑到别处去。

“当然啰，我也不喜欢别人来告诉我，你干什么才是对的，是好的。不过，这里如此封闭，它的生活方式很难不影响到每个人，比如说，在这里，你要是有客人的话可以把他／她叫来吃饭，而在别的基布兹，在一个更加城市化的基布兹，吃饭可能都不在一起。从这个角度看，我不觉得我的个人自由因此而削弱了，因为，我的个人自由本来不是一个被强调的问题，这也是我为什么待在这里。当有人跟我说我必须如何如何的时候，我从不会作出激烈的反应：‘不！见鬼，我才不会听你的！’这是因为我已经跟这里的环境有了融合，我甚至享受这里的生活和交往。所以你应该想的是，你到这里来是不是应该放弃一些不适合这里的期待，不然的话，你就会受到冒犯。”

达尼埃尔一口气说完，但他的肢体语言仍然停留在继续表达的状态，劈柴样的胳膊在空气中一屈一伸的。在这方面他很有传统犹太人的风范。犹太人过去以手势丰富著称，据说要想区分犹太人和其他欧洲人，最好的方法是去饭馆：你看到他们吃饭，听到他们说话的，这是欧洲人；你听到他们吃饭，看到他们说话的，这是犹太人。

“我从来就没有这个义务，哪儿都不去而在一个地方待上一个月。”约翰面有戚戚地说。

这里弥漫着混合的情绪：讶异，困惑，同情。看起来大家都思考着怎样用最好的方式来安慰这个比薯片还脆弱的男人。我心里也进行了一场搏杀，最后，手持混天绫的“我很同情他”险胜拿着大砍刀的“他吃饱了撑的”。我正思索着怎样用《约伯记》的故事来劝勉约翰，阿娜特开口了。

“约翰，”她忧郁地说，“我想说，过去我们这里来过那种志愿者，那种，就是时时刻刻不能断了与外界联系的那种。那个女孩是我们这里一个社员介绍来的，她走了，然后在网络上散了很多不好的话，这件事到现在还在伤害我们。我们从来不说‘孤独’（solitude）这个词，我们会说……我的英语不太好……”

“loneliness？”那个厨房男狐疑地说。

好几个人摇头：“不对吧，solitude 已经是个不错的词了。”

“也许说 loneliness 反而更好一些呢？”达尼埃尔说，“什穆埃勒恐怕说的是‘enjoy your solitude’吧。也许，也许你会觉得这挺伪善的，就像是你明明一无所有，而别人还要跟你说：‘享受从零开始的快乐吧！’‘你再也不会失去什么啦！’我看，什穆埃勒倒不如直说‘你得一个人过’。”

“约翰，”阿娜特问，“什穆埃勒当时讲了什么，还有别人在场吗？”

这事弄的，我叹息着想，刑侦机构都快介入了。

“什穆埃勒没说 enjoy，他就强调在这里必须是孤独的。”约翰说，他本人也认为调查真相没有意义，“我并不很在乎是不是能在这里约见朋友，我也不太在意我能在这里招待她一起吃饭。我们这些出远门的人都作好了接受长期保持一个人状态的准备。以色列是我在中东到过的第三个国家，我亲耳听到别的国家是怎么评价以色列的，我想它也一定不会接受孤立的状态，它必须要有外援，有朋友。内奥·茨马达是个美丽的地方，但它不能因此就鼓励每个人都认为孤独是最好的。”

我们都发出了善意的，又有点忍俊不禁的反应。马克也开口了，“没有人能拒绝孤独的诱惑，”他说，“不过别人说你很孤独，或者，阿姆，你要孤独的时候，你可能会不太高兴。”

克里丝蒂娜点头称是：“我想说我喜欢这里，虽然我们才来了这么几天，我愿意一个人去感受这里的友好和辛苦的工作。你要把许多过去的事情都放到一边，放弃你过去的习惯，这是很自然的，如果要我为了专注而切断我和其他地方的关联，我能接受。”

话题终于回到正常的“交流体会”的轨道上来了，虽然这种交流一般不会有任何惊喜。大部分美的东西表达出来都是平庸的，而且，美经常会导致思想懒惰，即便手脚还算勤快。大自然就是这样，它美得让人只剩下一个叹词“啊”了，只剩下说“我爱”了，在它的面前我们都成了蹩脚的外交官。乌托邦小说都想把理想社会描写得如同大自然一样井然有序，所以也几乎都是平庸的。桃花源绝无可能经由文字而不朽。

“至少等待一个月，你再看看是否还有不满吧，”阿娜特说，“这是我们对志愿者最低的要求了。约翰，你知道明天去哪里上工吗？”

Day 08

流 浪

旅游旺季跟旅游旺季不一样，六七月份，到特拉维夫来享受海滨的游客再多也不及马尔代夫的一个零头，只有那些特别想看地中海东岸的人才会找到这里：放眼整个东岸，以色列显然要比北方的黎巴嫩安全得多，而特拉维夫，这个在1948—1967年间充任首都的百年新城，看上去也是一个比较安全的城市。

本·耶胡达大街距离海滨仅二百米之遥，我有好几天露宿在那里，起因是我原先认识的房东忽然动了一场大手术，家里的四室一厅涌进了一堆陪护和探望者。他们家的层高足有三米多，可是，所有来客仍然不得不在地上走动，房间的四壁粉刷得煞白，平时就阒寂无声，现在更像一所私立医院的贵宾病房了。我去他家拿行李时，他四十五度角仰躺在长椅上，用手比划着，哑着嗓子说话。“本·耶胡达……大街，”他说，“你可以……去那里，那里有许多通宵酒吧，也有旅馆。”

我忧郁地看着他：我怎么住得起啊。从2009年到现在，特拉维夫的旅馆价格跟着房价涨，何况现在还是一年中最贵的季节。卜内但街上的那家低调的青年旅舍，现在挂出一天三百一十三谢克尔的大通铺价格，而三年前这个数字还不到一百三十。

强宾不压主，不管怎样我还是离开了他们家，告别时我想拥抱他——以色列人喜欢拥抱带来的兄弟感——但发现不太现实，因为我得连他的躺椅一起搂进去，我只好抱了抱他的夫人。那女士满头银发，连说了好几声抱歉。送我出门时，她看出我不会去住旅店，就叮嘱说：无论怎样，别在海滩上过夜。

结果，我买了一盒樱桃，在本·耶胡达大街的长椅上边吃边读带在身边的书，打起了瞌睡，就用包垫着脑袋躺下。后几天，我白天约见要访问的人和朋友，晚上找公园、小区、篮球场，拿那里的水龙头冲凉，睡长椅，睡草地，最后睡了一个被人废弃的床垫子，它扔在儿童乐园对面，被球场的围栏挡在阴影里，除了落了些枯叶外，竟然非常干净，我想，就是上帝下榻的地方也就这样了。那些天里，我没有被任何一个当地人上来盘问，甚至都没有看见过一个警察模样的人。

“我总是好奇以色列人都在玩什么，”早餐时，我跟霍尼说，“休闲的时候，家家户户只有这么点事情可做：聊天，游泳，浇花，打球，看书，在城里和在村里待着没什么区别。大商场里的东西都差不多，连锁店就那么几个，就连我看到的残疾人拐杖，好像都是同一家公司生产的。”

“你要是去特拉维夫，那就不一样了。”霍尼漫不经心地答道。

又是特拉维夫。特拉维夫主治一切疑难杂症。吉他手在草地上摇摆一整天，开到半夜的酒吧里，光头少年拎着红酒瓶鱼跃而出，无所事事的老家伙坐在清真饭馆顶楼嚼皮塔饼，阿拉伯男侍者们手托银盘，黧黑的脸膛上挂着殷勤而神秘的笑颜，有人用铺着黑绒的皮箱把家里的律法书、灯台、铜酒杯一股脑儿摊在路边售卖，还有阿伦比大街上，儒雅的美国人开的二手书店……每一分钟都有十个人弯腰拾狗粪，有三十个人在接吻，一百个人在填医药费报销单。特拉维夫市内很少别的城市那种闲适的场面，就连海滨也多是锻炼的人，但它自有一种解人心烦的氛围，尤其当你看到四五辆童车聚在一起，栗色头发的母亲们隔开六丈多远，冲着各自的宝宝挥动冰激凌蛋卷筒唧哇乱叫的时候。

并不是谁都想去特拉维夫的，在村庄里，或者在阿夫拉这种二线城市里，跟人说起此间生活多么单调乏味，都会招来士可杀不可辱的回答："切，我们这儿又不是特拉维夫。"除了耶路撒冷，其他特拉维夫以外的人谈起特拉维夫，都不老自在的：什么？我们这儿没有演出？去特拉维夫呀！（低音炮贝司手折腾你到半夜）你想吃中餐？去特拉维夫呀！（反正都是假的）嫌这儿冷清啊？去特拉维夫呀！（挤不死你才怪）

"不过我发现特拉维夫很适合流浪。"我跟霍尼说到了无家可归的那几天。

"哦？"他饶有兴趣。

"我走到哪里，哪怕一宿住在街上，都没有被人阻止过。"

"呀，为什么要阻止呢？"霍尼忽然反问，"每个人都有心情沮丧的时候，也都会有跃跃欲试、想挑战自己的时候，如果有人忽然决定离家出走，浪迹街头，为什么要去阻止他呢？"

我一愣一愣地看着他。

上午，我第二次前往"足球部"——工作要紧，暂时不去想这个名字什么意思了。

食品厂的人也在为一件事困惑。我告诉他们，我们国家的橄榄都是甜的，个头跟椰枣差不多大，他们的眼白就慢慢变多，脸上露出遇到荒悖事时才会有的那种怪笑。第一个是宁录，随后这种情绪陆续传递给了食品厂的其他人：阿里埃尔、夏哈、但以理。一个可怕的流言立刻在内奥·茨马达流传：中国人吃的橄榄是甜的！为什么？中国人的橄榄是用童男子的血腌的吗？

食品厂外圈的走廊里靠墙一字排开十来个蓝色大桶，盖子上满是黑黑黏黏的液体残渣，看起来很脏。我用尽全力旋开了一个大盖子，闷了太久的橄榄浮漾在盐水的表面，浅的灰绿，深的近黑，水面上漂浮着一团一团的油花子。宁录伸手拿了一个腌橄榄塞进嘴里，他看到我脸上的神色。

“你怎么这么恐怖？”

“我唯一不能接受的中东食品就是这个。”

宁录点头，他对我的敬畏越来越深了。

橄榄需要回味，所以他们吃橄榄时从不说话，腮帮子轻微蠕动，好像在默祷什么，直到从嘴里拿出一个深黑色的核。早期的犹太朝圣者在前往耶路撒冷的路上，若是恰逢成熟的橄榄树，他们便下马，把掉了满地的橄榄踩碎，张开鼻腔摄入涩涩的气味。迦南美地，橄榄是夏季最晚成熟的水果，定居者苦等它成熟，熟了赶紧收采，尽快腌渍，否则会氧化变酸，或者拿去榨出数量不多的一点油。橄榄树遍地开花，饥荒年间可以养活不少人，前提是你得挺到冬天，因为从采摘到腌渍，一整套工序让你急也急不出来。跟“萨布厄斯”一样，以色列净出产这些让人无法舒舒服服吃进嘴的东西。

我跟宁录来到仓库，我们搬动沉重的扁箱子，叮当地响。“你把每个箱子都打开。”我拿了小刀把封箱带全都划开了，里面是一瓶一瓶装好了的橄榄。宁录拧开一瓶橄榄，闻了闻，眯起了眼睛，好像那是一听装满蛇胆的白酒。他让我把所有盖子都旋开，查看是否有霉菌。我耗了整整一个小时，找出大约十瓶长了霉菌的，宁录把它们拿去，接着水池挑掉那些青灰色的东西，再让我盖上盖子。

"这样就可以了。"他满意地说，一边把拇指上沾的油腻的盐水吮掉。

这里的橄榄树基本都是矮个子，眉形的叶片一嘟噜一嘟噜，总是覆盖着一层霜一样的灰白色。《申命记》里列了张巴勒斯坦基础作物的明细单："那地有小麦、大麦、葡萄树、无花果树、石榴树、橄榄树和蜜。"19 世纪末，最早来到巴勒斯坦的犹太定居者一占住地方就种下橄榄树。但是，阿拉伯原住民也靠橄榄树为生，而且家庭作坊式的橄榄加工业已形成久远的传统，只是自给自足，生产的腌橄榄和橄榄油不进入商业流通领域。他们至今还保留着《圣经》时代的饮食和种植传统，一轮秋雨过后，人们用手摘，或者用棍子敲击树冠。

古旧的务农方式还能在《蓝山》里看到：巴鲁赫的外公，20 世纪 30 年代的犹太定居者，当着众人的面表演采收橄榄：两臂环抱树干，脸紧贴树体轻轻摇晃。起初什么也没有发生，"但几分钟过后，我就感觉到挺拔的大树开始叹息和抖动，不一会儿，果子静静地落到我的头上和肩上"。周围的人赞叹着，鼓起掌来，为了人与树之间的灵犀。而现在，犹太人管理的橄榄园以及榨油工坊早就实现了机械化运作，摇树机替代了巴鲁赫的外公，在那些精确测量过间距的树木之间移动。

我和阿里埃尔聊起了橄榄油的市场。阿里埃尔瘦瘦小小，他的名字 Ariel 跟我的名字 Leo 都跟"狮子"有关。他说，西班牙、意大利、土耳其产的橄榄油比以色列本土产的橄榄油更便宜，不过后者依然有很好的市场，不是因为支持国货，而是因为以色列人坚信，国产的东西质量第一。

但是,直到二十年前,以色列的犹太人还很少吃橄榄油。“原因?没这个习惯，”他说，“我爷爷也是东欧人，我们家从来不买橄榄油回来吃。还有那些从阿拉伯国家来的犹太人，他们在伊拉克、也门、摩洛哥住着的时候吃很多橄榄油，一到以色列就不吃了，因为阿拉伯国家是以色列的敌人嘛，他们害怕挨骂。”

“后来你们吃上了吗？”

“吃上了，”阿里埃尔笑道，“我们发现世界上有一种没有橄榄油就吃不了的好东西：通心粉。”

一想起第一天夜里吃的那盘意面，我的味蕾就在嘴里勃起。橄榄油是举世闻名的液体黄金，在一向鼓励“我有康健如土地”的以色列，居然还得靠意大利菜来解放。但是，和其他农业领域的情况相同，一旦犹太人重视起这个东西，他们的产量很快就超过了阿拉伯人。橄榄油也解放了阿里埃尔的母亲。她再也不用睡眼惺忪地切干酪、撒橄榄、焖饭，只要倒一碗橄榄油，加几块面包，三个鸡蛋，往桌上一丢，就颠颠地去做别的事了。

“很多人就是不想跟他们的敌人吃一样的东西，”阿里埃尔说，“犹太人都是顽固的。”

不管你跟哪一阶层、哪一行业的以色列犹太人说话，宗教的抑或世俗的，农民抑或城市中产者，士兵或社工，你都可以大胆地用“stubborn”来表达你对他们民族的印象，他们起码会默许地点头，要是运气差一点，他们还会请你吃顿 falafel。

犹太定居者和阿拉伯原住民之间的冲突自从 20 世纪 20 年代

就开始了。《圣经》里严禁拔橄榄树，因为那是和平、安宁的象征，但在冲突的两方看来，橄榄树首先意味着自己拥有土地。所以，阿拉伯人袭击犹太人的房舍，总要拔掉地里的橄榄树，反过来，犹太人也拔阿拉伯人种的橄榄树。他们彼此都认为对方不应该出现在这块土地上。我读过一位拉比的文章，他引用了《米德拉希》中的一个释经故事：上帝许给亚伯拉罕迦南地时，他的外甥罗得很高兴，认为家族现在就可以享用这片土地上的所有物产了。亚伯拉罕说：不然。他给骆驼群蒙上嘴，不让它们吃沿途其他人的庄稼，放羊的时候更加小心，不让羊跑远，啃了别人的地。拉比的意思是，应许是应许，在土地没有真正归属于你之前，还是要尊重现有的主人。

现在，犹太人有了国家，他们不必再靠种树来主张自己的存在，他们还立法管理橄榄树，移栽必须得到许可，因为政府把这种树视为国家景观的一部分。不过，那些有数百年甚至上千年的老树，现在是一些有钱人眼里的投资品，而它们大多长在较为贫穷落后的阿拉伯人的土地上。于是，一条新的拔树产业链就形成了。

阿里埃尔告诉我一件事：2011 年春天的一个深夜，一名贩树商租了台五十吨的起重机，派了二十个工人，连夜来到巴勒斯坦地区的一个橄榄树园，搬走了一棵有两千五百年树龄的橄榄树。为买下这棵古树，贩树商人花费了一万美元，再倒卖给富人，至少可以赚到七八倍以上的钱。可是，贩树商向树的原主人报出价格时，这位阿拉伯农民想都没想就答应了：倘若他继续种这棵树，连采果、加工带销售，连干十二年，都赚不到一万美元。

“搞这种走私的人大多住在绿线附近，往来两边方便。”他说。“绿线”，就是以色列人和巴勒斯坦人领土的分割线，西边是以色列，东边（以及西南边毗邻埃及的加沙地带）则是所谓“争议领土”，居住着巴勒斯坦阿拉伯人。每天清早，绿线上的检查站门口都会挤满了要去以色列一边打工的阿拉伯人，时有口角发生，但晨祷时刻一到，他们立刻停下争斗，集体肃立，摊着两手喃喃起来。

“虽说是走私，你说是纯商业行为也可以，有人愿卖，有人愿买，”阿里埃尔说，“说到底还是阿拉伯人太穷，但是你真要他们回到阿拉伯国家去，到伊拉克，到沙特阿拉伯，到也门，到约旦去，他们还不肯，为什么？我当兵的时候在边境，站在山上向四面看，天哪，约旦那边的土地怎么是一片黄的？随便找一个人来，问他，你愿意住在哪一边，他还能回答什么呢？”

阿里埃尔是个特别忠厚的人，他知道我不爱吃橄榄，就告诉我在冰柜的哪个角落里可以拿到椰枣。我们离开食品厂，路过几棵小橄榄树，锤形的果子又青又硬。到现在，我还没见过成熟的橄榄呢。

“只要你能待久一点，”阿里埃尔说，“快成熟的橄榄跟这个区别不大，但是表面会渗出黄黄的油。”

马克的生活比我规律，也更守时。每个清早都是他比我先起，坐在床头系衬衫的扣子，从底下往上系，我朦胧地看到他像缝合一只绒布熊一样，把胸毛一点一点地扣在里面，看不见了。我挣扎着起床，要他等我片刻，摸摸弄弄好一会儿才一起出门。今早实在迷糊得不行，居然用中文说了句“几点了？”把他吓了一跳。

冥想仪式日日如常，它的正式名字叫“夏哈里特”，也就是犹太教的晨祷，希伯来语的“清晨”正是从这个词里引申出来的。内奥·茨马达的“夏哈里特”阵容很稳定，少则四十来人，多则五六十人，个个若有所思。但是除我之外，似乎没有一个人面带倦意，如同间场时的演员，保持着或坐、或卧、或立的姿势，等待帷幕拉开，顶灯大亮。我坐在绿草中，时断时续地打着瞌睡，感觉到有人走过跟前，在某个地方坐下，不声不响地吃面包。我身体里的时钟一秒一秒地走慢。

Day 09

定居

“我理想中的名字叫内戈霍特（Negorot），不是约法林姆（Yuvalim），”雅各说，“内戈霍特的意思是‘闪烁的光’。”

电脑椅上坐着一个二百斤重的挪亚，艰难地往灶台那边挪动，他的两支拐杖使劲地捣着地板，好像那真是一对桨叶似的。如此近距离地面对一位体残人士却帮不上任何的忙，我认为自己应该显得愧疚不安一点，然而，雅各嘴里说着“不用帮忙”，一边从灶台上举起一只排球大小的白鸡，要我分享他计划之中的幸福。

“看，你吃过烤鸡吗？我告诉你，做法很简单，我们需要的只是盐而已。”

他把鸡放进大盘子里，又伸手去够到一瓶粗盐，打开瓶盖，围着盘子边缘淅淅沥沥地撒了一圈。他一扭脸又挪到烤箱前面，猛地拉开门，一阵穿堂风吹得脸上舒服极了。这座嵌入式烤箱大得可以烤下一副滑雪板，而且名副其实，我住了这么多天都没有注意到它。

雅各把鸡推进去，调了旋钮。“得有四十五分钟吧，好了，接着讲我做过最骄傲的一件事。”

1975年春天，雅各满二十八岁，物理学博士行将毕业。下过雨后，他和朋友开车去北加利利的山区摘蘑菇。顺便说一句，以色列有四百种蘑菇，牛肝菌和草菇尤多，最近几年，采蘑者的年龄层次渐渐降低，自然保护协会的人担心有人误食毒菌，就实地考察一些集中产蘑的区域，在毒蘑菇周围画上白圈，警告嘴馋者慎入；有些受保护的稀罕菌类也一道搭进了顺风车。据说，北加利利的某个基布兹，过去田里种的莴苣和白菜原本经常被那些采蘑人顺手拔走，去年雨季后，这些人重返故地，惊奇地发现莴苣田周围画了一个大大的白圈。

“我们摘着摘着，一个朋友说：你看这里的风景怎样？”

“很漂亮吗？”

“不同一般的风景。山坡上长着野草莓，石缝里开着花，泥土是粉红色的，就是石头太多了，满山都是。

“于是我们在那里坐了很久。我想，如果我将来住在这里，要给它起个好名字。1975年，这里还没有公路，夜一下来就什么都看不清了，所以我想，这座山坡上要有光，闪烁的光。”

“就像……万家灯火？”我问。我的原话是“light shed from all families”。

“房子的光，人的光，一切可以证明有人住在这里的光。就这样我想到了盖房子。”雅各的回忆完全打开了，比烤箱还大。

“我们的想法是：盖房子，然后住在一起。你看，我知道你想问什么——是，以色列有基布兹，有莫沙夫，它们不完全一样，但是在农业合作这一点上是一样的。举个例子，我和你都是基布兹社员，我想去读大学了，读物理，全村人就得开会讨论我的申请。因为我需要钱，我得租房子，我得交学费。所有人都得同意才行，我能否成行，取决于别人。为什么要这样？我有权决定你的人生。你有权决定我的人生，为什么？

“我们不觉得这是一个好的选择。我们都是有工作的人，想住在一起，但是不种地，而且，那面坡也完全不适合种地，好几年后，我们还得一车一车地往约法林姆运土。我们把想法散播出去，逐渐形成了一个很大的团队，有六七十人都投入我们的计划里来，我们之中没有一个农民，我在读物理学博士，她是老师，他是药剂师，他是社工，等等。我们设法把自己的愿望传达给政府，想告诉它：是时候接受一种新的定居方式了，不能死心眼地搞基布兹那套了。我们不反对基布兹，只是想另辟蹊径，选择彩虹中的另一种颜色。

“我们想买地，刚一设法联络政府，就被告知‘不可能’，他们不想把土地放手，我们陷入了僵局。那是果尔达·梅厄——以色列人永远不会原谅她在赎罪日战争期间的惊慌——末期，很快伊扎克·拉宾就接任了。我想拉宾并不知道这件事，我没有见过他。那是动荡的时候，赎罪日战争后的工党政府一直处在信任危机里，我们差一点点打了败仗，现在需要缓慢疗伤。你看我们常战常胜，每一场战争我们都笑到了最后，但你要想想以色列怎么能失败？对以色列来说，要么全有，要么全无；在以色列生活也一样，你不管做什么，都必须全部投入进去。

“这个国家就是靠着一个个定居点形成的。有两年半的时间我们一直在与政府斗争。我几乎把政府里除了拉宾之外的所有决策者都见了一遍。他们不肯让步，工党正在危机之中，战争和腐败削弱了它的公众声誉，所以他们更加坚持基布兹传统：你们想在一起，可以；不合作劳动，不行。”

雅各认为人应该各得其所，在天地之间取一块理想的安身之地；

政府应当为公民的定居愿望服务，不是公民有求于政府，而是政府有接招的义务。虽然没有得到想要的结果，但是这群人认为，他们或许在撬体制的硬壳。“政府不肯轻易就被打败。”雅各说。

“然后，国家变天了。1977年，工党三十年来第一次跌下权力宝座，利库德集团上台。我跟朋友说，好啦，我们要面对一堆新的人了，这次会是尼布甲尼撒、居鲁士、希律王，还是……耶稣？哈哈，肯定不是耶稣，没有一个世俗统治者会是耶稣的。

“我那会儿的工作多起来了，没办法主持整件事，不过最后，还是我拨打的政府办公室热线电话——不管谁上台，这个电话号码是不会变的。我对新政府的第一印象就是：他们换了个声音比较好听的电话秘书，我大概说了下意图，她说：知道了。过了一两个小时，一个自称总理办公厅主任的人打来了回电：‘年轻人，你需要什么？’我忽然想到了什么，就说：‘我想见见总理。’‘你当真？’‘当然。’然后他说，他会尽快报告总理。

“又过了一礼拜的样子，我在里屋，听见电话响，我的故妻——愿她风趣的灵魂安息——去接了个电话，我听她在外间说话：‘是，是总理办公室吗？好极了，总理什么时候来我家喝啤酒？总理夫人拿到养犬执照了吗？’我想，坏了，有太多朋友冒充高级官员给我打过电话了，可能这回是误伤。我赶紧大叫：‘葛莉，不要！那可能真的是总理！’我赶忙去接了电话，电话那头说：‘总理被你打动了，某月某日，请你来他的办公室同他见面——喝啤酒。’

“我见到了总理，他也打动了我，直到现在我还能记得他的样子。我见到的是一个人，不是一个偶像，很谦虚，很朴素，很以色列——你知道，以色列人煮茶和咖啡来款待朋友，他就是这样做的，边做边开那种聪明的小玩笑：‘你结婚了吗？结了？那你为啥还要往茶

杯里放糖？’（以色列人婚礼上有喝甜茶的习惯。）‘你抽烟？我再给你个茶杯让你丢烟灰吧。’

“我们谈得很愉快，1978 年 1 月，阿里埃勒·沙龙，对，那个植物人，坐着吉普车从耶路撒冷赶来——现在是植物人，当时他是利库德集团的农业部长——是贝京派他来的。我很惊讶，我说，没有别人了吗？沙龙说，没有了，就我们俩，就在这里，研究你们的这个事情。我带他来到我们理想中的定居点，我告诉他我们想在哪里填土、种树，在哪里盖房子，在哪里设花园，我告诉他我们怎么考虑公共设施问题，并且告诉他我们想把这里取名为‘约法林姆’，是复数的‘约法勒’——小溪。名字是我们公投定下来的，虽然我的‘内戈霍特’被否了，不过，呵，我也喜欢约法林姆这个名字。

“沙龙动作很快，他让我们按自己的想法干起来。他把他的私人电话留给我，要我每两个礼拜打他一次电话，不通过秘书中介，直接找他，告诉他我们做了点什么，每一棵树，每一块砖，每一车土，他说：我要知道你们进度中的每个细节。因为他喜欢我们的方案：不搞传统的农业基布兹，搞新型的‘共同村’——‘communal village’，每个人在村里都有独立的一所房子，不搞农业生产，只是生活在一起，所有参与者制定一套公约作为共同生活的准则。这是一个介于基布兹和城市之间的形态。

“在我们的团队里有个流程专家，他到海法附近租了一间房，于是，我们这几十个人，每次要开会讨论这事了，就各自开车到海法来，租金大家平摊。我们签了公约，约定了各人都发挥自己哪方面的擅长：擅长建筑设计的负责盖楼，擅长金融的负责圈钱，擅长地质的负责建筑选址，擅长法律的负责制作合同，擅长公关的负责与政府和机构谈判。违反了的人，不尽义务的人，将要承担怎样的责任，也都一一列明。

“我们很有钱？开玩笑，没有贷款干不成。我们团队的核心只是八个家庭而已，得到政府许可后，我们就准备好材料去银行找贷款，银行歇业一天，关起门来跟我们研究预算和贷款额，从早到晚，午饭都是跟银行的人一起吃的。贷款最后成功了，地价倒不高，因为那块地方此前一直是无法住人的，也没有公路。”

“现在有公路了吗？”

“当然，那是政府的事情。差不多到 1980 年，以色列的地图上有了‘约法林姆’这个地名，然后政府批准把公路修到那里。过两天，我们要去看看房子盖得怎样。现在这套房是夏霓和她先夫的，我们想有一套自己的房。有个著名的雕塑家也是约法林姆的居民，你能在那里看到她做的石雕。”

雅各肥胖的手指敲打着桌板：“鸡差不多好了，你来端吧——给你个干活的机会。”

热气蒸腾，那鸡浑身浸泡在自己的皮下脂肪里，都快要融化了。雅各自己去取餐具，还有青椒萝卜丁、紫叶包菜，两碟用柠檬汁和洋葱腌制的鲱鱼。我还没见过以色列人吃整条的鱼，所有的鱼肉都是处理好的，或者腌制，或者做成鱼排。

我们拿起叉子，分解皮开肉绽的鸡，雅各毫不费力地取下鸡腿。

“在以色列还有多少空地可以定居？”我问。

雅各沉吟了一下。“我们的 communal village 是全国第一个，有了约法林姆后，别人也学样这边那边建了好多。空地，你想找多少就能找到多少，难的是定居。我们用了八年时间，约法林姆才盖起了第一座房子。我也没想到，直到今天，我，约法林姆创始人中的一员，直到今天才即将拥有自己的房子。

“搞定居点，在任何一个国家，我说的是民主国家，都不会是轻松的事，取得政府的同意，有各种设施配套跟上，教育、医疗、住宅、交通运输等等。在以色列，我搞一个犹太定居点并不比阿拉伯人搞一个自己的定居点容易多少。”

“听起来，贝京和沙龙都很不错？”雅各讨厌工党，他的事业几乎是和利库德集团上台同时起步的，贝京的政策同里根和撒切尔夫人如出一辙。在他任内的1982年，以色列还打响了第四次中东战争，战火在黎巴嫩断断续续燃烧了十一个月。

雅各淡淡一笑："你知道吗？我有机会进国会的，那时贝京问过我的意向，我说，我得去问问我的妻子，葛莉，2004年她因为癌症去世了。葛莉说：不，不要，我不想让你被关在一个透明的房子里被所有人看见，你每天要被人指一万遍鼻子！于是我对贝京说，谢谢你的好意，我拒绝，并且解释了我夫人的意见。

“贝京说，好吧，我当总理也征询过我太太的意思。他们非常相爱。”

* * * * * *

我能明显地感觉到生理上的变化：饮食时间在延长，上厕所时间在缩短，我怀疑自己的肠子被拉直了，竟如此润滑，以至于每天早起，我都要默默地做两节提肛操才敢出门。马克比我更甚，清晨，我打出一个深深的哈欠时听到他轻轻下地，才刚刚收回一口二氧化碳，睡眼惺忪间就发现他又回到床上来了，而厕所里正传出呼隆隆的声响。

调查再三后，我断定是我饮用的茶水在作怪。这是一种绿色的水，里面浸着一片宽阔的lemongrass，来以色列的第一天，就有人端给我这么一杯水，味道很怪，有点像硝烟，又有点像是芥末粉冲剂，后来查了一个专业的茶网站，那里言之凿凿地称，柠檬叶茶是“清香爽口”的。描述味道是个世界性的难题，看看电视广告商，他们下很大的本钱，雇一个艺校大专生踩着滑板在高楼大厦的顶上溜来溜去，雇四五个女人在海滩上扭打，雇很多群众演员跑到马路上集体犯癫痫，就为了尽量准确地告诉观众一块水果糖是什么味道。

到农庄之后，我见到了更多即摘即泡的叶子，就在酒厂门口的花园里，每天傍晚，厨房总会有一个人跑到酒厂门口的花园里拔几棵草，拿到茶水间里，供人们任意抓取、冲泡。宽长条的是柠檬叶，另一种蛾眉形的叫柠檬马鞭草。我看了一份由植物学和药理学博士出具的检验报告，柠檬叶几乎招招针对横膈膜以下、腹股沟以上的那块地方：

> 缓解恶心。
>
> 一顿大餐后饮一杯柠檬叶茶，饱食之感即刻烟散，胃部蠕动焕发生机。
>
> 不良食物添加剂、多余脂肪和化学物质被瞬间除灭。
>
> 治便秘疗效显著，促进肠道蠕动，使其有效排毒，恢复身体活力。
>
> 促进肾脏和膀胱积极运动。
>
> 强有力的抗氧化效果，肺脏、胰脏均得以保持健康，保持胆固醇水平正常。
>
> 古代人用柠檬叶茶治疗咳嗽、感冒和发热，此外，这种茶还有抗细菌与真菌功效（意思就是上不生痤疮，下不长

脚气)。巴西亚马逊女猎手靠喝此茶身轻如燕，日常的紧张焦虑一扫而空……

本-古里安大学的最新研究表示，柠檬叶内含有的柠檬醛分子可以杀死癌细胞……

我泡了一杯柠檬叶茶，坐到霍尼旁边。比我早来的用餐者一个个埋着头切菜。我吃一顿早餐的时间一天比一天长，因为那一盘一盘生食的确好滋好味，难以释口。不过，我必须坐在能说英语的熟人旁边，以便边吃边小声地问。

“霍尼，这是什么？”

“西葫芦。”

“这个豆子是什么？”

“滨豆。”

“这又是什么？”

“你不认识胡萝卜？”

“我说的是那个。”我一钢叉叉起一个紫红色图章样的东西，左边有一根叉子愕然地缩了回去。

“这是甜菜根。”

这几样东西对应的英语单词我都是后来查了才知道的。滨豆(lentil)，一种灰绿色、细小伶仃的扁豆，让犹太人想到白驹过隙的人世一遭，因此他们靠吃滨豆抚慰自己。又据《革马拉》，滨豆“无口”，周遭闭合，刚好可以象征有口无言、默默品味哀伤的犹太教徒。所以，滨豆是犹太人哀悼两次圣殿被毁的Tisha B’Av节晚餐上的中心食品，这个节日在每年的七八月间。

甜菜根的气质正相反，阴风惨惨的《圣经》时代还没有它，它是中世纪西方农业技术改良之后才出现的。甜菜根是地里长出的大肥肉，而且可以越冬，俄国人拿它做罗宋汤，法国人做果酱，以色列人把它煮一煮，切小了丢进盘子里拌沙拉。至于西葫芦，以色列人说这是夏天哄孩子吃的食品，因为这个季节，放暑假的小孩互相串门，一对父母每天都得管带几个别人家的孩子，烤上十几根西葫芦，加点盐、橄榄油、碎薄荷、沙拉酱，配合黄瓜、西红柿，满满当当一大锅，能对付一天了。

我吃饭时间越来越长，是因为农庄的素菜菜品简直太丰富了，简直越吃越多，而且，农庄的惯例是不使刀不吃饭，用刀切、刀剁、刀抹，即使面前的盘子里只有一粒药片大小的鹰嘴豆，你也得舞刀弄叉，叮当个不停。我们是群居动物，必须守一些共同的规则，统一行动，吃饭就是其中之一。今天，我连续切碎了半个番茄、一块南瓜、半个青椒、一根黄瓜、半个洋葱、一块西葫芦，把一根带着绿小辫的胡萝卜斩为三截，细细地剐了四分之一个圆白菜。大批的白菜丝加入餐盘里，被沙拉酱统统掩埋。这顿早点的最后一个节目，是用经典的餐桌食腐动物——面包片——把残渣吸干。

刀叉保留了太多原始社会的痕迹，刀叉食客们所做的就是把公有的东西迅速瓜分，由此可以写出一本《餐桌伦理与资本主义精神》。村民们的刀功和耐心很快就让我羞愧得无地自容了，他们能把黄瓜切成黏糊糊比蛙卵还小的丁，把西红柿剁成无数细胞，他们切出来的白菜就如同用碎纸机碎成的一样。有一次我看夏哈切黄瓜，先是纵向两刀，精准地劈一个齐腰深，然后横过来，嚓嚓嚓地均匀地削下一大堆。现在，霍尼就在我右边整整齐齐地把一根胡萝卜切成许许多多扇形小片。农庄里当然不能浪费食品，人们拆开空的橄榄油瓶，用小勺刮干净，吃掉盘子里最后一颗滨豆，每张桌子上最后一个吃完饭的人得多留一会儿，负责让刚才的进食行为看上去好像从未发生过。

我去送餐盘，所有用过的餐盘餐具都分类丢在厨房的大水槽里，有个壮汉在水槽里咕咚咕咚地刷盘子。我看他眼熟，却想不起来名字，那人却从混着洗涤液、橄榄油脂和各种酱料颗粒的水里伸出一只湿漉漉的巴掌，一把攥住了我还没打算伸过去的手。

“好啊兄弟！”

你不认识人家，却被当作兄弟一样招呼。我忽然觉得血在往肢端涌，赶紧挠了下头皮让它们平静下来。农庄里的人一定会笑话我的，如果这也能被感动的话，内奥·莰马达将成为闻名遐迩的泪谷。

他讲了一堆话，然后眉飞色舞地说：“什么时候再上耶隆来看看吧？”

我才想起来，这是埃雅尔，一同捣过泥的那位工友。他身上比那天干净多了，不过在此地，泥土或许还是最干净的东西。

埃雅尔多数时间都在山上工作。他告诉我，村里的一批孩子要毕业了，今天傍晚搞个庆祝会，在山的另一头，他问我愿不愿意来参加。

“so，他们唱歌？跳舞？”我估想着他们应该不会喝酒，更不会用划拳的方式逼迫谁满地爬。

“不，他们盖了一座小房子。”

下午5点半，我在酒厂里给一百多个灌装好的酒瓶子焊上了瓶盖，就跟着什穆埃勒的车上山。一直在酒厂干活的萨拉，今天不知去哪儿了，身边空着个座，很有些不适应。

黄昏时呼呼的小风吹着我的腮帮子，从农庄的中心地带出发，不管朝哪个方向走，都是在向荒野进军。此刻，夕阳正在将耶路撒冷的棕色云石和红色黏土染成金灿灿的一片，橄榄山上刚才还有说有笑的游客，现在都被一种肃穆感点了穴位，立定不动了；而在这里，沙漠，夕阳只是让许多难看的沙丘提前进入阴霾状态。

我们到了。这块地方更加荒凉，除了两三棵棕榈树外见不到一点绿色。小泥屋孤独地站在那里，周围围拢了一圈人。我发现，就像那天在工地上有许多孩子加入建造队伍一样，孩子们的屋子里也掺了许多大人。我到窗洞里张望，屋顶骨架是用几根木条简单搭成的伞盖，粗粗地覆盖着一层层硬纸板，黑色电线把几枚灯泡接了进来。每个人都拿着泥铲，里里外外地刷。我刚好与对面的窗洞里夏哈的脑袋相遇，互相用笑脸打招呼。

他们怎么这么爱盖房子呢？真的是定居癖在作怪？

两个半大孩子拎着工具噌噌地爬上房顶，他们长着一副标配的犹太孩子模样：黑寸头，头颅短小，尖下巴颏，四肢细瘦，猿猴一样灵巧的身材，胸脯仿佛被熨斗熨过似的又扁又平。异邦的孩子有时是最容易沟通的，有时却又最难了解，特别是十三四岁、正依赖母语形成人生第一套活法的那些，我总是不明白他们会为什么兴奋，会受什么东西的诱惑，什么样的事情让他们像发情的笨蛋一样蹦跳不止。

还有那些同样瘦瘦长长、麦色皮肤的女孩子。她们穿着没有性别特征的贴身 T 恤或松松的圆领衬衫，下面是精干宜人的短裤，两条长腿，披散或扎成朝天髻的鬈发，浑圆的脚跟，四肢由于从未受过束修而显得特别放松，泥在她们手上，同在男人手上一样干燥成壳。她们给内奥·茨马达枯燥寂寞的景观扎上了一根金色的带子，没有风的炙热的白天，她们的低语和脆笑就都留在村子的空气里，久久不散。送晚饭的车到来了，她们放下工具，擦也不擦就奔了过去，用那两只带着点点黄斑的手去舀取泡在咸奶酪水里的蔬菜丁。我暗暗地用我最喜欢的几个犹太女名称呼她们：哈及、拉结、书拉密。

霍尼的妻子，还有果园的总管，一个面容刚毅的女人，也都来了。地上到处是废木条、钢丝和桶，我推过的那辆运泥小车也在。还有一台简易音响，一辆自行车靠在棕榈树上，农庄所有的自行车都是没有锁的，用不了几年，刹车装置也会进化消失。一条土黄色的狗冲着落山的太阳吠叫了几声。夏哈晃悠着手里的泥刀：“里奥，吃饭去呀！”

“好啊，可是我啥都没干也能吃饭吗？”我指指脖子上的相机。

“so，你拍到想拍的东西了？”

大人孩子都去盛饭了，屋顶上的两人也爬了下来，几个盛了饭的小子进屋吃着，他们连个装装样子的落成典礼都不会搞吧，我想。我问夏哈：“这房子打算住人吗？”

“没有，”夏哈说，“他们只是想做一点什么。”

“有意思。”我作出若有所思状。

这是我第二次看集体盖屋了，第一次是盖旅馆，第二次，是在草木荒疏的山头立一个小房子，一个等候着永远不会到来的、走累了的朝圣客，或是某个精神失常、跑出好几里地的避雨者的小房子。那些建设者，站在一面湿漉漉的泥壁前不停地刷啊刷的，刷出一样没有任何用途的东西，都不考虑把外墙染个鲜艳的颜色，让这件工作变得更像童话一点，更容易讨好摄影者一点。

“他们在山上盖了个小屋”——回到宿舍，我给一位在线好友发了这么句话，她很快回信：“哇，好浪漫啊！”我的好朋友都是些用文艺来美化惨淡人生，并坚信外边的世界相当美好的人。唉，你却不知道这群人多么匪夷所思，不知道这个房子如何莫名其妙。

Day 10

圣城

“耶路撒冷是个没有笑脸的城市。”

哈伊姆，我在耶路撒冷时的房东，用这句开场白代表他的城市来迎接我。他住在赫尔佐格街上，这条西南—东北向的交通干道一到傍晚就人烟稀少。城市真的不大，我从汽车站下车，沿本–茨维大街一路南行，然后上了凯因·哈扎兹大街，要不了半个小时，就穿越了整座克洛尔公园。这个公园杂乱地长满了树，有些地方露出大块的通红的裸土，树木低低地哀号。的确，大部分路人都面容严肃，沉默不语，好像赶着去做什么重要的事情。

来耶路撒冷的游客都要往老城区跑，塞满那里面的每一条巷道。老城分四个区：犹太教徒区、穆斯林区、基督徒区和亚美尼亚人区；有八道门，数西边的雅法门气魄最大，北边的大马士革门内外都是穆斯林的聚居地，城砖色暗，天都比别处的低，东边的金门正对着著名的橄榄山。整个老城坐落的地方就叫“锡安山”（Mount Zion），大流散中的犹太人，就用“锡安”来指代他们眷恋的《圣经》故土。

在老城里逛腻味了的游人，陆续出金门登上橄榄山。汲沦谷从山的西侧延伸到城南，与欣嫩谷相接。站在谷的东侧西望，老城城墙从圣殿山植被稀疏、黄绿交织的山冈上巍峨地耸起，穆斯林的圣殿——金顶清真寺——就那么光灿灿地停留在你的视野中，被周围不同层次的城砖、岩石、墓碑、屋顶一起掩映着。汲沦谷里过去有水，如同护城河一样一直流到南边的欣嫩谷，古代的闪族人在欣嫩谷里给火神摩洛克献祭儿女，现在，这里是一个由英国捐资建造的公园，从谷里爬上来，两脚都会沾上红红的黏土。

在橄榄山上向东南望去，目光越过大片大片碎碎的白房子，你可以看到死海模糊的影子，像地上的一摊墨蓝色水迹，一动不动。橄榄山上最显眼的一栋建筑是万国大教堂，设计者为安东尼奥·巴尔鲁奇，时间为 1924 年，正面穹窿上巨大的马赛克拼画讲述着耶稣基督替世界承受苦难的故事。围绕着教堂的是一大片古老的橄榄树林，即著名的“客西玛尼园”，耶稣据说就在此园中被捕，园中的三棵超过两千年树龄的老树，人子献身时，它们应该已经在场了吧。

不上橄榄山，你不知道圣城的味道。这里的风是沉甸甸的，再晴朗、再明媚的天，圣城都给人一种日头即将西斜，有什么东西将要缓缓降落的感觉。橄榄山不过是个小土包而已，一旦登临，人却笼罩在一片奇怪的寂静里。缘着城墙外围行走，从被拐角挡住的地方驶出来的机动车都仿佛是蹑手蹑脚的，到处是裸土、杂草和岩石，黑袍黑帽的教徒们腋下夹着书本，在一车一车的游人跟前面无表情地走过。

构建耶路撒冷的石灰岩和白云质灰岩是尚存于人类世界的最古老的建筑用石之一，自公元前到现在，老城内外的建筑，乃至整个耶路撒冷的建筑，至少是外立面，都是用这种石头砌成的，越是年深日久，石的颜色越黑，尘土、雨水和风协力把石头雕出沉吟的表情。古代耶路撒冷周围布满了采石场，犹太人移民来到圣地后，有许多人从事的也是采石的行业，现在，采石、制石这类劳动力密集型产业，基本上都交由约旦河西岸的巴勒斯坦人来完成了。

尽管耶路撒冷的法令严格规范建筑的修造，但圣城古老、沉重的尘埃里早已混入了现代工业的碎屑。第一次来到耶路撒冷时，我看到雅法路，这条一头通往圣城西北角，另一头连着长途车站的东西主干道，一半路面已被挖开，公交车只能在另一半路面上艰难地擦着身行驶，司机们交错而过时，都能伸手出窗互相握一下。我心说，那半边定是属于阿拉伯人分治的区域，所以才如此光景，犹太人做事干练高效，绝不会把一条破路扔在那里而看不见一个工人。三年之后，我重返故地，看到银色的轻轨车已静静地行驶在了雅法路上，才知道自己想当然了。两边的风物依旧，人们默默地行走，犹太教徒一边交谈一边严肃地点着头，长长的、卷成锥形的鬓角轻轻摇摆。

哈伊姆家的窗户面积特别大，大到一推开，两扇玻璃就不知飞到哪儿去了，只剩一个窗洞。客厅里空空如也，弥漫着一股灾后重建的气息。“这是我租的房间，”哈伊姆说，“旁边有两个超市，二十四小时的那个不要去，东西太贵，另一个晚上 7 点前都开着。”

哈伊姆刚刚服完兵役，他目前在筹备一个集体成人礼：不单是告别男孩，告别军队，还要告别他的家庭——犹太教社会里的一个小小单元。这些年轻人都是宗教家庭的叛逆后代，他们不肯走父母那种拘谨守戒的人生道路，因此自己结群结社。以色列的犹太人果然都是结社和搞运动的好手，在军队里，哈伊姆参与创建了一个类似“父母皆祸害”的社团，又参加了另两个社团，其中之一叫“醒来”，旨在唤醒本城的那些世俗居民保卫耶路撒冷。“因为耶路撒冷被那些 religious men 给占领了，”他说，“那些人从来不笑。”

正如此地报纸上说的，越来越多的人在逃离圣城，因为他们受不了城市的宗教化。这座城市有一个世俗犹太市长，但权力集中在哈雷迪们的手中。哈雷迪（Haredi），指的是犹太教徒中最极端的一批人，他们最坚定地相信《旧约》中“上帝选民”一说，严守着自从犹太教创立以来确立的一整套教规，从衣着到饮食，到每日的祷告，到安息日以及逾越节、赎罪日、住棚节、新年等众多宗教节日的清规戒律。由于以色列是个民族混居的民主国家，政府若要保持“犹太国”的性质永久不变，就必须特别照顾哈雷迪们的利益，因为这些人忠实地遵循《旧约》中“生养众多”的律令，是民族繁衍壮大的主力。

“哈雷迪化”的过程开始于 2003 年，极端正统派希望将耶路撒冷变成一个纯粹的犹太教城市，而不是三教共同的圣地。有这种诉求的人，必然要诉诸隔离，哈雷迪呼吁在一些公共场合设置铁丝网，隔开宗教人群和世俗人群。这十年来，耶路撒冷失去了一批又一批老市民，一个原因是，他们的子女亲朋大多选择居住在更为自由开放的特拉维夫，另一方面，浓烈的宗教氛围也确实让他们呼吸困难。但是哈伊姆说，世俗人群的撤离，促使哈雷迪更加嚣张，“这是不对的，城市是他们的，也是我们的，他们的目的就是要赶走所有跟他们不一样的人”。

虽然生长于兹，对圣城景物已无太特别的兴趣，但哈伊姆还是陪我去走了下老城。我们沿着城墙外侧的草地缓缓而行，这片并不起眼的绿化带，是“六日战争”后上任耶城市长的特迪·科勒克倡议兴建的。在科勒克的治下，耶路撒冷成功地坐稳了首都，朝一个文化多元的国际化城市的方向发展，这十年来的保守趋势，绝对是他不愿看到的。老城游人如织，许多人都往哭墙跑，以为它是所有犹太人共同的圣地，却很少知道它背后的争斗：哈雷迪们企图将它变成自己的象征，他们号召更多的犹太人向他们靠拢，更宗教一些，更加积极地到哭墙来追悼过去，托付心愿。

哈伊姆就从不去哭墙，他觉得在如今的局面下，去那里就跟投敌没什么区别。这是一场战斗，就如同犹太人跟巴勒斯坦人争抢同一块土地一样。但是，解决以巴对立的问题，可以拿诺贝尔和平奖，解决了圣城教俗对立的问题，最多拿一个什么“耶路撒冷理想主义者纪念勋章”。

“我们无法放弃耶路撒冷，总不能所有不信教的人都跑到特拉维夫去吧？”他说，“我是公民，我有权住在任何我想住的地方。”

特拉维夫获评2011年度“全球同性恋之都”，有意思的是，就是在封闭保守的耶路撒冷，同性恋人数也占到了百分之十，跟世界平均值一样。更有甚者，宗教人群里都有同性恋者，他们还成立了个组织叫Havruta，这说明，宗教界也不是密不透风的一整座堡垒，他们只是在某些方面，例如在对待世俗力量的做法方面比较一致而已。

“哈雷迪认为，跟与自己不同的人住在不同的地方是种骄傲，”哈伊姆说，“而我正相反，我所骄傲的是：能跟和我不同的人同住一个城市而不与他们混合。”

“Everyone is fighting.”我叹息道。

有一句俄国谚语，据说在以色列一度很流行：自己活，也让别人活。我们长一句短一句地说着话，踩着草地和赭红的土壤而行。嶙峋的岩石根部已经发黑，耶路撒冷的雄伟、森严中，带着一种仿佛刚刚挨过火焚的气息，一种肃杀的感觉，让人不得不停下脚步，伫立凝思，然后，被不知来自哪一所教堂的“噹”的一声钟响惊醒。

晴朗的每一天，夕阳定时把圣城镀成“金色的耶路撒冷”，再多的观光客都冲不淡它那浓郁、错杂的虔诚，还有随之而来的偏执、苛刻和斗争。

* * * * * *

下午，我一边整理一些耶路撒冷的谈话笔记，一边查看那些搬离圣城的人的言论。我发现，他们相当脆弱：周围的朋友少了几个，他们就认为自己同这个城市的缘分到头了；有的人在安息日开车出门，被犹太教徒骂了两句，就觉得“在这里生活是种羞耻”。我有些怀疑，哈伊姆或许言过其实了，他是个悲观的人，微笑中总有那么几分悒郁（我都不明白他为何要邀我来他家住），结交的也都是些容易忿怒的同类。或许，那么多人忍受不了一群手捧经书、经常发些怪论的正统派教徒，只是因为他们自己太敏感了，太容易为一些事情激动——而这些事情，与食品掺毒、恶性拆迁、商业欺诈、冤假错案之类相比，简直微不足道。

不过，“自己活，也让别人活”，这句倒是放诸四海的真理。在内奥·茨马达，人们就是在研究共处之道。农庄的元老们都是耶路撒冷居民，也都是世俗犹太人，现在他们回圣城，还能生活得惯否？

马克睡了半晌起身，冲着墙打坐去了，轮到我倒头躺下。我从来拒绝午睡，甚至觉得大白天人事不省是男人的耻辱；做了农民之后，我依然不屈不挠，但午睡强行进入了我的作息表，逼迫我，给我的头脑和四肢施压。分明是它需要我嘛——我迷糊着想——而不是我需要它。

耶路撒冷、拿撒勒、阿卡这些以色列境内的老城里，到处是淡黄色发黑的石头建筑和凌乱错杂的小巷子。

Day 11

民 主

宁录把一支玻璃针管模样、中间有刻度的小仪器放进桶内的液体之中，过了几秒钟取出来，举在半空，他眼镜片后边的器官变成了一条线。

“还是不行，”他说，“接着来。”

我拨动开关，胯下立刻呼隆隆地响了起来。这台矮小的机器就像一只巨型狼蛛，细手细脚地顶着一个脑袋，浑身铁锈红，脑袋两边各长出一根粗大的管子来。把这水泵搬出来费了老鼻子的劲，胳膊、腿上都划了一道道的红痕。宁录挨个把腌橄榄桶打开，今天他要分别检测十几个大桶里盐分的情况。

“足球部”里的工作项目无非是橄榄制品和水果制品两种。夏哈和阿里埃尔负责水果部分，而宁录主要对付橄榄这块。我看到两个女孩拎着沉重的桶，歪歪斜斜地往楼上走，桶里装着从果汁搅拌器里流出来的果泥，像芝麻糊一样稠密而冒着热气。这些果泥将被制成极其难吃的果脯，它是农庄的人的骄傲：他们精心研制出了独家配方，混合李子、杏子、桃子、苹果等多种富含维生素的新鲜水果，才制出了这么一种营养丰富、包装精美的果丹皮。

前天马克在食堂当班，下午，我看见他和几个人把一张张大块的塑胶片裁成小块，装进扁扁的包装盒里。这些塑胶片的一面贴着一层“足球部”生产的果丹皮：那些桶里的果泥被倒到八个金属台上，然后用挡苍蝇用的透明罩子将它们罩好，在阳光下晒干后收起来，最后裁成片。我和马克交流了下对这种食物的看法。“不坏，”他说，“至少我是第一次吃到这种东西。”

只要是自己亲自动手做的事，什么都是好的。犹太教认为，上帝把真实藏在了地上，用各种办法掩盖起来，人的一个使命就是去发现它们，但必须凭自己的努力。行动在以色列人看来非常重要，尽管他们也很重视和喜欢言辞交锋。前几天孩子们搭小泥屋时，我就见识到了这一点。

还有艺术中心，农庄的创建人耗费了将近五年的时间，才建起了这个让我无话可说的建筑。现在没有人评价这个建筑的好坏，它的利用率，就我所见实在是太低了。不过，有人告诉我参与这项工作的还有几个中国雇工，他们走后整整十七年，又一个中国人——我来了。

“你拿一个吃。”宁录塞给我一个橄榄。我连连摆手。这里的人总希望向所有人证明，自己生产的东西是何等的优质。

橄榄腌渍时间久了盐水会变浓，对此我们必须加以控制。水泵上的两根管子，一根吸出盐水，另一根通入淡水，如果盐分过低了，就要把刚刚吸出去的盐水再灌回去。在宁录的指挥下，我一会儿拧开排水管，一会儿拧开进水管。这个工作最累人的地方在于两个桶之间的间歇，我们得吃力地挪动水泵。宁录则优雅地把测盐计拿起又放下，放下又拿起。只是在操作到最后一个桶时，发生了一点小小的意外：抽水管一发动，我们便不约而同地注意到半透明的抽水管里有一些阴影在移动。宁录低下头端详着。

“不好”，他大叫一声，“快关上，橄榄都被抽出去了！”

傍晚，在内奥·茨马达的第二个安息日如期降临了。我选了一个座位坐下，细细地品鉴人们的舞蹈。我没有任何把身体变得柔软的经验，腿脚和腰肢都是僵直的，除了力量、韧度得到不停地加强，充好汉的心态日渐膨胀，其他能力一直处于昏睡状态。农庄不认为我需要办保险，他们凭外表就可以认定，这个人即使出了工伤也会装得若无其事。

二三十人络绎进入场地中央，围成了直径十三四米左右的一圈，他们穿着安息日的白衣白裤，多数人都光着脚，我看见几张熟面孔，看见了达莉亚，还有霍尼的妻子，村里的护士长。音乐从容不迫地响起，人们开始耸肩，晃动脑袋，屈膝，接着原地踏起柔慢的步子来，然后缓缓地顺时针移动。一个一头鬈发的矮个小伙忽然往圆心跃步过去，在一根看不见的横杆上停留了一下才落地，他斜对角的人立刻以同样的动作相迎，两人扭着背在中间错开，各自转了一个直角，迈着外八字的脚往前一点一点地挪，后边的人都紧紧跟上；我觉得他俩在彼此交会的那一瞬间相视一笑。

很快，某个舞者的一个擅自转身，队形便开始散乱了，中间的人仍然在中间跳跃，周围的人则在周围逡巡。鬈发小伙连续抖着肩膀、弓着腰后退，站定之后两手向上掀动，然后轻盈地边旋边跳，两手像鹅颈一样地摇摆，几步就从边缘跳到了中间，刚刚开始自行其是的人们又都模仿起他的动作来：一脚轻踮，另一脚高抬起来猛蹬下去。几步之后，他高伸两臂，不停地做出随风而偃的样子，周围的人又都自由发挥起来。

有些人开始对跳：弓下背来攥着拳蹬地，你进我退，你退我进；或者张开双臂，不停地蹦跳着转身，又迅速立定，双手在一个垂直的平面上舒展地抓来抓去。有些人跳着跳着，就独自扬着胳膊在其他人中间穿来穿去，有的人跳出圈子走了起来。没过几分钟，就有一个新人加入舞者的队伍里，他或她总是从模仿最贴近自己的人的动作开始，随后再模仿其他人的，最后当鬈发男孩又一次动作张扬地跳到垓心时，跟上他的样板。这让我想到了东非河马，一头新的河马要加入一个现存的河马群，总是先跟边缘同胞蹭熟后再慢慢向纵深融入，接近首领。

我慢慢可以看懂一些动作的涵义。有位瘦瘦的、头顶半秃的中年人走进场地，招手让另一位女孩也过来，他四肢张成一个"大"字，左右侧轮流弯腰，以手探地，到几乎要跌倒时恢复平衡——这一定是在捡拾柴火；手掌向下甩动手指——这是播种；平伸两臂，像伸懒腰似的画一个大圆后伸手往前探摸——这是在墙上抹灰泥；眼看高处，手抬起又放下——这是在摘水果；鬈发男孩和着节拍，一顿一顿地在地上猛冲——这是在模仿随处可见的蜥蜴。他耸耸肩膀，拍起手来，所有人立刻都跟着他一起拍，他们重新散成一圈，男孩一耸一耸地起身，手弯成刀形快速地劈动——这是模仿螳螂；他平伸胳膊左右摇摆——这是模仿风中摇曳的树，或者阿凡达居民的生命舞；他顺时针尽力地甩手画出前进的轮毂形——这一定是模仿发电的风车。达莉亚猛地杀到了中间，她欣快地原地自转，长裙飘飞到了膝盖以上，几个动作之后，霍尼的妻子晃着一头亮闪闪的白发，像蛤蟆一样两腿齐跳迎了过去，又仰面朝天、捂住屁股一摇一摆地站起来。场地中间已经有四五个人了，鬈发男孩退到一边，现在，这个明显最有专业素养的人效学起了其他人的动作。

夏哈不知什么时候也出现了。他看起来是个初学者，带着几分陌生感加入人群，但是浑身松弛，恍恍惚惚地往前走去，面对迎面而来的女士，他以原地耸肩示意“你先请”，然后跟着对方挥举臂膀。人们一哄而上，又四散而下。我发现，当所有人都没什么新招的时候，他们就尽量保持每一个关节的时刻转动，不停地摇晃头颅，一点一滴地加重酣醉狂欢的意思。首先想出了新点子的人就快步跑到中间，用动作把人们唤醒。偶尔，毫无征兆地，场地边缘会传来“当”的一响，外围的所有人立刻站定，只剩中间的人继续跳着，直到下一记“当”声响起，他们才又复活。有些动作如同招魂，像西南非洲的布须曼巫师，召唤大地的灵气，让沉睡的生命复苏；有时候他们做出两手托钵的姿态，看样子是在盼求雨露；还有一些动作，我将其归为火烈鸟求偶礼之类无法用科学解释的神秘仪式。

在一个细读型观众眼里，这舞蹈真是漫长，一种与农业的周期相匹配的欢乐，他们且舞且狂，沉浸于那种将智慧和理性暂时排空的醉态之中。月亮在最后几缕霞光的扫描下现出了模样，食堂门口的钠灯缓缓亮了起来，我们就如同新一幕拉开之后的话剧演员，处在舞台上唯一被打亮的圆圈里，像是有许多双目光从黑暗中射向这些全无戒备的人们，他们奋发有为，设法用欢祷来回敬六天的劳苦。进入最后十来分钟，舞者们排成了队伍挨个行走，边走边做着完全一致的动作，有时是轮番把掌心推前，上身做一个蛇形的前挺，有时以慢动作的速度跨着大步，蹑手蹑脚前进。他们随时都会站定，由领舞者站出来继续示范。有时候，队伍几乎已经全散了，人们各行其是，但一旦有人跳到了圈中，他们便又都专注地跟着做。音乐旋律是我非常陌生的，有点像用电子器乐中和之后的土著舞曲。但以理在我坐的桌子边坐下，两个巴掌碎碎打着拍子，咕哝了一句：“Wonderful!”

舞蹈结束时没有掌声——拍手反倒显得生分了。我们一跃而起，去屋里把餐厅用品搬到室外。一张桌子幸福地被四个人抬起，每人捏住一角，一把椅子被两个人横着放倒，轻轻地抱着往外走。大家庭的动人画面取悦着每一个人。轮到厨房的工作人员上场了，他们鱼贯而出，将预备好的面包、米饭、菜和红酒端到铺了白布的长桌上。“哈拉”第一个摆上桌面，烤成赭色的外皮光彩照人。在正统犹太教的社区和家庭，这种安息日专用的面包是不能这样裸着摆放的，人们把它们放在摇曳安详的烛火之间，还蒙上一层绣花的蓝色盖布。

我想起了埃拉特。

这座红海边的小城，是我到过的最荒唐的以色列城市，半数城里人都活在噪音的折磨下，因为城里最热闹的地方居然塞了一座小型机场，每天十几二十架飞机起降，楼房被机翼剐蹭的消息时有所闻。盛夏季节的埃拉特，在大街上闲逛有被活活蒸死的风险，我在那里住过三天，无可奈何地选了一间旅馆。有一个晚上，我去一家通宵超市买食品，从架子上拿了一只哈拉去付账。店主是个初露更年期锋芒的妇女，她指着面包，一针见血地问：“你打算吃吗？”

“是的。”我答得很干脆。

“那你不应该买这个！”她严厉地说。她的嗓门很大，我不知道她的愤怒从哪里来的，无助地摆出了一个“请搜身”的姿势。她从柜台里绕出来，拉起我的胳膊走到面包架那里，塞给我一袋全麦切片面包，价格比哈拉贵了近一块钱。

“你应该吃这个！”

“可是这个贵！”我争辩。

“你必须吃这个，如果你要吃面包的话！”她把哈拉丢回去。

“但是为什么？”

她不回答，叮叮叮地敲打收银机，小抽屉“咔嗒”一声弹了出来，她转向别人用希伯来语叽叽咕咕地讲话，那个样子就像是在说：这些异教徒啊，都是浑不吝啊，活该耶和华不吃他们的祭品啊。其他人就一边点头一边偷眼瞟我，好像这个人刚刚一把火烧了第一圣殿一样。我不懂她的蛮横的来历。是因为我付账前没有先问安，还是她不小心把老情人送的口红藏在面包里了？犹太人就是这么对待二战后搭救自己的东方恩人的？

现在我大概明白是怎么回事了。我当时要是多买一盒安息日蜡烛就好了。

椭圆形的不锈钢盘子中间放的是炸鱼排，一瓶瓶新鲜的葡萄酒在人们之间传来递去。我在西蒙的对面坐下，他是阿维克多的兄弟，留着比阿维克多更苍劲的灰白头发，嶙峋脸上的毛孔更明显而密集。我很少看到他在哪里劳动，不知道他是在哪一方面给共同体作贡献的。

人们安静下来。这群世俗犹太人的安息日不读经文，以一个简单的歌舞开场来代替宗教仪式。站在食堂大门台阶上的是十一二个女孩子，我坐在最后一排，看不太清。她们唱了起来，一首极优美的三四拍曲子，上来的每一句都是两拍咏叹，接上两个 1/2 拍，再一拍后休止两拍。这曲子优美，柔软，像穿过林木落到肩上的花瓣一样勾魂，惹人邪念，害得我把接触过的姑娘一个一个都想起来了。坐在一个个完美的女孩侧脸之间，我也只有靠着陀思妥耶夫斯基的话镇一镇内心的凌乱：世上最虚幻的，莫过于现实本身。

我身边坐着个脸蛋鼓鼓囊囊的孩子，抓着葡萄出神，霍尼的灰色鬈发在小风里满意地飘拂，马克坐在我的对面，西蒙的旁边。我看到克里丝蒂娜坐在角落的位置上，她左边的达尼埃尔和右边的阿诺奇卡像是在暗暗角力。这首歌唱到最后几个乐句时，歌声变成了更长的循环咏叹，歌者反复重复一个单词“托贝——”我在稀稀拉拉的几下拍手中低声问西蒙：“‘托贝’是什么意思？”

他和旁边的人交流了两句，然后肯定地回答我：“spin。”

spin 的意思是旋转，但又不止如此。亚伯拉罕接受神的指示前往迦南，他开启了历史，这个前行的过程是不可逆转的，所以说，犹太人和犹太教的出现终结了此前苏美尔人那种循环轮回的世界观，生命在人的视野里从此变得有终，拥有了一个确切的目的。亚伯拉罕传以撒，以撒传雅各，雅各传约瑟，代代相继。犹太人不相信轮回，但他们仍然从对死亡的既定理解中得出一个未知，一个有待实现的梦想，一个发生于未来的事件。“旋转”的概念可能是理解这一问题的关键词，不过，它超出了我目前的能力。

“晚宴”名不符实，每个星期，安息日晚上总是我吃得最少的一顿。酒不多，面包的供应出奇地节制，每个人只能撕到仅有象征意义的一小块。在某本书里我读到过，犹太教认为，人即使同至高无上、不可变易的事实结合，也不允许狂喜，而现今，这个拥有住棚节、赎罪日等保持 modesty 光荣传统的国家，也出现了月租金十万谢克尔（约合人民币十九万元）以上的豪华别墅。背着债务过好日子的以色列人越来越多，舆论普遍认为，这都是美国人教坏的。

我必须靠聊天来转移头脑对饥饿的注意力，于是很快跟西蒙聊了起来。我试图谈论舞蹈与共同体的关系：没有领舞者，也没有专业演员，好像也没有排练，每个人志愿去当领舞者，“这是共同体必须信奉的一种民主的文化”。而西蒙却说，这个村子并不民主。

"民主，呵呵呵，"西蒙说，"约瑟夫活着的时候，他就是一切，约瑟夫死后，我们只有名义上的领袖了——你要说书记也可以。不过呢，没有多少事情需要我们投票的，你必须信任他人不会败坏他们的职责。说到底，这个地方讲究的是自我教育、学习，民主不是一种被需要的东西。"

"不需要考虑太多，"他接着说，"如果每件事都得所有人公投，那就没必要聚到一起来了。我们减少不需要的东西：跳舞，不排练就是了；决策，交给少数有经验的人；吃，你看到了，就是这样简单。有一些基布兹讲究民主。我有一个朋友在基布兹里，村办工厂每两年要换一次总经理，工厂里每个人都轮到一回。我以前见他，问他做经理的感觉怎样，他说：'我再也不做了，我不想跟所有人都打起来。'"

"这个工厂怎么能经营得好呢？"我问。

"我的朋友后来坚决不干了，老老实实只做市场。这就是传统，为了保持传统，他们宁可牺牲经济效益。前些年内盖夫有一个地区，"他说了一个我听不清的名字，"行政长官参加连任竞选，失败了，他开开心心回自己的农庄种地去了。一个月前他还是领导，一个月后做农民，还是跟同样的一些人在一起，没人觉得这有什么不对头。"

内奥·茨马达可以容忍没有领袖的日子，各种机制都在运转——但不一定高效。约瑟夫大约逝世于2003年，我想，农庄的人大概有过一阵阵脚不稳的时期，毕竟他们的生活里有一位固定领袖的日子保持了二十来年。这个动荡期不知持续了多久。对于一群追求宁静和自我教育的人来说，回到这样全然放松、无所牵虑的安息日里比什么都重要。有人开始搬桌子，在还没有搬走的桌子边，几个女孩互相搂着肩膀唱起了祷歌，她们面前摆着一本巴掌大的歌谱集。

我从西蒙那里了解到十七年前的一段跨国友谊。1995 年，农庄正在盖艺术中心的时候，吸收了五个中国雇佣工人。“我不是奉承你，”西蒙说，“我们对中国人有很好的印象。这五个人特别勤恳，他们都是专业工匠，跟泰国工人不一样。”

“有趣，泰国工人什么样？”

以色列有许多泰国雇工，农庄里也有几个，你可以在早晨的树荫下看见他们，生得矮小黝黑，穿着尘土满身的夹克，帽檐压得很低。他们经常开着农庄里最大的两台挖土机碾来碾去，被囚在离地一米多高的驾驶室里。在茨波利的一个富裕的莫沙夫，曾有一车泰国工人对我大叫大嚷，以为看见了同胞。

“泰国工人比较惧外，中国人却跟我们处得很好，其中一个比较年轻、聪明的还学了一些希伯来语。”西蒙说，“可惜的是那些工人再也见不到了，我们通过邮件，知道他们一旦回了家，就不可能再出来了。不过，罗南给这五个人拍了个纪录片，你可以问他要来看看，也顺便看看 1995 年那会儿我们村子是什么样。”

跟西蒙分开后，我刚站起来看看可以做点什么，左胳膊肘就挨了一击，扭头看时，萨拉在我的右边钻了出来，她穿了件画着一条黑色纹一条橘色纹的细背心，像只东非汤氏瞪羚，脑袋后边翘着个金发髻，灰蓝色的眼睛热烈地闪着，两只手拍着面前的桌子，一边说“我们来吧！”一边把桌子的那一头抬了起来。我愉快地“哦”了一声，就抬起另一头。

我们刚要抬腿的刹那，一男一女两个孩子冲了过来，也就三四岁大小，不由分说就往桌子上一坐。萨拉大笑起来，我们用力一抬，四条光溜溜的小腿都离了地面。孩子们欢呼起来。

“哟菲——”（妙极了）

“哟菲——”我和萨拉也一起呐喊。

我们小跑着上了台阶，冲进食堂，没等桌子放下，两个小家伙溜下来跑了出去。我们奔向下一张桌子，还没抬起来，两人就又跳了上去。我忽然感到前所未有的表演欲正出来。“Are you ready?”我朝他俩说，然后猛地把桌子掀一下，萨拉心领神会，我们将桌子忽左忽右地晃，欢实地颠，小家伙们咯咯狂笑。

“So fantastic! 萨拉，该走啦！”

“嘿，你可看着道儿！”萨拉边笑边小步后退。

סמלי מדינה
שמעון פרס, נשיא מדינת ישראל
ידיעות אחרונות
ישראל
חיפה
תל אביב
ירושלים
באר שבע
אילת
בנימין נתניהו, ראש ממשלת ישראל
ידיעות אחרונות
ISRAEL
שמעון גפסו
מי בא לגן?
איזה מאכל חלב
אני אוהב במיוחד?
גיל
מעדן באדי
ח'אלד
ג'ונתן
גבינה צהובה
קוטג'
יובל
גבינה לבנה
שמנת
מאיכל
יוגורט
אלינוי
זית
עופר
נתאי
דרור
רותם
מרים
כנרת
דיאנה

Day 12

领袖

这个老汉曾经被视为独裁者，教父，精通驭人术的巫师。他长着与克里希那穆提十分相似的有力的细下巴，宽阔的耳朵，长长的皱纹从鼻翼勒到嘴角。他的白发从帽子下面支棱出来，他的目光让人过目难忘：严峻得能在炎热的沙漠下午给灵魂镀上一层薄霜。

而现在他的模样只是活在一座空荡荡的大房子里面，印在墙上的一块印刷色彩严重失真的塑胶板上。

约瑟夫·萨弗拉，内奥·茨马达物质和精神事业的总设计师，去世近十年了，他就葬在农庄的墓地里，与四位邻居做伴，他们都是约瑟夫的门徒。在南下沙漠之前，约瑟夫用了十年的时间在耶路撒冷创建自己的队伍，他提出“灵魂深处闹革命”，要解决自我、与他人合作、人与人的关系这三大人生课题，关键在于同时做两件事：一边凝视自我，沉思自己对外界的各种反应，一边与其他人交感互动。“犹太复国主义是集体的革命，”他说，“现在是个体上场的时候了。”

个体革命最后成了一次集体的沙漠革命，约瑟夫的追随者跟着他一起来到内奥·茨马达创建农庄。他们并不认为自己跟了一个独裁者，也不觉得感情里掺杂了个人崇拜。显然，约瑟夫拥有卡里斯玛人格，这种人格让他很容易地赢得了广泛的敬畏，但他也说得很明白：我们将在一望无垠的个人修为之中完成自己的人生，而务农只是手段，甚至集体生活本身都不是终极目的。约瑟夫去世的时候，他并没有指定什么接班人。

“我们对自己仍然一无所知，”霍尼曾跟我说，“不管有没有约瑟夫，我们都会继续待在一起。”

我对这位以色列版克里希那穆提的了解仅限于此。现在，我一个人站在艺术中心的档案展示处，看墙上挂的介绍这栋建筑修建过程的图文资料，在约瑟夫的照片下有一段英文，大意是说，这幢建筑盖了十三年，是一场“奇迹般的冒险”。“每个参与其中的人都体会到重重艰难中的个人挑战，也都感到这是一次独一无二的良机，勇敢地跨越个人的边界。修建艺术中心的全过程渗透了这个人的精神，包含了他的激情、他的关注和他的澄澈——这个人的视野、生命和行动是统一的。”“这个人”是指约瑟夫，还是指“每个参与其中的人”呢？我想来想去，觉得是后者。

激情、关注和澄澈的三合一，视野、生命和行动的三合一，花了近十五年的工夫，内奥·茨马达人终于盖成了自己的地标建筑。我对它的终极评价是……“马得一座好戏团！”

设计稿上是水绿色的一座石臼形建筑，中间立着一根春杵一样的塔，看起来还不赖。造好之后就是另一回事了：它的外墙布满了怪异的隆起的花纹，仿佛一个坐着的人纹路层叠的腹部，而且外墙还刷成了肉肉的粉红色；水磨石地面上绘着二流社区超市里常见的那种线条简陋的藤蔓和孔雀羽；窗洞做成怪异的蚌形，边缘都是外凸的。最奇特的是中间那根粗壮的冷却塔，它也是粉红色的，表面分布着几个六边形图案，像手机上贴的假钻。就造型来看，它有一台旋转木马的气场，却又寂寞得仿佛一个趴在沙漠里的肉鼓鼓的软体动物。

很多零部件都必须采用模具预制后安装的方式。一楼二楼平台上猫头鹰形状的栏杆或许是令这里的人十分得意的一个设计，他们专门把浇铸完成后的现场照片贴了出来：面无表情的猫头鹰倒背双手，站了一排。

约瑟夫奇特的构思不但给言语描述造成了很大的困难，也是这幢房子盖了十多年才告竣的根本原因。这系列图片中靠后的一张是2010年11月16日拍摄的，这一天一定是村子的大日子：照片里，一条吊臂正在给艺术中心中央的冷却塔加上顶盖——它其实是一个风力集能器——全村的人都在照片拍不到的地方笑逐颜开地看着，只等盖子落位后热烈拍手。约瑟夫的构想终于实现了，在这一百多号没有任何建筑经验的人的手中实现，他们“勇敢地跨越了个人的边界”而参与其中，至于结果如何，艺术中心的利用率是高是低，看来不太重要。

档案展示处位于这幢楼的顶层，这里采光很差，风却呼呼地劲吹。我把每一层楼面都绕了一遍，打开每一扇能打开的房门探看一番：陶艺室里摆着好些表情狰狞的面具，绘画室里满地扔着牙膏皮，钢琴室里只有一个木雕一样的钢琴，接下去的两个房间空空如也，大约是舞蹈房、合唱房或是做劈腿瑜伽功的地方。来到编织课的教室里，我伸手去抚摸桌上丢得一嘟噜一嘟噜乱蓬蓬的毛线和布条，它们是用来做拂尘还是墩布呢？如果是拂尘那就太可笑了，以色列人的家里不用除尘，就连纱窗都干净得能舔。

侧手边的线架后忽然抬起一个人头来，我们彼此都把对方吓了一跳。这是一位三十来岁的陌生少妇，穿一身背带裙裤，脸上带有那种不常出现在公众视野里的人特有的审慎。不过在内奥·茨马达，只需让面部的所有肌肉哗地散开，就等于在告诉对方“你看，我是好人呀”了。

“嘿！”

那女子欣然地让我看她正缝的东西：一个缀满布条的深蓝色挎包，手感非常好。

“怎么就你一个人呀？”

她做了个“世事大抵如此”的表情：“我在等老师呢。”

“我在这里走了一大圈了，就碰上你一人。”

“我也不晓得，太热了吧……”

“哪里来的老师呢？”

“从埃拉特来的，是农庄请来的哦，我跟你说，”她团起一只手掌放在口边，告诉了我一件显然不可告人的事：“可贵了。”

“学生呢？”

“就我一个，”她皱起眉头，“从一开始就是这样。”

编织这门手艺时代和性别特征都太强了点，在此间的女孩子里早已失掉了市场，只有当她们追忆起自己的俄国奶奶或祖奶奶，说到她们浓烈的意第绪语口音，如何把自己包裹在碎花长裙里，用慵懒的眼皮和两道嘴纹朝小孙女微笑时，才会感念起“她是个最好的成衣匠”来。编织、烹饪、清洁方面的造诣，曾经是女人赖以嫁个好人家的本钱，现在，谁还甘心受这种身份的拘束呢？

“这也好呀，”我说，“村里就为你一人请的老师，不是好事吗？”

“你说得对，哈哈！”但她立刻收回了笑容，“哦不，我不能只想着自己的。”

我婉拒了少妇一道听课的邀约，把她一个人留在了下午的教室里。又一次经过钢琴室时，琴凳上多了一个秃顶男子，穿过窗户的阳光在空旷的墙上打出一片白色，一角挂到了他的后脑勺。我站在那里听了两分钟，什么也没听清，沙漠的烈日在空气中杂进了一种细细的、嗡嗡的喧声。

二楼有几间办公室像是市场经理的，木隔板上摆着大大小小的酒瓶子和食品包装盒，我在这些按理说相当机密的地方畅通无阻，没有一扇房门是上锁的。我来到上周开志愿者大会的露台上，从那里，我可以把半个农庄的风景一览无遗。绿色还是太少了，仅有的一些灌木、草坪都被土黄色包围着，像是松饼上的一点点霉菌，好在，以色列南部最常见的棕榈树还硬朗地站在那里。现在，我可以确信自己能看到西北边那座名叫“耶隆”的山了，但是，怎么努力也看不到衣领一样的白云萦绕在它的喉头，看不到黄昏的紫气将它染成能让人热泪横流的样子。这里是沙漠，人们能催肥的土地到底是有限的，即便他们把领袖也埋了进去。

“Mark？”

那个卷舌的“r”细细软软，我情不自禁地做出一个吞饮的动作。

“马克不在。”

“哦，好，谢谢。”

声音特甜的姑娘一般长得不会太好看——我这么想着，撂下电话。

马克的床上一塌糊涂，吉他也没了，床单的皱痕明显是一个人留下的。之前同他聊天时，我从没过问过他的私人状况，也没想到过，比如说，他会找个姑娘什么的。我觉得只有那些整天把自己关在肮脏的茶色玻璃里面，一天干到晚才滚出写字楼的人，才会有兴趣跟人谈论配偶、家庭之类的事，彼此安慰下，互相叮咛说：大家都有责任在肩，没有意外情况，尽量不要寻死。而在这里，我同他，我们任何人，都不太容易想到这些话题。劳动将我们隔在了一个真空的环境里，没有人需要特殊的安慰，如果谁表现出对异性的热情，那多半是生物性本能苏醒。

前两天，我又一次提到下个月是不是一道去约旦玩耍两天，然后，马克的大脑好像在虬曲横行的毛发里笨重地转动起来。想了一会儿，他才跟我说，农庄里有个姑娘喜欢他。

“谁？”

“艾琳。”

他说的是一个长柄伞一样瘦削的女孩子，有一层薄薄的棕色披肩发，下巴很尖，很像一名做义工的乡村女教师。

我兴趣大增：“事情是怎么发生的呢？”

“是的，阿姆，是这么回事，阿姆……”马克的表达里总有大量的语气助词，“阿姆”“阿姆”个不停，嘴巴像传真机似的吞着一张看不见的激光纸。“昨天早晨我碰到艾琳，我们聊了几句来着，阿姆，我说，我们去锄草，去了枣园，什么的，然后，我看到啊，她就脸红了。”马克呵呵笑了两声，仿佛让我不要太震惊。

“为什么呐？”我找不到这话里的要点。

“我说了个 date（枣）嘛，date 有那个（约会）意思不是吗？”

“约会？真的？”

“really”这个词很管用，特别在跟马克说话，忍受着他那种边嚼淀粉一般的美语表达时，用“really”总是比用“excuse me”能更有效地促使他说下去。“你怎么说呢？”

“这很好，不是吗？”

“这也不能说明人家就喜欢你了吧？”

“我想吧，至少我可以在这里过得更加认真一点了。”

马克不像一个恋爱经验丰富的人，他拨吉他弦的模样跟那些善于调情的人完全相反，两眼紧盯着那个圆孔，好像要一头钻里面去似的。他不善言辞，却很有好奇心弄明白一种即将恋爱的预感是不是准确。他的表达习惯是先简单地说一个态度或者结论，然后用剩下的话去解释它。所以，马克一生中会有很多时间消耗在对第一句话进行解释上，而他今年已经四十岁了。我祝他好运。

我开始读《第七天》，这是本从农庄的图书馆里找来的书。那里摆了几个架子的英文书，约略一扫就能发现以赛亚·伯林的文选、尼可斯·卡赞扎基斯的《奥德修斯》、弗拉迪米尔·纳博科夫的《诗选》、君特·格拉斯的“但泽三部曲”、乔治·斯坦纳的《托尔斯泰或陀思妥耶夫斯基》；艾伦·德肖维茨的政论集、索尔·贝娄的所有小说这里都有，还有翁贝托·艾柯的《昨日之岛》和《玫瑰之名》。作为敞开供应的旧书，它们品貌端庄，翻开书页就能闻到读过的人留下的体味。有一只甲虫被一本《歌德自传》压在了下面，屁股朝外，剩下两条后腿在踢蹬，我翻书的当儿，它就在房间的角落里乏力地振动翅膀，发出细小的簌簌声。

农庄里很少看见读书人，我想，这是因为图书馆与农田是同一类东西，它会吃掉你的劳动：你给图书馆辟出一个新的类别，你给古版书除尘，你为一批新到的书登记造册，图章，卡片，条形码和扫描笔的战争，所有这些结束后，你的工作不会给它留下多少痕迹，它还是那么一间有很多书的房子。

书和犁耙是好朋友，它们在过时和效率低下方面保持着惊人的一致。待在晨钟暮鼓的农庄里，不太容易觉得读书是什么了不得的事，就跟牛背上停一只椋鸟那么自然；可是，要是在轰轰作响的火车、地铁和电梯里看到一个拿着书的人，人们就会悄悄地感到惊奇，然后被打动，好像这是一种英雄行为，勇敢地为进入昏聩的文明保留了一线复苏的希望。

《第七天》曾在以色列轰动一时，它收录了一群参加了 1967 年“六日战争”的人的战后思考。这场战争顺利得出乎意料，以色列人还没来得及酝酿好表情，军队就一举夺取了原属叙利亚的戈兰高地、被约旦控制的约旦河西岸和原属埃及的西奈半岛，最后，战争在收复耶路撒冷时达到“高潮”。耶路撒冷之前在约旦手里，犹太人相信它必须“物归原主”，因为它是《旧约》所记两千五百年前古犹太国的首都。拿下此城的那几天，以及之后的几十天，以色列的犹太人普天同庆，烘烤在莫大的集体荣耀感之中。

《第七天》的出版时间是在 1967 年 10 月，距离战事结束才过了四个月，士兵们刚刚刀枪入库，回到自己的基布兹里，采访者就带着录音机找上门来了。士兵的身份大同小异——

谢伊：二十七岁，有一子，生于阿菲基姆基布兹，在约旦河谷专为基布兹子女开设的小学接受教育，战后回到阿菲基姆务农，后于基布兹工厂当电工。

阿谢尔：三十二岁，已婚，育有三子，生于阿根廷并在那里学医，同时参加了一个犹太复国主义青年运动，于 1958 年移民以色列，定居于密西玛尔·哈内盖夫（意为“内盖夫卫士”）基布兹，先后从事橘园工作、景观园艺以及养牛。

谢伊（另一个）：二十八岁，有一子，生于胡尔达基布兹并在此地长大。兵役结束后在特拉维夫的青年运动里当一名负责人。他现在在基布兹里负责所有孩子的课外活动，热心文化和教育工作。

至少在那时，基布兹农民是以色列的精英分子。他们都相信打这场战争是情势所迫，因为纳赛尔已经屯兵边境，有理智的人不得不做点什么，所以，以色列先下手为强是正确的战略选择。接下去的问题是：打赢了之后怎样？除了集体的自信力提高了之外，还有什么东西在战争中发生了变化？

《第七天》的制作团队中有位后来成为大作家的人物：阿摩司·奥兹。那年他二十八岁，也在胡尔达当一介社员，不过已经小有文名。有些作家以风格多变著称，奥兹吸引我的地方则是他的不变：对过去的记忆忠实如一，形成了强有力的道德感。我是2006年之后，所有热泪涟涟地读过《爱与黑暗的故事》的人之一，我知道，他对从他童年里消失的阿拉伯朋友怎样的感情，现在，我发现奥兹早在四十年前就已形成了这种立场。奥兹要那些受访者去关心他人的痛苦，尤其是战争中被驱逐的那些人，而对于生命平等，他有着近乎偏执的信念。

“我希望犹太人能够去哭墙，在那里祈祷。但是，为了去哭墙祈祷，是不是要为此取得一个约旦人的盖章，于我而言一点关系都没有，只要这事能在一个和平的框架之下进行就行。现在，哭墙对我的意义比过去更大了一些，因为我已经到过那里了。可是，人又怎样？犹太人，阿拉伯人，有什么区别？今天，我百分之百地反对‘哭泣的土地’‘需要解放的地方’之类的神话。为了解放人民而牺牲是有价值的，但解放土地？连掉一根手指头都不值。”

这本书看得我精神倍增。那些对谈的人即便一上来就达成了共识，还是为了满足自己的表达欲而继续你一言我一语地说，直到分歧点出现为止。奥兹的对话者辩说，从1948年建国到1967年夺回耶路撒冷，十九年的时间里，犹太民族一直没有放弃回到圣城的一线希望，刚刚结束的战争是对这种坚韧的最好酬答，也是阿拉伯世界激怒和孤立犹太人，不允许他们融入任何一个阿拉伯国家的报应——就连他们自己也无法互相融合，在加沙与埃及接壤的拉法赫镇，一半居民属于巴勒斯坦，另一半居民则属于埃及，两边的人用的纸都不一样。

这算得上是很常见，也相当有力的辩护了。但是奥兹还有话说：

"难道你对那些人就没有半点尊重吗？他们也和我们一样忠于家园和祖辈生长的地方啊。我们的教育里也有同样的命题，我们同他们的背景一模一样。我们也是在大人们的告诫中长大的：他们要我们忠于一个地方，一个家庭，一块失去的土地。你就没有考虑过阿拉伯人的感受吗？"

奥兹真是长着一颗花岗岩脑袋的鸽派啊！在鹰派看来，鸽派都是一群书生气十足的抱蛇农夫。比如，参加过两次战争还当过战俘的泽埃夫老人，对小他十六岁的奥兹就不屑一顾。"这个人的幻想太多，他有一个幻想实现，我们就不可能待在这里讲话了。"他说。

"六日战争"由于以色列方面的空军闪击而名垂世界战史，巴巴拉·塔奇曼就写过一篇文章叫《以色列的快剑》，赞美以军胜得漂亮。二战之后，似乎很少有哪场战争像这场一样，能引起如此多不顾政治倾向的审美解读，就连西奈荒漠上那些被打翻在地的苏制坦克一度都成了著名的景观。泽埃夫从发着霉味的书房里找出一本橘黄色的相册，一翻开，里边就掉出了几张剪报，那上面有摩西·达扬和随从们进入耶路撒冷时的留影。老头儿弯腰把纸片从地上捡起来。还有一封简短的书信，他说，这是他在和一位朋友前往西奈时，妻子从家里寄给他的。她担心丈夫会失控，变成北极圈里那些闻到血腥味就要亢奋的饿鲨。

我带着一点点恐惧翻那些照片，我想，我将看到一些被汽油烧得光溜溜的颅骨，或是一群秃鹫啄食死人融化了的眼珠什么的，运气再好一点，能看到在日光下面膨胀的尸体和残肢。以色列方面曾经矢口否认在攻击时使用了凝固汽油弹，弹药学家驳斥说，炸弹爆炸后形成的熔渣就是确凿的证据，那东西呈现出格外鲜艳的粉红色。整个西奈就是一个硕大的刑案现场。不过，泽埃夫没有拍出这些细节来，只是拍了一些被炸出的大坑，要不就是一个超远距离的荒野全景，一些看不清模样的东西这里那里散着，一辆废军车旁边丢得到处都是轮胎、轮毂、烧毁了的装甲铁壳子，还有一根炮管的特写，它被丢在一株树的脚边，靠近炮口的地方扭了一下。有一张相片里，他拍到了一条奔跑的鬣狗。

“去那里的人多吗？”我叹了一口气，有点遗憾，又有点如释重负，战争和电子游戏是多么不同，单单想到入殓的事就足以让你对这个世间恨之入骨。

“很少，那天有几辆车，大家都是结伴去的。我们的妻子都没来。我杀过人，不过我对死人的照片没有兴趣，哪怕他们是敌人。”

西奈之行让泽埃夫闻到了前所未闻的恶臭，他掩起鼻子，臭味直往他的耳朵里钻。“我想我太太至少对了一半，我可能会发疯，不过不是因为兴奋；其实，我必须努力让自己兴奋起来才能忽略掉看到和闻到的东西，我就想一些事情：我们的士兵是最忠诚、最富有团队精神和牺牲精神的人，他们都是长在基布兹里的人，百分之八十的空军飞行员都是基布兹的人。”

“所以，你们最后走了多久？”

“我们大概开了一个多小时的车，约埃勒说，我们回去吧，不会有什么东西可看的了。”

老人收回了这本旧相册，他在里屋待了两分钟才出来：“现在我这里什么都给你看过了，我的相册，我的照片，最让我失望的是你没有看我上次给你的书。请原谅我说话很直。”

他说的是《基甸之泉》，是他的一位已故的老邻居撰写的回忆录。隐哈律所在的地方靠近基利波山，那里有一处干涸的泉水，传说跟犹太士师基甸有关。耶和华把灵降在基甸身上，让基甸将手下所有人带到泉边饮水，根据他们的动作姿态遴选出三百警惕性最强的壮士，在耶和华飞沙走石的掩护下，一同打败了入侵的米甸人，还灭了他们的族。犹太人将定居此地的意义扩展到基甸这里，比附他的决心和意志。

这本书是他三年前赠我的，可我一直没看。“确实，我……”

我想解释两句，老人摆手示意我不必说了：“我们的记忆，对你来说还不如奥兹编的一个故事。”

我闷闷地喝着他给我的石榴汁。泽埃夫家里女人很多，他有好几个女儿，夏霓是他的长女，还有一位外孙女 2011 年刚刚新婚，所以，他家的墙上多了一张家族合影，全家健在的有二十多号人，作为一个世俗犹太人家庭，规模已经够大。没有一个后代愿意留在基布兹里，陪家中最年长的人过活，如无要事，夏霓他们每年开车来看父亲三四次就算不错了。我本想给老人解解乏味，没想到，他竟如此看重我读没读那本书。我只好说，我更想听他亲口说自己的事情。

“我都告诉你了，”他说，“我家阵亡的那些人，爷爷，父亲，儿子，我的邻居，我的学生。现在柔玛去世了，我的一半都被她拿走了。那天在墓地，你还看到我那位邻居，乌里，他在扫地、浇花，你问我，这整块墓地是不是都归他负责。我那时没说什么，现在我告诉你：他只扫自己儿子的墓。他儿子跟摩西、哈伊姆一样，也死在战场上了。乌里的脑子不太好使，他动过手术。”

所以，死亡渗入了泽埃夫的心和脑，除了记忆他一无所有，这种记忆只能不断地强调（比如靠撰写回忆录），不可以被挑战，否则的话，那些死亡便成了无谓的悲剧。我原想告诉他，奥兹在《爱与黑暗的故事》里也写到了犹太定居者之间的情谊，但是，泽埃夫恐怕是听不进去的。

“你说，奥兹是虚构，那么我告诉你，他同情敌人就是在侮辱我。埃及军队都被打死了，惨吗？很惨，这就是战争，只能有一边接受悲惨的惩罚。奥兹写的那些都是笑话！你能为了把小时候的好朋友请回来，就舍得从自己家搬出去吗？那些人太幼稚了，他们以为反对和平的人都是喜欢打仗，其实错了，我打过仗，杀过人，但让我感到快乐的不是打仗本身，而是它的结果。”

“奥兹只不过想说，敌人也是人吧。”

“像‘敌人也是人’这种事情，在你打赢了战争之后可以想，但一定不能在战争之前去想，否则，你会被自己的幻觉给坑了的。你也看了那些人的说法，比如说，我们在战争后损失了国际上的同情，我们变成了强者、征服者，我们开始占领别人的土地，各种对我们不好的事情都发生了。但是，我宁要‘胜利者的悲哀’，也不要‘失败者的骄傲’。我不喜欢失败，失败就是做受害者，哪个犹太人愿意再经历一次大屠杀，然后再去从德国或者别的什么地方要来几十亿的赔款？所以我说那些人都是幻想家，他们居然认为力量在道义的其次。”

妻子去世后，泽埃夫也开始写他的回忆录——他没有多少事可做了。在隐哈律居住时，有两次安息日，我们都和几位老邻居一同到食堂里共进晚餐，吃着吃着，他就深沉地改用英语说——为的是让我听见——真希望基布兹至少还能存在两代人的时间。食堂墙壁上挂着一排五六个画框，每个框里都是一只手的硬笔速写，有的紧紧攥拳，有的摊开，手指朝上，骨关节历历可见，有的偏转一个角度，依然保持着用力交握的姿态。在四壁全白的食堂里扫视一周，很难不注意到它们。

“这是隐哈律的一个画家画的。”泽埃夫说，他挨个指着这些图，思考着可以借题发挥点什么，但最后只是说了声：“嗯，画得很好。”

这个老人，现在必须生活在一圈让自己心安的符号之间了。

约瑟夫·萨弗拉，内奥·茨马达物质和精神事业的总设计师。

Day 13

酒 厂

酒厂中央有个八边形的大水槽，污水直接冲到底下的一个漏斗形的水池里，最终流向圆形的花坛，浇灌着那里的柠檬草和马鞭草，这些叶子每天都要往食堂里送。小一人高的葡萄榨汁机是酒厂里的主力设备，拖着两根蓝色胶皮管，管口大得可以塞下一个足球。酒厂二楼有几间办公室，隔一会儿就会有人出来，穿过离地三米多高的二楼过道，走下楼梯，他们优哉游哉，什么事情也不会发生。

萨拉站在一堆瓶子前嗅来嗅去，捞一把酒汁舔舔手指。什穆埃勒在清洗地面，地上满是红紫色的酒液。看见我过来，萨拉指指地上："这都是酒唉，好吃的。"

我毫无戒心地拈了一点就放进嘴里，这时，她才意识到玩笑不能随便开。

"里奥……"

上帝都在摇头：我是说过这地流着奶和蜜，可没告诉你这里有酒。

今天上午我做了许多事：首先是去栽种葡萄幼苗。每一根苗都用脆薄的塑料盆装着，我们要把苗取出种到地里。农务既琐碎又耗人：我们先是无数次弯腰捡走了散落在各处的插标，把盆装小苗按一定距离间隔丢在一行行土脉上，然后，等来的人多了一些，我们第三次踏入土地，不停地下蹲、弯腰，把幼苗从盆里捞出，放进地上的一层腐殖质里培上土，再用白色的纸壳把苗秆套进去。整个过程涉及的东西又轻又小，却惊动了一大批人，农庄里的几个也门籍雇工也来了，她们的头部包裹在厚厚的帽子和白布里，一副养蜂人的打扮。活儿干完后，这一小块地上不过歪歪斜斜地立了些白匣子而已，周围却站着农庄三分之一的劳动力，他们叉着腰轻轻地聊天，让椎间盘缓缓复位。

上午我和马克都被安排去了杏树林。领班是个身躯胖大的犹太姑娘，一张红圆脸——只有长期干农活才能晒出来的那种红色。她是纽约人，出于那种能让以色列的爱国主义者倍感振奋的理由，她对纽约完全没有依恋感。移居以色列后，她才发现自己是个健谈的人，不过下周她又得回去一次。“以色列人常常去美国，”讽刺作家埃弗莱姆·基训曾经写道，“为的是看看那里的样子，好确认一下自己移民是对的。”

我们每人都配上了全套的设备：一把小剪子，一支带小牛皮鞘的钢锯和一把虎头虎脑的园艺钳，有一臂来长。杏树的骨骼粗硬，长势不错，落叶堆在树下像锯木厂的刨花，杂草不声不响地从里面抽长出来。我们围在纽约女叛徒身边看她指导。她先是飞起一剪，弄断了一根小枝：“因为它死了。”然后拔出钢锯，将一根拇指粗细、挑在外边的枝吱吱嘎嘎地锯了下来：“它有个断面，之前折断过，我们就把它连根锯掉。”最后，她两手挥动园艺钳，看准了一根长满叶片的侧枝，咔嚓一下将它夹断。枝条哗啦啦地坠地，我们像一群围观斩首的群众一样连连后退。

“看到了吧，”她捏着砍断的地方，“这里是一个分杈，我把一根往上长的枝砍断，营养就全跑到另一根枝上去了，这样那根就能结更多的果实，否则，两根都长不好。明白了吗？”

大家表示明白，或者说，没有人表示不明白。

“一人一棵树，开工吧！”

我走到属于自己的那棵杏树前，它枝繁叶茂，不知道人类正要按照一山不容二虎的法则给它下刀。我首先察看了枯枝情况，真是奇迹，一根都没有，那么接下来就休怪我无情了。咔嚓，咔嚓，咔嚓，咔嚓……一根根驯鹿鹿角一样多杈的枝条很快变成了光光溜溜的章鱼触手。这是要把杏树整成芦荟了吧？我提心吊胆地去找领班。

领班捋着剪过的秃枝。“不坏，”她说，“但是你有点漫无目的。你看，”她弯腰钻进树枝下面又站了起来，看起来整个人都被千年杏树精给缠住了，“有很多分杈的枝是往中间和上面长的，这些枝将来结了果实也不易取，所以我们的目的是尽量让果实分散地长，把营养集中到周围的枝条上面。”她举起小剪子就在头顶四周噼噼啪啪地剪了一圈，叶片打着旋落下，她一猫腰又钻了出来。“很好。”她赞美着自己的作品，修过之后的杏树一下子疏朗精干很多。原来，给杏树剃头才是这场活儿的关键。

之后我的胆子就大多了：只要遵循除去靠中间的枝条，保留外围的树枝的原则就对了。我艰难地探入一个个树冠之中，连剪带锯，干到胳膊能自由活动开，甚至伸个懒腰蹦两下都不会碰到树枝的程度才撤出来。后来，我们又逐渐进入一些杂草过于茂盛的地方，有一株杏树竟然被一大蓬柳叶状的野草完全蒙了面，我只是在乌拉主人基罗加的玄幻故事里才看到过这种碧碧绿的毛状怪物。这棵树耗了我们三个人力，斩叶的斩叶，除根的除根，费了一大番力气才算把杏树辨析了出来。它看上去噩梦初醒，瑟瑟发抖地站在那里，脚下堆了一大片碎草。

经过这一上午，农活向我坦白了它的粗粝和模糊：在果园工作，做好做坏没有确定的标准，业余和专业之间也没有明显的分别，即便领班也不具有不可挑战的权威，因为你花上五分钟就能干得跟她一样好而快。此外，哪怕你手重一些，剪得太多，只要不把整株杏树伐倒，你的活儿多半也是可以过关的。

种植和驯养虽然是初级生产形态，但它比起狩猎和采集而言是一大进步，其他哺乳动物只能做到后者，某些聪明、凶悍又善于群居的灵长目，例如东非狒狒，到目前为止还想不出把羚羊圈养起来长久放牧的办法。人类的农业技术不断地提升，发达，能积累起越来越多超出生理所需的剩余农产品，我们就将它们拿到市场上去交换；剩余的杏、油桃、苹果、梨、葡萄、椰枣被送到“足球部”和酒厂，剩余的谷子用卡车运出去磨好面再带回来。剩余产品被视为很多恶的渊薮：因为分配不均而在人们之间激起了敌意，分得更少的人去盗窃、抢劫，分得更多的人拿着手里的产品去雇用一无所有的劳动力，继续为自己工作，从而慢慢坐大，有了土地，在社会里爬到上层，再造大庄园大城堡把自己封闭起来，彻底远离先祖的农耕生活。人们一旦脱离狩猎而开始定居农业，社会就开始分阶级。

但是，如果没有土地私有和阶级之分，从事农业就能给人带来许多美德。一块地，耕了一天还是一块地，一片椰枣树，一上午的劳动后不多一棵不少一棵；土地默默吸收了你的劳动，永远不会贡献立等可取的产品，不会刺激人在短时间里拥有巨大财富的欲望，反而把人放在不可测力量的威胁之下。农民永远同时生活在丰收的边缘和饿死的边缘。虽然从来就看不到粮食在源头是什么样的，不过，我们自幼就对农民耕种的模样有持续的想象，我们确信自己知道土豆和萝卜在泥土里的样子，就好比回不去迦南的流散犹太人，确信自己知道耶路撒冷是什么样子。在农田里干活，人们必须学会谦卑、虚心、讷言敏行，而且，假如你亲自搬运过蛇皮袋装的番薯、西葫芦、土豆、胡萝卜（那装胡萝卜的口袋上印着一只喜笑颜开的兔子，说明以色列人同样生活在那个广为流传的谣言里），你还会对别人的劳动有所尊重。

工业就完全不一样了。工业的德性是扩张，今天一小时完成了二十个件，明天争取完成二十五个，后天三十个。工业追求短期内出大效果，因而一直沉湎于技术革新和生产规模的扩大。在工业眼里，农业社会自私、封闭、保守、不思进取，农民可以满足于十年如一日的生活水准，对天灾带来的损失两手一摊。此外，农民没有专利头脑，想坐拥一门独家技能并为此而长久得益是不太容易的，你当了农民，就很难在社会上脱颖而出。所有这些问题都能交给工业来解决，它的效率为农业望尘莫及，工业中人的进取精神让农民自惭形秽。

什穆埃勒看到我十分振奋。“萨拉很能干，不过有些事还得你来。”他引我到榨汁机那里，我们一人站一头，抓住两根握柄，像抬轿子似的把那个大家伙提了起来，翻了个个儿。上一批葡萄已经榨完了，我们必须把浑身甜浆的机器清洗一遍。我俩各持一把水枪，扣动扳机，对着横倒的机器疯狂扫射。萨拉光着脚，在我溅起的水雾中跳了两下。

“你来扫我，来扫我，来呀！”

什穆埃勒与萨拉互相使了一个眼色。什穆埃勒丢给我一块湿布。我们开始擦拭橡木桶，那东西湿润的表面上悄悄长出了雾状的霉菌。

以色列的葡萄酒市场过去被北方加利利山区的产品所占据,但是“六日战争”后拿下了戈兰高地,葡萄酒的重镇渐渐被那个地方夺了去,那里的农民从国外引进葡萄种，种植在肥沃的火山灰土壤中。他们能买得起新的橡木桶。内奥·茨马达就不行，酒厂的桶上彼此打了不同的徽标，有的是一串闪电形的符号，有的是一把梨形的琴，有的是一座两个没影点的小房子，桶表上棕色斑迹深深浅浅，彼此交叠。我问什穆埃勒，为什么桶跟桶都不一样。

“新的橡木桶一个就要几千欧元，我们买不起，这些是我们搜集来的二手货，也得六百欧元一个。”

“我们是一个很小的厂。”萨拉插嘴说。她一个跃步爬上了最高处的酒桶，跨坐下来，手臂伸到极限去擦侧面，攀爬的热情一点都不逊于椰枣林里的姑娘哈慕塔。然后，她拔下一个橡木桶的胶塞，嗅那里面的气味。白色的胶塞已被熏成了粉红色。萨拉舔着手指，剩下两根时，她说:“里奥，要不要舔一舔？”

“我会咬你的。”我阴险地说。

她迅速把两根手指变化成手枪的模样，戳了下太阳穴，然后翻着白眼吐出舌头。

土地默默吸收了你的劳动，永远不会贡献立等可取的产品。

Day 14

敏 感

那次志愿者会后，约翰就不见了，有可能，那句“你必须孤独”对他的重创远不是我那麻木的浪游者情感所能想象的，他到底还是报复性地不辞而别。不过，耀耀也有好几天看不见了。农庄的人流量非常大，每天都会出现几张新面孔，也都会有老面孔不声不响地消失。

早晨冥想仪式过后，我和马克一起前往梨园，那里一下子涌进了许多新人，而且年纪都不大。我认识了个男孩，他长着阿拉伯经典款的黑鬈发、浓眉和厚嘴唇，跟他在一起的另一个男孩一头棕发，白脸，我猜是俄裔和中东的混血。

沙漠梨最大也只有拳头大小，摘一只梨比拧个灯泡还轻松。我又挎上了那种筒形的布袋子，边摘边吃。唯一的新鲜事，是我在低矮的梨树上发现了一个鸟巢，就摆在树叶和树枝的交叉处，做工精致得像是一张手编的茶杯垫，中间只有一点点凹陷，锥形的底部形成烟雾状。巢中间放着两枚弹丸大小的鸟卵，蛋壳是珍珠色的。

我大气不敢出，生怕把它们吹下地去，就站在那里，一个个拽住路过我身边的人。

“You want to see something?”

鸟巢引来了连连的惊叹。如果树上有一台隐蔽的摄像机，能像游乐场里的surprise room那样录下人们的表情就好了。半小时之后，我们收工了，鸟爸鸟妈还是没归巢，它们大概信得过村人的善意。

整个上午的工作都不很吸引人。在“足球部”，我学会了使用清洗机。这台机器是个巨大的不锈钢立方体，抬起扳手，把需要清洗的东西挤挤挨挨地放进去，合上，只听里面水声唰唰，不出五分钟就算是洗净了。我洗的都是装混合果泥用的白色塑料箱，机器里一批刚好能塞下六个，干净的箱子通体是水，热气蒸腾，像刚从澡盆里抱出来的娃娃。我把它们晾在搁架上，晾不下，就在地上筑起白色的街垒。

清洗结束，我们坐下叠纸盒，早晨梨园里遇到的几个新人也都被安排来了这里，见了面好不热络。还有两个胖胖的年轻人，看起来智商有些不足。桌子上堆着厚厚的好几叠划好折痕的纸板，把它们叠成抽屉形，装进长方形的果脯，再套上外盒就是成品。

即使真是低智商的人，我也不敢在他们面前妄言什么。各种信息来源都在告诉我们，对犹太人的智力要无条件地抱有敬意。在克法·弗哈迪姆暂居时，有一天夏霓带我去她的工作地，一个名叫“基肖利特”的小村。夏霓在村口跟门卫说了几句话，我们下车步行上坡，看到成片的猕猴桃树上已结出了硬硬的小沙槌形的果子。有几个孩子从我们身后过来，牵着狗散步，狗在他们的两腿之间灵巧地跳动着。一个带队老师模样的人和夏霓打着招呼。

“这狗是学校里养的吗？”我问。

“是，把狗养大后就卖掉，再买进新的幼犬。”

“多好的生活啊！”我赞美道，“每天在太阳底下遛狗，我可以来这里报名打工吗？”

“你可不行，”夏霓不以为然，“你是智力正常的人。”

我吃了一惊。那些遛狗的人看上去肤白体健，没有任何异常。我这才搞清楚夏霓的职业是什么：她是一位智障儿童心理治疗师，基肖利特则是以色列一个有名的智障儿童收容地。在夏霓的办公室里放着一架钢琴，一些拼板、棋子、游戏卡片等等，情绪不稳定的智障孩子会被带到这里接受她的心理干预，听音乐，做算术，表现好的还给摆摆塔罗。我说，我为什么看不出这里的人智商有问题呢？

夏霓哈哈一笑：“谢谢。”

我们开始叠纸盒，起初我有些紧张，一座的人似乎没有比我大的，这更提高了我的竞争意识。我故作轻松，手上灵活地折叠：先边后角，再把折起的角彼此插牢。我手脚飞快地折好了一个，又折好了一个，又折好了一个，折到第四个的时候停下了：周围四五个人都呆呆地看着我。那个疑似斯拉夫血统的犹太男孩手里捏着一张揉出了褶子的卡片。

“教教我好吗？”

我教他们最关键的一步：如何在围拢纸盒四边的时候把纸角准确地插入缝隙里。男孩很高兴：“咳，我会了。”

我们接着干，那个胖子开始跟别人说起话来，我叠好了五个，他粗笨的手指才做出一个勉强称得上是纸盒的东西。混血男孩又陷入了困境，他总是无法保持纸角的平整，不平整就无法顺利地插缝。他的眼睛又一次往我这里看过来，我又一次传授：第一，第二，第三。

“哦，这次我懂了。”

那胖子的父亲——一个更胖的胖子——过来看儿子了，胖子起身就走了出去，屁股都是急不可耐的。过了一会儿，又有两人不告而别。我们一桌原来有十个人，很快只剩六个了，而且很明显，余下的人的信心也在逐渐衰退（中国人太聪明了，跟他一起干活真是没劲！——他们想）。

“我发誓，这是最后一次。”混血男孩用沮丧而执着的大眼睛看着我，把自己手里的卡纸递了过来。我对面那个缄默的阿拉伯模样的男孩也第三次迷惑地望了过来。我指着被他折皱了的角直摇头：“你看，折痕都是划好了的，你不要把没有折痕的地方弄皱了呀。”

我又演示一遍，他专心地看，为我大脑和两手惊人的协调性所倾倒。

人越来越少了。现在，包括我在内，只有四个人还在刻苦地折纸盒。那男孩手脚依然十分不利索。他要走了我可怎么办呢？一种兔死狐悲的凄凉心态攫住了我。

“以哈德，希代姆，夏洛希。”

“咦？哈哈，”男孩顿时高兴起来，“你也会希伯来语了？”

“嗯，”小计谋成功了，“可是我只会从一数到三。”

“啊哈哈！”一桌子人都释然地笑了：他们终于发现中国人也有不会的了。

“OK 我来教你！四叫阿赫瓦，五……”

“五叫夏梅希！”对面的人抢答。

“然后是谢希、谢瓦、希莫纳、代谢……”混血男孩一口气全部抢报了出来，两人异口同声地说出了十，上身几乎都趴到了桌上：“埃塞赫！”

我热情地学了三分钟，然后从以哈德到埃塞赫背诵了一遍。“太

鸡正常下蛋，羊按量产奶，橄榄定期采摘，椰枣能在夏季准时成熟，月亮每晚都在苍蓝的夜空里照耀着沙漠。

历经十五年，村里的人终于盖成了这座长得
跟马戏团一样的地标建筑。

这曲子优美、柔软，像穿过林木落到肩上的花瓣。

如果把羊群赶出圈时能看到天上有一行行鸟飞过，
就是最好的感觉了。

一个不小心，我就会引起他们的敬佩，鹰嘴豆大的一些事情，都让他们雀跃欢呼。

这舞蹈真是漫长，一种与农业的周期相匹配的欢乐，他们沉浸于那种将智慧和理性暂时排空的醉态之中。

正统派犹太教徒从小读经，但神奇的是，其中的一些人也能适应并擅长高科技工作，甚至比别人更有创造力。

孩子在我的筛谷机边十分快活。操作这台连智障都能操作的机器，竟然也会让我产生成就感。

相比政治抗议涂鸦，这种画在临时隔离带上休闲简笔少见许多。

你在以色列待久了，会感到明亮鲜艳的服饰仅仅是阿拉伯人日常审美里的配置。

ZION GATE ST.

棒了！”混血男孩夸奖说。优越感一旦上来，以色列人就会慷慨地夸奖别人，几句话赞得你飘飘然的：我是个多么优秀的人啊，我家里三代没出过疯子，我懂四则运算，而且从不在公共场所吸烟。

“你们中文是怎么数数的？”男孩意犹未尽，开始跨文化探索，也许是想还我一个人情。

“不难不难。”我谦虚地说，然后挨个教他数。疑似斯拉夫男孩和疑似阿拉伯男孩一起扳着手指头学，结结巴巴地背下来一遍后，我们击掌庆祝。疑似斯拉夫小子快活得声都颤了。

“唉，原来中文这么容易啊。”

离午餐还有近半小时，例行的休息时间到了。我从阿尔农那里得知，这些男孩是来自 boarding school 的，这是以色列教育体系中的一部分。进了 boarding school 的学生长期住读，到节假期，学校会安排他们去临近的基布兹劳动。二百多个基布兹，不管它们保留了几分集体生活的遗产，于这里的孩子们而言都是天然的社会实践场所——要是能发展出一段男女关系就更好了。

阿尔农也是今天新认识的朋友，在梨园里我们简短地交流了几句。他腮帮子上胡茬很多，思考的时间很长，语速又慢，好像牵动脸部肌肉比较费力气。我预感到他有宗教背景，果然不出所料，他父亲是耶路撒冷的一位正统派教徒。阿尔农已经二十九岁，还在读大学，我觉得他仪表不俗，但仍有稚气，缺少一些负有持家之务的人才会拥有的那种生活气息。他问我：“中国现在还有宗教吗？”

我说没有，很多人因为不满意这一点，就挑了一种信着。

“中国，好像佛教很普及吧？”

这个解释起来就费劲了，我说，的确有很多寺庙，但是进一些地方是要付钱的，而付钱的人也并不一定信教。

“没什么不对，犹太教堂也要募捐的，我从小就被父亲带着去捐钱。我还是喜欢不很宗教的地方，信教会带来很多麻烦事情。”

“你感觉到你父亲那里的压力吗？”

阿尔农说，他完全没有确定自己的方向，而父亲对他十分失望。“信教的话，我的路就只有一条，不信教的话，我可以自己找方向，自己承担责任。我父亲，他的家庭要我住过去，既然我现在既没结婚也不工作，他们想控制我。”他提到父亲时说“他的家庭”，我想那指的是父母亲，或者还可以加上忠于他们的其他几个子女。

“你不信上帝吗？”

“这倒没什么关系，”他慢条斯理地说，“信仰，我没父亲那么强烈，但基本的原则还是有的。服完兵役之后，我有很多朋友都叛变了，我还不想。”“叛变”就是指不走正统派教徒之路，也可以叫“洗白”，因为犹太教徒越是正统，守戒越是谨严，身上的黑色就越多。

我们坐到亭子里，鲜花和柠檬草包围着我们，周围散工的人陆续聚拢来，彼此招呼着，从我的眼里看出去，每个都是少年人的模样。桌上摆放着苹果、枣、油桃和果汁，阿里埃尔特地从冷库里拿出了贮存多时的李子，咬开之后必须大口吸吮，不然红色的汁水便会往胸骨的方向流去。团聚的味道盖过了休息的氛围，混血男孩他们几个后天就要走了，但依农庄的规矩，只要在劳动的，不管是谁，都会被邀请到休息时间的座谈里，谈话内容若是诗情画意一点，是可以“风乎舞雩，咏而归”的。不幸的是，今天我们谈到了国家大事。

以色列两年前在北方发现了天然气矿藏，位于海法附近的水面以下，这个发现导致以色列天然气公司的股票涨了不少。不过距离开采还有一段时间，许多问题有待解决：怎么采，输出给什么国家，环境保护，等等。网络上，有人跟帖评论：“行了，快快把你们的美国爹还给世界吧。”

人们你言我语地说了起来。阿里埃尔的看法是：“天然气不算什么，不能与石油相比，就好比种苹果和种椰枣是两回事。”

他身边的一位长者立刻提出异议：“没有人说天然气一定能刺激工业和经济。我看所有人都在怀疑，好像怀疑得太多了点。报纸和广播里刚说：我们发现了天然气！他们就会问：真的吗？发现了多少？对就业有积极的影响吗？美国会因此而减少对我们的援助吗？怎么开采？万一开采了一半就没了怎么办？”

“还要讨论出口到哪里。”阿尔农说。

虽然阿尔农的声音很厚实，但但以理的嗓门更粗。“天然气，”他说，一边说一边找合适的英文词，“是一个机会，我觉得以色列早晚要脱离美国的。我希望这是一个机会，一个机会。”他停了一停，又说：“国家可以用它来做一些事情。”

“我还是更希望我们能找到石油。”阿里埃尔说。

“我们在一些两难的事情之间作选择一直是谨慎的，所以一些事情至今没有结果。”那长者说，“有人说开采海底天然气会破坏环境，可是烧天然气可能比烧煤和烧石油都要环保。持任何一种立场的人都有自己的理由，我认为，那些能够自由竞争的公司自己会考虑这些问题。”

但以理不太同意。“以色列不能像美国那么自由，以色列是个小国家，”他说，“不能彻底地搞资本主义，必须是社会主义和资本主义并举，否则国家崩盘的风险太大了。依我看，这个国家现在还得依靠外来援助，离真正的独立实在差得太远了。”

到了下午，一条新消息的加入倏然改变了我们谈话的中心。消息是一个关心民生的国际主义者带来的：一个五十七岁的海法男子先浇了自己一身汽油，然后点了火，事发时他正在特拉维夫参加一次数千人的大游行。

对一个体制最严厉的抗议莫过于自焚了。我探知到，自焚者之前是个出租车司机，中风之后丢了工作，刚好去年夏天，以色列建国以来规模最大、持续最久的社会抗议运动开始。电视里，警方把一封污迹斑斑的遗书展示给了公众，上面写道："住宅建设部的两个委员会都拒绝了我，哪怕我都已经中风了。"自焚者谴责总理内塔尼亚胡，谴责现任金融部长斯坦尼茨："他们的丢脸行为每天都在削弱公民，他们从穷人那里拿了钱去接济富人。"

我很难过。我一直觉得以色列的政制起码是外忌内宽，至少犹太国民拥有充分的表达自由，不必诉诸极端行为。然而事情在变化。2011 年夏天，美国人举着"99%"的标语，带着睡袋、帐篷、饭盆、接线板和小家电到华尔街上安营扎寨，丢下了第一块"占领"的石头。涟漪迅速波及以色列，特拉维夫的罗斯柴尔德林荫大道上扎起了第一批营帐。游行坚持了整整一年，我到达的时候，还能在阿尔洛索罗夫汽车总站的草地上见到许多帐篷，几个俄国移民在那里吃着粗茶淡饭，我伫立了两分钟，从他们手里领到一盘混着黄豆、豌豆、胡萝卜丁和糙米的晚饭。

内塔尼亚胡政府的支持率在抗议行动的升级中下降了不少，2011 年 9 月 3 日，抗议达到顶峰，左派媒体嘲讽说，现在的政府又到了指望哈马斯派点人肉炸弹过来，埃及武装分子在边境放把火的时候了。但是，事实证明游行对政府没有产生半点影响。就在两星期前，我来到内奥·茨马达的前一天，一位青年运动组织者，汤

致读者：

你来到这世界，你要看看以色列

《自由与爱之地》原先的名字叫“内奥 · 茨马达记事”，“内奥 · 茨马达”即我在书中写到的那个农庄，我在那里待过三十天。它位于以色列东南，在沙漠边缘，近约旦边境的地方，在过去的一个月里它是平安的，没有落地的枪弹，没有入室的匪徒。

我在去那里之前，念过很多以色列人写的文学作品、很多文化人的访谈，了解他们经历过怎样的大事，了解他们如何看自己、别人如何看他们，以及他们如何看那些看他们的别人。我不仅去揣摩写作者的心境，还去体会他们笔下人物的心境。我彻底戒断了随时联系自己来认识以色列人的习惯。回来以后，我念得更多，开了以犹太人为主题的专栏，以加强我自己的认识，更重要的是，设法推翻一些原有的认识。

一个民族理应是极其复杂的，我通过修正对他们的认识来更新自我。

我读过的以色列作家，这几年里纷纷谢世。阿摩司 · 奥兹走了，当他开口说话，每一个字都能擦洗听者的心；A.B. 约书亚走了，他有个特别软的大鼻子，听我讲到奥兹，他一边揉着鼻子一边谦虚地说“我是以色列小说家里的 No.1”；约书亚 · 凯纳兹走了，他是《爱的招魂》的作者，一个害羞的、英语说得比我还差的人，读过他的书后，我去好好探访了一番特拉维夫南城。

还有梅厄 · 沙莱夫，他的小说《蓝山》指引我，也陪伴我的以色列游荡，我无时无刻不在想到书中的景物、人物和他们的话语，尤其是书中提到的以色列的鸟类。我见到他是在 2012 年 8 月的一天。他的脸晒得通红，英语发音特别好听，身边还有个学中文的年轻女友。我问起在以色列随处可见的仙人掌果，他就解释说，那叫“萨布厄斯”，外边有刺，里面柔软甘甜，是以

色列政府着意宣传打造的一种新型“民族性”的象征，能在荒漠里成长，外刚内柔。

梅厄言辞准确，反应机敏，拥有这片“热土”理应带给人的所有的力量。但 2023 年春夏，他走了，才七十四岁。

2018 年，为了给自己的第二本书增加一篇有关以色列的文章，我再一次搜索念《蓝山》的心得，率先想到的就是书中的飞鸟。梅厄在书中讲，这个国家的创始一代并非个个都是“扎根者”“创业者”“拓荒者”，相反，相当一部分人来到这里后，都遵循人的本能移居去了别处——去到更容易生活的地方，例如美国。最后留下的人固然是精英，是铁定的爱国者，但多多少少都对自己的命运报以侥幸的苦笑，对未来的期待中则始终含有虚无。对他们来说，狭小贫瘠的以色列，怎么看都不像个可久留之地，他们的心神往往追随着南来北往的候鸟，把这里视为生命的一个站点。

我在梅厄身上不仅看到了知识人的批判心，看到了幽默感，还看到一种极为自然的悖论精神，它主宰着数百万人的头脑，使他们与众不同，尤其不同于我们中国人，我们和他们，几乎来自两个彼此平行的世界。我们活在无数不予讨论的前提之下，而在他们的心中，每一件事情都是可以追问，也值得去追问的。

2016 年完成《自由与爱之地》时，我就不知不觉地成了一个提问爱好者。以色列人的话语风格深深影响了我的思维，他们随时能提起话头，十分坦率，毫不避讳生死离合话题的沉重，在体会和谈论生活的悲剧本质和荒谬性时，他们总是积极而活跃的。他们远离浮夸的言辞、做作的姿态、人云亦云的习惯，心中一旦有了看法，不论它多么简单幼稚，只要是自己的就只管说出。在有大把空闲时间的小孩身上，我看到的是对交流的渴望，而不是那种被调教出来的礼貌和纪律性。

我所在的时候，以色列面临的危险似乎还是理论上的，而今则是现实中的，但实际上，以色列社会心灵中早已存在一种精疲力竭感，它是随“不知

道这样的日子还要持续多久”“不知道下一场战争或骚乱何时爆发”之类的心理而来的。我能体会到这种感受，我觉得自己是幸运的，因为我不用混在旁观者的海洋之中，对巴以冲突的来龙去脉插各种嘴，追究是非问题。疲惫感超越了是非，它是真正有意义的：我懂得，大街上每个看起来健康而阳光的公民，都在与一些阴影交战；我看到每个年轻的家长，在想到孩子未来要服义务兵役时，都会收敛笑容；每个看上去跟旅游者打成一片的年轻帅气的大兵，都有一肚子关于遇袭、被炸、阵亡的事情能讲。我在他们的疲惫，他们的严肃，他们的忧虑之中，感觉到了生活在这里、扎根在这里的意义。

在以色列，路边立一块石头，上面的希伯来文讲的就是某年某月某日的一次爆炸；看到一面墙上有几个烛龛，地上放着早已枯萎的花环，你就知道那里发生过一起震撼一时的恐怖事件，如有玩具则表明死者中有孩童。更不用说此间还有种种与 20 世纪的纳粹屠犹有关的纪念设施，有的只是一面照片墙或姓名墙而已，一不注意就会遇到。

在各种偶遇后，我感慨如此小国容纳了太多悲伤。最著名的悲伤事件当然还得说是拉宾之死，他在 1995 年 11 月 4 日被右翼犹太青年阿米尔枪杀后，特拉维夫将列王广场改名为拉宾广场，竖起了一座纪念雕塑。雕塑的样子很奇特：一只像是用三个巨大的三角木栅组合起来一个棱锥框子，尖端顶着地放置，一身锈红。与有点年纪的以色列人谈到拉宾，他们都会说“他是一个悲剧”，但怎么个悲剧，是与非究竟如何，他们不说了。并不是不敢说，而是他们早就接纳了对此的所有追问，所有论辩；严肃的追问和论辩，是他们感受正在发生的历史，体悟一个个凝重的时刻，然后继续前行的方式。

疲惫和悲伤都支持着这里的人成熟。孩子在这里长大，不仅知道自己要服兵役，更懂得政治并非“肉食者谋”，而是迫在眉睫的事，任何一块记有某事的石头都在提醒人们去思考一些事情。一个人要对任何事物有看法，这种习惯，是源于古老的经文和经文阐释积淀下的精神传统，是拜舆论氛围的“压迫”所赐，也是得益于体制的鼓励。自由形成和发表看法，几乎相当于

一个人成熟并能承担责任的证明之一：在此过程中，一个人不仅开始塑造和论证自己的立场，甚至还要尝试驳斥它，“反者道之动”之类貌似高深的哲学信条，在这里往往只是被实践的常识。

在中东这块狭地再次变成军事和话语的争战场时，我给拉宾的雕塑找到了一种诠释：这是一个“不可能三角”，代表着以色列的困境，也象征着它的坚持。这三个角分别是土地、安全和民主。从 1967 年“六日战争”取胜以来，以色列就想三个都要，但实际上它只能得到两个：要土地和民主，就意味着牺牲安全，要民主和安全，就得让出土地，要安全和土地，它就得放弃民主，也就是说，把如今人口中非犹太裔都给清除掉，并且消灭所有内外的不满的声音。而事实上，它从未放弃过民主，而一直在安全和土地之间作抉择。无论哪种抉择都要付出重大代价，像是拉宾当年的冒险，正是为了安全和民主而决定让出土地。

虽然悲伤早晚要到来，可是它毕竟算是容易分享的，因为谁都知道痛失对个体的意味。难以分享的是快乐。我当初在写作时感受到的快乐至今不散，甚至后来念尤瓦尔 · 赫拉利的《人类简史》，我不仅看到了那种纯正的以色列—犹太式的追问精神、问题意识和幽默感，而且因为对它们的熟悉而倍觉快乐。当然，对这类思考、质疑、追问有热情的人，平时我是遇不到的，而对此怀着不解、冷淡甚至是恐惧的，却所在多有。

我不得不感觉到自己的与众不同。我只能借着《自由与爱之地：入以色列记》重印的机会重申这一点。

2023 年 11 月

姆，肃然地对我说，这是因为组织者之间意见发生了分歧。

“在抗议运动的后半期，一部分人认为继续坚持上街，另一部分人考虑跟政府各退一步，两方的人意见分歧，事情就继续不下去了，我们没有取得一点点成就，哪怕一点点。”

汤姆的社会主义小组试验在城市里过集体生活。塔尔在拿撒勒开辟一片犹太青年社区，汤姆的尝试则局限在哈代拉的一座公寓中。他们凑着份子将整栋公寓都租了下来，一年签一次租约。公寓里的绝大多数房间都不上锁，已婚夫妇或未婚伴侣可以分到较大一点的房间；他们从公共开支里拨款买了辆菲亚特，买了食品、微波炉、洗衣机、冰箱和书籍。“每年，只要租约能按时签下来，就算是一个很大的成功了，”他说，“队伍的人心齐了，才会有运气。”

我们在公寓里的活动室里谈着话，这里只有两张沙发，一个餐桌，一台冰箱和电磁炉灶台，汤姆的女友艾雅坐在一台电脑前，她似乎是负责外联工作的。有三四个姑娘陆续走进来，粲然一笑，从炉子里取出炖熟的玉米粒和胡萝卜丁，很客气地邀我一起吃。她们身材走形得很厉害，在这个年龄的以色列人里不太多见，我猜测，社会主义小组是少有的能让她们找到归属感的地方。

和集体农庄一样，社会主义小组的成员也得上缴所有收入供统一支配。但有时候，有的成员带来自己的朋友住若干宿，之后那人或许会不定期地出现在公寓里，参加些活动，对这些情况，小组也就容忍了，只要经济上还能承受。若是能有一笔不菲的资助，对他们无异于大幸运。汤姆说，行动就要有《出埃及记》的精神：“在看不见任何前途的时候都得继续走下去，你必须带着不确定因素前进，一边怀疑，一边做你的事情。”

“这种看法好像和犹太复国主义者的态度相反，”我说，“他们会说摩西的目标很明确。”

“嗯，才不是这样。要我说，重要的是做了什么。好比你问我对西岸问题怎么看，我会说，要和平，甚至说，要退回到 1967 年时的边界——说得都很容易，以色列每个人都会说这样的话，每个人都会讲政府做得有多么差劲。你说了很多，可是你做了什么呢？我抱怨没有意义，我们可以促使政府公开预算的使用，解释一下人民的生活质量为何十年了都没有大的提高。”

“这是你们在游行中做的事吗？”

“我们做了这件事，”汤姆拿出一本厚厚的红皮的希伯来语册子，打开看，里面有许多科技图纸上才会看到的图形，“你知道海法大火吗？”

2010 年年底，建国以来最大的一场火在海法山坡上熊熊燃烧，百多户居民惨遭火焚。我去过海法郊区的隐霍德，在那里看到了漫山遍野被烧死的树木伸出黑色的枝条，阴森森的活像烟鬼的手指，那些逃过一劫的树木怯生生地抽着绿叶，倒也有几分好看。隐霍德形成了艺术家群落，有许多艺术进修班，标志性建筑是个纪念达达艺术家马塞尔·扬科的博物馆，当时那些受害的居民里，很多都没办过财产保险，只好叹着气，自己筹钱盖房，重新开始人生打拼。他们把经了大火的朽木枯枝做成了凳子，丢在屋外，或者削成理想的造型，用来悬挂自己的泥雕、陶雕和画作。

火灾期间发生了一件惊动全国的事：有一辆载有四十余人的军车赶赴火场抢救山上的一所监狱，途中出了事故，全车公职人员不幸罹难，而那所监狱的囚徒则全部安然获救。汤姆点头说，是很动人，但是他们关心的是另一件事。“政府到现在不肯赔钱给那些受害的居民，所以我们去找来了证据。”他举起小册子，“去年我们最费精力的一件工作，就是做了这本东西。我们去了现场，访问、考察，作专业的分析，得出的结论是：政府必须对大火负责。游行的时候，我们就把这册子散发给大家。”

“有用吗？”

“没用。但是我们做了，很多人叫嚷说政府应该这样，应该那样，却没有人真的去搜集证据。即使没用，至少也可以提醒别人，不要只是以政府的受害者自居，我们必须学会去争取我们所要的东西。受害又不是什么美好的感觉。”

自焚的那个海法人不是火灾难民，我想知道，普通的以色列人会怎么议论他。

但以理敲打着桌面，阿里埃尔凝望着酒厂的红房子，克里丝蒂娜像只小斑羚一样嚼着一只油桃。酒厂的头儿什穆埃勒很少参加休息时的讨论，他正站在二楼的屋檐上，把六个酒瓮一字排开。他是我在这里见过的说话最快的人，看起来酷似肖洛姆–阿莱汉姆写过的那些奔走到白头的犹太小贩。我还听说，他是农庄唯一的犹太教徒，跟宗教界打交道都得他出面。

像自焚事件这样纯属“植入性”的时政话题，人们似乎都感到陌生，好半天没人说话。可能，内奥·茨马达就是为一群人躲开这类扰攘人心的事情而存在的吧，他们没必要迎回有狼的风景。

“Miserable.”克里丝蒂娜说。气氛活跃了点，克里丝蒂娜像是把一样立得稳稳的东西给一脚踢开了。我对面坐着的女孩子开口说，她知道这件事，但是没有什么可表达的。“要是一个人决定要做什么事情，别人只能尊重他。”

有人问我怎么看。我小心地说，这个人的反应是不是有点过激：

“他到底还是个犹太公民，我看不出他真的被逼上绝路了。”

有人闭上眼睛。我是不是高估以色列人的优越感了？或许正相反，因为低估了他们的优越感，所以不能理解为什么有人会如此脆弱？如果你是从埃及或约旦过来，你会觉得以色列就像一个容貌周正的女子，有一种让人欣赏的整饬之美。但你打开电视和报纸，看到的则是另一个样子，摆在其他国家面前的难题也摊开了放在以色列的面前。由于这个太小的国家有太多的声音源，几乎每一个公共话题都被过度报道了，个体的表达欲向有限的几个新闻点汇聚。人们易怒，易冲动，他们发出的声音大多以“We should / We should not”开头：我们不应该这样，我们应该那样，我们要是这样做，就降低到周围那些国家的水平了云云。

言论与表达自由培养出了善于斤斤计较的以色列人。举例说，耶路撒冷的轻轨还没通车，每一个细节——运力、污染、成本、票价、安全系数、噪音、对市容的影响——就被一轮一轮细细地拷问。等到车跑起来了，文文静静的就像泥鳅穿豆腐一样，最初一段时间还实行免票，于是，一众卡珊德拉都转去预测轻轨的寿命。我看到的最严厉的预测是，这种车将会在十年之后的某个过于寒冷的冬季突然瓦解，届时坐在车上的人将难逃厄运；更常见的警告则集中在行人的安危上，因为列车的轨道穿过城市的腹心。

2011年2月，轻轨列车发生了开通以来第一次严重的交通事故：在穿过一个十字路口时，它无情地蹭到了一辆抢道的小汽车。小汽车司机安然无恙，但是深感屈辱，跳出车子来破口大骂了五分钟。接着，轻轨受到了一项新的指控：列车的噪声太小，总是悄无声息地逼近行人和其他车辆，引起毫无必要的恐慌。一连串的补救工作又展开了，列车行经的十字路口开始安装自动红绿灯和限行设施。

到了年关，列车到底还是在老城北侧的穆斯林聚居区撞伤了一名行人。运营商几乎崩溃。到了这个夏天，我在耶路撒冷第一次见到这部传说中的列车，发现它的速度已经可以笑傲自行车界了。

不管列车多么低调，多么与世无争，耶路撒冷人一直在组织各种抗议。他们抗议两列车间隔时间超过了十分钟，违背了经营方的承诺，抗议车站遮阳挡雨的设施不足，抗议列车从免费改为收费。每报道一次抗议，媒体就会不厌其烦地把轻轨的来龙去脉交代一遍，以填满版面。2012年年初，二十名耶路撒冷市民举牌上街，抗议列车的运营商居心不良，他们说，查票员对那些从Egged公交车上下来、没买票就上地铁的人课以罚款，但是，Egged公交车一直实行一个半小时内换乘可免票的制度，它应该延伸到轻轨上，因为人们是特地搭车来坐列车的。运营商无奈地表示撤除那些查票员。还有一位闲云野鹤的数学家，带着笔记本挨个去调查与轻轨各站点相关的二十三条公交线路，然后做了一份报告，指出轻轨的存在正在浪费公交资源："轻轨的建成让一些原有的公交线路被迫改变，但是，人们步行到离家最近的轻轨车站的时间，基本少于搭乘一趟公交车去换轻轨的平均时间，所以那些特地改变了线路的公车都有一大段是在空跑。"

总之，以色列有各种刁民，他们活着的最大理由就是寻找各种不满意。"里奥的意思是，那个人应该更擅长满意才对，"阿里埃尔说，"既然他已经有了选择自己想过的生活的自由。"

"我比很多人过得都好，这一点我知道，"一个长发男人说，我还记得安息日舞蹈上他昂起脑袋左右乱甩的模样，"我只能说'我'，不能说'我们'。比方说吧，一个普通的阿富汗人可能会觉得自己比美国人还幸福呢，一个俄国奴隶没准会觉得他过的是天堂的日子呢。好与不好没有一个绝对的标准，是一种平衡，不满来自失衡，而不一定是受苦。”

“你过去一个月赚两万谢克尔，现在少了五千，就觉得自己过不下去了，但是那些一直只赚五千谢克尔的人，多赚了五百块就会开心得不得了。”阿里埃尔说，“对有些地方的人来说，不用战战兢兢地过日子就是很大的幸福了。”

夏哈来迟了点，他提着一大杯子混合果汁。虽然实在不喜欢那个酸中带苦的味道，我还是给自己倒了一杯，一面告诉自己这是最新鲜、最健康的饮品。当我的眼睛将留在一个个杯壁上的残渣扫描进脑海里，然后发现一只小苍蝇稳稳停在了杯口时，我忽然得到一个念头：有的人太重理性而轻视感官，另一些人则百分之百地忠实于自己的感觉，尤其是当它受到伤害的时候。

在敏感的程度上，我认识的以色列人都能甩我好几条街。海法大火中的动人故事是雅各告诉我的，他还没有说上几句，我就注意到夏霓的眼眶湿了。这种情感反应的产生根本不需要理性的介入。夏霓的情感与抽象的观念也没有联系，她感动的是这件事本身，而不是事件所象征的大道理：犹太人的凝聚力，或是什么值得讴歌的献身精神等等。以大道理为事业的人，比如那些宣扬犹太复国主义的国际活动家，被梅厄·沙莱夫笔下的犹太农民狠狠地骂作“地方数洞家协会”。农民泽尔金说，那些政客本来也是劳动者，是因为吃不起劳作垦荒的苦，只能改行去巴塞尔、日内瓦、柏林、伦敦参加那些扬言要改变整个犹太民族命运的大会：

> 每一队工人都有自己数洞的人。他们先去取水，接着倒水，再后来就数洞。很快，他们就数起了人头，没多久，

数党员。没到一年，他们去了欧洲举行的犹太复国运动大会，从那儿去美国募钱，这给了他们更多可数的东西。

泽尔金留在了土地上，至死没有离开。活着就是活着，每一个投入地活到死的人都能区分口号和现实，识别隐藏在大道理下面的机会主义。沙莱夫的小说看起来做了一件很了不得的解构工作，实际上，任何一种个体的声音都是大词的消毒剂。认真活着的人是不会被大词给绑架，误把自己当作美丽愿景的一部分的。

但以理开口了，小心地选择着措辞："民主社会有时候会让你沮丧，要是在一个没有民主的国家，我们就可以把所有的责任都推给政府。死了一个人，不管他是怎么死的，恨政府就可以了，又死了一个人，就再恨得多一点。所以……"

"总是有一些什么地方出了问题的，"他想了想又接着说，"谁也不会相信这样的事情发生，但它确实发生了。我们那里的 ××× 基布兹（他说了个陌生的名字）发生过谋杀案，真是难以置信的事。我们采用一种不简单的方法组织我们的社会，于是我们被训练得越来越聪明。"

我们发出会意的笑声，我暗暗赞许但以理的看法。要是达尼埃尔在场，他会借题发挥一大套，好在这个聚会里没有他。斯拉夫男孩开口说了点什么，但他的英语很不咋地，没有人接茬，他拿起盘子里最后一个苹果，咯吱咯吱地咬了起来。

散会之后，我跟但以理走在一起，他说了些自己的事情。这个白净矮壮的男人竟曾是一个室内乐四人组里的萨克斯风手，他们接到的演出邀约来自欧洲二十多所高校和好几个大规模的艺术节。可是，从但以理的脸上看不到春风得意的半点残存，现在的他心如古井，蔓生的野草没去了来时的小径。内奥·茨马达同奋斗型人生丝毫无干，这世上也没有几个人会把归隐看作重起炉灶的。

“你不会觉得……”我把“失落”一词吃了下去，觉得这个问题太想当然，也太俗气了，折损记者的身价。我们坐在前次观舞的草棚底下，另一桌边已聚了三四人，都在坐等食堂开饭。恍惚传出了炖土豆湿湿油油的气味。两张预铺白布的饭桌已在台阶下摆好，过不多会儿，一男一女就把汤桶从里面扛了出来，接着是一大缸用咸奶酪汁泡好的蔬菜沙拉。农庄正式进入了幕天席地吃晚餐的夏季，饮食变得越发单调，今天的晚饭就是一盆汤、一大盘沙拉和土豆，不过土豆肥厚酥软，也许是劳动消耗的关系，闭起眼大嚼，竟有肉香。汤里有些金黄沙砾状的米饭，我努力刮着锅底，抄了满满一碗。

“这米饭真好，跟我在泰国吃的差不多。”我说。

但以理咯咯发笑，他用叉子叉起一些米饭，停在半空等汤沥干净，又放回到碗里。“这是库斯库斯，不是米饭，它是北非的食品，我不知道我们村里的库斯库斯产自哪里，也许是摩洛哥吧。”

“但以理，”我想到了该说什么，“要是我在来之前就知道有你这么个人在村里，我会想，村长一定会率先把你介绍给我的。”

“为什么？”

我告诉他，中文有一个使用率很高的词叫“藏龙卧虎”，假如你没有兴趣去了解一群人究竟是谁，他们在做什么，却又很想从对方那里立取一些信任，你就可以用这个词来讨好他们，听了你的话，每一个人都会露出满足的、缺乏幽默感的微笑。每一个乏味的学校，为了让别人高看它一眼，都会宣称自己“藏龙卧虎”，他们的校歌里是一派壮美的自然风光，青山绿水之间，天地日月灵气汇聚，八方学子开始脱胎换骨成四足动物。校长掌握着一群神色呆滞的钢琴十级，一支能熟练演奏《迎宾曲》和《拉德茨基进行曲》的铜管乐队，他们在就读期间帮助校长得到更多叉着腰讲话的机会。我不太能羡慕这些人，可是，如果校长，或工会主席，或是另一个掌握着我的前途的人令我迎宾作陪，我是不会抗拒的。被加封为优秀分子的诱惑着实很大。

同但以理解释清这些琐细的东西很是费力，我给自己挖了一个大坑。他听的时候只戳了两块土豆，一口饭都没吃。然后，他表示至少听明白了一半，他理解我是在说一个需要否定的现象："有的人夸你是想给自己捞到好处。"

"不完全是这样，不过，至少他应该夸得更加认真点。"

但以理垂下眼睛，盯着沙拉盘。"要是你当了国家领导人，你也会希望每个公民都是最好的；你陪另一个国家的元首一起逛城市，你希望随便拉过一个市民，他就能给你背诵你们国家最伟大的诗人的诗；你来到幼儿园，希望看到每个孩子都在笑，身边，地上，堆满了玩具；你到一家工厂，你希望工人在勤奋地劳动而不是跟老板争吵。"

"然后，"我很有兴趣地接下话头，"我们一起来到内奥·茨马达。"

"好，来到内奥·茨马达，"但以理沉吟着，"你希望看到什么？这里的人不在乎在别人面前表现自己的特殊才能，他们自我削减。现在你认识我，但以理，你就把我看作一个放弃了事业来农业劳动的人，你觉得这是我杰出的地方，我想你会发邮件告诉你的朋友，说这里有很多像我一样的人，有的人是演员，有的人是工程师，有的人是……比如说，斯坦福大学的博士，这个村子因为集中了这么多人才而变得了不起，是吗？哇，他们会一起说，神奇的以色列！世界上还有这么一个神奇的地方！不，不是这样的，你所了解的但以理不是真正的但以理。我不会说我曾经的日子跟现在有多么不一样，我不会强调这一点。哪里有什么事业是可以放弃的呀？哪里有什么事业，比感觉到自己活着更有意义？”

“所以，你现在才觉得自己活着？”

“没法比较，”他说，“这里最好的一点不是你所说的人人都有某种……特长，而是，根本没人在乎你有什么特长，你过去是干什么的。我跟任何人都在一起劳动，那个人可以是演员，是大学教授，是教师，是百万富翁——都没有区别，也不能有区别。没有放弃，所以就不会眷恋。演出的那几年，当然是很不错的几年；现在我只有一个同伴还干这行，另一个去了大学里教音乐，还有两个人跟我一样，离开了这一行。在内奥·茨马达，我设法换种生活继续，继续，继续，这里连个乐队都没有，多好啊。”

“你过去演出的时候肯定总在想：我将来不干这个了会怎样？”

“没什么意外，大概我会有一部分……”

“死掉。”我抢答。

“是的，死掉，每天都有很多东西在死掉，没有死掉的就没有活着的。必须是如此。”

“但以理，”我说，“你真的一点都不觉得失落？要是你身上属于萨克斯风的一部分死掉了，你真的不会伤心？”

他把剩下的胡萝卜丁和黄瓜丁倒进盛库斯库斯的碗里，用勺翻着吃。路灯亮了起来，好几个小后生骑着没锁的自行车到了，把车一撇就来取盘子和刀叉；我看见了瘦骨伶仃的艾琳在排队，她穿一件马甲裙，被前后两个男人一夹就几乎看不见了，不知马克此刻是否正从一个我看不到的地方注视着她。农庄的大狗散漫地从台阶上下来，它披一身不长不短的沙色的毛，长相平庸得出奇，除非它能跳进汤锅里，否则一晚上都不会有人理它。

“I think so,”但以理说，“对我来说，生活就是作许多尝试，不满意的时候可以调整。哦，我在这里的日子其实不太多了。”

他拿起杯盘刀叉，匆匆地往食堂去了。

Day 15

羊群

周四午饭后，伊拉娜（工作安排负责人）要我写日记，我迟疑了一下之后说“眼下不合适”，就应允了这个任务。通常来说，所谓最“错误的时间”恰恰就是最合适、最正确的时间。就这么着吧，空出地方来，生活会通过你最想不到的方式带给你你最需要的东西。这是一个好机会，我可以提升、扩大我生命的模样，我的空间和我自己，而我的日常思维也有可能获得一种不一样的形式。

周四早晨，年轻人和他们的向导得到了个惊喜：我们要为明天去埃拉特海边作准备。我提供了一些技术细节上的支持，给奥菲和我自己都作了安排。我们家的另一个喜悦是：奥菲可以到齐赫隆·雅科夫去看她爷爷奶奶，待一周时间。奥菲盼这个已经盼了好几个月了，只有假期才能成行。好几天前，我们就已经兴奋了起来，并为这次出行厉兵秣马。

周四晚上，我和我的三个孩子睡在湖边的夏屋里。我最喜欢睡在湖边了，为此我喜欢夏天，喜欢那风、那水、星辰、月亮，喜欢它们的满，它们的空。

福冈正信，1913年生，2008年逝世，哲学家、农业革命家，在欧洲、日本和东南亚都实践过自己的有机农业理论，1975年发表《一根稻草的革命》，震烁古今。他的理论被称为“无为农业”，顾名思义，自然循环可以协调好作物生长，人，作为万物之主，可以有干预，但这个干预须得精心设计，不能让大自然察觉这是人给它设的套。打个比方：你，作为一个情商智商双高的丈夫，提前一天买好了给老婆的生日礼物，趁着夜深预藏在老婆必然会发现的地方，第二天，睡眼蒙胧中的你被猛一阵摇醒：“亲爱的，还记得上次是从哪儿买的狗粮吗？我刚刚从里面倒出一双高跟鞋！”

《一根稻草的革命》是内奥·茨马达人的农业圣经，他们积极地跟大自然周旋，把豆种、菜种、花种都混合在泥和粪肥里，撒在村里各处。羊圈里的牧人每天要赶着山羊绕村一周，他们把苜蓿种子搓成小球，让它们跟着风、鸟和羊群到处滚动，野蛮生长：“生有时，死有时，栽种有时，拔出所栽种的也有时，杀戮有时，医治有时，拆毁有时，建造有时……”《传道书》里的这堆话，按懒人的解释就是万事皆有安排，一切随机都含着必然。

平时，除了三餐之外，我很难在“活动”或会议场合里看到牧羊团队的人，他们永远跟羊在一起。食堂里每天都有一大壶常空常续的新鲜羊奶，带着新出母腹的腥膻，餐桌上有酸奶、奶酪，也都是羊圈附属的奶制品加工厂自产自销。羊圈的总负责是以撒，一个秃顶、沙皮犬一样粗壮的男人。他也是主动同我打招呼的人之一。我越来越不敢小看这些农民了，他们很可能周游过一些我想都不敢想的地方，根本不会被黄种人奇异的外表震慑住。

“你写文章？”以撒问我。

“我是记者，给很多中文媒体写文章。”

他点下头，闷头吃了一阵饭，然后问：“你写了文章，也是可以自由发表的吗？”

“为什么不呢？”我回答，心想下一句该说什么呢，“你想多了？”还是“你知道得太多了？”

我们聊了会儿农庄和他的小世界。他起得很早，因为凌晨就要挤一次奶，下午要挤第二次。每一次挤完奶，就要把羊放出去吃一餐牧草，饮一通水。早晨，太阳升起前后，两百多只羊用杂沓的蹄声将汁水丰盈的果树一棵棵唤醒，两个小时后，它们风尘仆仆地一头冲回浓荫覆盖的圈里，不住地喘气。

以撒要打点跟羊有关的一切，不只是为它们照料吃喝、挤奶，还得处理草料和粪堆。“在别处，羊群没有在我们这里这么多的散步时间，挤奶倒是比我们还勤快，”以撒说，“但是自然有它的安排，该干什么的时候，就必须干什么。我最喜欢春天，那时很多鸟会从非洲飞回北边，如果把羊群赶出圈时能看到天上有一行行鸟飞过，那是最好的感觉了。”

虽然羊是《圣经》里提到次数最多的动物，但显然鸟更讨人喜欢一点，对那些选上自己这块弹丸大的土地落脚的鸟类，以色列人心存感激。在胡拉河谷自然保护区，我看了一场只有我一个观众的4D电影。制作者把加利利地区描绘成一个鸟的天堂：我们是鹈鹕、天鹅、雨燕、鹭、鹤迁徙的必经之路哦！当银幕上出现无数飞鸟逾越大海的画面时，影院里凉风扑面，水花喷溅，我觉得自己就是碳酸饮料广告里的那个轻浮男人，揭开盖子的一瞬间被惊涛骇浪给淹没了；等片子推进到飞鸟临抵陆地，镜头紧贴着地面上下，许多啮齿动物在画面上飞奔而过，座椅靠背里也有个机关突然咚咚地蹦起来，把我的后脊梁敲打了几下。制作方把群鸟飞行的画面做得壮丽无比，潜台词是：还记得吗？我们伟大的祖先也是这样出埃及的哦！

我问了好多问题：羊奶的产量，母羊的数量，有多少公羊，每隔几天兽交一次。以撒被问得很开心，他答应我，一定给我申请一次到羊圈劳动的机会。

但是我等不及了。

农庄里从不撵人，每个岗位都欢迎串门的，如果你走错了路，投错了工作团队，没有人用尊卑练达的眼神看着你：你搞错了吧？这里不是你的地方。他们会说：太好了，我来看看你能做什么。因此，3 点来钟的时候，我决定去羊圈团队看看。门口树桩上晾的内裤早就干了，不过我还把它丢在那里作为记号。出工伤不太可能，但要是不处处留心，我会有很大的危险在这一个月里走失。

羊圈的小屋子里，萨拉穿个红背心正在扫地。我的到来没有给她带去任何意外，就像我也毫不奇怪在这里看到她。她总是一副欣快的样子，总有无穷的精力，利口喋喋，又是干活，又是把新的来客引见给其他劳动者，引见给梨树，给杏树，给羊，给狗。个人经验告诉我，一个团队里最活跃的分子总是很烦人的，你早晚要被他们当傻子耍；但这个捷克女孩不然，她唯一的真相就是一名赤子。

"哈罗——"她大声招呼我，举举手里的笤帚，像宣誓一样，"我们就要同山羊斗争了喂。"

挤奶棚的墙刷成湿答答的天蓝色，到处是塑料桶，装着成色饱满的燕麦。四面墙中有两面是挤奶操作台，过一小会儿，羊群就要上这里来接受乳房按摩。台下挂着仪器和半透明的管子，坡形的屋顶上垂着一个个大铁钩。农庄的大牧羊犬“约书亚”趴在地上，百无聊赖地东看西看。智商不高是全球牧羊犬的通病，幸运的是，约书亚的情绪还很不稳定，所以，它成了农庄里最孤独的一个，冷柜和厨房之间那一窝凶悍的小野猫都比它讨人喜欢。我看见墙上贴着英语写的警告，比较文雅的翻译是：狗非宠物！不得狎亵！

“曾经有人被约书亚咬伤吗？”我看着它，保持人畜之间的距离。

“约书亚不识字，”萨拉说，“它只咬那些企图告诉它‘你是个畜生’的家伙。”

约书亚晃了晃脑袋。我喝掉了咖啡，拿起桌上的塑料水壶续水，这把壶生得大腹便便，壶嘴是几个针眼，出来的水柱刚好能一滴不漏地流进杯子。门外陡然响起了踢踢踏踏的声音，然后是铁梯被杂乱的脚步踩中的噔噔声。一个留着山羊胡子的年轻人快步冲了进来，跳上操作台，拉开角上的小门。我看到一张长着白眉的羊侧脸，两只犄角像是顶部被砸了一下的哥特尖塔，它显然轻车熟路，一进门就直奔入操作台的尽里头，脖子往靠窗槽子的豁口嵌了进去，咣当一响，闩子自动掉了下来卡住了羊颈。第二只、第三只、第四只、第五只也跟着进来了。在美食的煽惑下，所有羊都亮出了它们的屁股，袋状的乳房犹如礼拜堂的悬灯一样吊在两根后腿之间。萨拉手脚飞快，将垂在栏杆上的吸奶器唰唰两下塞了上去，仪表屏立刻亮了起来，螺旋状的皮管里有白色的液沫嗖嗖地飞舞。

这般奇异的交响曲，一生听一次显然是不够的。这里站着一群背对观众、身着粗毛呢子礼服的指挥，各自揣着各自的珍器，吸奶器托住它们，一张一弛地嘬出了汩汩的匀速节拍，又被一圈圈的皮管接住，转化为沙球晃动似的嘘嘘声、沙沙声、溜溜声；具象化的乐符在管道里快走似飞梭，音道之中白墨四溅，一个个仪表板组成了宏大的弦乐队伍，亮红的数字此起彼落。山羊的身体像空调室外机一样散发着热气，二十张嘴齐刷刷地运动，竟然汇出了男子唱诗班一般嗡嗡的人声，跟着节奏一起默默嗫嚅。它们每天就等待着两次短促的狂欢，因而此时，好像所有的血都随闩子的一卡之后而聚到头部，支援这无法分辨的低吟；它们专注的疯狂可以和赛马一比，琼浆头也不回地从它们的体内流走；这些全力以赴的指挥家和唱诗员，在收住最后一个音后连硬领都湿了个尽透，肚子下面却一阵轻松。

“哦——哎，哦——哎，哦——哎！”

捷克姑娘明亮的吆喝推升着这交响乐的魂魄。我不敢小视这里的所有景象，不管是人的行为，还是羊的动作。对一个20世纪30年代移垦巴勒斯坦的犹太农民来说，来自土地和动物身体的每一点细小收获都能让他们的灵魂怵然，假如羊奶有稳定的产量保证（母牛母羊的乳房在赎罪日也会罢工，那是一定的），他会与这些愚贪的牲畜产生情感依傍。梅厄·沙莱夫的小说写到了一个恋上公牛的汉子，他与同村人无法相处，便背着公牛独自流浪。我是因这段了不起的虚构叙事而彻底迷上那一代犹太农民们的，他们的美德，才不是什么民族先锋意识、故土情怀或战士属性，而是简朴的万物有灵论和条件反射式的知恩感。

母羊挤干净一批，就被从另一个出口赶下去，其他的羊早就在金属梯上等得不耐烦了，它们推推搡搡，就像那些参加密闭式婚宴的帕金森氏患者一样，发出病态的密集噪音。每一轮上来的母羊中都有那么一到两只，不停地跺着地板，把刚刚套上的罩杯给甩下来。看我与一只羊相持不下，萨拉过来解围：“你要温柔些。”

萨拉两手并举，捧寿桃一样地捧着那两只乳房，和悦地抚摩那上面细长的肉色汗毛，指肚划过两乳之间漫长的褶缝。她揉着，揉着，口里还像《托拉》领诵师那样念念有词。“你要让她舒服，舒服，舒服……”母羊躁动的身躯慢慢放松了下来，甚至尾巴都耷拉下来两次。萨拉用吊钩钩起两乳之间的皮肤，将奶嘴逐一吸上。奶羊急促而又平静地吃着。

萨拉跳上平台，我给她递去装满了燕麦的大桶。“哦——哎，哦——哎！”哗哗几声过后，她跳下地来，屋门外的同伴开始引着新一批羊进屋。约书亚从栏杆里跳到了室外，仍有许多羊排队等餐，摩肩接踵。我又倒上、喝干了一杯水。

“里奥！”草帽摘下，我看到羊圈的大当家以撒晒得通红的脸。“你终于来了！”

“我说过了要来帮工挤奶的呐！”

“感觉不错哩？”

以撒看了看羊，突然，他从桌上一把抄起水壶，往肥涨的羊乳房上挨个甩了过去……“羊们”似乎周身一爽。我的心肌却一下子收紧了，舌头发硬，味蕾连带记忆神经拼命回顾着刚才喝下去的东西……似乎没有异味，他们也没有理由给羊的奶子外敷什么药物——我这样想着，用理性的力量渐渐让自己平静。

“冷水可以降温，奶会流得更顺些。它们现在可容易紧张了，”以撒说，“我们必须给羊最好的待遇。”

羊奶挤得差不多时，乳房就会瘪下去，吸奶杯自然脱落下来。那些奶水不多的羊可以趁机多吃几口粮。农庄给予羊的待遇是全国最好的，小羊出生后不直接从母亲身边抱走，而是给它和母羊两个月的哺乳期。“羊要有羊样，”他们说，“不让羊给孩子哺乳，人也会不好受。”不过，奶羊到了八九岁时人老珠黄，无奶可产，等待它们的也只有阿拉伯人和贝都因人的刀子了。

把最末上来的六只羊也送出去后，交响乐走完了最后一个音符，羊的身体、泥土、奶和燕麦混合的味道还在空气里飘着。我和萨拉一起出门，羊好像浑身来劲，而刚刚还慵懒地看着羊群挨个过堂的约书亚却已经走动起来。萨拉知道所有的程序，她看着我："里奥，你愿不愿意接个任务？你看到那道门了么？"

羊圈的门开了，萨拉藏在门后，七百多个蹄子踢起了一片尘沙。"母山羊们"低头向牧草地猛冲，如果这些偶蹄反刍动物能读经书，它们会起而反对这个世界，反对耶稣拿自己来象征该下地狱的小人，不像现在，每天只是在两件固定的交易之间切换：放弃自由换来安全，放弃奶水换来食品。

跑在它们前面的是我，母羊轰轰的步子跟在后边，我听到约书亚嗷嗷地叫，一到牧草地上，它就蜷下来继续打盹，看着母羊四散，嚼草，饮水。每一次望风，约书亚都需要一个搭档，一个可以同它互相狐假虎威的牧羊人。从今天开始，睡不着的晚上，我可以数羊了。

这般奇异的交响曲，一生只听一次显然不够。

Day 16

发 明

世界环绕着我们，我们是世界的一部分。对于一家人而言，能与自己共处，与世界共处，是最美好、安宁以及亲密的体验。

烛光之夜，一片漆黑，一把牙刷，睡前讲故事，熟睡，还有清晨被一轮让人惊艳的太阳唤醒。我们在儿童泳池里洗了个晨澡，然后孩子们去幼稚园、俱乐部，我则去了厂里工作。

背景音乐是基布兹清晨的声音：一个老师骑车的声音，果园里摘果子的声音，机铺里的音乐，食品厂和车铺里的敲打声。星期五，我在设计车间工作，和我一起干活的有两个泰国工人，有来自苏丹的亚当，还有诺阿姆和永恩。工作很多样，我分成两段：“瓦尔杜夫项目”是一段，其他是另一段。在“瓦尔杜夫项目”中，我们生产有形的产品，给耶路撒冷的瓦尔杜夫·阿斯托利亚旅馆供货。到这个阶段，整个九层楼中，我们只剩下最后两层楼的事儿还没弄好，这意味着整个项目已经过了四分之三了，我们对所有的细节烂熟于心，工人都已是熟手，能够独当一面——看起来轻而易举。总之，我们估计到了这种项目的漫长和复杂，现在它终于进入尾声了，所有的问题都找了出来，我们必须做好一切小细节，坚持到最后……

在村子里，我能闻到的所有肥臭味都出自羊圈，那里住着一群吃拉无度的家伙。每隔几天，我总能看到羊圈的人挥着干草叉，把捆扎好的三叶草和燕麦从卡车上叉下来，堆到地上，插上一个写着饲料名字的纸牌。羊圈里的泥土是绿的，像长了青苔。消化不了的食渣从羊的后屁股缝里不停地掉到地上。

粪肥以及其他垃圾都是村里十分需要的东西。有机农业要靠循环利用，我那天扫的羊粪，农庄的人恭恭敬敬地整理起来，还得去别处运鸡粪和牛粪，暖暖和和地混在一起。村里用了一亩半的地供着这些混合粪肥，用推土机把它们堆成几条大堤，把遍布全村的水管子接过去，昼夜洒水保湿。每次有推土机堆粪，屎臭的覆盖面积就会扩大。要是倒退四五十年，基布兹还寄托着全国人民的社会主义理想的时候，会有许多人来这里参观庄严的堆粪仪式，每人还要写篇考察报告交给村支书呢。

食堂旁边靠近冷柜那里停着辆大推车，终年盖着木盖子，它从来没有进入过我好奇心统治的领域。昨天下午，萨拉系着围裙从食堂里出来，我以为用眼神打个招呼即可，没想被她开口叫住。她蜜色的尖脸红得像上了蜡的石榴。

“里奥里奥，你跟我来。”

我跟着她往大车那边去，帮着她一起把沉重的木盖子起开。一个鲜为人知的宝库露了出来：好大一车泔水。萨拉端起手里的塑料桶就往里倒，漂浮在表面的是许许多多葡萄皮，碧绿碧绿，像是新下的鱼卵。我们把盖子又合了起来。

“我推车，你帮我看着道就可以。”

这里的团队劳动几乎没有性别区分，任何一个团队里，所有人都同等地面对范围内的所有事情。女人很少求助于男人，求助也仅仅限于辅佐，男人绝不会因为膀阔腰圆而被女人差来做他分外的事。早晨，厨房的男女老少倾巢出动，将新到的土豆、胡萝卜、谷子、西葫芦以及洋葱横拖倒拽，一麻袋一麻袋地从货车上运下来；在食品储藏间，女人和男人一样从铲车上一箱一箱地往下搬新摘的水果；在椰枣园，哈慕塔背靠树冠，爬得比谁都高，她抱起硕大的果枝的样子至今还烙在我的记忆里。我跟在萨拉和泔水车后跑，看着她棒槌样的小腿嚓嚓嚓地蹬着石子路前进。她干起活来一直是很有表演味的，弹性十足的动作跟皮影戏里的人偶很相似。

我们来到距羊圈不远的鸡舍，内奥·茨马达官方指定的蛋类供货商们正漫不经心地趴着窝，脑袋从鸡舍的门洞里露出来。看到有人进棚，公鸡立刻一哄而散，几只灵敏的母鸡也扑扑啦啦地跳了出来，抻着脖子乱跑，剩下躲避不及的在窝里发出不安的哀鸣。母鸡长着一张张红彤彤的脸，萨拉跨到鸡舍里查看了一下食槽，黄毛小鸡啾啾直叫。

“你们又有饭吃了，里奥快来。”

鸡圈一角立着一个有两根金属滑道的台架，我们一起把车推上去，掀翻车斗，“轰”的一声把食物都倒了出来。这里面有很多菜叶，有已经变成棕色的苹果，有烂了半边的梨，有朱红色的胡萝卜皮，还有大团大团的葡萄皮像画布上的颜料一样挂在外边，看来，酒厂对这一车泔水有不小的贡献。

“鸡们”冲了过去，一只公鸡几步就站到了山尖上。刚才的恐慌已经成为历史，对鸡来说，一生中值得铭记的事情实在是太少了。

“哦，它们就像一群没了爹妈的小鸟儿。”萨拉感慨地说，“可是谁知道它们的爹妈是谁呢？”

我们一起看“鸡们”啄食葡萄皮。待遇真好啊，我想，这样的鸡下的蛋才适合做葡式蛋挞吧。

“我听说，早年的以色列农民给鸡都起名字，”我说，“他们对所有牲口都有感情。”

“我们家就是这样，”萨拉说，捋着她的金发，“我爷爷在村里养了好多鸡，但是那些鸡不好，跑到我家的烟囱上拉屎。”

“鸡还是比较蠢的，所以我们吃它吃得特别心安理得。”

“蠢的，哈哈，”萨拉捶我一下，“因为我们不知道它们的感情，鸡看上去总是慌里慌张，如果它也像猫一样，不只会吃饭、做爱、拉屎，还能表达很多情绪，事情就不好办了。你丢了一只鸡，就会像丢了一个人一样。”

萨拉无处不在。第一天我上工地，她就在那里；我去“足球部”，她也在；昨天我和她一道挤的奶；现在又在厨房看到她。她简直是内奥·茨马达的影子。

“你在看我吗？”萨拉扭头说，她挥起耙子在撒了种子的地上随意地划拉了几下。

“啊，我在想最近这几天怎么老看到你呐。”

“我只想做一些对的事情。”她接茬一向很快。

鸡很能吃，七八只一起上，山头一下就被削平了。我推着泔水车小跑回食堂，萨拉跳蹦着在头前带路，我想起《格林童话》里的一句话："快活得就像小鹿的尾巴一样。"

我的农民生活渐入佳境。昨天看到泔脚山时我就有预感，果然，今天上午，我来到了传说中的大粪堤。

我还是看不分明写在安排表上的劳动岗位，别人告诉我，今天我得跟着西迦。西迦是农庄里气质最凌厉的女人，个子不高，长发已有一半灰白，她的身材非常适合给一个农业国家作象征，胸腹部扁平得像成年男人一样。她整天不是戴着草帽，就是背着果筐，她的工作靴上总是泥斑点点。早几天在果园里劳动，坐下来休息时，她总是严肃地喝着茶，很少说话。如果早生一百年，她一定是基布兹主义最狂热的宣传员。

一起坐进西迦的车里的几个人，我都不熟悉。加拿大女孩玛扬据说一边劳动一边还读着博士，她看上去比哈慕塔、萨拉乃至伊斯迦都更成熟，有种对任何世事都略知一二的神态。另外两人我就完全不认识了，其中之一是那位在安息日舞会上领舞的鬈发男孩，即使进入高潮期的酣舞状态，他也是一副一听到掷杯的暗号就要拔出刀子的表情。

汽车在石头路上碾过，发出麻麻的，好像油锅炸鱼的声音。大堤在我面前出现时，我的鼻子赶紧向大脑发出讯号："初步判断，这是肥料！"我们纷纷下车，跟着西迦到车后去拿大箱子。箱子里装着一些蓝色的塑料插标，一头尖尖的，另一头有个与标杆垂直的环形缺口。不知道英语该怎么说，农庄上下都管它们叫"blue things"。

"走，每人拿上一箱 blue things！"西迦叫道，头也不回地往前走，她的眼睛像鹰，鼻梁顶端永远拴着一道同心锁。

"我们这是要做什么？"我问玛扬，她在这里已经待了一年多了。

“是肥料，可以用来种任何东西。”

我当然知道肥料可以种作物，问题是我们要与这么多肥料发生怎样一种关系。地上撇着许多黑色水管。我们将绞缠在一起的管子拆开。这件事做起来非常费力。水管很长，又很沉，有好几个断头，我费了半天劲抽出来完整的一根，才发现是根废管，才两丈（约 6.7 米）来长。水管上隔一段距离就有长出一根椰枣果茎那么细的小管子，连着一个金属喷头。

堤坝有一人来高，侧看是个长长的梯形，末端有个缓冲斜坡。我和鬈发男孩清理出一整根水管，西迦说，你俩把一根管子铺到堤上面去。我离大堤更近一些，眼看着那边玛扬噌噌几步就登了上去，我想都没多想，操着家伙就往上爬。

一脚踩下去，我——就像施耐庵先生常说的那样——“直叫得一声苦”。粪肥顷刻没到了脚踝。体重是个问题，看玛扬那伶仃样，她才有我一半那么沉吧。眼看着帆布鞋除了鞋带一带，其他地方都被濡成了黑色，但是，后退行为一定违反内奥·茨马达的村训，亚伯拉罕都会讥笑我的，就像当年他讥笑上帝一样（“格老子，他居然说九十岁的撒拉能给我生娃，哇哈哈哈。”）。我硬着头皮踩上了堤坝的顶端，深一脚浅一脚地往前走。鬈发男孩一言不发，恶狠狠地把水管从侧面给我甩了上来。

我们铺了两条堤坝，接下来，是把插标同一个个喷口固定到一起，一根根垂直插进粪肥里。我又一次踩到了堤上，每弯腰安置一个插标，鞋就在粪土中又下陷一点。全黑了，而且气味冲鼻，我还得庆幸早晨偷懒，没有穿着袜子出来。西迦仍然面无笑容，她跑来跑去地查看安插效果，连帽披肩在后背上扑打着。几座平平的沙丘就围绕在我们四围，奇怪的是，粪堆边倒没什么逐臭的苍蝇。

灌溉系统是农庄的生命线，这些水是从一个位于高处的水池自然流下来，而这个水池的水则是用泵从一座五万立方米的人工湖里抽上去的。我一直没搞清人工湖在什么地方，只知道当年修这座湖费了不少力气。现在该通水了，西迦拧开了水阀。

四下里响起了嗤嗤声，像是无数蟋蟀齐齐地漱口。一个个 blue things 成了微型喷泉，纤细的水流从中心喷出，以辐射状洒到粪堤之上。空气突然变得不那么难闻了。这些无生命的、普通的东西——畜粪、泥土、草秸与水——被组合到了一起，事情立刻就有了变化。喷水是为了不让肥料干燥，但是，吱吱的水流让人不禁对这些死沉沉的黑东西有了更多的期待。

“我们来检查一下这些喷头是不是流畅！”西迦说着，于是我们又掉头杀回了堤上。

* * * * * *

“看这个。”

雅各用笔勾着一张草图，他被我问烦了：“不就是滴灌技术吗？三分钟我就给你讲明白。

“这是管子，铺在地上或铺在地下根据人的需要；这是管子上面的一个个洞，洞口有个像扣子一样的装置。水进入管子，到扣子这里出来，水被这个机关轻轻阻挡住，成为细细的喷泉。

“用水管直接浇灌土地会造成浪费，而且把土壤里的营养全冲走了。以色列人发明了这个装置，把灌溉变成持久的、一点一点的，水管可以绕到植株下面、后面，灌溉时间和水压都由电脑控制。

“就这么简单，明白了？”

这就是以色列最伟大的农业发明，被中国人啧啧称奇的“高科技的东西”。

“听着，”雅各说，“越是伟大的东西越是简单——最好的例子就是爱因斯坦的相对论。”

很多村里都保留着农业建国时期的拖拉机残骸，油漆一新，是孩子玩耍的好地方。

Day 17

大卫

这段时间里我恢复了自己的能量。此前的几个月，我整个的状况——身体上的、心理上的，都在下降，我与我们共同的计划、与产品、与这个地方以及与朋友的关系都受到了影响。而现在，我对从图案设计到打包发送的各种小细节都更加专心，更加精确地投入了。日复一日，一步又一步，一部分又一部分，这是一个简单的、重复的工作，需要专注、精准、沉静、持之以恒、襟怀宽大——一如对我自己、对朋友、对孩子们、对生活那样。我们的产品是有形的，我们研发、生产，销售给个体顾客、机构和商店，供他们盖房子、修花园，有的美化人们的桌子，例如小雕塑，有的则是实用性，例如工作台等等。不久，那个催使我们一年半来竟日繁忙的大项目就要完工了，它将带来很大的经济收益，所以，在 Waldorf 的人走后我们还要研究生产和销售。与我们相邻的两个厂子——车铺和机铺——这段时间也非常忙，干劲十足，他们要为摘枣作准备。

午休时我又去了图书馆，从宿舍出去走一百米就到了，藏在树荫之间，有扇门通往地下，门外没有任何标识，一般人会误以为那不过是个防空洞。以色列的犹太人，一般民居里都设有防空洞，公寓楼里则设一个共用的掩蔽所。二十年前，第一次海湾战争时期，萨达姆·侯赛因自称尼布甲尼撒（公元前586年灭亡犹太国的巴比伦王）再世，放出话说："我国新型的化学武器和苏制飞毛腿导弹（Scud）随时可能掉到以色列境内。"以色列人大惊，觉得防空洞还靠不住，给家家户户都发了防毒面具，搞防毒演习。他们编了几个简单的段子自嘲：

以色列轮盘赌是什么样的？
一间密室，四个人，三个防毒面具。

以色列的别名是？
"飞毛腿的纳维亚"（Scudinavia）。

为啥沙米尔（时任以色列总理）不和萨达姆会谈？
因为他俩之间不会发生化学反应。

我曾在西海岸小城赫兹利亚住过三天，房东是个毕业不久的学生，他说，他的父母住在同城的另外一个地方，手里有几处房产，自己这间房子是从他们手里租下来的。"我妈给了我个友情价，不然，"他做了个抹脖子的动作，"我可以去死了。"

以色列的房租五年里翻了近一倍，目前是民怨的焦点所在。我看这兄弟整天上网，就问他："你就一间房，平时都玩点啥呢？"

“那多了，”他露出一副败家子的模样，“打台球啦，唱歌啦，每个月防空洞里还有舞会呢。”

我带着一本书去吃午饭。食堂门口的招贴栏里又有了新告示：有人丢了双拖鞋，望拾到者拨打电话 ××× 与 ××× 联系，后边加一个微笑表情，意思是“我爱拖鞋，我也爱你们”。农庄里丢不了什么值钱东西，也就是一双鞋，一顶草帽，一块手帕。

斯拉夫混血小子和阿拉伯混血小子只待了寥寥几天就跟着同学走了，看到阿尔农从食堂出来时我想起了他俩。告示栏里贴有两篇用铅笔写的作文，或许有一篇出自他们之手吧。作文没什么可读性，无非是“暑假里的一天，秋高气爽，万里无云，我们全班同学来到南方的内奥·茨马达基布兹，这是一个紧张而放松，温暖又和睦，富有生活气息的集体主义大家庭”之类，也许末尾还要表态说将来要建设国家呢。

我遇到霍尼，他叮嘱说：“下午 2 点这儿有个活动。”义务劳动？我也没多想，饭后回床上读书，渐渐地瞌睡又找上了门来。等我睁开眼时，已经 2 点半了。

食堂里聚集着很多人，像以往一样，坐在椅子上、地板上的，靠墙站着的，我真佩服他们，不论何时都一副兴冲冲的样子。坐在房间最前端的是一个年轻男子，我肯定没见过他，否则不会觉得眼生：他留着一头长及后颈的鬈发，一管好鼻梁，两腮坚实，尖下巴颏中间起了个讨女人喜欢的褶。他垂着头，像打坐一样眼睑微阖，睫毛几乎扫到了颧骨，怀里抱个吉他，略有心事的样子，沉寂了许久才说了一句希伯来语。一种综合了震惊、羞惭和愤怒的感情迅速抓住了我：他跟米开朗基罗的大卫王只有一条裤衩的区别。这是一种新的观色冥想式吗？还是耶路撒冷锡安山男模队派来了调研学习小组？

仪式很快就结束了，人们纷纷起身，一些男女上去同他握手，拥抱，但没有合影的。一只瘦小的手抓住了仍然呆立在那里的我：露特，身高不到一米五的小老太太，全农庄岁数最大的人。前些天她刚跟我打过个招呼，说要跟我好好聊聊。现在，她操着非常磕绊的英文："你来晚了啊，都结束啦！"

我们来到食堂门外，自行车被炙热的阳光烤成了一堆电烙铁，露特穿着件蓝衬衫，戴着大草帽，虽是年迈，却给人一种凝练感，仿佛那个躯体已经丢掉了所有冗余，只剩下精华了。她没有长多少老年斑，但有很深的眼影，稀疏的白发披拂着。她找我就是想告诉我，刚才那个"大卫"是怎么回事：

"你没见过他，是吧？啊，我们都知道他，其实也是个志愿者，来了有整一年，明天他就要走了，要回家，他家在耶路撒冷。你看到他的样子了吗？"露特在脸上比划着。"他有一副很羞涩的表情，对吧？他很怕羞。"

"为什么？"我几乎要尖叫起来了：一个男人需要因为长得英俊而向社会道歉吗？他不去海边勾搭蜜色皮肤的三点式女人或是上夜总会把生啤倒进坐台女人的乳沟里，就已经是在自我亵渎了。

"唉，一个人有一个人的性格，他刚来的时候，一句整话都说不来。他服兵役的时候谁也不理他，很多男孩子都会遇到这样的问题，我们村的孩子长大了也一样——因为军队是个特殊的环境，你有可能在那里认识很多朋友，也可能同所有人都合不来。他很……很……很沮丧，不知道下一步该怎么走。他喜欢音乐，他父母希望他继续读书，可是不管做什么，他都缺少自信。"

“上帝啊。”

“他很不善于认识朋友，在内奥·茨马达，他跟所有人都不太……不太交往。刚才他说，他自己创作了一个曲子，在安息日弹奏过后，情况才有了一些改变。他……到现在也没有比以前开放多少，其实，还是在许多人面前说不出话。内奥·茨马达给了他一些信心，虽然不多，但总是……总是好一点吧，比过去好。”

露特坑坑洼洼地说着话，到底复述不了太多东西。情况很简单，这个男人告别农庄，说了一些感谢大家的话。农庄里也许有什么人点醒了他，也许压根没有，他和我一样劳动，尽量把自己的想法组织完整再艰难地传达给别人。不知道哑大卫在农庄里引起过怎样疯狂的暗恋潮，不知道有多少女孩子为他望空吁叹，手腕扼断。

“好动人的故事，”我喃喃地说，“我想知道得更多些。”

“我基本上都是裸体的。”

我感觉好像耳蜗里的某个地方“轰”的一声，然后听到露特的下一句话：“在家里。你知道我很少出来，”她伸一个食指往上戳，“这里的白天实在太热太热了。”

“所以……”

“所以我们还是晚饭之后再聊聊天吧，最近我都会来食堂吃饭，for sure，我得早点跟你聊聊天。”她不停地点着尖削的小鹰脸，帮助自己措辞。“还有一个人，你可以找找，他叫阿尔图罗，他是个墨西哥人，很有才华，能画画，在我们村里设计制造了好几个建筑。对了，他还是在这里结的婚。”

露特跟我握别，推出自行车，飞快地蹬着走了。我立了半晌，才擦掉了脑门上的汗。

Day 18

“皮瓜”

在车铺，几件农具被拆卸了开来，拆的程度不一而足，凭空创造的乐趣和愉悦是无穷的。在机铺，德德·奥蒂德和埃德瓦十分起劲地在干活，他们在弄摇树机，以便在9月摘枣时派用场。现在，他们把摇树机谨慎小心地拆开，清洗，再非常细致地重新组装起来。德德正在给一家加工厂的桌子制作漂亮的新桌腿。

通常情况下，我们这里，人与人的关系要经受很大的挑战，而且是不可化解的：有人在大太阳下晒着，有人还躺在屋里；有人注意细节，有人疏忽大意；有人记住，有人忘记；有人把工具还了回去，有人则不还；这个人伤心，那个人快乐；这个人宽恕，那个人衔怨。我们都在一起生活，每一个时刻因我们而改变，这是一种每日与自我的会面，一个挑战我自己、提升我自己、有时让我愉悦有时又伤害我的会面。总体来说，我觉得这种会面是很重要、很有价值的，每个对自己有兴趣的人，都值得一试。

拉尼每天都把自己的白发束好，把腮帮子上的胡茬刮到不扎手的程度，然后上岗扮演他的多重角色——梨博士、草教授、花专家。昨天晚上，我得知今早的工作是跟着拉尼干“园艺”，一想到能在迷迭香、鼠尾草、薰衣草里摸摸弄弄，就睡了个踏踏实实的美容觉。但今天一早，拉尼和另一个人各开一辆车，把园艺团队的所有人拉到一块荒凉的地方，几棵树，一堆杂草，旁边的屋子里看来已经很久没有住过人了，有一些黑蚂蚁行色匆匆地路过，我一锄头挥了下去，它们就像土地爷一样没了踪影。锄头是从车后的大木箱里拿的，每人都拿了一把，围成一圈站着，我们拄着锄头，每个人的留影都可以拿来给一首著名的唐诗配图。

“要做一个好的园艺师，首先要记得住方位，”拉尼说，“我们人在这里，工具箱在那边，车在那边（他一一点着方向），人不要走散了，过一会儿要集合。”

他又介绍了下情况：这块地方的杂草需要清除，以后可以考虑开辟为花圃。他走开去，不怀好意地抚着一棵齐胸高的“杂草”：“我们要砍掉它，它不应该长在这里的。根除杂草最好用汽油烧。”他咧嘴一笑，藏起了击中要害的金句：“但是油比劳动力贵多了。”

今天的劳动，比以往那些更有老一代垦荒者的味道。几把锄头先后在土地上捶出闷响，植物根部周围的泥土疼得缩了起来。这些长错了地方的植物的根系并不庞大，但打击来得过于突然，它们像是不知道发生了什么似的，一个个问号形的根部从碎散的土屑之中露了出来。它们原来的样子窈窕、整饬，叶边打着均匀的皱褶，发育良好，生机盎然，而现在，它们体内的精华将在几天之内迅速流失。

如果这里有地鼠，它们应该都吓哭了；蜥蜴应该在第一锤下地时就跑走了。我们的锄头挫骨扬灰，把许多弄不清从哪里伸过来的侧枝都给砍断了。有时锄头砸到硬物，震得两手发麻，我便怒不可遏地敲打它附近的泥土，直到其瓦解，吐出一块鸡蛋大小、面如土色的石头。有时我瞄准一棵细瘦的草，最后得到的却是一个大坑。有时，我眼看着能斩获完整的一套根系，结果却在几下重击之后伐倒了主干，深刻的抗力仍旧埋在地下，让人心头一灰。这个活儿激发人的烈暴，又控制住它，缓和它，熄灭它，把它偶然化，不让它滑落为挑战与征服的顽狠无度。

阿诺奇卡穿着一条松松的粉色裤子，把金发扎成球茎一样，一个人在远离别人的地方给一棵草做体检。就这几天，她的模样越来越不尽如人意，脸颊上的高原红面积变大了，眼睛里有了更多的羞懦的色彩，跟我第一次在她和克里丝蒂娜的卧室见到时大不一样。在别处，这无疑是孤立的开端，而在这里，社会主义的内奥·茨马达，每天你都能看到不少在合群与孤立之间游移的人。我们的锄草团队里有位苏格兰来的新人，叫克兰塔（全名是克兰塔·麦克某某某），昨晚她在食堂外一扭一扭地跟人说话，棕色的鬈发滚满了肩膀和白酥的前胸，那当儿不知为啥，我觉得所有人都在看她。阿诺奇卡跟她同台，就没法不低调了。

美艳的女人对于共同体总有立竿见影的扰乱效果，所有的分数都要重新打过——假如帕里斯不去劫海伦，那么希腊人将毁在特洛伊前头。人们无法对抗自己的动物性本能，以及与之连带的诸多情绪反应：嫉妒、腹诽、幸灾乐祸、精神胜利。我看到克兰塔，便想着村规中“着装必须简朴”这一条真不是过分的要求。在《蓝山》里，梅厄·沙莱夫写到一个名叫利娃的姑娘，她是乌克兰犹太富户之女，不知怎么地嫁到巴勒斯坦，给犹太农民马古利斯当太太，她的父母想方设法在布尔什维克的眼皮底下运出来一整套贵重妆奁，一到农庄，村委会就决议将它们充公：

> 那天傍晚，冬妮娅·里洛夫带着艳羡和原则，坚持要召集村委会，委员们也已经注意到了妇女同志们眼中闪烁着狂野的光芒。这次紧急召开的会议让利娃明白，合作社不会容忍一个希伯来农民的家里拥有这样的奢侈品。她要么把箱子打包送走，要么自己收拾一下，带着箱子滚蛋。
>
> “我倒有个更好的建议，”马古利斯温和地说，“利娃和我已经谈过箱子的事了，想把整套嫁妆都捐献给村里。”
>
> 利娃如鲠在喉，只得点头表示同意，里洛夫和利伯森被派去接收她的财宝。以后数年间，她不得不眼睁睁地看着衣衫褴褛的农民就着她家的水晶器皿吃饭，在新近收割的田野里一边用肮脏的手指握着她的黄金餐叉，一边玩笑着用贵族化的语言呼朋引伴，鞠躬，摔打，大跳米奴哀小步舞。

梅厄的这段叙述足足愉悦了我三天三夜。在以图存求饱为第一共同体要务的情况下，利娃被夺走的最大一份个人财产，就是扮美的权利。那些讲巴勒斯坦垦荒的书，多数都插有乏味的老照片，照片里的犹太女人长着果尔达·梅厄式的大脸盘子，清一色的蓝衬衫、白围裙、粗哔叽工作裤，或是一身阿拉伯土布，面无粉黛，曲线在围裙下面无影无踪。她们的笑容和价值观一样既精确又豪迈；她们的衣物大多来自一家名叫“ATA”的工厂，这家由斯洛伐克犹太移民创建的工厂，用坚韧耐用的卡其布工装、短裤和拖鞋垄断了从20世纪30年代末到60年代初的主流时尚。

内奥·茨马达试图统一人的天性与劳动主义的意识形态。它几乎没有强制性，但劳动者都懂得自我约束。令人欣慰的是，农庄里的每个工作部门都至少分布了一名美丽的女孩，这种美丽带着有机农业式的随机，是在稳定正常的生活格局中摆放的一样司空见惯的东西。只可惜，美姑娘们像流水一样来了又走。克兰塔仅仅待一个周末，她是来看朋友的，到沙漠干两天活，换个食宿。农庄总有房间接纳无着落而又有力气的人，它是一个很好的收容所，像中世纪的十字军医院一样，让南来北往的基督徒歇脚、饮水，只是在这里，你必须用参加劳动来证明你和大家有共同的信仰——至于约翰那样脱产的田野考察者，我就不知道他凭着什么到处白吃白喝了。

我们上了拉尼的车，前往另一块地劳动，车上，我跟克兰塔脚尖对着脚尖，互通名姓，她慷慨地重复着我昨晚瞥到的那些美妙的动作：把头发撩起来又放下，捏成一团马尾又松开，让舌头和牙玩着“你来咬我呀”的游戏。我羞于瞟美姑娘的痼疾不治而愈了，开始跟她明眸善睐地互动，一面在头脑里搜索与苏格兰相关的知性话题，最后终于搜出一个笑话：

> 苏格兰人小气、拘谨，公共场合很少与陌生人搭讪，生怕对方有求于自己。所以，一个苏格兰人在火车上搭识了个英格兰人，两人一路谈得投契，他自己心里都暗暗称奇，觉得如在做梦。英格兰人掏出一包香烟分他一支，苏格兰人很高兴，把自己的烟点燃，英格兰人把香烟凑过来：“借个火。”
>
> “你看，”苏格兰人拉下脸，“我早就知道你不会白送我烟抽。”

“好像根据传统的说法，苏格兰人是欧洲最吝啬的一个民族，是不是这么回事？”

然后，我便注意到刚刚还笑着的克兰塔忽然敛容了。“都是stereotype啦，”我慌忙找补着，“再说也不是犹太人的那种stingy。”话音刚落，前边拉尼又回头望了我一眼。

五分钟后我们下了车，各自拿了工具抡起了锄头。我拇指和食指交界处的那块肌肉有些挺不住了，我对锄头的控制在丧失，木杆顶部的那个丑陋的铁块牵引着我全身的动作，像掷出去的保龄球一样迅速脱离了我的主宰。我变成了工具的一个底座，有时，我反而希望锄头砸在一大块石头上火星四溅，好给自己一个稍事休息的理由。可是，周围的男人都在玩命地干着，向我下无声的劳动战书。于是，我又挺起胸，在锄柄上暗暗地闭拢起指关节。这未必是坏事，它让我无心他顾，不用想着如何跟克兰塔搭讪了——她正像荣格那样，掰了几片长长的稗叶在地上摆周易图形呢。

又是周五了，在安息日晚宴后的闲谈中，我学会了一个希伯来语词，发音是“皮瓜”，意思是“恐怖袭击”。

几天前，保加利亚发生了一起被解读为针对以色列旅行者的恐怖袭击，消息说，至少有五人遇害。农庄里有几个人在谈论此事，大家并无忧色，只是比较沉重，大部分时候他们在说希伯来语，我猜大概是说：当年我的亲戚也如何如何之类。

有这么个说法：每个以色列犹太人都有两个海外亲戚，一个活亲戚，一个死亲戚。活亲戚大多住美国，死亲戚基本埋欧洲。以色列人去欧洲旅游，总要到旧的犹太人居住区看看，确定自己移民是对的；遇到前来串门的美国亲戚，他们就把对方拉进一场严肃的谈话之中：“请你认真考虑一下申请移民的事，毕竟以色列才是犹太人自己的国家呐。再说，不来这里，你又怎么知道美国有多好呢？”

六十四年前，以色列建国最难以驳斥的道义理由就是“全欧洲的犹太难民都需要一个庇护所”，这个目标已经圆满完成，如今，这个国家的犹太人口比建国初期翻了五倍。这几年来，政府一直在勾搭世界知名的犹太精英加入以色列籍，从哈佛教授、给辛普森辩护的那位德肖维茨，到电影导演伍迪·艾伦——希望他们至少能“回家看看”。就我所知，也有很多犹太国民，相信全世界的犹太人都应该投入以色列的怀抱，不管这里有多么不稳定。七十六岁的 A. B. 约书亚今年春天说了句话：生活在以色列之外的犹太人都是不完整的，“局部的”，只有到了以色列，犹太人的身份才是完整的。我看到有人发出嘲笑：约书亚先生，我是局部犹太人，买你的小说能打个折不?

以色列人必须靠一点自嘲精神来应对完美的愿景和不完美的现实之间的摩擦。杰出的讽刺作家埃弗莱姆·基训在 20 世纪 80 年代初出版的一本书里抱怨说：“这个国家的领袖从来不重视宣传，总以为正义可以不靠任何帮手就奏凯而归。结果，全世界人民都知道以色列把持在一群残忍的军事分子手里，而沙特阿拉伯是个慈悲为怀的王权民主国家。”这种情况现已大为改观，有点常识的人都晓得以色列才是真民主，你在这里可以找到真正的公民：一旦有恐怖事情发生，所有人，管你从商从政，读书还是当兵，是男是女，是新晋移民还是老移民的忠实后裔，都成为普通以色列人的一分子，就连一个整天听 Lady Gaga 的呆愣青年，也会把 10 频道的希伯来语新闻一次次推送到社交网站上。

那些 1948 年以前就已在巴勒斯坦安家的犹太人，现在至少已年届古稀了，他们的父母经历过生离死别的家庭悲剧，都能说出几位在焚尸炉烟囱里化为灰烬的亲友的名字。二战中期，“沙漠之狐”隆美尔在埃及推进的消息，令这些九死一生的犹太人觳觫不安，以为纳粹早有天罗地网，自己躲不过十五。20 世纪 40 年代出生于巴勒斯坦的犹太孩子，没有一个是不更事的。我读过一篇回忆录，作者是个基布兹老社员，当年住过军事化管理的“儿童之家”，和其他家庭的孩子一起睡觉，一同行动。在二战之后，建国前途昏昧不明的时期，保育护士每天早晨都是吼孩子们起床的：“小崽子们别睡啦，×× 村里又打死了三个我们的人——都给我起来！”

这些老人今天还健在，经常被国民性的冷漠化弄得寤寐思服：“我们当时是怎么过来的呀，现在的孩子他们懂吗？”不过，我感觉，以色列人对公共事件的敏感度依然是世界顶尖的，咖啡因溶解在他们的静脉里，来自国内国外的消息跟着氧气直达他们的血液。我记得，在罗坦姆的幼儿园里，进门的墙上贴着政界的衮衮诸公，从西奥多·赫茨尔到西蒙·佩雷斯（他已经九十岁了，依然好端端地做着总统）的肖像；这些世俗犹太人的孩子，对《旧约》故事只需粗通，但要掌握 20 世纪的以色列历史大事，塔尔说，罗坦姆甚至能把吉拉德·沙利特的事情前后说上个大概来。

以色列的新闻媒体也在极力迎合国民的重口味。5 月下旬，我住在北方黎巴嫩边境的以利隐，跟房东一起看了半小时的希伯来语新闻，除开一条同伊朗高官谈判的消息外，其他八条里都出现了不同程度的暴力：隔着桌子交谈的两个人，谈着谈着就站了起来，用指关节互相敲打对方的鼻子和脑门；一群暴民踢开大门，骂骂咧咧，挥着拳头冲向几个不慌不忙地蹲下并抱住脑袋的人；警察按住两个女子的肩膀和胳膊，她们失声痛哭（房东说，她们因贿赂医生被捕，因为她们希望早一点给自己患病的亲人谋得器官移植的福利）；最后一条新闻，是一个穿着警服的人，表情严峻地介绍由色情网站引发的青少年刑事犯罪。

没有恶性事件发生，以色列的新闻工会就会举行罢工，全国上下陷入一片茫然之中：这是怎么啦？难道上帝又要抛弃我们了吗？我们真的要沦为瑞士那样没出息的国家了吗？看看那个庸俗的小山国吧：它有个号称勋爵的德国妈妈，有个号称将军的法国爸爸，它所有的亲属都是腰缠万贯的百万富翁，只有它那个意大利叔叔是个败类，所以虚伪的人在体面的讨论中从不提它。有什么理由不讨厌瑞士呢？它不分好歹地招纳布尔乔亚，给腐败军火商开银行户头，让资本家和革命者住同一个冰雪度假村，它的和平死气沉沉，拥有过剩的秩序、清洁、工业、道德，人怎么能窝在这种地方消磨一生呢？旁边没有敌人瞅着的国家，还有什么脸面在联合国里待着？

我的农友们咽着葡萄酒，轻轻地交谈着。“皮瓜”“皮瓜”，生为以色列人，就离不开它。国人的横死会点燃他们对反犹主义的怒火吗？哦不，当然不会。他们微微一笑：保加利亚危险，可是以色列就安全吗？生活的常态就是一次次从悲伤中复元，你要有点幽默感，要有点父辈的精神，他们扛住了赎罪日战争和黎巴嫩战争，最懂得什么叫淡定。“我们都是乐观主义者，”他们说，“我们相信今天比明天更好——耶！”

Day 19

怀旧

周五下午，去海边的最后一点准备工作也做完了，攒集所有用具很费时间，我们没有地方放东西。准备工作唤醒了我们的创造力和耐心。我想，我们是时候该建立一个野营用品仓库了，日常可以更方便，还能省钱。下午3点，公交车来了：我们带着大包小包上车直奔大海。

孩子们互相帮助。他们都是动力十足的拍档，长幼混搭，合作顺利！在我们的世界上，这种情形很罕有，但在基布兹里这却是常态。八到十八岁的孩子们一起劳动、聊天、欢笑、吃饭、玩耍、开会。所有人一家亲：是朋友，也是兄弟。

在埃拉特南沙滩，我们把用具在一个荫蔽处打了开来。埃拉给每个人买了海滩用双筒望远镜、水下呼吸管和潜泳鱼鳍。我们用了很短的时间打点了一下，所有人就都进海里了。小的跟着大的，成双成对，一路被海里五颜六色的鱼逗得欢悦不已。大孩子帮着小孩子，反过来也一样：一个给另一个递防晒霜，淋浴，吃饭，洗盘子，玩西洋双陆棋。吃饭时，孩子们围成一圈吃得又静又文雅，每个人都很专心、很满意。

但是，犹太人的幽默感今不如昔了。过去他们漂泊四方，不能置业安家，处境最好时，也只是得一个容身之所。后来发生了德雷福斯事件，发生了基什尼奥夫屠杀，一方犹太人蒙难，其他地方的人会有十指连心的痛感。在那时，他们靠讽刺与自嘲筑起心理防线，它挡不住沙皇士兵的刀刃，也挑不破法国国家主义者的传单，不过可以让伤口愈合得快一些，让人带着希望活着。

巴勒斯坦垦殖的推进改变了犹太人的心态。垦殖当然是异常艰苦的，犹太农民跟疟疾和狼疮搏斗，焚毁纸莎草，设法让沼泽花神萎谢，变瘴疠之地为可耕良田，漫长的拓荒岁月里还夹杂着与巴勒斯坦原住民的对抗。以色列立国之后，就用这些先辈的事迹激励国民共御外侮，学校赶着学生去访问大大小小的基布兹，听回一堆大同小异的故事：一棵橄榄树的成长，“儿童之家”保育员是多么临危不惧，犁耕生活如何艰苦异常，赤脚医生怎样登山采集治疗腹泻的药草。士兵们被拉到边境去凭吊战场。国史教育积蓄的正能量压制了历次战争引发的恐慌，以色列人越来越自信，认为自己不论做什么，总能取得令自己满意的结果。根据海法大学一位学者的看法，以色列人最后一次幽默感的集体爆发，还要追溯到第一次海湾战争时期。“之前，以色列人以为再也不会遇到足以挑战其自卫能力的攻击了，”她写道，“但海湾战争击碎了这一幻想，萨达姆的飞毛腿导弹让全国上下都想起奥斯威辛，想起二三十年代的屠杀，想起大流散。”

海湾战争时期以方的表现，与1967年大相径庭，列维·艾希科尔政府先下手为强，不待纳赛尔动手就先行闪击，而1991年时，伊扎克·沙米尔政府面对萨达姆疯子一样的挑衅按兵不动，一直忍到对方打出第一枪。那时，以色列人不但嘲笑萨达姆，也嘲笑沙米尔的胆怯；沙米尔个矮貌丑，他们就把他画成一个衔着奶嘴、蜷缩在婴儿床里的小老头。在以色列，没有哪个政界要员可以逃脱民众的讥讽，功勋卓著如“国父”本–古里安，当他着手与德国人和谈赔款问题时，觉得感情受伤的民众也毫不留情地怒斥他为国贼。

说到自嘲传统的式微，我认为主因不在于集体性恐慌次数的减少：当国家成为一个事实，还想在战争、灾难面前自嘲，必然会束手束脚，有所顾忌。犹太人不再是“没有什么不可以失去”的民族了，他们想要国家，并如愿以偿，但国家也羁绊了他们的想象力。

索尔·贝娄在《更多的人死于心碎》里借拉亚蒙医生之口说过一个有关“六日战争”的笑话：为什么国防部长摩西·达扬把律师编入第一冲锋梯队？因为他一声令下“冲啊（charge）！”律师们就奋不顾身地冲上去要钱（charge）了。

多好的文字游戏，但一定不是以色列人自己的原创，它狡猾地把战争和犹太人贪财的名声糅在了一起。

休息日，我继续读《第七天》这本毫无笑料的书，人们辩论着最严肃的问题，我困意盎然时，就去翻看有阿摩司·奥兹参与的对话。奥兹的声音跟别人都不同，最尖厉，最情绪化，一种动人的、死钻牛角尖的人道主义。他说：我们在以暴易暴的不归路上越走越远，“六日战争”的胜利进一步麻痹国人的神经，让我们误认为真的可以靠武力主宰中东。书中收了奥兹的一篇名作《陌生之城》，写他在“被解放的耶路撒冷”的观感：士兵们拥抱、跳舞、潸然泪下，其他城市的犹太居民争先恐后地要一睹阔别已久的圣城的芳容，众多国际游客第一时间蜂拥而入，在耶路撒冷周边定居的犹太人冲着驶过的军车热情招手。“这些东西无法形诸言辞。我再一次对自己说，我所有的爱都在耶路撒冷，但那意味着什么？这就像是一场恋爱，一种矛盾的、折磨人的力量：她是我的，却那么陌生，她被我征服，面露敌意，我拥她入怀却又无法企及。”

一些左派学者喜欢谈论“六日战争”的后遗症，他们认为，只有国家把边界退回到这场战争前的样子，和平才有希望。也就是说，还西岸于巴勒斯坦人，还戈兰高地于叙利亚人，最好再把耶路撒冷交给国际共管。这种看法，连我都觉得太激进、太天真了。不说别的，哪个住在边境的以色列人还能忍受宵禁的滋味？我还记得，在火车上，老爷子说到被叙利亚士兵拿枪瞄准时的样子，他的眼睛里突然堆满了易燃物。

“六日战争”还产生了一个意想不到的后果：战争的胜利引起的集体性乐观，导致以色列在一个大时刻到来之时成了旁观者。1968 年夏天，以法、德、美为中心，欧美大陆刮起的社会运动风暴，地理疆界和意识形态疆界双双被冲破了，法国和联邦德国的激进分子握住了从民主德国、波兰、匈牙利、捷克斯洛伐克、苏联、希腊、土耳其那边伸过来的同志之手——唯有以色列风平浪静。

法国的“五月风暴”里，一干犹太人出尽了风头，其中最活跃的是一个叫科恩-本迪特的德裔犹太学生。他长得粗鲁，一头红色鬈发，当时拿着西德护照在南泰尔大学攻读社会学，巴黎和西德两头跑，俨然一个国际主义战士。在大学里，科恩-本迪特最关心的一件事是性自由。5 月 3 日，他率领的游行学生进攻戴高乐的总统府，要求总统下令学校解除禁令，破除男女之防，允许异性学生互访对方宿舍。科恩–本迪特冲在最前边，他拿着大喇叭喊话的画面出现在各种报纸上。法国人阴险地赞曰："这小子，犹太佬，操了夏尔·戴高乐！"

科恩–本迪特的队伍扩大了一场全城高校的学生暴动，随后工人也参加了进来，整个法国都瘫痪了。学生们喊出了更激进的口号：要消灭工作，要摧毁布尔乔亚社会，要改变等级化的社会体制。他们在墙上喷了"让想象力统治"的口号。"学生运动的领导层里有太多的犹太人，多到一个什么程度？很多法国人把它看作一场犹太人的暴动。"以色列开放大学的教授耶尔·奥隆说，他专门研究法国左翼里的犹太激进分子，"不过，学生领袖并不是犹太教徒。他们想融入法国的世俗社会，设法改变它，发起暴动只是改变的途径之一"。

不管怎么说，"五月风暴"显示犹太人依然不是省油的灯，他们善于通过领导和组织，把细微的不满收集起来，扩成浩大的声浪。然而，科恩–本迪特和法国学生的事迹没有在以色列国内引起任何反响，一贯爱提意见、爱管闲事的犹太人，在那一两年间享受着战胜国的快乐。当年，法国的学生组织收到了来自全世界所有"自由国家"的学生团体表示关心和支持的电报，唯有以色列国内的学联毫无动静。以色列人仍旧沉浸在"六日战争"的狂喜之中，他们不关心其他地方的革命了。

20 世纪 60 年代的以色列，在意识形态的光谱上缓行向右。20 世纪 60 年代初，有一本写以色列建国历程的书 *Exodus* 畅销了好几年，在美剧 *Mad Men* 里，唐·德雷珀受命给以色列航空公司编写广告词，靠读这本书来补充相关知识。美国人把以色列看成中东的斯巴达，认为它乏味、自负，奉行苛峻的黩武精神，农业和基布兹是其内政的支柱，所有文化都与二战和大屠杀牢牢拴在一起。还有，处于工党统治下的以色列与苏联集团关系密切，就像唐那个野心勃勃的小同事彼得说的："那是个什么国家？共产党的地方！"

彼得的话未必武断。在"六日战争"之前，以色列并不比同时代的中国开放多少，垦荒时代留下的艰苦奋斗作风深植于人们的行为之中，建国者设想的"新人"是在社会主义的环境里培养的。他们不怎么需要娱乐，不需要太多的信息来源，他们打开收音机听不到几个电台；他们穿着蓝灰色和白色的短裤 T 恤，趿拉着拖鞋在大街上走来走去，女人早早就长出了祖母相，大脸盘子，圆点印花的绸布连衣裙是她们最时髦的打扮，男人依然戴着世纪初流行于中东的坦布尔帽，眼角的细纹很多而信息量很少。最终导致国门打开的是政府弃苏投美的策略，以色列取得了军事胜利，"光复"耶路撒冷，引来各国游客毕至，一线的西方时尚文化踏破了迦南的门槛。电视广告一拥而入，第一批精品时装店在特拉维夫的迪赞戈夫大街露脸，便利店，快餐店，大型商场，那些左右着西方世界生活的东西也开始左右起以色列人的审美来。大约到了 20 世纪 70 年代晚期，李维斯牛仔裤给承载着光荣往事的工农兵风格带来了致命一击。以色列进入了自由消费和奢侈品的时代，越来越像一个西方国家了。

此间的左派怀起旧来，风格大同小异，怀 70 年代、80 年代乃至 90 年代的民气，痛责第 10 频道夜里 7 点档的名模表演、真人秀、"Big Brother"和"Master Chef"。我读过一位七十多岁的退休学者的长篇访谈，20 世纪 90 年代，她在三任政府里当过顾问，对伊扎克・拉宾有深厚的感情。她说，晚至 90 年代中期，以色列社会也完全不是现在这个样子：

> 那时国人都知道，我们必须变得跟别的国家、别的民族不一样，我们要成为“选民”，那时，我们的社会是团结的。现在的政府只为自己执政，只为了钱而执政。媒体过去在影响社会，现在退化为被社会影响，公民没有任何方式去影响更多的人。这个社会仅仅想逃避而已。这是一个靠着逃避、芝士奶酪、葡萄酒和名人为生的社会，这个社会有逃兵役、逃税，有分配不公的服兵役义务、扭曲的税务制度、严重的工资差别待遇。学校里的孩子拿老师当垃圾。父母拿医生当垃圾。一切都不再神圣，人们什么也不敬。

我还需要更多的时间去理解这所谓的“逃避”，它已经成了舆论谴责社会时绕不开的一个关键词了。这里，和十五年前、二十年前一样，平均每个月都会有一两次小小的流血事件。别的国家的人，在国际新闻里看到以色列又爆了一枚什么炸弹，抢险人员在一片烟雾里拖担架，几个人对着镜头痛哭，早就不会有什么情绪波动了——“又是那儿，嘿”。在这种环境里，若说“逃避”，也就是拒绝承认由来已久的动荡不安还远没有消除而已。但是，如果这算“逃避现实”的话，以色列人就该不知道怎么“面对现实”了——倘若他们真的不想自杀的话。

我合上书本，关掉网页，让头脑在枕上落位，静悄悄地滑向梦乡。今夕何夕？中东的酷暑之夜，内奥·茨马达把时间都冰冻了起来，而四季依然轮转，羊群还在哒哒地散步，嘁嘁嚓嚓地吃草，星星点点的种子随风飘扬……足够止住所有的思考，安放未有寄托的人心了。无人出工的日子，小村智能化地安排着人们每日需要的一切：面包在烤箱里慢慢地翻滚，锃亮的钢刀穿过砖那么厚的豆腐块，横三刀，竖四刀，西芹从刀刃上走过，变成一段一段的，白菜哗哗地卸掉层层叶片，一百多只西红柿排着队跳下水池冲洗干净，钢勺将它们挨个拍扁，扔进炖锅里同鸡蛋会合……水枪吱吱地叫，肥皂沫漫过了食堂的地板，葡萄酒迹和腌橄榄的咸浆随水漂去。贴着各人名签的衣服钻出了梯形的衣箱，匍匐着往洗衣机爬去，隔日上午，便会有素不相识的人来提醒你：衣服洗好了，可以去洗衣房拿了；喷灌龙头濡着腐殖土，推着湿漉漉的绿苗钻了出来，坠落的椰枣一言不发地变黄，变黑，腐烂，瓦解。乡间的黑夜吞没了一切，看不见山廓树梢，全赖这里那里的灯光照出几分人间的味道。

埃拉特的南沙滩，遮阳伞林立的黎明。

אזהרה חמורה
אין לעבור ברחובותינו
בלבוש לא צנוע
אזהרה חמורה
אין לעבור ברחובותינו
בלבוש לא צנוע

Day 20

教 徒

和其他所有地方一样，这里的孩子也是一面镜子，照出了他们所生活、成长的社会。在我看来，在海滨的这样一天，绝好地证明了内奥·茨马达——作为一个基布兹、一个共同体、一所(人生)学校——之无与伦比的独到之处。有一回，我看到大孩子用少儿的方式给小孩子说，他应该遵守怎样的行为规范。他的解释都很简洁，看一眼，说一句话，如果有必要再手把手教一下。交流清晰、简单、易学，小孩子立刻就明白了，立刻学着做，带着爱与克制。晚上，我们拿出了歌词本和吉他，边弹边唱。

星期六中午，每个人都回到了基布兹。奥菲和我在埃拉特多留了两个小时，然后搭乘公车北上，奥菲要在齐赫隆·雅科夫的爷爷奶奶那里待一个礼拜。在家人和公社这两个世界之间的移动，对我、我在这里的位置以及我在此地的生活质量而言都十分重要。星期日晚上，我带了一大堆新买的东西回到了内奥·茨马达：水彩画纸、做工艺品的原材料、编织用的新的剪刀和其他从南特拉维夫买来的东西。

6月下旬，暂住海法那几天，我在雅法路找了一间安静的小旅馆住下，从这里东行三四分钟，就能看到一个带玻璃门的小建筑，周围都是旧墙旧屋，唯有这个小房子是鲜艳的鹅黄色，门上有个仿伦敦电话亭那样的半弧。玻璃门里坐着两个穿制服的人，一看有人进来就假装在站岗。以色列所有的交通枢纽都有岗哨，不过，除非恐怖分子神经错乱，否则他们是绝不会掖着炸弹闯进海法地铁的。

海法地铁是世界地下交通史上的一朵奇葩。过去五年间，海法的私家车持有率上升了百分之二十，公交乘客比过去更少了，这条只有四节车厢、立起来还不如耶路撒冷的一座教堂那么高的地铁，每一站的座位空置率已经高到了让人替运营商感到羞耻的地步。好在还有这么几个可引以自豪的事实：它是以色列最古老的地铁（建成于1959年），唯一的地铁（特拉维夫从三十年前起开始讨论造地铁，至今未开工；耶路撒冷人则直到2011年才开始享受到德国人造的有轨电车的好处），全世界最小的地铁，又是最清洁、最安全的地铁。你从鹅黄色房子的"巴黎广场"站上车，面对一大片空空的座位，心旷神怡地落座，掏出水壶和茶叶包给自己沏茶，打开一张《耶路撒冷邮报》，刚刚把头版头条标题读完，你的膝盖上就轻轻挨了长柄帚的一击："终点站到了，请勿遗留私人物品，谢谢惠顾。"

这样先进的地铁当然没有人工售票点。自动售票机上显示单程票价六点二谢克尔，我可以在投硬币、投纸币和刷卡三种支付方式中选择一个。售票机上写满了字，看上去没有大专以上的学历还不容易读懂，但我利索地找到了纸币投放槽，找出一张二十谢克尔的纸币，售票机一声不吭地将钱吞了进去。

五分钟后，坐在楼梯口的一个穿便服的中年男人才拖着滚圆的肚子慢慢向我走来。这人盯着我看了很久，现在他终于看出来我陷入了困境。

“出了什么事？”

“这个机器怎么不吐票给我呢？”

以色列是不会出错的，糖球机可以作证！在这一点上，胖男人肯定比我更加明白。他十分自信地把机器上所有能按的地方都按了一遍，他透过投币槽往里窥看，又打开出票口的小窗掏了两下，看上去，他对这台机器性能的了解并不比我多多少。最后，他体内潜藏的专业精神终于觉醒了：他掏出了一台介于对讲机和手机之间的设备，拨通之后咕哝了几句话。这是去找修锁匠了吗？

胖男人问了我的名字，然后让我跟他走。我们来到自动检票口旁边的一扇铁门，他把门打开，满面都是歉疚：“去吧，到了终点站，那里的工作人员会把钱还你的。”

得到胖男人振奋人心的承诺，我舒心地观察起这条神奇的地铁来。这哪里是地铁，简直是大锅饭时代的电梯嘛，地下铺的不是钢轨，而是一根像是套在两个轴承上的皮带，每隔几分钟，地道里就发出一阵过去理发员抢剃刀的那种动静，吱吱啪啪乱响，让人怀疑这地铁是不是手动操作或畜力推动的。响过两次后，一列红色小火车终于在我面前停下了。跟我一起上车的不过五六个人，司机满面春风，像是刚刚拿到一笔千日无事故安全生产奖金。

终点站眨眼到了，一离开车厢，我就定睛察看，果然，站台上有个穿制服的人在探头探脑。“我是里奥！”我骄傲地迎了过去，能向犹太人讨钱让我心情大好，“你在找我吗？”

“你好。”那人神情自若,“你丢了多少钱？”他摸着腰间的挎包。

“呃……二十谢克尔。”

他欣然掏出一大把硬币往我手里一塞:“这就是了。”

“二十谢克尔？”

“扣掉票价十三块八。”他摇摇手示意此事到此结束，然后扭头就走。

我后来想想，那个胖男人或许根本就不是什么保安或者售票机导购，他唯一的职责是留心掏纸钞的乘客，以便机器出故障时好准确地把应该找多少钱告诉终点站的同事。为了本国永不出错的好名声，他们真是煞费苦心。一秒钟都不用指望这些人情味淡薄的家伙能免我一趟车票。

我那几天都在海法，主要是为了采访当地的一位大文豪 A. B. 约书亚。索尔·贝娄在《耶路撒冷去来》中称他为以色列最优秀的作家之一,还引用了他的话:“我们今天的精神生活除了这些问题(政治问题）外，不可能还有别的什么了，而当你无休止地陷于其中时，也不可能有精力去做别的事。”约书亚说，在“六日战争”期间，他觉得自己与一个伟大的事件联系在了一起,与历史浪潮顺流而下，但过了九年，他已经看不到战争的尽头，“对于未来那种身不由己和毫无确定性的感觉，使你怎么也看不到任何前途。……但你又无法挣脱此时，忘却此时，你做不到自我隔绝，做不到一连几周不看报纸，不听广播”。

约书亚写的是 20 世纪 70 年代中期以色列人的心态，这种心态事出两场战争：1967 年，摧枯拉朽的“六日战争”确立了以色列在中东的优势地位；1973 年，埃及和叙利亚突然以重兵发动“赎罪日战争”，致使以色列两千多人阵亡，七八千人负伤，这在世界大战或者别国的内战里只不过是一轮突击的代价，对以色列而言就是大失血了。这之后，真如奥兹所言，以色列人不得不开始担心，战争阴云会不会再也无法摆脱。约书亚在1977年出版了一本情节有点乏味的小说——《情人》，靠着对战争期间气氛的精确描写，它一炮而红，大卖到现在。

“赎罪日战争”后带来的举国惶恐的状况早已远去——并不是因为以色列更安全了，但是以色列人真的修炼出了一连几周绝缘于国家大事的能力。至少在海法，一切都在朝歌舞升平的方向发展。三大城中，特拉维夫算是生活气息最浓的一个，我也从没见过有人当街下西洋双陆棋，首都耶路撒冷更不必说，满街的正统派教徒让人不敢开口大笑，而在海法，我居然看到有一家人敞开着大门，在玩一种类似麻将的东西：四个玩家每人面前对着一行竹牌，一个老汉站在他们背后津津有味地看，还不时点评两句，听起来就像是“拱卒！”“臭牌！”我的好奇心越过了篱笆墙，他们很快乐地把我邀进去，然后——就像是个陷阱——屋里冲出一条肩颈肌发达的大狗。

在我住的下城区，大部分过路的海法人都躲在自己的汽车里，许多车辆堆积在南北向的本-古里安大道上，发动马力往迦密山上开去，车头冲着半山腰的巴哈伊大花园——海法唯一的景点和标志性建筑。在2000年巴哈伊大花园建成之前，海法市的明信片上用什么做照片？这个问题至今困扰着我。海法市的私家车奇多，除了跟城市建在山上有关外，恐怕还有一个重要的原因就是令人不堪忍受的市容。海法几乎就是一个无政府的城市，破破烂烂的石房、瓦房野蛮生长，好像叹一口气就要倒坍的危楼比比皆是，在港口附近，许多店铺成天盘货，各种器皿家什丢了一地，也不见人出来收拾一下。环境如此，还是钻进车里、眼不见心不烦的为妙。

说说我的亲身经历吧。一般来说，一座有历史的城市都会把它最大的一座博物馆用于展示本城历史，至少展示本城最有历史性的东西：罗马人的柱头，埃及人的陶罐，土耳其人的地毯和瓷器，农民领袖，秘教修女等等，这是惯例。我到海法的当天去了市立大学，第二天就开始寻找历史博物馆，发现它混迹在大量没有任何英文招牌的石头建筑里，我拿着旅馆给的地图，在本–古里安大街上找了好几个来回，得到了三个彼此矛盾的答案。最后，我才确信自己要找的就是街边的一个黄黄的石头小楼，对面有些高档酒吧，布置得洋里洋气。

我推开了虚掩的门，接待处前坐着一男一女，都上了年纪。他们的桌子铺着红布，两人好像等我很久了，正打算从桌子底下拿来宾签到簿呢。

“请问，这里是历史博物馆吗？”

那女的十分兴奋地抽搐了一下，表示她没听清。我又重复了一遍。

“呃，是的……可以说是的吧，”她的英文说得结结巴巴，“这里是个……是个海法电影历史展。”

“哦，那么我走错了。”我说，“海法的历史博物馆在哪儿呢？”

“就是这里，就是这里。”那个男的想要补充些什么，女的没让。

“可是这里不是海法电影博物馆吗？”

“是的……不是的，这里是海法历史博物馆，但现在正在进行的是电影历史展。”

男的又想说话，女的再次抢白：“很精彩的展啊，你不想看吗？”

我露出失望的神情：“我对电影没兴趣啊，我想学习关于海法的历史，这里没有吗？”

“没有，抱歉……这里现在就是海法电影这一个展，不过过段时间会更换，更换为……更换为其他的专题展。”

男的终于成功地开了口，他的口音比女的更加难听，我听他说了一个“7 月某日”，意思多半是这个展览到那个日子才结束。

这真是奇怪的事情，市立历史博物馆居然没有有关“城市通史”的展品，而只有一个个分类展：电影史展、建筑史展、艺术史展。我不知道会不会有个史上名车展或是什么海法市政工程纪念展。这就像一个不卖苹果的水果摊一样荒诞。我又盘问了几句，确信在这里没有第二个地方可以得到我所要的东西，甚至连一个卖些书籍、手册、明信片的小店都没有。

在这座山城，按图索骥还不如乱撞一气。我从大街边的一条小楼梯往下走，不知不觉，一头就冲进了瓦迪·尼斯纳斯，海法市最著名的阿拉伯人聚居区。“瓦迪”是旱谷的意思，这个地方译成“猫鼬胡同”比较好理解。

包着头巾的女人坐在地上聊天，突然间齐齐把头转了过来，众目荟萃，我感觉自己快要烧起来了；小孩把球踢来踢去，蹿过我身边时紧张地抬眼瞧瞧。在以色列，如果你看到一群在一起玩耍的小孩，遇到陌生人经过时所有人都会站住，那多半就是阿拉伯人了，他们怕生，故而喜欢扎堆，不过，一旦他们有了足够的安全感，狂欢的情绪立刻就会朝你涌来。一户人家老老小小正在露台上纳凉闲聊，我刚一站定，一个老者就向我打招呼，刹那间，我就像中了埋伏一样，四面八方所有人都往我这里看过来：孩子们也不玩了，原本隔着一人宽的阳台说闲话的老头老太太都住了口，用点三三步枪一样的眼神俯视下来，就连闭着的门帘都“唰”的一下拉开了。老者高兴地说："喂，我在中国有餐馆！我雇了四个中国工人！来啊，给我们照相！"没等我举起相机，一个袒胸凸肚的青年人就站起来，一边挥胳膊，一边愤怒地呵斥老者，两人你一言我一语地顶撞起来。我拍马就走。伏击还没打响，内讧就开始了。

猫鼬胡同里面跟外面几乎是两个世界，但这并不能证明什么，在任何一个民族和宗教混居地，居于少数的人很难不变得保守、紧张、排外。后来我见到了 A. B. 约书亚先生，他在海法住了半辈子，他说：海法是个宽容的地方，它能够容下阿拉伯人存在，就在 1948 年的阿拉伯人大逃亡中，时任海法市长的谢卜泰·列维还敦劝阿拉伯居民不要离开。

但是，事实并没这么简单。巴勒斯坦弹丸之地，发生过的那些重大事件经过各个角度的反复显微，每件都变成了复杂多面的普洛透斯怪物。比如说，到现在，官方也好，学术界也好，民间也好，就 1948 年 4 月 21 日那天到底发生了什么，还是没争出一个确切的结果来。

在那天前，海法大约有六万二千五百名阿拉伯居民，按照 1947 年的联合国分治决议，他们可以继续住在这里，同犹太人共处。然而，原本在海法负责治安的英军当日宣布军队立刻撤离，那一晚，海法市场和周围的一些阿拉伯居民区陆续响起了爆炸声，阿拉伯人乱成一片，犹太人的军队顺利进抵，占领了那些屋子。

事情非常微妙。几周后，哈加纳（犹太人官方的军事武装，日后以色列国防军的前身）的官方月刊《运动》里就发表了综述，说："海法之战或许在大城市战役史上根本就不算什么。"可是，阿拉伯人的行为让人感到他们已经受了严重的伤害。许多阿拉伯人举家离城，其中大多是有钱人，包括一些阿拉伯裔基督徒，他们迁到境内的一些基督教会去寻求庇护。到5月中旬，留下的阿拉伯人就不足两万人了。

这算不算种族驱逐与迫害？

阿犹两方争论的焦点在于：当初犹太人一方是不是靠武力威胁乃至杀戮来占领城市的；阿拉伯人的大逃亡，又是出于何种原因。犹太人说，阿拉伯人是自己混乱起来的，官方则认为是巴勒斯坦以外的阿拉伯领袖发出的号召，使得他们成批地逃走，留也留不住。但是，猫鼬胡同有个阿拉伯老人俱乐部，那里的人经历过1948年大恐慌。有个八十多岁的老汉这样回忆4月21日发生的事，当日他照常去码头上班：

"一连好几个小时，我们都能听到从阿拉伯人区那边响起了爆炸声和枪声。犹太人开枪打房子，扫射路上的行人。人们都陷入巨大的恐慌，大家都说天塌下来了。码头是唯一的安全场所。英国士兵保护着阿拉伯人。不管是谁，只要能用毯子或背包装裹上一两样东西的都往码头跑。我们在逃命。

"我记得一对年轻夫妇在逃奔途中慌慌张张地丢了小女儿，大概是一紧张，拿了个包裹就跑了出来。他们的邻居在二楼找到了哇哇大哭的小姑娘，带着她一起跑。她的父母最后到了黎巴嫩的一个难民营，小女孩就由邻居抚养，在阿卡长大。"

自由派报纸《国土报》上刊登了这位老人的访谈，并作了一些解释。谢卜泰·列维市长的确对阿拉伯人发出过挽留信号，甚至4月21日那天，得到英军传来的消息，他正在着手与阿拉伯人方面进行会商。然而，哈加纳的炮火从下午2点多钟起就开始了。关键的问题是，犹太人方面的军事和政治行动并不一致。然而，这仅仅是偶然所致，还是有某个类似明修栈道、暗度陈仓的阴谋存在？越想越觉得可怕。

以色列方面始终坚持一点：个体必定会倾向于夸大灾难的严重程度，个人很难在小道消息横飞的局势下保持清醒的头脑，甚至看到幻觉。绝大多数领导人都相信一个相反的阴谋论：六十四年前，那些阿拉伯居民是受了国外阿拉伯领导人的召唤才大规模抛家别业的，阿拉伯世界的领袖故意动员在海法的同胞离开，日后好据此指控以色列搞迫害。2008年，历史学家本尼·莫里斯出了一本名叫《1948》的书，用既有现场感又不失春秋笔法描写4月21日发生的事："迫击炮炮声隆隆，机枪不停地喷着火舌，当地武装和政府都溃散了，哈加纳一举攻克海法，加速了大批的阿拉伯居民逃亡英国控制的港口区。到下午1点，据报道，大约有六千人通过码头登船北上前往阿卡等地。"

不少以色列的研究者搜集证据，尽可能压低哈加纳的责任，他们企图证明，就在炮弹触到地表之前，集市里的所有人都一哄而散，或者，炮弹实际打中的是没有多少人的邻近地区。哈加纳的领导人也出面说，自己已尽到了告知平民之责：在发炮之前多次广播，还发了传单，公开攻击计划。可是谁也无法否定一个人留下的证据：本–古里安5月1日抵达海法，他在当天的日记里写道：海法是"一座死城，一座遗骸之城……除了野猫之外没有活的生命"。空旷的街道上丢着几十具阿拉伯市民的遗体。红十字会虽然调整了几次数据，最后总算是给出了一个比较合理的统计：八十个阿拉伯人死于这次军事行动，数百人受伤，死者中只有六人是军事人员。

* * * * * *

在“足球部”，我连续换了几个岗位：先是装箱贴标签，次是给已灌好的果汁加瓶盖，跟宁录打理了腌橄榄后，我两手满是咸腥。

正在这时，放在桌上的手机响了。我擦擦两手就接了起来：“朋友——你好——”沙哑的声音，还是中文的，太巴列的老木匠总是用蹩脚的中文跟我打招呼，和初遇那天一模一样。

“Hi, yes, it’s me. How are you?”我急忙用英语回答。宁录站住了，看着我。

“我很好，我很好，你还好吗？”他继续用中文，我尴尬极了，不知道是该说中文还是英文，还是干脆操一门方言好与他速速断交。

“你什么时候回来啊？”他热情地说，然后把语言换成英文，说要把他全家人都叫上，开车带我在加利利遨游一天，好像连路线都给设计好了，从某某某，到某某某某，再到某某某某，再到某某某，最后回到太巴列。

“太巴列？”我重复了一遍，意思是：“你忍心吗？”但他显然没听出来。宁录走了过来，我赶紧挂掉电话，迎面撞到一张有些忿怒的脸。三周以来，我都快忘记人忿怒是个什么样子了。

“你为什么把手机带到工作场合？”

“那……只是一个朋友，”我说，“再说我是记者，遇到生词必须及时用手机来查。”

“里奥，”宁录上前一步，指指我又戳戳自己，“这是我们的基布兹。”

说完他就走开了。我暗暗抱怨着老丹尼尔的啰唆和不挑时候；又闷闷地想，恐怕直到我走人，都无法跟宁录说上话了。

直到中午，我心里仍旧硌着一块小小的石头。我被这里的公约文化所感染，觉得哪怕是短暂停留，也有责任让此间的任何人满意。我用水枪把沾了不少咸水渍的鳄鱼鞋冲干净，一步一滑地往外走，休息室里，阿里埃尔跟一个戴小黑帽、络腮胡子的胖子交谈着，不知说到了什么，络腮胡子一直在吃吃地笑。他们站了起来，跟在我后边出了大门，踏着咯咯响的沙子地往大树下停靠的一辆小汽车边走去。络腮胡子赶在衬衫被汗湿透之前钻了进去。

“哈雷迪？”我一时想起了米亚·谢阿林姆。

米亚·谢阿林姆，是耶路撒冷市内偏北的一片区域，那里住着源自匈牙利、德国和波兰的“哈雷迪”，他们用希伯来语祷告，用古老的意第绪语谈话，活在另一个时空里。他们认为二战前的“隔都”（ghetto）是神圣的，因为当年，他们的父辈、祖父辈就是由此踏上集中营的不归之旅的；他们盖起了墙面斑驳的石头房子，造出了大屠杀纪念馆的黑白影像里那种等待洗劫的氛围，他们踩着狭窄的巷道，行走在黑涎水一般东牵拉一条、西挂一根的电缆线下面。律法书和新洗的衣物混合的味道从窗口飘出来，写着《托拉》律令的小旗高高地挑在外边。耶路撒冷的黑色素全都浓浓地沉淀到了这里。

在一个安息日，绕着老城走了半小时，我发现自己闯进了米亚·谢阿林姆。有一家六口正在一条斜坡上下行。男主人的胡须长得可以演鲁肃了，头戴一顶又大又黑的“斯波迪克”，这种帽子比哥萨克帽还要大上一圈，像一只蜂巢，把脑袋紧紧捂住，与三十多度的室温隔开。女主人穿无袖黑长裙，两条胳膊包在白衬衫的袖子里，戴着黑色头巾，长裙的下摆推着地上的废纸。他们家有一男三女，小男孩也是白衬衫、黑坎肩的打扮，三个女孩，都穿黑色分体衣裙，一条黑白相间的宽布带围住她们的腰，一根更细的黑白布带绕住两腋，斜着往脖颈部缠上去，背后呈露一个“八”字。她们推着辆带着绿伞盖的粉色童车，最小的女儿戴着顶小白帽，在车边步行，一松手，童车就一点点滑了下去。她追了过去，将车拽住，回头望着已经被自己甩开十米远的父母姐妹，慢慢地咧开了嘴，笑了，就像墨水在纸上缓慢地化开。

在耶路撒冷，很难看到人们纵情大笑，无处不在的宗教人群让你不由自主地肃穆起来，许多看不见的大山压着人们的腰背。米亚·谢阿林姆就是犹太人自己的“猫鼬胡同”。哈雷迪明明生活在自己的国家，却和阿拉伯裔少数民族一样，出于某种特别正当的缘由，选择“自绝于人民”，只愿意住在一个尽可能小的共同体中，只同价值观完全吻合的人交流。极端正统派教徒惧怕的是“自由化”，他们担心自己的社团被腐蚀，担心耶路撒冷彻底取消男女乘客分区的电车线路，用一些世俗派的话来说，他们最害怕的是“不能自由地体罚不守律法的子女”。极端派冷对这些指责，也冷对那些跑到教区乱拍一气的愚蠢的游客。“尽管鄙视我们好了，”他们说，“越厉害越好。”

看上去，这个胖男人也是哈雷迪，可他的样子很松弛，很开心。

“他怎么这么开心，那个 religious man ？”我问阿里埃尔。

“那是宗教洁食（kosher）监察员，”他说，“每月会来一两次呢。”

农庄生产的食品标签上有个“K”字，表明经过认证，遵循犹太律法制作的食品的安全标准，符合律法书里的洁净规定。我在休息室的墙上看到由 kosher 监督委员会颁发的证书，有了这个认证，农庄才可以把自己的食品——葡萄酒、橄榄油、果汁、果脯——卖给宗教人群，这是一块不可能放弃的市场。

阿里埃尔永远那么健谈，冲蚀着我心里的小小疙瘩。我们一路往食堂走，他就娓娓地跟我扯这些教徒的事。

“你没见过‘哈雷迪’笑？呵呵，笑不是他们的义务。他们是思想家：只要不想工作就可以不工作，只要他们愿意，就可以在宗教学校里一直读下去，政府要出钱保护他们，社会放逐他们，看不起他们。”

我们走过艺术中心前的大花园，一道极浅的水流从鼠尾草和三角梅之间穿过，随时都要断气似的，拱门形的藤架上盘着青绿的观赏葡萄，那天义务劳动时，我看克里丝蒂娜用园艺剪修剪过它。农庄的人尽量把家园建设得诗意一些，优美一些，但是，有多少人愿意在四十度的烈阳下绕道这里看水赏花呢？

“你问我的态度，我倒不鄙视宗教人群。”阿里埃尔说，“耶路撒冷有一家通宵营业的酒吧，安息日也不关门，哈雷迪们路过那里，就朝着酒吧挥拳头，叫‘Shabbat（安息日）！’世俗人群就说他们很可恶。可恶吗？你自己也不过就是个酒吧嘛，你周末狂欢，也无非就是在酒吧里混混日子。宗教人群认为自己比别人更优秀，保存了这样那样的价值，世俗人群看不到这些，他们只看到教徒可以不服兵役，可以生十几个孩子，而且不工作。每天的报纸上都在讨论这些问题。”

在特拉维夫，我有个朋友叫雅亿，她全家都是世俗犹太人，但是，她的哥哥在二十来岁时受人影响入了教门，从此九牛曳不出，手不释卷。“有一年暑假，我哥哥跟父亲大吵一场，”雅亿说，起因是父亲要带她侄子去看古生物展览，“我哥哥不同意，他说：世上哪里来的恐龙呀？上帝造的万物里根本没有恐龙！挪亚方舟上也没有！上帝第六天就造了人了！直到现在，他们两个一见面就吵，我拿他们毫无办法。”

然而，以色列举世闻名的高科技研发却又不乏正统派教徒的参与，使这个复杂的小国家更加变幻莫测。“我也不知道他们是怎么研究的，”阿里埃尔说，“这些人从小到大就在耶希瓦（犹太教学校）里坐着读经，看上去好像除了犹太教那套什么都不懂，可是他们一旦懂了英语、物理学和电脑，马上就高出别人一头。”

“这是为什么呢？”

阿里埃尔摇头：“不太清楚，我猜想，是因为他们愿意尝试一切可能的方法来接近上帝的秘密吧。”

宗教界的消息常常自相矛盾，一边是世俗界指控宗教界都是国家蠹虫，另一边则是成千上万的宗教人群找不到工作，或是受到同岗不同薪的歧视，他们抱怨说在人力市场上，自己的地位甚至还不如俄国犹太移民。一些极端正统派建了自己的网站和博客，拉比们愤怒地申斥说，互联网是不道德的东西，至少，开放式的传播一定不利于保持信仰的纯洁性，但网站的主人不仅配备了自己的英语和意第绪语翻译，还往 YouTube 上推送。5 月下旬，六万五千名极端正统派教徒在纽约集会，打出的旗号是“反对滥用因特网”，不过为了壮大自己的声势，他们滥用了卫星直播。抗议行动的官方发言人、律师埃坦·科布尔辩称，集会的目的并不是要把因特网打翻在地，实际上，来参加集会的教徒都是来接受教育的。“我们告诉他们如何负责任地使用因特网，”他说，“因特网是危险的东西，我们要用宗教可以接受的方式来使用这种先进的技术。”到现场的都是男人，女教徒被禁止参加集会，她们被宗教学校集中到礼堂里看大屏幕直播，像读电视大学一样学习这些重要的指示。

拉比们只能顽强地用摩西十诫来判断这些新事物：电视广告是

新时代的金牛犊运动，三级片诱导乱伦，破坏神圣的婚姻关系，犹太民族自第二圣殿被毁以来积累的道德和信仰能量正处于渐渐沦丧的险境，有些信徒竟然堂而皇之地去买彩票。这是一个焦虑的年代，个体的焦虑是在替国家擦屁股：它没能担负起保卫价值观的职责。

那位犹太食品监督员从后边超过了我们，他开着一辆黑色的凯迪拉克，他跟阿里埃尔有说有笑，看上去，宗教没有对他的气质产生应有的影响。“他们可以用 iPhone，可以开车，可以玩联网的电脑游戏，只要在安息日前把这些东西都关掉。”凯迪拉克开远后，阿里埃尔考了我一个问题：“在安息日出门，连自行车都不能骑，你知道是为啥？”

“为啥？”

“安息日不能工作。万一自行车爆胎，坏了，这就完蛋了，因为你不能修，修一修就是工作。”

* * * * * *

我在特拉维夫的流浪期间也包含了一个安息日。乔治五世大街上，有个戴小帽、穿白色安息日专用衬衫的犹太教徒从一面贴得斑斑驳驳的告示栏后边冒出来，朝我招手。我用手势回答：是我吗？周围大街上没别人了，车也不见一辆。对方点头，我就走了过去。教徒请我放下背包，然后操着生疏的英语说：“我们需要你。”

这是一个庭院，有两间毫不起眼的砖房，一间低矮的像是餐室，能看见冰柜的亮光从窗户里透出来，另一个较大的房子被许多杂乱的树木挡住了，有扇木门。院子里排开了好几张大桌子，两个十岁左右的男孩子斜在椅子上，也戴着小帽，我们互相打了招呼。宗教孩子和世俗孩子的区别一看便知：罗坦姆情绪外扬，整天都在笑，而面前这两个男孩的气场非常低闷，恐怕不能完全归咎于特拉维夫让人烦躁的气候。

教徒指着墙边的落地电扇："有一点问题，它们现在不动了。"

"坏了？"

"需要做些改变。你帮我们一下。"

落地扇的插头插在固定在外墙上的接线板上，他使眼色要求我帮他拔下来，插到旁边的三个眼里。这可是黄石公对张良的待遇。我照做了，电扇还是不转，教徒皱着眉头，我们一起走到对面的另一排插座边上。从大房间里又出来两个男人，他们聚在一起商量着什么，其中一个人说："麻烦你帮我们把电扇挪过来吧。"

这件事是我一个人做的。电线很长，教徒们的行为很粗鲁：他们用脚把插头踹下来，使劲往另一个方向踢过去。我跟在后边，扛起电扇。接到另一边后，电扇转起来了。三个男人都很满意，他们又请求我把饮水龙头旁的另一个小台扇也一起迁过去。

"对不起，我们自己不能动手，今天是安息日。"那个英文较好的男人伸出两只手说。

一位素昧平生的中国人出手相助巧修电扇的消息很快传开了。我得到了在冰柜里任选两瓶饮料的待遇（安息日不能点火，电器倒是可以一直开着的），有几个上年纪的女人也出来见我，其中一个像是位研经活动的组织者。原来这两间普通的房间就是一座犹太教堂，犹太教对宗教仪式所需场地的要求，真的是三大教派里最低的。

我在院子里休息，对面的那个孩子好奇地盯着我看。他很面善，但英语单词只能一个一个地蹦。他也想像罗坦姆一样，把自己的好东西逐个拿给我分享，但他手头除了两本经书之外什么都没有。我看他尴尬，就指着墙上招贴画里的一个老人脸问他这是谁。这是个戴大黑帽、长了一片络腮白须的老人，他的肖像见诸以色列城市的大街小巷。

“哇哦，他是……”

孩子立刻亢奋起来，好像突然发现我有慧根一样。他告诉我，这个人叫门德尔，“梅纳赫姆·门德尔”，接下来就不知该说什么了，他的英语词汇量应该不会超过一百个。

“门德尔，我们的拉比！他……很聪明！他……他写了好多书！他说，土地是我们的，不是……不是别人的。”

我后来查了下，这位老人是哈西德派的大圣人梅纳赫姆·门德尔·施尼尔森，人们尊称他为卢巴维契拉比。哈西德派是犹太教中的一大派，戒律森严，十分保守。那些招贴画应该都是他的信徒到处给贴上的。那男孩说不上更多的来，抓耳挠腮十分痛苦，我只好主动诱导他：“他很聪明吗？你可以讲讲吗？”

“喔，是的呀，他是最最聪明的，你知道吗？我们的……数学题，我两个小时……才能做完一道，他，他十分钟可以做两道呢。”男孩高高竖起两根手指，做出一个胜利的符号。

外边太热了，我钻进大房间，那里一面墙壁都是书架，许多皮革封面的书齐齐整整地耸立着，大多是凝重庄严的紫红色。一张长桌铺着灰蓝色台布，看起来应该是讨论经文的地方。草绿色的布帘把里外屋隔了开来。犹太人家庭喜欢在靠天花板墙面上搭一圈搁物平台，这里也不例外，平台上摆满了东西，但无一例外都是钟表。靠门的沙发上，一个人蜷在那里睡午觉。他的脑袋冲着墙角，旁边吊着一个四十二英寸的壁挂电视，上方悬着四个镜框，其中之一就是卢巴维契拉比的肖像。犹太教徒并不排斥高科技产品，他们可以开车，开车还能使用GPS卫星定位，他们可以用外观艳丽的苹果产品，拿iPad互相拍照。至于教人如何在不违反宗教戒律的情况下使用这些东西，那就是教内的权威阶层——拉比们的任务了。

英文不错的男人性格也大方很多。他主动来找我说话，知道我在基布兹里住着，便问："你觉得基布兹怎样？"

我给他一个我所能想到的最能体现资深旅行作家本色的回答："它是一种失败的美丽。"

他果然谈兴大增："你知道基布兹为什么失败？"

"为什么？"

"因为没有宗教！基布兹是个很好的想法，社会主义是个好东西，但是，没有宗教，就没有思想根本了。那些世俗犹太人不懂这个道理，摩西和约书亚为什么能团结十二部族？因为他们有共同的信仰。大卫为什么能成为伟大的国王？因为他率领整个国家敬拜耶和华。什么样的集体信念都不能代替犹太教。"

我打开了第二瓶饮料——一瓶色泽乌黑的葡萄汁汽水。那个睡觉的人翻了个身，像是要醒来了。忽然，男男女女呼呼啦啦全都进来了。他们根本不看我一眼，就拖动椅子，在房间中央搭起了屏障——祷告时间到，男女教徒必须隔开。须臾之间，每个人的手上都多了一本经文，每个人的嘴都开始喃喃起来。

* * * * * *

下午的会，我又迟到了，好在晚到的人不必有羞愧感，因为根本没人会注意到你进来。人们聚精会神，盯着厨房团队一男一女两个领班，我叫不出他们的名字。姑娘长得既耐看又家常，脸上总是绯红片片，永远系着大围裙。男的就没什么可说的了，半光头，胡茬脸，最普通的那类上得厅堂、下得战场的以色列犹太男人。

两人的分工是男的主讲，女的补充，他们的希伯来语说得很慢，我能听懂个把数字。讲到某个地方，女的提起锅盖来“砰”地敲了一下，观众嘿嘿直笑，不过主要是出于礼貌。看上去，他们说的都是积极的事情，要不就是恋爱了，要不就是领证了，人人都很满意的样子。

散会之后，我尾随着阿里埃尔到屋外，要他告诉我刚才都说了点什么。

“你 3 点半陪我一起来烤面包怎样？”

“Sure!”我应声道。

“好，我告诉你，他们讲了一些守则，都是跟厨房有关的：

“首先，你看刚才敲一下锅盖了吧？那是要大家注意听敲钟，每顿饭开饭前十分钟敲钟，听到钟声大家就可以准备起来了。

“第二，最后一个用热水器泡茶的人要记得关掉电源开关。

“第三，需要加菜加饭的时候举手示意，不要自己走出来。

“最后一点：我们的经济进入了一个艰难时期，从明天起早餐不供应芝麻酱了。”

阿拉伯人的聚居区，包着头巾的老太太们在阳光下做园艺活。

מפעלי עמק הירדן

Day 21

乐观

在食堂门口的广场上，孩子们告诉我他们在玩捉迷藏。孩子们很快活，他们玩，一起跑，大的用爱和宽宏照顾着小的。草地上的晚餐，凉风，美味的食品，内奥·茨马达的夏天。在离这里五小时车程远的地方——南特拉维夫和雅法——有个不一样的世界，那里有我心爱的作坊和市集。

星期日晚上，一群人在游泳池边聚会，从现在起，这个游泳池正式可以叫“盐池”了。这一伙有十人，还有三个领队，第一场聚会是从 groping & searching 开始的。跟新的有趣的人互相认识，我喜欢开放的心灵，想和对自己、对人生感兴趣的人们一起畅游。

星期一早晨，食堂里人满了，我觉得很新鲜，很多人我不认识，有一群人是来自哈尔达夫的，有新的志愿者。早餐安静、优雅，食物美味，但是芝麻酱怎么没了？这是一个放松的时刻，我们得以对我们的季节性经济状况有了深入的认识。

后勤和家务的任务表一折为二，我的工作日程几乎要跟着泰国工人的日程走了。

《蓝山》里，老资格的犹太定居者利伯森跟晚辈巴鲁赫讲自己刚到巴勒斯坦的故事：他们好不容易在古德拉找到一个种杏树的工作——世上最苦最累的活儿，而来自犹太复国主义组织的资助总是不足。因此，利伯森言简意赅地说："我们总是在成功的边缘，在收获的边缘，在饿死的边缘。"

我们的世外桃源，也长在一根微妙的钢丝上。

农神给农民只留下两件事：耕种和祈祷，农民种下一畦萝卜一畦菜，祈祷着从一桩意外到另一桩意外之间的间隔时间越长越好。丰收在即，下一场暴雨，一年的辛苦就毁于一旦，再好的种子也扛不住反常的旱灾。虫灾更可怕，二战期间巴勒斯坦闹过一场蝗灾，阿拉伯人和犹太劳动者住的区域彼此用篱笆墙分开，眼泪流啊流啊，还是流到了一起。我们所在的阿拉瓦沙漠属于南内盖夫，土壤盐碱化，与北内盖夫的土地不可同日而语。在内奥·茨马达的初创时期，农庄人的引种和嫁接试验完全是在赌运气，有的引种必须四五年后才能知道成败，其实，至今农庄还只有椰枣这一种经济支柱，可以证明它的生存的艰辛度。

不过以色列人还有另一种典型性格。叔本华说，犹太人是一群庸俗的乐观主义者。"一种自我狂欢式的自我主义，"他愤怒地揭露，"它简直盲视一切，除了我们那些太过脆弱的目标和欲望。"叔本华相信，既然人拥有了自由意志，他们就注定是要与上帝渐行渐远的，因此我们存在的本质就是犯错，走向谬误和背叛。他顺着康德的道德哲学走进了一个无尽头的泪谷。这里是个矛盾：世上最苦的民族，如何也是对苦难最为盲视的民族？

叔本华到死也无法理解这一点。但犹太人对生活的抓握之牢超出了他的设想，因为犹太人有自己的解释：上帝既然万能，他造人出来的时候就一定会预计到风险，自由意志将会带着人越跑越远。所以，上帝心里清楚，有了人之后，世界就不像创世的前四天那样完美、那么本分了。犹太人还相信，上帝的真实只会以碎片的形式显现在人的一切经验之中，它超出了人的理解，但是，人可以去搜集、识别这些碎片，且必须亲历亲为。

忠厚善良的叔本华（他长得很像本–古里安，都是白发老头儿，都留着一副把手指伸进电源插座孔时的发型）会被这种阐释气哭的。到了现代，人们就更没理由去挑剔犹太式的乐观主义了。《赛姆勒先生的行星》中，阿特·赛姆勒说："乐观主义者？住在维苏威火山口附近，人没法不乐观。"赛姆勒自己，就是从波兰死亡营的尸堆下面捡回一条性命，后来才到的美国。二战之后，犹太人给自己赢来了一个受害者的有利位置，他们的乐观也更多地被视为一种英勇的素质，而不是叔本华眼里粗俗人生观的一部分了。逆境确实很容易勾起他们对大流散以及 19 世纪末以来的历次屠杀的苦难记忆，在 1973 年阿拉伯世界发动"赎罪日战争"之后，以色列人真的一度感到大屠杀又要回来了，奥斯威辛又要挂牌重张了；不过，只要事情一过，恐慌就又变成他们自嘲的素材。新世纪这头十二年里，以色列人的乐观情绪一直在稳步提高，尤其是内塔尼亚胡执政这几年，是自拉宾去世以来以色列政局上最太平的一段日子。

"大流散中的犹太人，"国际观察员约埃勒·布罗诺尔德严厉地批评道，"在描述自己的无权无势、我们的敌人以及我们的自我憎恨时是最诗情画意的……而且，以色列公众对逆境的直接反应是如此轻佻，他们显然忘了住棚节的教诲。”他们的口头禅是：“谁在乎呢？”拉宾死后，连“和平”一词也渐渐无法激发他们的兴趣了。这是个言论极端自由的国家，我认识的好几位左派学者和活动分子都醉心于“非政治的政治”，梦想有朝一日能实现直接民主制，而普通人则越来越不关心书生空谈，转而信任强大的国防力量，它的能力足以确保一个“什么都不会改变”的国家；怎么处理以巴问题是那些想在下一次大选后有所作为的政治家们要关心的事情。阿拉伯人仍然在零打碎敲地骚扰，伊朗、埃及、黎巴嫩、叙利亚、土耳其、约旦，没有一个是可靠的盟友，也没有哪个是真正能让以色列如临大敌的对手：它们永远不可能吞灭这根卡在喉咙里的鱼刺，这座对能源、进口原材料和山姆大叔有着严重依赖的孤岛。

以色列人十分开心，在征兵制、恐怖主义和一块又小又热的土地的包围下，他们欣然成为全世界排名第十四位的最幸福国家。布罗诺尔德认为这是个危险信号：以色列人麻木了。荒悖的是，担惊受怕的包袱丢在地上，被那些远离以色列的犹太人，那些用 A. B. 约书亚的话说，仍然处于“流散”状态的犹太人给捡了起来。现在，美国的犹太人社群远比以色列的犹太人更加关心巴勒斯坦建国的问题，并且不停地发出忧心的警告——赛姆勒先生正是他们的先驱，他也是索尔·贝娄笔下的主人公里罕见的不受性生活困扰的犹太知识分子。

不管怎样，内奥·茨马达人的表情说明，财政困难只显示为一个数据，影响不了他们的心情。或许跟这几十年来的以色列一样，他们也有过多次“狼来了”的虚惊；或许，那些总在处理具体问题的人是没有多少心思来操心太多的。他们需求很少，完全可以接受芝麻酱的缺席；他们也需求很多：鸡正常下蛋，羊按量产奶，橄榄定期采摘，椰枣能在夏季准时成熟，月亮每晚都在苍蓝的夜空里照耀着沙漠。

今天清晨的“夏哈里特”挪了地方：我们改到葡萄园冥想——我终于赶上采摘葡萄的时节了。

5 点 15 分，我一个人走在去葡萄园的路上。好几个人蹬着单车从我背后撵上来往前去，微茫的曙光减弱了人形的像素，把他们变成一个个撅着屁股、无声无息的影子。农庄的自行车既没钥匙又没锁，每个骑车的孩子都左扭右摆，如同一张被风吹起的扑克牌。

我并不知道葡萄园具体该怎么走，食堂的人只是给我指了一个大方向。不过按照经验，走着走着总能看到一个人、两个人、三个人冒了出来。他们是松弛而友好的路标，最让人心安的景致。现在，人们席地静坐，低头无语，不时有人起身取水，拿块面包，抹上果酱。

我看到了什穆埃勒。前一天晚饭后，我听了他的一番演讲。人们正在广场的阶梯和草地上闲聊，他一个人站出来到了场地中央，叽叽咕咕地开始说了起来，像录音机一样面无表情。我还以为是在汇报什么，旁人告诉说，这是在布置明天早晨摘葡萄的事情：怎样辨别已熟和未熟的葡萄，采摘的葡萄都派什么用等等。

葡萄还能有什么用？无非是让劳动变得甜蜜而已。新鲜的葡萄果长得比玉米粒还紧凑，胀满了果汁，都藏在大叶之下，不过它没能进化出棘刺保护自己，只要弯下腰，你就可以在葡萄叶的凉棚下寻找这里那里挂着的珠玉，而且不像苹果和无花果，葡萄极少有损坏落地的，黑蚂蚁爬来爬去，大多白忙一场。

葡萄园是农庄的光，犹太人的爱。拓荒者初至巴勒斯坦，看到葡萄藤蔓就高兴起来，说：“这是我们的地了，不然怎么跟经书里说的一样呢？”葡萄活了，他们越发确信这是上帝赐予的礼物。葡萄果让他们幻想起繁盛而坚实的生命，“生养众多”，还有作为生命前奏的柔情美爱。拓荒者们在葡萄园里跳舞，捉迷藏，在藤蔓和草丛的缝罅之间互相窥望。当它藤蔓衰老或被荒弃之时，硬质的纤维好像仍在竹架之上锢着葡萄的元神。

内奥·茨马达的盛事到了，圣诗中说葡萄是“夏日最后的果实”，《以赛亚书》中唱：“我所亲爱的有葡萄园，在肥美的山冈上。”勤劳的村民像钻进汽车肚子下面的修理工一样，钻进茂盛的藤叶底下剪取沉沉的果串。一个浸泡在甜浆汁里的凌晨，大塑料箱装着湛青碧绿的葡萄，被一车又一车地送回村里。

上午，我时隔两周重回故地，又一次被派到椰枣园干活，又一次看到沙漠在公路下面合拢，又一次坐在阿维克多的身边。我们行过一块平平的大沙地，不知是谁犁了一横一竖两道交叉的垄沟，仿佛泰坦巨人把一个十字镖丢在了这里。我们又经过一块大宅样的地方：依稀能看清沙子上凸起了灶台、火炉、炕，周围有半圈残损的墙壁，像是屋里的人才吃了一半，就被一阵旋风连同屋顶一道刮跑了似的。神奇的土地。

内盖夫沙漠占了以色列领土的近一半面积，受限于形状，它谈不上“一望无垠”。我们在南部，往东一抬头就能望见约旦的秃山——六十四年前那里还叫“外约旦”，养着一支由英国人训练的阿拉伯兵团，1947—1948 年，为了阻止这支兵团参加极有可能爆发的独立战争，老谋深算的本-古里安同阿卜杜拉国王签下一份密约，才换来了对方的一纸承诺。倘若 1948 年夏天，这个兵团真的尽力参加了阿拉伯世界的联合围剿，新生的以色列真未必能扛过来。

这份密约的内容是什么呢?

1947 年 11 月 29 日那天，联合国在成功湖会议上通过了一份分治决议，宣告巴勒斯坦的阿拉伯原住民和犹太人平分巴勒斯坦土地，两国各自的领土也已经划好，其实就是宣布犹太人可以建国，只是耶路撒冷要辟为国际共管地。不管怎样，那是一个犹太社团普天同庆的日子。那天本–古里安住在死海边的一个旅馆里，半夜里他被人敲门叫醒，披上衣服出房间，看到工人都喝醉了，借着酒劲在岸边跳舞。有记录癖的本–古里安急忙回去写日记:“我不会跳舞，我知道我们面临着战争,在这场战争中,我们将失去最优秀的青年。”

他至少还可以加一句:“我不认为今晚会发生溺水事件。”缺乏幽默感，真是本–古里安一辈子最大的硬伤。

联合国的决议从未在事实上完成过。巴勒斯坦人至今未能获得联合国许给他们的国家，个中原因，以色列人方面说是因为 1948 年 5 月 15 日宣布建国后阿拉伯人的联合侵略，违反决议在先，咎由自取，己方当然也就没必要再遵守约定了。果尔达 · 梅厄就是这样讲的。“阿拉伯人已拒绝分治计划，而一味谈论战争，”她在回忆录里写道，“第二天，巴勒斯坦全境爆发了阿拉伯人的暴乱。”

但是，就如同海法阿拉伯人大逃亡的原因未有定论一样，裂土分邦的真相也没这么简单。我得到的说法是：本–古里安与当时被英国人扶上王位的阿卜杜拉国王达成了密约，把原先许给巴勒斯坦人建国用的那块土地给平分了，也就是说，巴勒斯坦全境土地，以色列人得了四分之三，约旦人得了四分之一，巴勒斯坦人得〇。

这是八十岁的以色列社会活动家阿基瓦 · 奥尔先生告诉我的。老爷子被左派人士昵称为“阿基”。20 世纪 50 年代初他在海运公司里当工人，后来辞职泡图书馆搜集资料，花了好几年时间研究历史真相。“这是一个两难，”他说，“假设没有这个密约，则阿拉伯军团可能参战，以色列即使建了国也不一定能存活；而现实中，靠着约旦人的消极支持，以色列成功了，但巴勒斯坦人的利益被牺牲掉了。”

“为什么阿卜杜拉国王这么想多占一块约旦河西岸的土地？”我问。

“因为这块地方包含了耶路撒冷，阿卜杜拉认为把耶路撒冷掌握在自己手里是最最荣耀的事。”

果尔达·梅厄 1947 年时是犹太代办处政治部主任，她回忆说，那年 11 月是她第一次同阿卜杜拉国王见面。这位国王是贝都因人，梅厄夫人说，国王向她保证不会参加阿拉伯军队对以色列的围剿。到 1948 年年初，“国王要求我记住三件事：他是贝都因人，所以是讲信义的；他是国王，所以更是体面的人；最后，他决不会对一个妇女食言，因此我不需有任何正当理由来忧虑”。

金色的耶路撒冷如今在以色列的手里，通过 1967 年的“六日战争”，以色列将当年让给外约旦的那些土地全部拿了下来，并成功定都圣城（据索尔·贝娄说，本–古里安曾想拆除耶路撒冷老城城墙，理由是“圣城应该开放”，幸而未如愿，否则，圣城恐和一些被人为破坏的古城一样名存实亡）。这之后，以约两国重又签订了和平协议，以色列甚至还帮着约旦打叙利亚——阿拉伯国家之间从来就是合少分多。

不过当年埋下的隐患，到四十年后还是爆发了出来。1987 年，第一次“因提法达”爆发，以色列境内的巴勒斯坦人大举暴动，拿石头对抗以色列军警。那时，时任国防部长的伊扎克·拉宾非常紧张，他不知道国内为何有这么多心怀不满的少数民族，因为四十年来，以色列的官方词汇表里压根就没有“巴勒斯坦人”一词。时任外事部长的西蒙·佩雷斯帮他找来了四位顾问——阿摩司·奥兹、S. 伊茨哈尔、A. B. 约书亚以及哈伊姆·古里，三位小说家，一位诗人，一同给拉宾上了一课。约书亚曾在接受一次采访时说：“你无法想象——外事部长请来四个文人给国防部长讲课！”

这件事我一直记着，在海法，我问约书亚先生，拉宾后来第二次出任总理后与阿拉法特积极和谈，最后签下了《奥斯陆协议》，是不是跟那次会议有关。约书亚说他不清楚，因为这四个文人都是支持巴勒斯坦人利益的左派，拉宾听完课后还非常生气。然而，拉宾用行动，最后用他的死证明了他是个什么样的人。以色列人至今爱戴拉宾，在 2006 年由 Ynet 作的“建国以来最受尊敬二百人”民意调查中，拉宾力压“国父”本-古里安，排名榜首。

在椰枣园的早餐点，我和阿维克多他们聊起了拉宾与文人们的这段往事。“奥兹的有些小说让我不理解，为什么他写的男人都那么柔软多情，”我说，“但一想到以色列人可以尊敬拉宾这样的领袖，就明白了。”

他们都思考了起来——他们可能从未思考过这里面十分明显的关联。不持有强烈政治立场的普通以色列人，都特别欣赏拉宾的害羞，他说话会脸红，内疚时会低头，他同阿拉法特握手之前，胸口的领结还是克林顿给帮着系上的。以色列人说，拉宾有三点好：早年的战功证明了他是位爱国者；家无薄产证明了他的忠诚；然后，最重要的一点，害羞表明了他是一个谦虚、诚实的人。

拉宾遇刺事件，说起来大家都会伤心。刺杀行为破掉了政治反对的底线，打开了不择手段之门，更令以色列人无法接受的是，过去只在约旦、叙利亚、埃及发生过的恶事，现在落到了自己的头上。这是国耻，是一种必须由所有人同赎的罪。我在雅各夫妇家里待了不过一周，见夏霓流过三次泪，第一次是说到海法大火时，第二次，就是在说到拉宾之死时，他俩一下子都无语了，夏霓咬着嘴唇。第三次，我向他们讲了1997年秋天发生在中国的一场火灾。当我说到几百个孩子在大剧场里，而剧场突然着火时，他俩脸色骤变，当我讲完这件事的全过程时，两人搂在了一起，夏霓泪水盈眶，“上帝啊，上帝啊”地叹个不停。我几乎不知所措，他们的哀伤，分明是在责备我居然能将这样的悲剧面不改色地从头说到尾。

我这才想到，为什么奥兹、约书亚他们的小说这么柔情似水，为什么以色列文人很少写残酷青春、远古邪恶，为什么西方作家恒河沙数，唯独契诃夫能得到以色列文人的一致宠爱——是因为他们经历的悲剧比别的民族更多吗？还是因为他们更加郑重地对待死亡，只凭想象力就能触景伤情？只看时事新闻，你只能得出与此完全相反的印象。我有时读着奥兹书中那些平平淡淡的故事，感觉到身体里的感受力在缓慢地回血。

我告诉他们，我的朋友、德裔犹太人雅各是如何看奥兹的自传体小说《爱与黑暗的故事》的。雅各不赞成拉宾当年的谋和行为，他对鸽派的态度与泽埃夫差别不大，但是，他能够欣赏作为作家和作为道德主义者的奥兹。“写这么一本书，他要把自己和自己的亲人的内心都挖出来，翻给所有人看，他非常、非常、非常勇敢。”他说。

“奥兹一直坚持着他认为对的东西，”我说，“他一辈子都在反复告诉别人：巴勒斯坦人不是坏人，看哪，我在耶路撒冷长大，我最好的朋友都是巴勒斯坦人。”

“他很天真？”雅各摊摊两手，“奥兹是一个有些自恋的人。他陶醉于自己的声音、气质、风度，他不像 A. B. 约书亚，约书亚的英文表达能力不太好，词不达意，只能把信息完整地传达给你。约书亚知道怎么讲故事，他就安心做一个上好的讲故事的人。而奥兹，他觉得自己可以更接近圣人一点。”

我把他的这些观点传达给面前的农友们，有位上了点年纪的人开口了，我忘了他的名字。

“我见过奥兹，”他说——这没什么稀奇的——“我跟他辩了一下，呵呵。他在《爱与黑暗的故事》里写：有两种读者，一好一坏，坏读者在见到伦勃朗的画时要去了解画家的经历，好读者则否。他希望读者在读这本书时做个好读者。我当着他的面，质疑这个说法。”

“当着面？”

“是，就在一次朗读会上。奥兹写这本书等于把自己的一生都剖析给所有人看，因为他要剖析心里最柔软的东西，他要写父母亲，写邻居，他需要巨大的勇气。但是，正因此，我认为他不应该给自己找借口，因为你既然写一本自传性的小说，你就不能回避小说和你的生平之间的联系，否则，我只能说你心虚。”他说，“我当面提问这一点，奥兹承认是他错了。”

随后，人们各抒各见地谈论着《爱与黑暗的故事》。有个女孩说，她读这本书，先是震撼，然后感伤，最后失望。奥兹写得十分切肤，几乎把历次战争和长期曲折的建设在人民的内心压出的隐微伤痕都给勾勒了出来。“但有时他美化的东西太多了，”女孩说，“我感谢他，虽然比较失望。”

闲聊会结束，我们着手除草。椰树脚下的粪肥之中长满了翠绿的杂草，但更坏的东西是苍蝇——椰枣园里飞舞着最没心肝的牛蝇，它们用粗硬的口器往我的皮肤里插，凶狠地一口咬住，在皮肤上留下细小的血点。没有受过摩西诫命和耶稣宝训，这些家伙不懂得戒贪盗的道理，它们的下场也只能是三三两两地被一巴掌拍死，尸体掉在地上，黑色的口器仍然死死挂住皮肤不放。

农友全都是遮阳帽，手套，塞进鞋子里的长裤，姑娘们蹲下，拼命拔粪堆上长出来的杂草。农庄雇来的苏丹黑兄弟们今天也加入了，我们的队伍特别庞大，他们个个猿臂狼腰，而且，他们似乎真的与土地之间有某种说不清楚的血缘关系，那些半人来高、已长得亭亭玉立的野稗，被他们动作优美地几下抽拔，便从肥暖的土壤之中扑棱棱踢蹬了出来——脚上好像还穿着高跟鞋呢。

今天的总领班是乔什，他有很密的面部毛发，修剪过的胡须跟头发一边长，两道褐马陆一样的浓眉长到了一起，不过，黝黑宽阔的前额和粗糙的下巴之间却煲着一对富有同情心的眼睛。开工上树之前，他做了一大通希伯来语发言，其他人不时地以“是”“好”回答。结束以后我问阿维克多他都说了什么。

“就是一些扎麻袋的技巧。”这样这样，那样那样。

“他说了这么大一套就是这么点意思？”

“是。”

“就没有说点别的？”

“没有，在农庄，大家谈的都是内奥·茨马达的事。”

我们又来到了六米多高的椰枣树上，这里就是我们的马萨达要塞，远远地把牛蝇大军甩在地面上干瞪眼。上旬劳动留下的绳子还在，好像已经长成了树的一部分，不仔细找几乎看不见。枣子又略微增大了一圈，但还是青的。我们上一次的工作不过是把带着果实的大枝用绳子分开了，为采摘作点准备而已，现在，新的任务是保护这些果实，以防下月成熟季到来时被鸟雀偷啄。

生产工具是黑色麻袋。我们需要找到树上一整抱果实，将所有果实都套进袋子里，把麻袋口用草绳系好，在底下留出一个口子以便采摘。阿维克多从树干上拿下一根尖刺，将口子穿缝起来。看他两手套袋、口衔草绳的样子非常帅气，我也抓了一根绳子咬着……必须承认，直到一上午活计做完，我的嘴里还在不自觉地蠕动着，看来人类虽说独占进化链条的末端，但这个位置并不稳定。

干了半晌活，我终于问到了经济问题。阿维克多说，农庄有一笔贷款，现在到了该还的时候了。

“你知道有个世界犹太基金——我记不清名字——早些年一直出钱资助以色列的社会主义农庄。内奥·茨马达建成后，他们给出了最后一笔资助，”听起来像是农庄榨干了基金会的最后一滴血，“没有这笔钱，我们盖不了艺术中心。”

“贷款有多少钱呢？”我想起了阿基瓦·奥尔老先生，至今还欠着银行十万谢克尔——这就是一辈子当左派，而且是反犹太复国主义的左派的代价，不过他也因此而受益——阿基瓦笑容阳光，情绪乐观：“十万谢克尔，不多！我天天买彩票。”

“我不知道多少钱，”阿维克多说，我们合力把一丛体积特别大的椰枣包好，“我们处在困难时期。”

“可是我们也加工食品。对了，”我忽然想起来，“为什么我们把那个地方叫‘足球部’？”

“‘football section’？不，呵呵呵，”阿维克多微笑了，“那里叫‘food processing’——‘fo-od pro-cessing’。”

“尤里卡！”想不到，我的人生顿悟居然发生在椰枣树上。

“枣子是我们的生命。”阿维克多拿起一个掉落的枣，它非常饱满，珠圆玉润，但不知为什么熬不到成熟季。“你看，8 月中旬以后，枣子会缩小一号，水分减少，糖分会增加，它们就变得很甜了。”

一阵欢喜忽然攫住了我。我蹲下，把掉在操作台上的枣子一颗颗捡起来，一颗颗使劲地扔下去，一颗接着一颗。枣子砸中了树下的一头灰驴，它正咔嚓咔嚓地吃地上掉落的果实和败叶，连眼皮都没动，而胃里那几十万个负责消化的细菌正累到吐血。牲畜外在的节奏总是宁静而专注的，更多的驴正在从邻近的村子赶往这里来，它们吃掉落在地上的枣子，啃一些它们想啃的落叶。它们迈着悠闲、从容的步履，它们是这里真正的主人。

葡萄在圣诗里是“夏日最后的果实”，它的作用是让劳动变得甜蜜。

Day 22

幻灭

中午，身体被烤热，行动的节奏减缓，大脑在漏水，思考、记忆和计算都受到了干扰。

星期一晚上，我又一次在湖边睡觉，凉风，夜空如洗，黑暗，我和一个朋友四目相对聊天，直到夜深。星期二，食堂开会商讨在分拣水果和其他细节问题上的分工。孩子们也来了——多数是志愿者和Hardof小组的小朋友们，最后分拣工作准时结束，因为来了很多人帮忙。西迦告诉我，供自食的苹果、葡萄及梨子的分拣工作我们都已完成了。下周，有一辆卡车会载着四吨苹果出去，回来时就满满地装着新鲜的苹果汁……下周，摘葡萄的季节以及酒厂的工作也要开始了。

周二下午，基布兹的男孩和女孩们就要离开这里去波兰。在去吃饭的路上，我看到诺阿姆驾着一个小割草机割草，他身边坐着两个孩子，他们安安静静，沉浸在割草机的声音、刈草的香味和诺阿姆的话语里。诺阿姆跟我说，他在野餐地旁边刚刚发动机器，孩子们就跑着跳了上来。

玛扬和尼灿都很快乐。这般快乐，各种联系完全动员起来，工作，一堂在固定的机制里习学的课程，滋养了物质空间和无数的爱。

“科托拉路口？”

有越来越多的人开始找我说话了，他们想知道，我对他们的国家究竟还了解多少。有一个人问我，我从特拉维夫经贝尔谢巴南下，最后是在哪个路口下车的。“科托拉，”我说，“你们知道那里有个基布兹吗？”

他们都点头，这个基布兹离此地有十几公里。聪明的以色列人利用沙漠做科学实验，科托拉有个居于世界领先水平的人体用虾青素培养基地，本–古里安大学的科研人员在那儿搞高蛋白海藻的培育研究已有三十年。当初，科学家认为这项研究如有成果，每年可望解决全世界十几个最贫困国家的吃饭问题，但不知近况如何。在场的人似乎不了解此事，而我的问题在于，我不知道“高蛋白海藻”英语怎么说，也就不好发挥了。然后，他们又问我在加利利住在什么地方。

“隐哈律。”

“隐哈律？”座中一名男子应声道，“朝鲜战争的时候，我的一个朋友的父母离婚了，就在隐哈律。”

我太熟悉隐哈律了。那是以色列曾经的偶像派基布兹，我去过那里全国有名的艺术馆，也参观过“施图尔曼之家”——那个为以色列牺牲了三代人的著名家族的故居纪念馆。隐哈律农庄住着一千多号人，一排高瘦的松树把村庄分成东西两部分。在农庄外的公路上，有两块指示牌分别指着两个地点，一块写着“Ihud”，另一块是“Me’uchad”，如果坐错一站，下车后你将不得不多走上近一公里才能回家。泽埃夫告诉我，这两个名称，是 1953 年整个村子“got divorced”的结果，此前，还从没有过哪个基布兹闹出这么大的动静来。

我们互相认识了下，他叫约海尔，四十岁左右，是个独立电影制片人。我们彼此相约：晚餐后在草地上见面。

我被派到一个同谷子有关的岗位上去，干傍晚的活儿。这个岗位的负责人是拿答，中午，他在厨房里找到了正在把一篓篓餐具送进洗碗机的我。他长了个短马脸，嘴唇很红，头发像某些泼皮那样根根竖起。农庄的人有个共性：无法从他们的外表上判断具体年龄，像拿答，我觉得他的年纪在二十五岁到四十岁之间，换句话说，他可以吸引从十八岁到五十五岁不等的女人。有时女孩对我抛抛媚眼，我就很幸福：“这是明着喜欢我的，比马克那种又是文字游戏又是察言观色的靠谱多了。”不过，很快我便会发现她对别人也这么秋波滥送。由于人际关系过于直接，农庄里有夫妻相的人简直比比皆是，唉，已经无限接近共产主义了。

傍晚的上岗时间是 5 点，我迟到了一刻钟。拿答等在那里，他穿着条中长裤，粉色的 T 恤衫，正在一台黄色的机器旁边倒腾着，地上摆了好几个水缸那么大的塑料桶。印象中，昨天以前这块场地还是空的。拿答显然有些恼火，脸上都青了一块：“里奥，你为什么晚到了？”

“对不起，”我准备了一个借口，却是大实话，“我们国家出大事了，首都被水淹了。”之前的一个小时我都在刷新有关北京大雨的相关信息，跟踪遇难者的新情况。

“哦，好吧，”拿答心不在焉地挪着谷桶，“很大吗？”

“嗯，有人淹死了。”

拿答惊得帽子差点掉地上：“你开玩笑？”

我稍稍解释了一下，说北京这个地方排水有问题，而雨势又是如何汹涌。我们的首都每天都处在涝灾的风险之下，起因可能是暴雨，也可能是一辆洒水车在三环路上堵了四个小时。拿答的火气立刻被同情给冲走了：“幸好你在我们这里，我们国家一年旱八个月。”

还真是这样。斗转星移，桑田沧海，犹地亚和撒马利亚的统治者一茬又一茬换过，住民走了一拨又来一拨，气候却几乎没有什么变化，先知以利亚还在的话，年年都得干他求雨的老本行。

我在他的指导下操作这台一人多高的黄机器，这是一台（根据外表判断）至少转了六道手的筛谷机，漆皮斑斑驳驳，上边有一个进谷口，中间是一个筛谷平台，底下则有个出谷口。拿答给我示范：打开电源开关，机器哼唧一声，好像咽了一口痰似的吭哧吭哧地动了起来，谷粒和谷壳叮叮当当掉到平台上，又被窸窸窣窣地震下去，从出谷口滴答出来掉进桶里。这就叫“工作基本靠抖”了，我想。

拿答很满意地看着他的机器。他是我三周以来认识的情感最外露也最丰富的人，他眼里冒出的幸福之火简直能挑起这台机器的性欲。我提起一桶又一桶的谷子倒进去，哗啦哗啦，叮叮当当，窸窸窣窣，我问他：“我们什么时候买的这机器呀？”

“哦，别问这个，没人知道，”拿答激昂地说，“重要的是它修好了，修好啦！你看，”他指着出谷口上蒙的一块瓦楞纸板，它拉伸了谷子从筛出到进桶的距离，“这是我弄的，现在谷子刚刚好能掉进桶里，怎样？”

“好酷。”这个评语我是跟马克学的。

“我去弄花儿啦。”拿答说，“你筛多少是多少。”

弄花儿？什么花儿？他往厨房外边走去，好奇心促使我背对着机器，出了一小会儿的神。

“里奥——”

哈，我才刚转回身去，拿答便像一只如丧考妣的鹞子那样俯冲回来。“哦，不！不！！”他扑进地上的桶里去看了一下，然后使劲敲打自己的脑门、鼻梁，把白粉拍到了喉结上。他捏出了几片谷壳，捻在手指上给我看，我花了半分钟才顿悟到：筛谷机折腾了一阵谷壳和谷粒，然后把它们一起放出来了。

拿答神经兮兮地敲打筛谷平台对面的风门，将门上的活板打开。这活板太活了，机器一颠就掉下来，挡住了出来的风，他设法将它调整到一个摩擦力最大的角度。电源重新开启，风门里蹿出的大风把筛谷台上的谷壳吹了个天花乱坠，谷粒则奋力跳动着，一个个掉到了出谷口。隔着疯舞的谷壳和让人听了想死的噪音，拿答张大嘴巴冲我吼叫：“怎样？ Is it a good job? It’s interesting, right?”

“RIGHT!!”

拿答跳过来，跟我击掌。

汤勺掉进了大桶里，我正要去抓，一只肤色黧黑的手抢先把它捞了出来。拿勺子的男人朝着我看：“里奥？”

“塔尔！你怎么会在这里？”

“我带着我的学生来，搞个 seminar。”

塔尔一副疲态，他本来就是个不怎么起眼的犹太人，一累之后眼角和腮帮子一起下垂，头发则很多天没有打理。他身后站的三四个女孩，一见塔尔跟我说话，立刻点头示意。她们都是金发，面如傅粉，唇若抹朱，可是，我无法克制自己不去看她们鼓胀的胸脯和系得老高的罩裙，那两个部分的比例和位置都不太对劲。

想想克兰塔来的那天，她眉飞色舞，身上的每一个部分都在抢着说话，塔尔的这几个女孩正相反，她们眼睛无神，气场是缩着的，摆出防守的姿态：把空盘子侧着挟在腋下，像是要挡住不友好的目光，脚面上的肉从鞋的一个个缺口里鼓出来。

相比于无人问津，女孩子恐怕是更愿意被那些头发油腻、两手插兜、成天闲晃的男人吹一声口哨的吧。塔尔的姑娘们一定也曾这么梦想过，可是，她们能走完一个过程——学习，社交，谈恋爱，工作，婚育——已是相当幸运了。她们早晚要遇到最残酷的真相，或许现在已经有了感觉了。加入一个青年小组，可以让痛苦的战斗缓一些到来，可以帮助她们学会合作，却解决不了最关键的问题：改变她们其貌不扬的事实。

不管塔尔如何否认，我都认定他的小组本质上是为救助边缘人而设的。“好吧，”塔尔说，他看了看他的学生们，她们在草地那头聚成一圈，像一群笨重的、互相取暖的大白鹅，“这是我的工作。”

“你可以让他们在内奥·茨马达多待一阵子嘛，这是个能……能改变人的地方。”

我迟疑了一下：我真的是这么认为的？

塔尔传达了罗坦姆的惦记。我刚刚感到几分喜悦，想同他开始叙旧，他就被叫去谈这几天的访问感想了，两只小黑猫噌的一下蹿了过来舔吃他遗下一半的餐食。然后，我看见约海尔远远地朝我举起了手。

我们坐到凉棚下。那里有一棵很大的椰枣树，似乎是个观赏性品种，一大捧红得发紫的果实挂了下来，像猴子的睾丸一样。人们不断地走来走去，把切成刀形的炖土豆捞进自己的盘子里。约海尔留着一头内涵丰富的波西米亚鬈发，浅浅的微笑，横纹汗衫被细风吹得一浪一浪，让他那边缘人的神态更浓了。几乎可以断定，他也是那种只为暂时落脚、随时可能走人的编外人员。

“约海尔，说说隐哈律的事吧，他们为什么‘离婚’？”

“OK，”他欠了欠身，“这个国家是被意识形态所推动的，连家庭也逃不掉。1953 年，隐哈律不止一对夫妇离婚，都是因为苏联的关系。结婚三十多年的老夫妻，一个支持苏联，一个反对苏联，怎么都谈不拢，两人就坐下来讨论是不是还能睡在一起。”

“真有这样的事？我还以为是小说家虚构的。”

“犹太人都是顽固派——所有的犹太人。他们在什么地方都 stubborn，特别是政治上。”

要理解以色列，需要历史知识，更需要想象力，正义感是最没用的东西，只会让你掉进新闻苦情戏的深渊里。“我知道这样说会简化一些事情。”约海尔说，“你看在内奥·茨马达，很少有人谈论政治，这是个非政治、非意识形态的农庄，甚至连劳动都不是这里的官方信仰。内奥·茨马达还是属于我这一代人的，我比我的父母要物质得多，我父母都是意识形态顽固派，社会主义理想是他们顽固的信仰。”

“他们没有离婚吧？”

“没有，幸好他们不在隐哈律住。我的父母亲那时每天都在议论苏联的事情。苏联不是我们的朋友，但有一种对我的父母亲而言非常特殊的意义。他们有一个神，不是上帝，是一个世俗的神，在大清洗、大审判、大恐怖之后快要倒塌了。他们必须作出选择。隐哈律那里的人就无法解决这个问题，不是说信仰自由吗？不，信仰不信仰犹太教无所谓，信仰不信仰苏联就很要紧。隐哈律人为以色列要不要跟苏联继续好下去而争吵，好像这几百个人就可以决定国家的前途一样。”

当年与奥兹、A. B. 约书亚一同面见拉宾的四文人中，哈伊姆·古里已经年近九旬了，他威望素著，作品的引用率很高。前几年，古里先生写过一篇文章，心痛地回顾以色列曾经的崇苏热。他提到了以色列社会主义政党的领导者莫迪盖·奥伦，此人曾支持苏联，后来却被苏联审判。古里怨恨道：“连这种事都发生了，以色列人还在争论到底要对苏联采取什么样的立场。”

古里先生直斥这是乡愿，那些以色列人不敢承认自己被一贯笃信的东西骗了。马克思主义者，例如我认识的阿基瓦·奥尔先生就说，不管你怎么讨厌苏联，它的确是以色列建国的最大功臣：“本-古里安宣布建国才过了两天，苏联就表示承认，后来，以色列打赢独立战争是靠的捷克斯洛伐克那里运来的战斗机，在那个时候，没有苏联的要求或允许，捷克斯洛伐克是不可能擅自卖给以色列军火的。”但是，古里有不同的意见，他认为，苏联的支持，是因为斯大林看中了以色列国内有大批的亲苏分子，这些人非但无助于国家走上正轨，反而以乡愿和自欺欺人败坏了国家的团结。古里说：“隐哈律内乱的时候，我先父在敌对的阵营之间奔走协调。有一天，他声嘶力竭地对我说：‘他们在对自己做什么？！他们又在对我们做什么？！’”

“约海尔，”我说，“我一直想问个问题。”

“请讲。”

“你有没有觉得很多情感被夸大了，或者说，你们过于认真了？

比如说，一个基布兹分成了两个，这件事真的有那么严重吗？”

约海尔默然了一会儿。“听着，”他说，“我们是一个小国，所以我们会把更多的注意力放在人上，而不是别的地方，财富啊，城市啊，商品啊什么的。”

“我感觉在这里，比在我的国家更加关心一个人受到了伤害。”

“给你举个例子，”约海尔说，“我最近新拍的一个纪录片，主人公是三个极端正统派犹太教徒，他们去学现代舞——你吃惊了吧？你能想象那些整天去海滩和游泳池都不脱衣服的人，会去练现代舞吗？这三个人学舞的动因各不相同：第一个人，她的朋友在黎巴嫩战争中战死了，她学习的宗教理论从没告诉她，遇到这种情况该怎么办；第二个人，她怀疑犹太教义里说的‘身体轻如鸿毛，精神高过云天’有问题，因为她感到身体不是因为你的忽略就会变轻的，于是她去跳舞，想发现自己的身体……”

“听起来很有趣。”

“我想打破人们对极端正统派教徒的印象，他们不是实心的，他们也有自己的受伤感，而这种感觉是一般人都可以理解的。”

“这跟隐哈律有什么关系呢？”

“不明白？你必须关心人呀！”约海尔叫道，“这个片子就传达一个道理：个体的情感比什么都重要。从意识形态教条产生的感情早晚都要破的。将来的人们不可能因为基布兹分裂、瓦解而伤心了，让我们伤心的是：在基布兹分裂的时候，我跟我的好朋友分手了，我不再去放牧牛羊了，集体农庄都变成公司了。”

以色列人曾认为，基布兹是自己贡献给世人的最好的东西。20世纪有三大“集体生活乌托邦”梦想：第一是埃比尼泽·霍华德倡导的田园城市，第二是苏联的城市化改造，第三就是以色列的基布兹。田园城市梦后来变味了，它被资本家相中，变质成一个商业投机的新领域。苏联的事就更不必说。基布兹的梦持续至今，但也已经一半进了博物馆，名义上，那百分之五的国民仍旧维系着共同生活的梦想，可是集体所有制基本上名存实亡。

我把我所知的都说给约海尔听：隐哈律刚分裂的时候，Me'uchad 比 Ihud 更激进，更亲苏，但讽刺的是，后来 Me'uchad 率先蜕变为私有制，而 Ihud 却仍然保持着集体农庄的公有属性，继了大统。这是泽埃夫告诉我的，他称之为“巨大的讽刺”。

“什么都在变，”约海尔说，“一个村子，二十年前还是世俗的，二十年后变成宗教村了；定居点一会儿撤掉，一会儿又造起来了。你知道吗？六十年前，以色列要同德国和解，拿一大笔赔款，本-古里安一下子就从‘国父’变成民族罪人了，当时多少人骂他呀！你看现在，德国是以色列在欧洲最好的朋友——当然，德国也是伊朗的好朋友。”

“每个人都跟我这么说：这个地方什么都在变。”我说，“但是，政府好像总在告诉人们，我们已经是最好的了，再努力一下还能变得更好。”

约海尔哈哈大笑：“政府也害怕啊，害怕我们的年轻人跑到外边一看，才知道特拉维夫不是纽约，埃拉特也不是拉斯维加斯，海法的海滩可能是环地中海所有的海滩中最丑的一个。犹太人，阿拉伯人，宗教的人，世俗的人，没有一个以色列人不曾为了什么事情而幻灭过，没有一个。”

承受着傍晚酷热的路口小雕塑，似乎也寓有靠着拼拼凑凑创造出一个工业社会的涵义。

Day 23

逻辑

关于星期二，再说两句。我见到了七、八年级的孩子们。他们正开始在少年俱乐部的屋顶上加盖一层自己的娱乐室。这是孩子们给自己设计的夏季项目。玛扬和尼灿当然也参加了，我有一种浑身带劲的感觉。生活是统一的：家庭、教育、工作、有形的空间、愉悦和爱，都统一在物质之中。

谢谢你们，谢谢你们的存在，倾听，谢谢你们给我以机会让我打开一个视角，并与我生命中的丰赡相连。

连续九天，约瓦尔每天写一段日记，现在他写完了，就在食堂门前的广场上，当着四十多人——大人，孩子，社员，志愿者，懂和不懂希伯来文的人——的面朗读了起来。

弥天的星斗，奔跑的小猫，萦绕在钠灯周围的淡淡的光晕，攥在我手里的空水杯，杯壁上还留着羊奶的残迹。很多天没有见到的达尼埃尔又出现了，他换了一条头巾，克里丝蒂娜贴着他坐，我模模糊糊地看到了萨拉的侧影。坐在我身边的人是阿尔农，每听两句话，他就在我耳里小声地嘀咕着。霍尼回过头，食指压了下嘴唇，阿尔农不作声了。

这群听众永远不会鼓掌，因为，他们随时都在向别人表示尊重和感谢。约瓦尔朗读时，我想他已经从人们的沉默里收集到了足够的谢意。我听得出来，他的日记里掺杂着各种只有内奥·茨马达人才能懂的小趣味。

霍尼悄悄把上身后仰成一个钝角，我赶紧弯下腰，就听他说："过一会儿我去跟达莉亚说说，看能不能把稿子借出来给你，这是一份很难得的日记，很理性，很清楚。"

霍尼确实有时会说一些外交辞令，显然，他和阿娜特都对维护农庄的对外形象负有责任。听读会结束后，他果然替我拿来了约瓦尔的铅笔手稿。"我们很久没有这么好的日记了，"他说，"你来翻译吗？"他把稿子交到阿尔农手上。

阿尔农一如往常那么反应迟缓，他仔细看了几分钟的稿子才回答："我来翻译，不过，里奥，我更希望能把译稿读给大家听。""大家"是指我们这些不懂希伯来语的志愿者，就这几天的工夫，一个丹麦人、一个波兰人和一个德国人让"大家"的阵容更庞大了。

今天上午，我们椰枣园团队的总领班是乔什。吃早点时，他用一顶帽子盛着无花果，递给我们挨个拿了一轮，我们就着头皮屑有滋有味地吃。

"劳驾，给我拿一下'特希纳'。"

"特希纳"是芝麻酱，它已经成了农庄里最让我迷恋的食物。稠度完美，黏性适中，流动的感觉像液体巧克力，我用它润湿每一道冷盆和所有面包，把香菜染成一只只泥乎乎的小手。虽然前几天宣布了减少芝麻酱供应，但它就藏在厨房里，只要多走几步还是拿得到的。在椰枣园干活时，桌上也总有一小坛芝麻酱，现在，一个圆脸姑娘正在拿它独酌。

没人说话。

“劳驾，给我一下‘特希纳’？”我又说了一遍。

人们专注着手里的活计，阿维克多和乔什互相看了一眼，埃德温笑笑，伊斯迦说：“你就别吃了，这是素食者才吃的。”

又是一条新规矩，每天我都会了解到两三条不成文的规矩。在食堂开会宣布早餐停止供应芝麻酱后，我发现还是有些人会跑去食堂里，那里总是摆着满满一大盆芝麻酱供人自取。现在我才明白，那是给素食者吃的，杂食动物最好自觉地离远一点。我只好用叉尖挑了很多香蒜酱到自己的面包上，香蒜酱在希伯来语里叫“斯互格”，也很好听。

饭后，收盘子的收盘子，煮茶的煮茶，乔什让我跟着他去掩埋垃圾：在沙地上撬一个坑，把垃圾桶口朝下颠两下，眼前立刻腾起一阵黄雾，混合了小飞虫、沙子还有那些已分解的食物残渣。在农庄这么久，我还真没看到过什么会引起心理不适的场面。

餐后的聊天会上，乔什说了句让所有人发笑的话：“你们知道吗？在这个基布兹，至少有两个人认为把麻袋套在枣子上面是浪费时间。”

“你说什么？”埃德温问。

“我是说，有些人认为我们弄枣子是白费工夫，”乔什重复道，“并且，持有这个看法让他们心情不太好。”

“这个让我很感兴趣。你看，”乔什接着说，“这不是玩笑，他们觉得我们可以对枣子做些更有意义的事情，而不是给它们套上袋子。而对我来说，是别人决定我得来这里套袋子，所以我一边在做，一边就可以评判这个决定。但要是有一天，决定权交给了我，我想情况不会有什么两样的。有些东西在我的脑子里生了根，我想，这就是所谓的陈规旧俗吧：你可以解释这件事为什么是浪费时间的，但是，谁知道，也许整个人生本就是在浪费时间。这不是玩笑……”

阿维克多说话了：“这个话题我还闻所未闻，我想不在乎持这种观点的人是两个、三个、五个还是更多。我也不把你说的观点看作是很个人的观点。我想延伸这个题目。

“如果你要说服我，我们得这样做而不是那样做，你必须有很好的理由。为什么呢？因为我还没有被说服，也因此我还没有准备好对你的观点开放，我是消极的而你是积极的。我会问：为什么？我为什么得这样做？像你说的，为什么我们要浪费精力呢？啊，整个人生就是一场浪费。我们要进入一个新的阶段，一个不一样的阶段。世界上大多数人工作，然后休息半小时，然后回到一起，继续工作，如果不这样，他们就会被踢出去。你知道这一点，所以他们去他们那里，你却来到我们这里。这个地方是不一样的，哪里不一样呢？我们先吃饭，再谈话，然后我们回去绑麻袋。”

布谷鸟在叫唤了，叫声听起来像是：“逻辑哦！逻辑哦！”

“好，如果大家听我的，听我说我不懂的，也并没有计划，也没有人曾问起我的事，那么我就要处理一个很显然是全新的概念。那么好，我首先要做的，就是改变……”

“我没说要改变，”乔什插嘴，“我只是提出问题。”

“好，好，那么我们剩下的事是什么？是成功地说服你们吗？瞧，你们在说着话，而我在听着，我不需要提出我的意见来，让你们都听进去，那么，我如何必须说服你们呢？你们想被说服吗？如果我说‘我爱你’，你会信吗？如果你信了，你的信来自哪里？是来自我的说服吗？”

“不。”

“真的？那么怎样才能让你信呢？”

有个女孩子发问了：“我们到底在说什么？”

短暂的沉默。我们的谈话不知不觉被引入了一个初级的“塔木德”式诡辩里，阿维克多连续发问，白发抖动着，他的思维正在以前所罕见的惯性加速冲刺进一片概念的沼泽地里。

“这是一个好问题，”阿维克多说，“世上有很多好问题，我们必须搞清楚，为什么一个问题可以成为问题。如果你在讨论中提出这个问题，人们就会问：我们在做什么？我在这个讨论中起什么作用？我想要搞明白这一点。所以，我把所有人都引入这种思考之中。我不想坚持说这是好的，那是不对的，这不是讨论的方式。”

埃德温说话了：“我想所有问题的出现都是因为我来自这里，来自内奥·茨马达，我看到机械性的谈话。哦不，在内奥·茨马达，有些东西以不同于别处的方式在运行，可是我想，也许跟别人的行为方式完全一样。”

“所以，你想说的是？”

“没准机械性来自我自身，我不知道。”

“不全是这样，我们在自己身上发现了机械的那一部分，那是因为我们都是按照习惯来行事的人。这就是我们，生而为一个机械的人，我不必思考我在做什么，因为我每天都能看到太阳和月亮，对吗？”阿维克多说。

我点头，认为他的思路开始清晰起来了。

“我看到太阳升起，这就是了，我不必非得去想别的可能性——这就是我之所是，我就是据此来思考、来说话的。

“好了，现在我的问题‘我们在做什么？’进入这样一个环节：我们想不想延续机械性？我们想不想放下手里的活儿，说：哦，我得想想了，我可以有变化吗？我可以不机械吗？”

“不行。”埃德温干脆地答。

“不行！”阿维克多眼睛发亮，“我们做不到，但是我们必须理解这一点，我们要接近它，熟悉它。机械主义，这是个很严肃的问题。对了，对话帮助我们观察它，和它共处，在它之下，可以不受嘲笑地犯些错误。我们可以在任何地方对话，别人问，你们说的是哪儿呀？就是这儿！我们可以大声地说出来：我们是机械的劳动者，同时我们也想做另一种人，去看看是否还有别的可能性。这就是变化，而我们的对话，我想是这种变化的中心所在。”

这群听众永远不会鼓掌，他们随时都在向他人表示尊重和感谢。

Day 24

目 光

连续三天了，每天我们在椰枣园里重复着同样的工作：找到果枝，梳理果实，打开麻袋把果实套上，用绳子系紧袋口，在袋底保留一个出口。现在，我们可以从地上都看到自己的工作成果了：一棵棵椰枣树都打上了好多发髻。

我的农友每天都在更换，丹麦女孩布琳来过两天，阿诺奇卡来过一天，今天，我跟新来的德国志愿者胡贝尔搭档。只看外表，我就猜出他是东德人，他个子高大，才二十一岁，眼角边就由于用脑过度而早早布满了鱼鳞一样的皱纹，胡子也剃得犹豫不决，形状很怪异。我们边走边聊，我凭着记者的本能问了他一个敏感问题："柏林墙倒塌二十周年纪念的时候，西德人在商量是否要把墙重新竖起来，你对此怎么看？"胡贝尔激动地挑起了眉毛："真的吗？我还没见过这堵墙什么样呢！"

9 点钟，我们收工坐下用早餐，取出餐盘，挨个打开装食品的大箱子。阿维克多和伊斯迦他们交头接耳了几句，互相点点头，随后，阿维克多宣布：他们昨晚又开了一个会，"农庄里传达最新的精神，我们在早餐时尽量不要说话，餐后谈话也改为眼神交流”。

出什么事了吗？农庄的头头脑脑们认为现在这首怡乐的田园牧歌还不够动听？创建农庄的人是一群聪明得不可理喻的人，他们能在荒凉的沙漠里建立一个共同体，能找出足够支持二百来人日常用度的生产模式，还必须保持近乎清教徒共产主义的道德生活——而且他们还没有宗教信仰。虽然在食品厂见证了几次尴尬——比如，那台脾气乖戾的流水线加盖机曾经让总负责人都束手无策——我对他们仍是真心崇拜的。可是，看来他们还是想做得更完美一些。

服从是没有二话的。世界立刻进入了百分之百的静音模式。我们一共九个人，除了刀叉切斩、磕碰盘子的声音外，我们的耳朵里只能灌进布谷鸟和喜鹊的叫声、风声以及自己嘴里咀嚼的动静。我们像一群哑剧演员在按照职业习惯体验野外生存。

我坐在桌子的最右，斜对面是伊斯迦，她的跟前放着半瓶橄榄油。我切完最后一片白菜叶后就拿眼睛看她，先是瞅，接着改为凝视，手上的动作完全停了下来，我连她耳垂上穿的洞眼都观察到了，然后，我又开始像日本卡通片里的小贱人那样快速忽闪眼睛，不断调整目光，时而凌厉，时而缱绻，可是，伊斯迦始终出神地注视着她手里怎么也吃不完的面包。我只得继续切盘子里的菜，把洋葱切成糊，把白菜切成丝状，伊斯迦仍然不往我这边看；我又抓过手边的两根芝麻菜，切得像泥一样恶心，伊斯迦的嘴还在专心地蠕动着；我又把盐瓶子举起来，这一次，我的搔首弄姿得到了响应，除伊斯迦外的所有人都看了过来。我让橄榄油跟盘子里的泥淖混合到一起。

胡贝尔朝我这里看，举起两手，相对左右一拉，我心领神会，递给他一根胡萝卜，他频频摇头，我给他换了一根黄瓜拿去。芝麻酱的归属权在沉默状态下得到了进一步巩固，昨天那个圆脸姑娘将它心安理得地据为己有：没人跟她抢。

我们互相点点头，都站了起来，一言不发收拾各自的盘子。伊斯迦在树荫下的水池里洗所有的用具；阿维克多拨拉着炭块，把茶水煮得嘶嘶响；其他人清理桌子；我去埋垃圾，乔什从我身后过去，到林子边缘，面向约旦那边的群山站稳，一拉开裤门，尿液坦坦荡荡地就喷了出来。

杂务干完，聊天会开始了。我们在麻袋包之间坐下，圆脸姑娘本来就话很少，现在她干脆一横身卧到了一边，拧过脖子，转动着一对活像马达加斯加狐猴那样的水灵大眼。胡贝尔第一次来，他十分享受这种不用说话的环境，大概刚好可以测验下自己的城府。乔什坐在我对面，伊斯迦和阿维克多分坐他的两边，埃德温，还有两个叫不上名字的人，也都散开坐下。

谁也不说话。我看着自己的脚面，那双帆布球鞋容颜不再，自从踩了粪肥，又在一大盆洗衣水里泡了半天之后，它们就显露出在机关待了几年的人那种混浊气短的模样来。在洗衣房里，洗衣机只有在恰好装满之后才能启动，我自然是赶不上那个点的，只好给脏衣服写上名字，按颜色分别丢进相应的木格子，等待某个我不认识的人来处理。缺衣服穿时，我跑去洗衣房，但那些格子总是满的：衣服还在那儿，像个刚刚破门的球员那样被更多的衣服压在了下面。可是，再过上两天，总会有人设法在食堂或别的什么地方找到我，还装作是偶遇的样子："哈，这不是里奥吗？去洗衣房把你的衣服收起来吧。"

事实再次重申它自己：以色列是不会犯错误的。洗好的衣服散发出暖烘烘的气息，仿佛食堂里的那种气味转换成相应的温度附着到了衣服上面。

洗衣房里看上去乱糟糟的，架子上、台上、箱子里，衣裤丢得就像大流散时候的犹太人，靠墙的一个昏暗的小桌子上扔着两支用得很旧的黑水笔，笔头都长出了鼻毛，还有些布片和一个破塑料盒，装着几根很适合用来撬锁的钝头针。我必须用这些东西给我那几件无处写字的深色衣裤（包括一条在拿撒勒买的普蓝色大号纯棉弹力内裤）配上标签。这当然是一件很让人不爽的事，所以，大约前两个礼拜的某个夜晚，我问达尼埃尔有没有工作装可以穿。

“Come on.”

达尼埃尔领我到洗衣房隔壁的一个黑洞洞的铁皮屋里，推开门，拧亮了灯。这屋子里挂满了贴身穿的衣服，男款女款的都有，更多的是不分性别的，地上的箱子里堆了成堆的内裤，有几副吊带肚兜挂在箱子边上，只是没有乳罩，让人略感遗憾。达尼埃尔到挂起的衣服里翻了几下，取下一件前襟外翻的深蓝色连衣裤给我：“看上去这件合适。”

我穿进一条裤腿，大腿立刻卡住了。“不行，这是女孩子穿的。”

“胡说，我就可以穿。”

达尼埃尔踢开裤筒穿上了下身，裤管太短了，两截长长的脚脖子露在外边。他的大腿还不到我的一半那么粗细，屁股小得可以忽略不计。“你看，”他得意地扭着胯，“这就行了。”

“这些都是公用的衣服吗？”

“从村子建成以来所有的多余衣裤都储存在这里，拿你想要的穿就是了。”

我捡起一条比一个口罩大不了多少的豹纹内裤：“这也可以吗？”

“Sure!”

可是我更喜欢看到它穿在女人身上。

不管怎样，这间储衣房不止让我见识到共产主义式的浪漫和经济。什么是人味？想想一个人每天要给自己周围带来多少垃圾：每一分钟你都有五十多万个细胞死亡，它们的尸体沾在你的衣服上，在你伸手到后背挠痒痒的时候和数百根体毛一起掉到地上——这就是人味的来源。贴身衣裤不间断地沾满了这些物质，所以穿别人的衣服就等于是在融合不同的味道，就像在自然界里，某些雄性哺乳动物会找到另一群同类留下的尿迹，打个滚抹在自己身上，从而无缝融入那个圈子。

内奥·茨马达鼓励人穿别人的衣服，也留下自己的衣服给别人穿，这种大概在原始部落里才会通行的做法其实一点也不原始，但是大多数现代人都更看重卫生和隐私，而且认为，只有没能进化到顶端的灵长目才整天同吃同住，成群结队地晃来晃去。

现在我开始体验另一种交换和融合：我发现乔什在看我，他的眼睛将一种奇异的神采喷向我，好像在说什么——“嗨，你背心穿反了”？不是；不是好奇、惊讶、嘲笑这么简单的感情，倒像是拿我的眼睛当镜子，照他自己那满是胡茬的上下颌……他竟然还在笑，无端地、一声不吭地看着一个人发笑，他不怕挨瞪吗？我不能瞪他。我也得回报以同等的对视和微笑，我真没有过这么长时间对一个人无语地凝视……然后，伊斯迦的眼神加入了进来，我立刻回敬以自己的眼神：我一直想好好看看她。伊斯迦不是典型的地中海女子面相，倒有一点俄罗斯冬宫血统，热情似火的大家闺秀，算不上一等一的美貌，但是我敢肯定，每个爱上伊斯迦的男人都会认为自己很识货；她过去在飞机上当班，她一定是那种被摸了大腿后不声不响，回头给那位旅客递一杯掺了鼻涕的饮料的空姐。我尽量控制感情，像一个坐怀不乱的艺术家那样看着伊斯迦，看她从我这里收集必要的信息。要不是阿维克多把脸转向我，我大概都可以征服她了。

这场游戏持续了不知多久，一道道目光在一对对脸之间轮错对射。卡洛斯·富恩特斯，我喜欢的墨西哥大文豪，曾说“懂得待在一起什么也不说，是友谊的一种高级形式”，我想还不止如此；定睛细看一个不说话的人，比边说话边看能有更多的发现，因为我面对的那个人是敞开的，没有躲在语言和相应表情的遮蔽之后，也没有拿一时的情绪来引导彼此的交流。所有不安分的神灵这会儿都悄没声儿地退却了，被水泊包围的孤独的要塞缓缓放下了四面的吊桥。农庄总在强调把工作与休息融为一体，但看起来，他们还有更大的野心，要让独处和共处也变成无法区分的两种状态。

跟阿维克多一起来到岗位上时，我还在琢磨着刚才的发现。

我们的那台高空作业车已经在开动了，操作台上有两个细长的影子。苏丹兄弟已经到岗了。他们都是来自达尔富尔的土著黑人，前几年种族冲突爆发后不堪忍受，跑到以色列来挣条活路。以色列的黑人主要是埃塞俄比亚犹太人，这一族群的移民始于 1985 年的“摩西运动”，但至今，这些拥有公民权的犹太人还是不容易被阿什肯纳兹和塞法迪们接纳，他们做着底层的工作：清洁工、流水线配件工、商场保安、公交车司机。这些苏丹人则是纯打工族，皮肤要比埃塞俄比亚人更黑，不过普通人分不清楚，也没有兴趣分清楚。

这两位黑兄弟很招人喜欢，他们具备劳动者的一切美德：能干、勤奋、憨厚。他们异常灵巧，好像只要一使劲就能蹿到树冠上去。而且，他们的幸福看上去来得非常容易，每天教别人一句阿拉伯语，他们就能活活快乐一整天的。阿拉伯语里的“谢谢”发音是“孰可忍”，我学会之后自己都乐了好一阵。

草绳用完了，阿维克多和我一起去枣园的仓房里。乔什开来了辆小货车：他们那里缺少的是麻袋包。我们先合力把货车堆满，乔什咕嘟咕嘟地把车开走了，然后，阿维克多才找出来一卷纺锤形的麻绳，又粗又长，像所罗门王的权杖。

仓房外的地上放着一个满身锈迹的铁架子，中间一根垂直的转轴，上面套着个转轮，长着三根冲天的铁枝。现在犹太国的两个民族符号，一是六角星，二是七枝灯台，都是可以用几根铁丝弯成的简单造型，于是我问："这是灯台吗？"

"呵呵呵，看着。"

阿维克多把绳头抽出来，系在转轮上，接着转动铁枝上的横把。"你替我拿稳了线轴。"他说。轮子越转越快，草绳一圈圈紧紧地捆在了三根铁条上。一分钟后，阿维克多停下轮子，找来一把刀口严重磨损的砍刀，将绕得厚厚的绳子锯断。我把那一团切好的草绳捆到了腰上。这是一桩十分费力的活儿，干完之后他把刀丢在一边，不停地捏食指和拇指相接处的那一块肉，眉毛在脑门上推起了一片皱褶："里奥，你看到了，这些事情都得我们自己做。"

我扒拉着绳圈，这东西不比过去练双杠时腰里的杠铃片轻多少："可是你觉得很有乐趣吗？"

老一辈的以色列犹太人，都像泽埃夫那样深情款款地回忆往事：亲手种下一棵一棵的桉树、松树和桑树，亲手搬运一桶一桶的土和水泥，亲手打地基、砌墙、铺路，从咸涩的橄榄里汲取营养，饮用辛苦酿得的蜂浆作为难得的甜蜜时刻，即使累折了腰也得死死挺住……

但做这些是为什么呢？是为了有朝一日可以不做这些工作，为了把体力劳动交给，比如说，我身边的两个苏丹人吗？一种激情很难理解另一种激情——把“激情”换成“幸福感”也一样：犹太人把自己的国家经营起来，体力劳动就渐渐转由少数民族去做了，在孩子的记忆中，吃身体饭的都是那些明显和自己长得不一样的人——阿拉伯人，黑人，或是那些脸上飞着两团高加索红晕的俄国农夫。孩子们难以理解，老一辈人谈得上什么幸福感。

我曾读过一篇埃塞俄比亚犹太移民的回忆，作者说，在埃塞俄比亚时，他和他的父母都活在一个美好的神话之中：我们就要去一个遍地黄金没人捡的国家了，那里到处都是天使，他们欢迎我们加入进来。移民之后，他们才发现，人们首先是通过肤色来判断“我和你”的关系的。“也许在哪里都是如此，别人对我们最好的态度就是同情，其次是‘别靠近我’，”他写道，“我母亲去做家政，给别人家做保洁员，她不敢生病，她说：我一生病就要丢工作。但他们却愿意让自己看上去样子差一些，特别是在上法庭的时候。”

我真心觉得，内奥·茨马达的苏丹雇工挺幸福的，他们的雇主同他们一道干活，目光和善、均匀，毫无索取的意味。这里的平等感泽被外人，没有人需要靠高人一等、靠指唤他人干这干那来获得优越感。

阿维克多拿起绳轴抽下一段绳子：“我们还是不要靠空洞的东西来活着吧。我不是犹太复国主义者，我认为，我们对土地的需要超过了土地对我们的需要。你看，我们欠土地一些东西，劳动是为了补上这一块。”

“你过去的职业是什么呢？”

“年轻时候我是个教师。”他把绳子拴上去。

我说：“我不讨厌安静，沉默，但是我需要过有文化的日子，而且我相信一点：只有闲暇才能产生文化。”

阿维克多露齿而笑，很像是某个西部片里，主角在酒馆里掏出枪药研磨时的那种“哦，谁也别拿无干的事儿来烦我吧”的表情。“文化？我人生最不缺的就是文化。我在可能是全国教育最好的家庭里长大，上的全国最好的大学。（‘希伯来大学？’‘不，海法的Technion。’）我年轻时候就是在交响乐、戏剧、雕塑、画画和读书里过来的。以色列最好的交响乐团的演奏我听了无数遍了。”他用空着的那只手比划了一下指挥的样子，“文化，哈，我来内奥·茨马达就不是来追求文化的，我需要听音乐时，就开收音机”。

“可是，”我轻轻地、带点冷笑地说，“你的生命变得简单了，你以后恐怕连回忆录都没啥好写的。”

“写书？”阿维克多说，“写书的人是为什么写书呢？每个写书的人都觉得自己写的书是人人必看的，每个写书的人都认为，自己的书应该成为必读，应该被每个妈妈在夜灯下读给孩子听，或者被学者和政客们开会讨论。但是，结果是什么呢？你收集了一架子又一架子必读书。在市场和各种商品里，书是唯一用完之后不会有任何变化的。它活得比你长久，一般人在死前都来不及烧了它们。

“我父亲也写了一本回忆录。如果每个人都想写一本回忆录，并且也都让其他人读到的话，那么我们每个人的回忆录都是这么写的：‘我记得有一天，我读到了某某人的一本回忆录，他回忆说，他记得某某人的回忆录里回忆过这样一件事……’”

他让我掌管转盘，绳子嗖嗖嗖地绕了上去，在拥有世界驰名的先进技术的以色列，这位从专门培养高科技精英的学府Technion（以色列理工学院）毕业出来的阿维克多先生，像委拉斯开兹笔下的纺车工一样，安之若素地操作着如此原始的机械。

我到了他这个岁数，不知会不会也同他一样，把关于高雅的记忆存入档案，去简单而雄健的自然循环里当一个摇车的人。

绳子积得差不多了，我松开手，看它凭着惯性旋转。我问阿维克多：“这是 spin 吗？”

“Spin？是的，怎么？”

我说起了安息日晚宴前西蒙告诉我的 spin。阿维克多作出了最寻常的反应：“你很喜欢这首歌？”

“更喜欢这个词，”我说，“我查到一段文字，spin 比我想象的要复杂得多了。”

“说说看。”

我趔趔趄趄地讲了一番：除了“高速旋转”的意思外，spin 还表示“蜘蛛结网”。这两个意思之所以统一，大约是因为在古代，人们相信人的命运受月亮的潮汐所控制，当他们看到晴朗夜空里的蜘蛛网，就认为这是月光的颜色，而人的命运，就像猎物落入蜘蛛手中一样掌握在月光的手里。“所以，我想那首歌大约是咏叹命运的，旋转的命运，起伏不定的命运，同时又是受犹太人的上帝约束、控制的命运。”

“嗯，嗯，嗯，”阿维克多说，“为什么要琢磨这些？”

“我想接近犹太人的灵魂，”我说，“你信么？”

“你最好去趟耶路撒冷。”阿维克多说。他握住绳子的两端，我挥刀猛砍，然后咬紧牙关拉锯。绳子一绺一绺地断开，而汗水也把两眼都给淹了。

正午又快要到了。人们重聚到一起，伊斯迦，胡贝尔，经过早晨那一场对视游戏，我觉得他们的样子都有一些变化了。我们挨个上了车，我问：“还有多少棵树没有料理过？”

阿维克多发动了油门，高声叫道：“别算！算了你要绝望的。”

清晨，棕榈树影交叠的地方，渐渐出现了人影。

CROC

Day 25

背 叛

雅各在纸上写了四个字母：Lodz。“L”上加了一道左上右下的斜杠。“念什么？”

“‘洛——兹’。”

“错了，”他踌躇满志地说，“这是波兰文，念‘沃——吉’。”

“‘沃——吉’。”我跟读。

“嗯，我父亲就是在沃——吉当了一个基布兹的社员的。你想听他的事情吗？”

我放下笔记本，把眼睛从还没刮干净的盘子上移开，表示已专心听着了。

“我父亲是在波兰长大的德裔犹太人，住卢布林，我的祖父母我都没见过，跟我一起长大的伙伴没有一个见过他们的祖父母。我父亲有七个兄弟姐妹，一个死在了斯大林格勒保卫战中，另外有四个都送进集中营，从烟囱里升天了。我不知道是哪个集中营，估计是奥斯维辛，因为那里离卢布林最近。我母亲也差一点死在纳粹手里。1942 年的一天半夜，她在纳粹冲进家里来的时候躲藏起来，死里逃生。

“纳粹打过来的时候，我父亲从卢布林逃到莫斯科去了，在那里又被苏联人逮住了。他是个犹太人，德国人要抓，苏联人也要抓。苏联人没杀他，把他送到了北冰洋边上的一个劳动营里去，我父亲很有本事，逃了回来，回到莫斯科没多久又被警察抓了，因为警察搜他的身，在搜出的身份证明上看到他的名字叫‘Issac’（以撒，地道的犹太名字），这一次，他们把他送到了哈萨克斯坦的一个沙漠里，叫萨罗扎克（Sarozak）。

“劳动营不是监狱，监狱是有围墙的，劳动营没有，但是谁也别想逃，那附近什么都没有，你一逃就是死，没别的。可是我父亲还是逃出来了——他的求生的欲望比谁都强，路上能吃一切可以吃的东西：草，树叶，泥土……逃到莫斯科，他就遇到我母亲了，从乌克兰逃过来的，他们一起造假身份证，继续外逃。那时二战终于结束了，我父亲设法回到波兰，到卢布林一看，他就哭了：什么都没了，没有亲人，没有朋友，变成废墟了。

“他们商量了一下，就到了另一个大一些的城市，就是‘豪——日’，那时，犹太复国主义者已经在战后欧洲搜罗、组织幸存的犹太人了，在豪——日建起了一个基布兹，我父母一看，就都参加了。然后，我就是在那里出生的，是那个基布兹里降生的第一个孩子。”

“原来你是头生子！”我叫起来。头胎在犹太人社区里意义非常，简直是个神话，《蓝山》的主角巴鲁赫，他的舅舅亚伯拉罕就是村子成立后添的第一个娃，所以泽尔金对他说：当初，你“外婆的子宫中怀的是全村人的孩子”。

“是。那时以色列已经建立了，刚刚两个月，人们宠爱我，他们说：这个孩子是我们所有人的。当地的犹太牧师赶紧过来，给我做割礼。

接着，整个村子着手往以色列迁居，到那里建立新的基布兹，这个基布兹叫‘雅库姆’，距赫兹利亚很近。

“我说一件事，你知道我父亲当时是个怎样的人？他上船时两只手拎着重重的两袋法郎——是法郎，还不是共产党波兰的纸币。他是全村的财务总管，临走前，村委会委托他把基布兹的一切财物，除了衣物和织布设备之外全部变卖。他从波兰到法国，把东西全部变卖成更保值的法郎，然后带着钱，带着一个老婆一个孩子，从马赛坐船斜着穿过地中海抵达海法，来回花了三个月。这三个月里，基布兹都没有派人跟着他，他们相信以撒一定会到以色列来跟他们会合的。”

“他真的回来了。”

“是的，他真的回来了。在海法码头，大家看见他，看见他手里满满的都是钱，他们上去，拥抱啊，接吻啊，欢呼啊：以撒！你太伟大了！我们一家三口被挽留在海法一个月，不只是和我们基布兹的人在一起，别的新到的犹太人也都挽留我们，把我们请去做客，住在一起。我们都是兄弟嘛。

“然后，你听好，事情发生了：基布兹的乡邻们对我父亲说：‘我们还是在一起，太好了。不过，我们都没孩子，就你家有，所以，你是不是要考虑下这个问题？’”

“你父亲怎么说？”

“我爸爸问：‘这就不对了，你们不是都说，雅各是大家的孩子吗？’他们说：‘不，他首先是你的孩子，你有了雅各。可是我们基布兹是平等的，每个人、每个家庭平均分配财产，甚至衣服都是公有的，你穿了之后还会给别人穿。现在你们家要多分一份了，你认为这公平吗，以撒？’”

“所以，你父亲觉得……”

“觉得被背叛了。”

“是的……”

“我父亲当时就说，我要走了，我要离开这个集体。他不相信基布兹了，社会主义，在他心里成了一个负面的东西。我父亲后来说：一个共同体里怎么可能实现人人平等，怎么可能呢？除非每家一个孩子，否则，我必然要比你多占用一些资源。基布兹里盖了房子，长得好看的人，肯定要比长得难看的人更早分到房子，你和别人关系好，你就能得到更好的东西。有谁能改变这样的情况？”

雅各呷一口水，继续说：“工党搞的社会主义——我不知道中国什么样——失败了，搞不下去。败在哪里？subsidy（补助）。那么多基布兹都闹穷，为了补助它们，国库都空了。这公平吗？1974 年拉宾第一次上台，花了多少钱去补助那些基布兹，它们养了太多的懒人，这么小、这么贫瘠的国家，还养这么多懒人。一个全是基布兹的国家是没有未来的。”

“基布兹的人都说，利库德政府 cut 了他们的收入。”

“这就对了，”雅各说，“政府要做的事不是补助。如果要我给这个国家的性质下一个定义，我会说它是一种‘负责任的资本主义’，现在的政府在自由经济的游戏规则下活动。如果我要在加利利开一家店，我就可以开，政府除了保持规则，根据规则来保护我和涉及的他人之外，没有别的可做的。”

“雅各，现在你靠什么生活呢？”

“养老金。这个账户，政府是不能碰的，这是我的账户。政府不仅保护我的账户，政府甚至不应该让我感觉到它的存在。两年前，我查看了下自己的养老金账户，跟夏霓说：我存的钱够了，不用工作了。不过有些人不肯让我闲下来，下个月，我要去军队里给二十个将军讲领导力。二十个将军，你想想呗，要是其中有一个人觉得我讲得好，再把我介绍给他下面的那么多军官，我就能赚得更多了。”

* * * * * *

已是7月下旬了，雅各的课应该已经讲完了吧，这一单生意能为他赚到六千多谢克尔。当初，他的父亲要是选择留在基布兹里，恐怕他也不会有今天。适应了基布兹的人，可能一辈子都不能适应城市了，听候分配与差遣已成惯性，作一次完全自主的选择反而困难重重。

从1977年开始，梅纳赫姆·贝京的利库德政府着手改革，大批基布兹失掉了国家的财政支持，不得已实施改制。与此同时，基布兹家庭的联系也不如过去那么紧密了，去公共食堂的人开始变少，到了晚上，有更多的家庭把孩子接回家睡，而不像过去那样，让他们留在“儿童之家”跟其他孩子一起睡。

老资格的基布兹社员对集体主义社会那份纯粹、简质的留恋，时常令我心动，他们的的确确感到幸福，只需每日工作，不必考虑收支平衡、子女照管、学校教育——集体打理了一切。“组织让干什么就是什么，”用一个老太太的话说，“只要组织准许我在六天的工作之外有一天参加合唱或者练习乐器，我就欢喜得不行。”他们当然不喜欢梅纳赫姆·贝京，这个在雅各看来堪比里根和撒切尔夫人的优秀政治家颠覆了他们的生活模式，他们被迫坐下来讨论农庄的前途，被迫去银行填写平生第一张金融单据。

以色列在20世纪80年代终于迈过了消费社会的门槛，成了西方世界体面的一分子——尽管同富足的、稳定的、福利的一流西方国家之间还隔了至少一个也门的距离——基布兹的人们却深以为忤，他们恨不能查禁各家各户的电磁炉和电视机，把人们重新赶回集体食堂吃饭，到俱乐部里一起看电影。

在基布兹集体制的衰退大潮中，ATA 工厂倒闭了。建国后二十年是它的黄金时期，全国的裙装市场都是 ATA 的天下，衬衫、男式长裤、拖鞋也尽数为它所垄断。服装生产都是围绕着农业来进行的，所谓的休闲装，也不过就是农余或安息日在俱乐部里穿穿而已，甚至男人退伍后剩下的军装都能改做女装穿上。需求单一，创新便没有动力。ATA 公司从未想过做广告，也很少关心国际上的时尚，这使得“六日战争”之后，它在美国文化的进犯面前一败涂地：一张玛丽莲·梦露的相片就不知让多少穿卡其布的犹太女人羞愤欲绝。

跟恋旧的老人谈论集体经济低下的效率和贫困问题，他们会立即关闭头脑里负责逻辑推理的区域，转而用情感那部分来对付你，愠怒地表示“当初要是没有基布兹，这个国家根本无从谈起！”基（布兹）二代大批出走城市，到了基三代，肯留在农庄的人就更少了，消费文化塑造了他们的感官所触及的世界。一个典型的基布兹老人，如果隔上半年一年能见自己的孙子孙女一面，便格外珍惜感化晚辈的机会，他带着他们上山去眺望寂静的农庄和田野，重复一些说了很多遍的话：这棵阿月浑子树是我种的，这里的一片沼泽是我清理的，桉树刚栽下的时候有这么高，想当初，奶奶怀着爸爸的时候，我是怎样打着马跑了三十里地去请最好的助产士的，又是怎样没日没夜地扎在牲口棚里提取牛初乳的……

一直说到孩子们一声惊叹：“爷爷，你们花了多少力气呀！”

老人得了些安慰，嘴上还要保持镇定：“我们的确花了很大的力气，不是你们现在看的宣传单页上编的那些传奇故事。”

辞别子女后，这一天里剩下的时间，他得去和那些老邻居们谋划着维权打官司。集体主义经济最大的遗留问题之一，就是在农庄私有化后，这些已无劳动能力的老人因为退休金太少而到处求告。

又快中午了，萨拉和什穆埃勒坐在亭子里。他们在等我，两分钟前我对萨拉说：昨晚发现了一张农庄的照片，存在了手机里，但今天出工没带着手机。

“快去拿，我们等你！”萨拉伸出两手做了一个推搡的动作。我小跑着回宿舍，又小跑着回来，把手机按亮后递给萨拉。

“这是你么？”

农庄里的人连电脑都不太用，相机这种非必需的电子产品数量就更少了。他们很少在乎外人怎么报道他们，后来，他们更是发现一些志愿者会把此地的劳动和景物照片上传到 Facebook，对于宣传已经足够。村里唯一一台摄像机掌握在罗南手里，1995 年，他为几位中国雇工拍过一段录像，我看了那个片子，两个多月来第一次听到了乡音，罗南拍了中国人劳动、放风筝、包饺子、学语言、唱跑调的《世上只有妈妈好》，他们都长着典型北方小城老实木讷的脸。

“My sister!”

萨拉惊叫一声，蜷起四根手指捂着下巴。我不知所措，什穆埃勒也愣了一下。照片上的女孩站在一座新砌好的小泥屋的窗洞前露齿而笑，看起来不过十八九岁，长得酷肖萨拉，只有一点点无法道明的区别。她身边是农庄的一位俊朗的老爷子柯比，容貌酷似克林特·伊斯特伍德。萨拉在地上狠狠地跺了几脚，停顿一下，五官一起使劲，恸哭出声。

“She betrayed me! She betrayed me!”

她垂下脑袋，手指在棕色的后颈上抓着，抽抽唧唧地稳定情绪，脸色把眼泪都染红了。我挺身坐到她身边，看看有没有临时充当一面哭墙的机会：那些正统派犹太教徒不但捶着墙哭，还会往缝里塞个小纸片呢。可是萨拉往什穆埃勒一边倒去，肩膀不停地抖索着。

“萨拉有些心事。”什穆埃勒说。

她们原是同胞姐妹，萨拉的妹妹三年前远走到此便不肯离去，决意就在这里度过接下来的一两年人生。她写信给萨拉，说了内奥·茨马达的各种好处，萨拉一完成学业便兴冲冲地飞了过来，没想到姐妹错身而过，妹妹忽然就找到了新的兴趣点，一去不归，萨拉待了一年有余，也没能把她等回来。

萨拉的一绺金发挂下了前额，掌心向上，十指分开，一边说话一边用力地上下挥动。“我说这是背叛，背叛，背叛，难道不是背叛吗？我来了，她走了。哪里不能待啊，哪里不是可以去的地方啊，她可以走遍所有想去的地方，但她应该知道那是背叛。”

我怜香惜玉地看着她。我没想到萨拉也属于多泪人群，前些天，我还暗暗嘉赞她的童心逸趣，并且依稀记得还把她拉进梦里跳了一支圆舞。我没有任何话可以安慰，只是按习惯劝说道“别看得太重”，我总是把他人的伤心视为一种反应过激的病症。

“萨拉，人都可能变化，你妹妹有她的选择。”

“跟她是我的妹妹无关，”萨拉说，脸蛋转向我，笑了一下，“对不起，里奥，我有点无法控制自己，这是我的问题。我受不了别人不遵守承诺，不管他是谁。上帝呀，谁能受得了背叛就让他去受吧。”

她又两手并举，抓起一些我看不见的东西来。

什穆埃勒又安慰了她几句。他视萨拉如己出，每次来到酒厂，他都会跟我说些夸赞萨拉的话：“你跟她有多熟，就会知道她对要做的事情有多投入——她总是不会让你失望的。”现在，那抽噎的小精灵也认准了他，就是没有往我这边来。

拿答站在厨房后门扛出一个大塑料桶，打开盖子，从里面蹿出一股白雾，他烂漫的笑容浮在了雾霭后边。

“看呀，我们的花儿。”

这些英语同音词真是太可恶了！一分钟后，我才明白他口里的“花儿”（flower）原来是面粉（flour）。

农庄用一定比例的黑麦粉和精白面粉混合成面包原料。每天下午 3 点多钟，会有人事先和好面，在烤箱那边的托盘上摆满了捏成茧形、有鞋底子那么大的面团，当值的面包师操着大刀过来，在每个面团上嚓嚓嚓斜拉三刀，用纱布把伤口盖好，放一会儿，等空气里满是湿湿的面味了，再把它们推进烤箱。

我用一个网筛筛面粉，将筛干净的粉倒入另一个空桶里。厨房的外墙根下，紧邻着冷库，栖着一窝野猫，成天见不到父母，三只黄色小猫自己玩耍。我干活的当儿，它们窃窃私语着走了出来，起初是两只，后来第三只也来了，龇开农庄里最可怕的一副牙齿，盯着我看。“猫们”彼此使着眼色，凶悍的那只便蹑手蹑脚走到桶边，等它完全进入我的影域之内，我左手晃着网筛，右手撮起一点面粉，在垂直方向上淋了下去。

它用希伯来语喵了一声，跳躲开去，另两只猫欢叫了一下迅速跑开。给坑了吧？我开心地想，这小黄猫就像是 1956 年西奈危机时，被英法两国当了一回枪的以色列。

“里奥！好玩吗？”传来了拿答的一声吆喝。他走路时，两条腿很少有同时落地的机会。“好玩吗？”

“好玩，不过有件不太好玩的事情。”我说。

早晨我跟拉尼他们去锄草，穿着我的鳄鱼鞋，又带着双球鞋到那儿换上。干完活后，我换了另一辆车回农庄，再想回去找落在另一辆车上的鳄鱼鞋，却遍寻不着。村里就四五辆小车，我找了一遍，又问了一圈，谁都没有看见过我的鞋，那辆车居然也神奇地消失了，我完全不记得它的模样。

“喔，是这样。”拿答噘起嘴来点点头，表示听懂了。

他检查了一下已筛面粉的量。足够了。我从走廊里转移到室外，取下六米来长、盘绕成卷的电线，给筛谷机接通了电源。无数金色小颗粒跳起舞蹈，在通往筛谷平台的入口两边挂下两道金帘，不停地砸中自己和别人的影子。

这是我第四天操作筛谷机了，在一个半小时里，它的轰轰声总能引来几个路过的男女老少，他们凝视着这机器，又是好奇，又是惊喜，好像我在展示什么来自东方的奇技淫巧一样。他们的表情促使我体内的某种物质激增，我威风凛凛地提起下一桶谷子泼进去，然后，满足地看着参观者惊叫一声逃离所站的下风口位置，使劲扑打着身上的麦秸。

过了这二十多天后，现在我相信，这个农庄的确有办法让人在简单枯燥的重复性劳动中保持中等偏上、偶一激亢的心情。它的激励机制，就是让每个人都能感受到来自别人的肯定。内奥·茨马达人有着超一流的心理素质，就算明天一早，约旦那边突然出兵进攻阿拉瓦，农庄也一定不会忘了在撤走前关闭洗碗机，挤完最后一滴羊奶，把水枪的皮管子一圈圈绕到墙头的钩子上。但他们又是一群容易激动的人。我总是忆起同拉尼摘回无花果的那天，人们是怎样欢迎我的。我还能记得埃雅尔从洗碗水里拔出来的那只红红的手。有一次，我正在食品厂的装瓶流水线上镶盖子，一个扎辫子的文职女社员抱着个坦布尔帽进来，夏哈回头打个招呼，她便从帽里摸出几块巧克力，德芙那样的，我们见者有份。夏哈跟阿里埃尔同那女子聊着，捏着它把玩了半天，咯咯直笑，看得出来，他们是在表达这件稀罕的食物给自己带来的快乐。

他们从不掩饰喜悦，而且经常让我感到，他们的好心情里有我的一份功劳。前些天，什穆埃勒带着两个五十多岁的人过来，我正弓着腰刷地板，心想，那不是来访友，就是来谈业务的，不觉抬头一看，他们仨已站到跟前，两个陌生人伸出手来了。什穆埃勒介绍了我，那样子，倒仿佛我不是一个不拿钱的短工，而是此厂的技术总管或品酒师什么的，仿佛他们就是专程前来认识我，还要跟我立签一纸聘书似的。我深深地怀疑自己是否有这么重要，也忘不了那种一见如故的目光交流。我记住了他俩的名字：一个叫约拿单，另一个叫西蒙。

成就感无所不在，而且不知怎么的就落在了我的身上——比如那台智障都能操作的筛谷机，为我引来了多少侧目呀！要是我能开拖拉机的话……哦，里奥，小心上帝都要嫉妒你的幸福。

我的四周潜伏着随机的热情，它们时刻在寻找着爆发的出口，一个不小心，我就会引起人们的钦佩、羡慕和感谢，鹰嘴豆大的一点事情都让他们雀跃欢呼。又想起在工地那天，一群人蹦跳着看月亮的情景了，在山顶的晚风里，就着汗痕吃完晚餐，他们奔向月亮，几乎都要嗥上两声了。在这里会有人说冷笑话吗？会有人以吐俏皮话为荣吗？那些需要懂一丁点世故才能参与和领会的游戏，一定会阻挠直接、天然的情感交换吧。

乱想驱赶着躯壳里的神魂，倦意在倒谷—换桶的循环中汹汹掩杀过来，两只手还在机械地活动着。我的耳朵隐隐约约捕到了一个细小的高亢之音，它碎碎地剪开机器的轰鸣，愈来愈清晰，愈来愈响，我睁眼定睛，方始看清眼前发生了什么：筛谷平台上出现了一个黄色的东西，混在摇摆的谷粒之中跳着踢踏舞。那是一枚螺钉。

我跳了起来，在疯狂的颠簸中伸手抓住了它。这颗螺钉是衔接筛谷平台和进谷口的，掉了以后，筛谷平台的活动少了控制，就像哀悼日的正统派犹太教徒一样，摇头晃脑，欢实得很，但谷子筛出的节奏和方向变得十分不稳定。我赶紧去切断电源，刚好与拿答相撞："看！"我冲着他晃了晃手里的东西。

"哦，里奥。"拿答耷下肩膀做了个无奈的手势。

断电之后，我才发现刚才那一阵子地上已经泼了许多谷粒，它们一闪一闪，组成一幅色盲检查图。螺丝孔对不上，螺丝塞不进去，我只能重启机器，拿答瞄着缺损的位置，我又拔下插头，重复了好几次，螺钉才勉勉强强地归了位。谷粒又开始做前进式布朗运动了，拿答伸出两条长胳膊，猛拍筛谷平台的底部，哐哐，哐哐。谷粒走得疾了，一些麦芒朝上被孔洞卡住的谷壳掉了下去。

"看呀，里奥，你得这么做！凶狠一点！这他妈就是一台便宜货！"他在轰轰声中大叫着，就差没到我的耳边来咆哮。

"ALL RIGHT!"

"结束以后你得把地上搞干净，今天是安息日！！"

"OF COURSE!!"我大声回应。

很多集体农庄瓦解后，老人们都有遭受背叛的感觉，他们当年在村里写的简报、做的社刊，如今都是一个已经消逝的时代的证物。

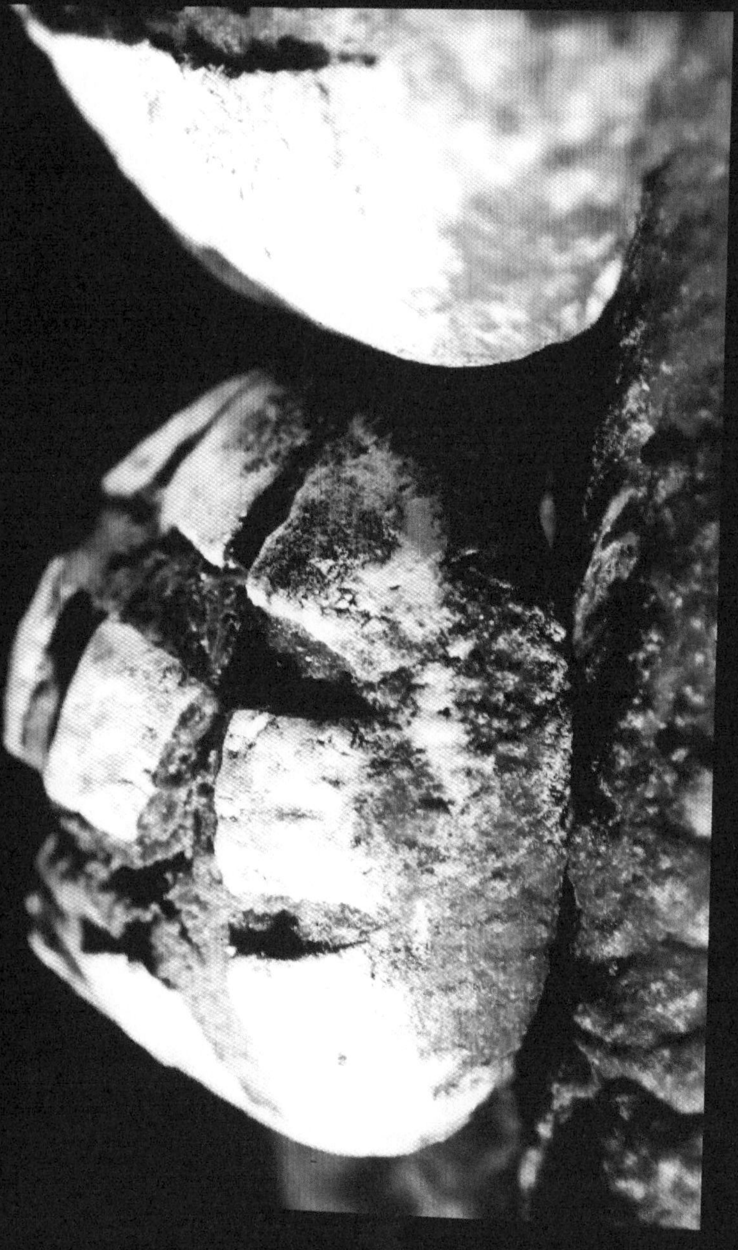

Day 26

满 足

“负责任的资本主义？”达妮埃拉冷笑着。

下午，我终于跟露特老太太约上了一面——房门打开，看到老太太果断地穿着衣服，我悬着的一颗心才算放下。她家很素净，主要家具都是一水白，几乎没有深色的东西。她从冰箱里拿出了水果、饮料。客厅里坐着她的老朋友达妮埃拉，由耶路撒冷过来。露特介绍说，她是位托派政治活动家。“‘前’托派。”老妇人补了一句，她戴着茶色眼镜，样子十分富态，一只手里夹着根没有点燃的香烟。

七十五岁的露特有一点大屠杀记忆，她是捷克籍的犹太公民，父母有先见之明，二战一爆发就隐姓埋名出逃，在过境到匈牙利的时候，父母将她哄睡着，以免说错话，被那时已经无处不在的党卫军看出破绽。1950年，露特成为以色列公民，三十年后，她加入了约瑟夫组织的克里希那穆提冥思小组，成为创建者之一，又过了十年，她成了内奥·茨马达的元老。

达妮埃拉的在场让我们的谈话变得有些奇怪。露特的英语不好，经常让她的老友出来说几句。但是，我很快发现这位年轻一些的老太太远不如露特那么随和。她一直就被困在四十年前的记忆里：20世纪70年代，她和丈夫一同参与组建了一个托派政党，企图激发工人的自组织能力，运动起来反抗国内的大资本家。“愿意听我们的人太少了，”她说，“这是个悲剧，我们搞了几年，最后搞不下去，解散了。然后我就没有稳定的工作，写写稿子，写写书。”

我问，那不是工党执政的时候吗？

“以色列从来就没有过社会主义。”

“现在的情况呢？”我告诉她雅各是怎么讲的，她一个劲地冷笑：“负责任的资本主义？对他们的财产负责罢了。”

达妮埃拉也不是健谈的人，她认识阿基瓦·奥尔，但她说，阿基（左派人士对他的昵称）对国家前景的判断大错特错。“他认为巴勒斯坦人和以色列人最后会厌倦打来打去，从而实现和平，我说他这是在说梦话，因为选举已经改变不了任何现状了，一大堆右派政党都起来了，更加极端，更加激进。只要是右派就一样顽固，事情越来越没意思。”

“你究竟想要一个怎样的社会？”

达妮埃拉絮絮叨叨地说了一些。跟奥兹类似，她也认为最好的时光是失去的时光。她在特拉维夫度过了完美的童年，阿什肯纳兹们的社区里举目皆君子，往来无白丁。她认为一个修养蔚然、互助成风的理想社会曾经存在过，大不似后来，个体为金钱败坏，政党为选票败坏，政治精英长于权谋，而在最关键的巴勒斯坦人问题上集体缄默。到现在，达妮埃拉还住在母亲留下的房子里，写点童书，等待下一笔版税。

只是在谈到子女时，她才宽慰地笑了：“我有三个孩子，我女儿继承了我的志向。”

达妮埃拉的人生观似乎过于阴暗了，她就像一个现代版的耶利米（犹太教著名先知之一，标准形象是一个哀哭者，为耶路撒冷沦陷于巴比伦悲恸）。她说右派顽固，但就我所知，右派所习惯做的只不过是萧规曹随，维持现状，顽固地不做什么。前总理沙米尔病逝于2012年6月30日，享年九十七岁，我搜集了一堆报刊评论，注意到沙米尔在海湾战争期间一再忍让的表现受到了两极分化的臧否：不少右派欣赏有加，有一位名叫斯图尔特·魏斯的拉比（后来我在特拉维夫访问了他）盛赞沙米尔懂得静观其变、等待对手犯错的古老智慧；而更加重视人命的左派则坚持认为，沙米尔的怯懦要为萨达姆发动第一次进攻时引起的死伤负责。左派的顽固是积极行动的，他们坚持自己认为正确的原则，一旦认准一个愿景，就执拗地到处言说它，促进它的实现。

以色列的公共舆论中活跃着无数像达妮埃拉一样不甘梦断的耶利米。他们每天写的文章，除了涉及少数民族、人权与和平的老生常谈外，还大量跨入精神和心理的领域：以色列式的伪善，以色列式的奢靡，以色列式的及时行乐，以色列式的政治冷淡，越来越多的以色列青年梦想移民国外……那位曾在沙米尔、佩雷斯、拉宾三届政府里担任财政顾问的左派政治哲学家拉菲埃拉·彼尔斯基博士，她还有一个身份竟然是“幸福学学者”。我读她与别人的对话，人问：以色列有一百万人在国外旅游，这难道不是幸福吗？

彼尔斯基答：非也。你不要颠倒因果关系，这正说明了我们有多可怜。我们去土耳其，去希腊，去任何地方，只要能过免税店就行。这就是一种替代行为，用虚幻来替代真实。最近有本书很流行，叫《五十度灰》，全世界都在读，说明逃避并非只是我们独有的需要。

阴暗的、男女私密的世界，受虐性变态心理的世界，让人们如痴如醉。还有《哈利·波特》，也是帮助人逃避到一个想象世界去的书。这两种书在过去二三十年里卖得比什么书都好。还有像《饭·祷·爱》（*Eat, Pray, Love*）这种垃圾书也卖得很好。每个人都想逃避。

以色列的幸福感排在全球正数第十四，这让彼尔斯基怎么解释呢？

她倒也坦率："金融内阁每两年会作一次以色列人生活满意度调查，满分是十，过去以色列人总是取得八到九分，换句话说就是很快乐。"

那么去年呢？

"去年，四十万以色列人上街游行，然而民意调查显示，平均分仍然是八到九。"

是啊，这你总没话可说了吧？

"上帝啊！"她大叫一声，"这，这，这怎么可能呢？这儿发生了什么？人们嘴上说他们很快乐，但是行为如此可怕！"

彼女士既已认定这社会一定不健康，便绝不会随便屈服于统计数据的简单结论。她接着说，自己作了一点研究，发现给出满意回答的都集中在个人方面，家庭啦，孩子啦，孙子女啦，朋友啦，八到九分可以反映事实。但是，这些回答完全没有涉及公共领域。"我倒要看看，要是调查大家对社会和国家的满意度，结果能不能上四分。"句号后边应该还有个语气词"哼"。

说到底，还是原子个人主义泛滥，公共性不足。彼尔斯基们的指责，早晚都要落到国民性中的"逃避"二字上。她认为，普通民众快速倒向个体寻乐的一边，是因为在公共领域没有办法获得任何形式的满足，从而选择了逃避。"这都是政府和精英们造成的，他们是起因也是结果。现在乡村孩子都靠利他林过日子，市井俗人只图在电视里看个名人明星……”最近一年来，欧洲连出了几个坏榜样，彼女士说，我们不能跟最烂的国家比：“金融部长斯坦尼茨说我们干得不错，我们没有像希腊或西班牙那样。但是在个人层面上，我们的状况跟希腊和西班牙有什么不一样呢？以色列的经济比那两个国家好得多，但是人们忘了经济是为社会服务的。在21世纪，除了个人财产，人们还在乎啥？”

那么我们该怎么做？

彼尔斯基讲，延迟满足（delayed gratification）是一种重要的生活技术和情感智慧。人必须掌控自己的感情，不要急着满足感官欲念，要慢一点，内观一点，反省多一点。“认识你自己，认识你是谁，你是干什么的，你真实的感受如何。坚持这一点，找出可以帮助你更好地与自己相处的办法，你就可以爱自己更多一些——真正爱自己的人少得可怜呐。”她推崇埃里希·弗洛姆的《爱的艺术》，“如果每个人都能用心读这本书并依此而活，社会就会大不一样了。弗洛姆说，人生而处于大孤独之中，唯一的出路就是靠着爱。不是钱，也不是宗教仪式或是偶像。不是法西斯主义或相类的意识形态，而是爱。”

“我看到一颗流星飞过，听到你们的呼吸，想到……我要走了。”

我抱着两膝，直勾勾地看着克里丝蒂娜和马克之间露出的那一小块墙壁。我接触过的那些志愿者：加拿大人玛扬，德国人胡贝尔，波兰人安娜，匈牙利人柯兰依，斯洛伐克人克里丝蒂娜，美国人马克，捷克人阿诺奇卡……都来了，只有萨拉不在——这是我最后一次参加志愿者聚会了，要是能尾骨贴尾骨，跟她组一个Kappa造型该多好。

我讲完这句话，众人寂静了片刻。身材魁梧的安娜点着头。我左边的胡贝尔吸了口气，才开口接着说："我看到你们的眼睛，听到一万里外的雷鸣，想到里奥要走了。"

众人都噗嗤了出来。

两圈结束，他们就好像把我的事给忘了，东拉西扯地聊起别的来。安娜讲她在俄罗斯寻找老的农业合作社的故事，柯兰依说她在印度连续搭车三天的故事，克里丝蒂娜讲她就读的学校。讲到众人都没话了，阿娜特才示意我说几句什么。

"阿姆……"

我习来了马克的口头禅，它真的很有用，开口作势要说，又忽然闭上，表明了你言说的诚意和一时没词的事实，也表明你仍在专心地思考，提醒别人勿要打断。

"阿姆，我得说，离开肯定是有一点伤感的。我生命中第一次感到和谐，是在这里，内奥·茨马达。我想我找到了一部分我在寻找的东西：简单劳动的价值，共处的感觉，没有争吵和怀疑。我得回家之后，才能发现自己身上有了哪些改变。

"这里的宁静不是人为地消灭了噪音，它是每个人的向往，是真的，和对完美的理想社会的探寻一样，都是真的。在宁静之中，我从来没有这么专注于我的所见、所闻。每个早上，听到领班总会说一声'Have a good working day!'，我总会感动一下。我可以感到每个人的善意，不虚伪的，不掩饰的，不做作的，发自内心的。"

"里奥，"胡贝尔忽然说，"看着我好吗？"

我说着说着，不知不觉便会抬头望天，但胡贝尔认为这样不礼貌。我与他对视，又与其他所有人都对视了一下，表示歉意。

“我总在质疑自己，我对庸常的、一成不变的节奏总是怀疑的，在这里也一样，我思考这些两难：和睦一定会导致平庸吗？缺少野心，是不是也会缺少改变的欲望？这个国家到处都在说改变，内奥·茨马达好像离得远远的，它只要自己的节奏。

“这里的人整天在讨论工作的意义，劳动的意义，这些题目这么大，我不知道该怎么回答。不过，对于他们所探索的东西，我能描画出一个大概的样子，对自己所有的努力，他们都作好了诉诸无限的准备，永远会有更加清晰、更加透明的生活在等待他们去探索。我很幸运，自己短期地参与到了这些尝试之中，它们或许已经改变了我对自己未来的计划。

“learning yourself 是个抽象的说法，不过现在，它在我脑子里具体了许多。很可能，人就应该是过简单生活的，简单劳动，在复杂的东西面前保持简单的思考，按照事情本来的样子去看它。我会告诉更多的人，什么是劳动，长在地里的葡萄是什么样子的，橄榄是怎么腌的，内奥·茨马达是个什么样的地方……还有，我要告诉他们，不管你长得多难看，说话的时候都要看着别人的眼睛。”

众人的笑声让我很满足。不是延迟的，是瞬间的满足。

安娜笑问：“你还会回来吗？”

“我很想回来，我怀念这里的芝麻酱、香蒜酱、新鲜的羊奶和面包，我要是能有半年时间，一定要学希伯来语。”

“你现在还不会吗？”

“不会，我一句希伯来语都听不懂。”我说，“昨晚在食堂门口，有个小孩叫了声‘fu—ck’，我问西蒙，‘fuck’是什么意思呀？西蒙说：‘我告诉你，他在说英语。’”

Day 27

仪式

将近一周以来，每个凌晨我们都在采收葡萄，在葡萄园里做“夏哈里特”。前一晚，什穆埃勒照例在饭后当众说上五六分钟的话，交代翌日的事，我始终觉得奇怪，每天的活儿都一样，他哪儿来这么多东西需要关照的。

当然，我还是起不了太早，一般来说，等我在山坡上找到组织，距离开工时间最多只有二十分钟了。大部队活像一群长途溃逃后的散兵游勇，这边两三个，那边两三个，坐在大树下、大石头上，直接蜷在泥地上，沮丧地低着头。有的人背靠木棚的柱子，两手抱膝，面向着山那边晨光熹微的地方，就像穆斯林面朝麦加的方向，脸上就会冒出圣光。

棕榈树影交叠的地方又出现了稀疏的人影。是两个脸蛋见生的女孩，看起来初来乍到，也许前一晚梦到了负责这一片区的耶和华，现在，她们每走一步都看看脚下，再看看前方，好像生怕惊动了神灵一样。这陌客的姿态让我十分高兴，有一种高年级学生见到涩涩的小师妹的感觉。她俩一个身材娇小，还没换上劳动用的短装，着一身粉色的及踝长裙就跌跌撞撞地跑了出来，另一个高一些，稍有些胖，穿荧光黄的短裤和无袖T恤，她的眼睛不停地释放着猎奇的信号：这是哪里？他们在做啥？

她们走近了，站定，往四下看了一眼，长裙女不知朝谁微笑了一下，然后跟我仰起的脑袋相对。她有一对靠得很近的眼，两腮上落了几点红红的晒斑。

“Here?”

“Yes, please.”我做了个手势。她们都坐下了，先是对望一眼，然后又看向我，手指水平地划了一圈，似乎在说：就像这样就行了吗？

我连点了几下头。她们的嘴角都飞了起来。

一瞬之间，我领会到内奥·茨马达人集体冥想的意义。它还真不止是一个共同体的仪式。仪式构成了门槛，要求外人设法跨入。我又想到索尔·贝娄，想到了他的《雨王亨德森》，多有魅力的人物，独自跑到非洲寻求“人生真谛”，跟土著人王子角力，扛起了巨大的女神像，让土著人心悦诚服；还有，加缪在小说《生长的石头》里写一个法国水利工程师达拉斯特在南美一个小村里的经历，他在主耶稣节上肩起了十字架，走完了游行全程。亨德森、达拉斯特，他们的故事都解释了什么叫“仪式”。

然而，内奥·茨马达的仪式把门槛降低到零，变成了一个面向所有过路人的邀请。加缪笔下的达拉斯特主动承受了考验，当他筋疲力尽地回到惊叹甫定的人群之中，故事来到结尾，村民们说：“现在你可以坐下来了。”

而我们不需要别的，只需要这一个结尾：坐下来。

坐下来吧，坐下来吧。你其实不需要懂得冥想的奥义，只要坐下来；你不会说我们的语言，但请坐下来；你和我们异族异教，但请坐下来；你生性羞涩，一开口就面红耳赤，没关系，但请坐下来；你不认识这里的任何人，反之亦然，但请坐下来。你不需要做任何事情——受洗，诵经，登台祈雨，设法展示某种奇迹，表达对我们的信念的忠诚——不需要，你的面前一马平川，只需坐下来，我们用沉默同你交流，和你在一起。你的面前一马平川。

阿维克多——他将是我最想念的人——有一次我们谈到了一神教。非洲人是全世界人的祖先，我们不认为他们有什么了不起吧。那么，犹太教是第一个宗教，用历史学家什洛莫·桑德的话说，一个 DOS 版本的宗教——我们又有什么资格声称自己很伟大呢？阿维克多提醒说，不要忘了犹太教的“从无到有”属性。一神教的价值在哪里？在没有一神教之前，你见山是山，见树是树，它们只是无生命的存在，或者说，处在一个与人类无关的生命系统里；而有了一神教后，人的精神和思维被改变了，我们开始想：那些自生自灭的树木花草，那些不谙人言的鸟兽鱼虫，是否也和人一样同呼共吸，是否也听受同一个神的调遣？从而，我们学会了总体性地考虑世界的运转，考虑生命的彼此关联。或许，事实确如桑德所说，犹太人本不是一个民族，而是一群接受了犹太教的人，当初，是这种宗教帮助人们打破了种族区别带来的内心隔膜，将构筑“我与你”关系的可能延展到同族之外。桑德素有争议，他被许多以色列人痛斥为民族虚无主义者，和马克思、乔姆斯基、托尼·朱特一样都是犹太人中的民族自憎者，我却认为，他揭示出犹太教含有后来基督教的那种融合功能，这个洞见价值连城，尽管这种融合的基础很可能是强力而不是爱。

在农庄里我们很少谈爱。四周来，我很少在公共场合听到“爱”这个字眼。他们念兹在兹的是“关系”。关系是中性的，不含情感成分；

一个坐着的人和另一个坐着的人之间不见得有爱，但一定有关系。它没有热度，却让你感到不孤单，它在你心里哼着一支零分贝的小曲，让你揣着一股厚厚软软的存在感行走、工作、入眠。

内奥·莰马达人找到了共同体存续最需要的东西。约瓦尔是西迦的前夫，自己有了别的女友，两人离婚后，仍和三个孩子住在一起，就眼下来看，仍可以和西迦一道带孩子去海滨。他在日记里写入了对农庄、朋友、亲人的爱，不过我觉得他一直在思考关系；爱是不平等的，就像雅各说的，基布兹里的兄弟之爱，纵然深厚到了可以"托妻献子"的地步，终难以抗住人心中固有的私虑——而关系却让约瓦尔感激生活的馈赠。我们不可能期待人人彼此互爱，不过，和许多人按某种自然法则无芥蒂地相处，还是有希望的。

唉，我竟然想起约翰来了。在世上所有名叫约翰的人里，他的坚强度大概是排名倒数的吧。他一言不发就消失了，跟但以理、约兰达、克兰塔，跟负责果园指导的那位纽约大姐一样，不知从哪天开始就再也看不见了。不过现在，我能理解阿娜特对约翰的耐心：一半是出于维护农庄外界形象的岗位职责，另一半是出于将心比心。她真的想弄清楚，这个男人为什么会如此心碎？我们是不是低估了"孤独"一词的伤人之力？是不是我们的情感投入不足，才越发加深了他的痛苦？那时，我觉得每一个人都在暗暗地哂笑约翰，为他的没事找事、小题大做，但后来，当围绕约翰的谈话足足持续了一个半小时后，我开始反省自己：轻忽他人的心碎，傲慢于于己无关的情感，这便是索尔·贝娄所说的"文明人心中的小小冰河"了吧。

阿尔农到底没有做成他理想中的日记朗读会，他没有参加昨晚的志愿者会，等他有空的时候，别人又聚不齐。于是，我私下向他索取译稿，约定下午上工之前即还。

一条木船歪歪地倒在泥地里，船艏柱挺在前端，就像一条搁浅的北极独角鲸，大概是给孩子玩闹的地方，但现在没有人。吊床高高地缠在树枝上，摇晃一下树枝，发黑的枯叶就叮叮当当地掉落，盛夏季节，以色列人家的院子里到处都是这样的吊床。这片居民区里生活着十来户人家，外围的一圈则是单身公寓，阿尔农住在靠外的一间，我推门进去，陈设跟我和马克的几乎没有区别，只是柜子稍稍长得体面一点，还有床上多了一个灰白条纹的床罩。主人不在，一沓稿纸就摊放在椅子里折叠的衣服上，两面都用圆珠笔写满了。

我拼命地干，把这份三千多字的稿子转译成中文。阿尔农口拙，笔下却佳句迭出，一会儿是“Sleeping at the lake is my favorite and bonding me with the summer, the wind, the water, the stars and the moon in its fullness and its emptiness.”，一会儿是“Thank you for what you are, for the listening, and the opportunity for a sight to be open, and to bond to this abundance that there is in my life.”。

但最击中我的，却是第一篇日记里的那句话：约瓦尔说他在得到委托后，一边说“眼下不合适”，一边应允下来。他写道：“通常来说，所谓最‘错误的时间’恰恰就是最合适、最正确的时间。就这么着吧，空出地方来，生活会通过你最想不到的方式带给你你最需要的东西。”

我终于遇到了最纯正的犹太悖论思维，将两块磁铁正对正、负对负地吸在一起。不过，思维是一个人的皮肤，约瓦尔本人未必知道自己是拧巴的。

阿尔农托腮凝视，胡茬扎着他的巴掌。我把译稿还了回去，路过食堂时，刚好瞥见坐在窗口的他。屋里又聚起了一大堆人，一个个像等待潮水的企鹅那样朝同一个方向翘着首，我正想折身离去，却瞥见阿里埃尔站在前边说着什么。他右边的桌子后面坐着个人，两手交握，面沉如水，目光低低地扫向地面——辞行上路者标准的表情。

居然是宁录。

他，他竟然也是志愿者？我惊得合不拢嘴。他明明比阿里埃尔更像个社员，全村的年轻人里，他明明是最可能在内奥·茨马达干到死的那一个。他那么木讷少语，一板一眼，比一颗土豆热闹不了多少；他似乎很少思考人生问题，不思考人生的人，通常是最不易起意挪窝的。

阿里埃尔讲完话，率先和宁录握手、拥抱，接着，与宁录比较熟悉的人也逐个上去同他道别。有不少人上去，也有不少人一结束就起身离去。宁录的离去只是众多事件中的一滴，其实，大概没有什么人的离去可以算是一个事件。

宁录跟平时毫无两样，只是换了一身相对挺括正式的钴蓝色衬衫，腰部以下还是薄薄的牛仔中裤和凉鞋。道别仪式结束后，他走出大门，向朝他点头挥手的人一一示意，一路上，他被截住拥抱了四次，第四次是我。

“嗨，里奥。”

我注视着宁录的眼睛，相拥，才发现我们的身材其实很相似，他结实得如同橡木一样，竟然有点打动我了。“真没想到会是你！”我说。

他没说什么，打了个表示“人生大抵如此”的手势，看着我，默然了半晌，才磨磨唧唧地挤出一句话：“……You’re a good man.”

“宁录，你要去哪儿呢？”

他变得更加讷言了。

“哦……南边还有另一个基布兹……他们在盖房子。”

“你去那里做社员？”

“我去工地……做工人。”他迟疑了一下说。再没有话了，我们再次拥抱，宁录快步走远，道路上很快消失了他的踪迹。

Day 28

离别

除了还十分娃娃气的阿诺奇卡外，没有谁听到我即将离开农庄而表现出特别的依恋。阿诺奇卡是这样一种可心人，跟她说话不一定投契有趣，但很安全，不会产生任何心理和生理上的副作用。她说，她已决定去延长签证，再待半个月。“你恋上这儿了吗？”我问，心想，好像没觉得她的日子过得太快乐呀，她长得不吸引人，就连同屋的克里丝蒂娜都跟达尼埃尔搞在一起了。

“嘢斯，”她说，还是会腼腆地绞着手指，哀怨总是有一点的，但内奥·茨马达毕竟能暂时屏蔽她对未来的各种担忧，“我，我就是喜欢这里。”

拿答对我的依赖越来越重了。今天早晨，我都不像前两日那样跟众人去锄草，而是直接被发配到厨房后门，一个人与筛谷机相伴。我到的时候，三只小黄猫正在机器下面捉迷藏，听到脚步声，它们便发一声喊全跑了。

要说筛谷是个趣味盎然的好工作，当然是假的。我们这些修养良好、心智开明的知识分子，见面时常常会谈起普通劳动者的美德，说：我最佩服那些能持续十几年、几十年做一件事的人，然后把邮递员、修自行车的、锁匠、电工乃至抄水表的挨个赞美一顿。我一直很喜欢看木工干活，在制作一样成品的时候他们堪比艺术家，但除此之外，大量辅助、修补、装饰性工作都是枯燥乏味的：刨一块旧木板，遇到个钉子就得停下，把刨子拿开，换上羊角锤和螺丝刀把钉子起出来，或者将钉头一锤子敲歪，嵌进木头里。用锤子和螺丝刀，木匠能一刻不歇地苦干两个多小时，换来区区五十块、一百块工钱。工匠们多数都灰头土脸，缄默、孤独，我们赞扬他们的职业精神和操守，但真的愿意选走那条道路吗？

我们处在一个讲究精细分工和复杂流程的年代，越来越像笑话里说的那个踩着别人的肩膀换灯泡的人："这是个螺丝口的灯泡，你不转几圈我怎么拧下来？""职业"是个形容词，意味着把工作合理分配给相关人，确保流程上各部件的运转良好，所以会出现这样的话："油烟机我给清洁，灶台不归我管""我只负责油箱漏油，火花塞不要来找我""我是抹肥皂的，刮脸请到对面去"。效率的背后总有一双精明冷酷的眼睛。

而在内奥·茨马达，拿答一个人顶三个人用：不但负责谷子和面，还要管全村的水源问题。他拥有村里最破的一辆小车，车头被人用液压千斤顶狠狠砸过一下，前箱盖都合不拢了，后视镜少了半个，两个座位之间绷裸在外的小零件多得足以组装一台收音机，车后厢里扔着各种东西：长长短短、新旧不一的水管，工具箱，铁桶，用泡沫塑料包裹的饮水壶。往脏手套簇拥的驾驶座里一坐，拿答的样子跟我在驾校里跟过的那个五十多岁司机真没有太大的不同，也就是挡光板下少了一本翻破了的黄色读物而已。他开着车，每天在各块农田、果园、树林里嘎嘣嘎嘣地兜上一大转，我跟着他跳上跳下，找到每一个水阀和出水口，将被饥饿的胡狼咬坏了的水管更换掉，再捡走那些废弃在地、残肢一般的断管。

昨天傍晚，我随拿答去了一片杏树林。杏树全枯了，寸叶不见的枝条看得人心里发紧。我在这里见过絮状的菟丝子，却没想到会有这么大的一片败象，拿答钻进草堆，过了一会儿又钻了出来，脑袋上、肩上、胳膊肘上全是土。我忧虑地问他："怎么回事？"

"死了呗。"拿答轻巧地说。

"是水没有供应上吗？"

"不是。种下的时候，树苗里就有线虫，但我们不知道。这块地清出来之后，我们得种上能抗虫害的新品种。"

终于看到了农业残酷的一面。精神的快乐和满足永远无法取代物质损失，犯下一个失误，一年的工夫就虚掷了。赏罚分明的企业会重罚肇事员工，以儆效尤，农庄却不可能对犯错的人施予惩罚。无论技术如何发达，农业到底还是一种谋事在人、成事在天的人类活动，将人还原到他本来的大小，与天下众生竞一口饭吃，它让你意识到自己是多么的有限，从而不再敢妄谈管理、掌控与征服。

太阳还没出来，我已完成了一大桶筛好的谷子，它足有两百公斤重，我抱紧它用力挪开，汗流浃背。马达声由远及近，夹杂着箱盖乒乓的响声，我一眼便望见了拿答搁在没有玻璃的车窗框上的左肘。他打了声招呼，开门出来，我看见他右手拎着一双鞋。

"嗨，里奥！"

"早晨好！"我已经会说这句希伯来语了：博凯伊—托夫。

"这是给你的。"他把鞋交到我手上。熟褐色的硬底革鞋，最最普通的那种，连商标都找不到，唯一的特点就是新。

“拿答……”我没词了。

“不是我买的啦，是我妈给我的，”他笑得很宽慰，倒好像是受了我的馈赠一样，“也不是什么特别的东西。”

农庄的居民早就习惯了人来人往，所以，这鞋也谈不上什么临别赠礼。我道着谢，收下了鞋，顿时感觉自己像是没穿鞋就走出来了一样。我试了试脚。这双鞋上面有很紧很大的搭扣，可以容纳从三十八码到五十八码各种尺寸的脚丫子。

食品厂，kosher 食品监控员又来了，而且一来来了三个，为首的是个大腹便便的大胡子，看起来今天该有些很大的事情要做。我到那里时，夏哈、阿里埃尔和几个女孩子都在休息室里。酒厂那架沉重而丑陋的葡萄榨汁机已在中央工作间待命，什穆埃勒和那个胖子站在它边上，指挥另一个教徒拉一个堆着箱子的平板车。地上堆放了许多刚从冷库里运出来的储存葡萄。中央工作间的大门虚掩着，但什穆埃勒示意我来一下，我推门进去，一边往里走，一边随手去摸一颗冰镇葡萄。

顺手牵羊的习惯已经养成，改也改不了了。石榴园、椰枣园、杏园的果实还没成熟，或还没长出，但在苹果园、梨园和葡萄园劳动时，无数果实都进了我的肚子。此间的葡萄有几个品种，最小的那种晶莹剔透，摘下一串来，顶端部分常是一片浅紫色，果实像玉米粒一样镶嵌紧密，里面还无籽，一下口就咬破一大群水泡，甜汁一喷进嘴里，浑身都酥软了。在葡萄园，我必须经常找人说话，让嘴巴无暇他顾，才能多保留下一些葡萄。离开果园，无论到哪里，我也是但见水果伸手就拿的。

“STOP!”

夏哈大吼一声，冲过来把我拽开：“你不能碰那个！连我都碰不得！”

我们回到走廊里，看见夏哈面色通红，太阳穴上青筋都暴了出来，我感到十分不安。差一点闯祸的感觉无论如何是不太美好的。夏哈给我解释了下：kosher检查员们在监督葡萄榨汁酿酒的流程，这期间任何非犹太教徒碰不得涉事的水果和器具。谁要碰一下，酿出来的酒就不能卖到宗教人群的市场上去了，那可是很大的一个市场。

“可是我之前干活时都碰过啦！”

“那没关系，今天，在他们在场的这段时间里，你不能碰。你看，我们都站在外边了。”

我惶惶地站在那里，为错过了一次在小范围内扬名的机会而不住地庆幸。什穆埃勒把我发配到边门去，也就是堆放葡萄清空后的箱子的地方，我把空箱子一批批转移到室外，这下，就连箱子的缝隙里卡着的个把碎葡萄，我都只好佯装看不见了。那蓄着络腮胡、穿竖条衬衫的胖子就站在我侧前方，监督着一串串葡萄掉进机器里，碾得粉粉碎。他冲我滑稽地挤眼，一下，两下，我的负罪感渐渐退散了。

kosher监控员的工作并不是故意找你碴儿，打算扣下执照进而索贿的。他们还真只是执行规定而已，哪怕这规定十分荒唐。在三五分钟的休息时间里，我委婉地告诉他，我几乎每天都来酒厂摸两下冰葡萄，他摇头不以为忤。那么在这里摸一下呢？摸了之后我把涉案的葡萄摘掉还不行吗？

“你试试？”他说，脸上依然笑容可掬，“碰一下——巴拉甘！”

“巴拉甘”的意思是“game over”，这三个音节的组合能激起人的破坏欲，就仿佛轰的一下推倒一大堆沉重的东西。

干到差不多时，我拿水枪冲洗那些又甜又黏的塑料箱子。夏哈走过来，我一见他就有些无颜。我第一个认识的就是他，最后却险些给他的村子——我们的村子——酿了大祸。以色列国内市场本来就不大，而葡萄酒又是七百万犹太人每个安息日的消费品，要是少了那个“K”，进不了 kosher 超市，问题真的很严重。

“里奥，你的鞋子找到了吗？”他问。

我告诉过夏哈丢鞋的事。“没有啊，不过早晨拿答送了我一双，瞧！”我抬起一只脚。

“Wow! Congratulations!”

他毫无征兆爆发出的热情让我不知所措。他连着说了五个“So nice!”，一边摇着头，不知是表示嫉妒呢，还是感慨于农庄又成就了一段佳话。“所以你有一双新鞋子了。”他拍着我的肩膀，一副踌躇满志的样子。

我回到宿舍里，解下鞋来反复看，没有藏着什么密信的夹层暗道，就是一双鞋而已。夏哈的喜悦真把我弄窘了，还以为自己错过了什么东西；物极必反，情极生变，就好比情人突然扑向我，吻我的嘴，我也一定会以为世界末日要到了。我把鞋放在桌子上，又看了良久。该不该告诉拿答我还丢了两条内裤呢？

羊倌打开木门，把三头种羊推到了母羊堆里，它们志在必得地追着母羊的屁股，很快就挑花了眼，喘着粗气，使劲把前肢往过路的母羊身上拄。一头公羊嘶鸣了两声，吓跑了几头母羊，其他母羊又若无其事地簇拥了过来。我看了一会儿，旁边的羊倌用粉红的布帕蒙住了脑袋和脸，只露出一双眼睛，她叫住我的时候，我根本没认出她是谁。

"里奥，想看羊交配吗？"

这个下午，我又在农庄里好好地走了一圈。我去了约瓦尔日记里提到的设计车间，两个工人正在给"瓦尔杜夫项目"里最后的一些部件上涂料，车间外的机修场上丢着装配了一半的农用机械，满地都是待攒的零件。我去了冥想室，一座茅草顶棚的圆形建筑，约瑟夫在世时，他同他的会众在此每周一聚，每个人都拿出写好的东西读给众人听。"然后啊，然后我们就建立了农庄。"露特说，"实践是最重要的，你从别人那里读到这个那个，但你不会因此而做什么——必须去实践，实践后你才能理解，实践才能把第二天变成全新的一天。"

路过艺术中心时，我只是去礼品店里晃了一圈，那里出售农庄自制的陶制品、小木雕，还有一些展示村里景观的明信片。我穿过花圃，穿过一道道竹编的半圆形拱廊，一线水流在花坛里涓涓地淌；我一直走到水果存贮车间，那里的室外永远堆着扁扁的木架子，早晨采摘的水果都汇总到这里，装箱完毕的水果由这里运去城里的市场。转过鸡舍，羊圈像以往一样宁静，羊倌同我打着招呼。所有人都认识我。

我们一起看公羊在母羊堆里左右乱闯。"看呀，那只真凶！"羊倌叫道，隔着蒙面巾捂住了嘴。被点了名的羊好像听懂了似的，马上跳下来奔向另一只。我们紧张地看着。另一只公羊就在我们眼皮底下咻咻地进攻一只母羊，雄性气焰嚣张难耐。

"啊，我讨厌它们！"羊倌忽然叫了一声，挎着小桶跑走了。我叹了口气。她大概才意识到我是男人，而她刚好又是个女人吧。

阿尔农和另一个弟兄一起叉着苜蓿，以撒在冲洗奶制品加工厂外的器具。我同他们一一打过招呼。正要回头，道路那边吱吱地骑来一辆单车，车上的人背对着阳光，但要辨认出萨拉，我只需一个轮廓。她穿着粉绿色的贴身 T 恤，浅红短裤，金发披散着，不像是劳动时的装束。她把车停住，扭头看向走近了的我："里奥，你还要待多久？"

"最后两天了，萨拉你去哪儿了？我以为你也走了呢。"

"不，现在我才走哦。"

我张开嘴，却没说出一个字来。好像有个声音在说：你真的认为这里的一切能够永恒吗？

"萨拉，"我说，"我还觉得你已经是这里的一部分了。"

萨拉作了些解释，我完全没听清，只是注视着她的两眼，好像想用目光把她钉在这里似的。要我说，内奥·茨马达就是个目光之村，你尽可以锁起喉咙，关闭发声系统，只凭一双眼睛和所有人交流，你可以了解他们所有的心思和看法。我已经领教了目光的魔力。不过现在，我还是很希望她能说上一句："那个，你觉得我怎样呀？"

萨拉学成了她想学的酿葡萄酒技术，而且在一次次迎来送往的流程里扮演好了自己的角色。她甚至能用希伯来语与人交流。我们拥抱了一下。她在工地，在酒厂、羊圈和鸡舍的样子，和我一起抬起两个孩子和一张桌子的样子，流泪的样子，都印在我心里了。只是想不到，我短短的三十天覆盖了萨拉十几个月的终点。"缘分"这种无聊的概念是解释不了的，"没有缘分"还差不多。

"你无所不在，我真拿你当村子的象征了。"我说。

"嗯，谢谢你这么讲。"

我们互道"Good luck!"后，她便蹬起车走了。

车上的人背对着阳光，但要辨认出萨拉，我只需一个轮廓。

Day 29

智 者

第二十九天了，按常理，睡着之后也该做个梦了吧，正常的旅行者，到这时候都该着手做梦了，让过去一段时间里刻骨铭心的画面和美味像饱食的狗一样到无意识的场地里遛一圈，否则，你怎能证明自己不虚此行、不枉此生呢？

我偏偏没做梦。我有很多好的经历，跟克里丝蒂娜的星夜长谈，跟但以理、萨拉、马克等人的围炉夜话，跟露特、阿维克多、西蒙、约海尔的谈话，看萨拉哭泣，前几天我还去了湖畔派对，摸着黑跟几个国际青年男女并排在地上躺了一小时。第二十九天了，我还是睡得死死的，这些难忘的经历一桩都没闯入过梦乡，实在是一件教人沮丧的事。

农庄从来无意营造一个让人恋恋不舍的环境。我看过几次道别会，还错过了一次割礼，我知道这里不会有隆重的迎新和大张旗鼓的告别，没有人想感动你，希望你在离别的时候泪眼婆娑。他们有太多的实际的问题需要解决了。于是，当这个乏味的无梦之夜接近尾声，床头响起一阵愤怒的电话铃声时，我瞬间清醒过来，镇定地拿起听筒，还是那副女督学的典型嗓音，不过这次，达莉亚采用的口气是谴责性的：

“里奥,你醒了吗？我不得不打这个电话来了。我知道你不愿意，我也不愿意，但是，你实在是有点过分了。你已经连续迟到多少天了？上工的时候总是看不到你。我，我真的不知道你还能怎么继续下去，这是一件严肃的事情，我希望你能有所重视。我……”

我诺诺连声。达莉亚知道我在这里的时间只剩两天了吗？也许不知道，也许知道。她的来电证明了一个事实：不管我曾经有过多么美好的交往体验，也没有人会把我即将离去这件事当个事，我在这里待一天，就必须做一天最最普通的农民。这样看来，内奥·茨马达的确实现了一种根本性的平等：我，待了一个月的里奥，将和待了一年的宁录、萨拉一样成为它历史上的匆匆过客；我们的离去不会惊动此间的任何一个生命。

我披上衬衫，套上那条从旧衣房里拿来的阔腿裤，踩进凉鞋，抹了防晒霜，抓过草帽，紧着步子奔出门。凉鞋是拿答送的，草帽则来自达莉亚，一周前，得知我的远东皮肤被中东的烈日炙伤后，她在帽架上顺手指了一顶帽子。

已是下午了。除了出村的公路边立着一块指示牌外，偌大的农庄几乎看不见一个路标。社员们的家分散在各个区域，想要在社员的居住区找对一幢房子，比从李子树林里找出一棵梨树还难。村办能给我提供的唯一帮助就是一张手绘地图，上面画着一个代表湖泊的圆圈，一个代表山的圆圈，许多画着编号的方格。图纸样子很旧，要是落在一支经验丰富的盗墓团伙手里，他们能把这块地方挖个底朝天。

我对着图纸凭感觉走，不多一会儿就经过了俱乐部，一群孩子正在门廊里打乒乓，我盘思着要不要过去问路，他们先看到了我，两个瘦胳膊瘦腿的男孩子跑出来，边比划边说：“哈罗，你，打球来吗？”

我摊开两手：“可是我不会啊。”

他们脸色大变。由于自主能力太强，也一贯自信，以色列的犹太男孩在八九岁时就会表现出一定的攻击性，也很容易表露出折磨人的受挫感。现在，他们就处于后一种状态。

“Are you Chinese?”其中一个孩子高声问道，他快要哭出来了，另一个孩子紧紧咬住了嘴唇，不敢相信眼前的现实：“Are you from China?”

小小农庄终于暴露出了自处一隅的弊害。俱乐部里有台电视，这些看了几天奥运会的小孩深受误导，而成人却囿于自己的眼界，没有能力给他们作纠正和解答。这几年，我有一个日日加深的印象，就是我们对世界上任何一个国家的了解，都比这个国家对我国的了解要多得多。他们的思维多么简单：崇拜冠军，相信冠军背后是普及到全民的体育，相信权威媒体的信息和数据，天真地以为最大牌的中国导演拍摄的中国故事都真实可信。他们已经不太能跟上这个复杂多变的世界了。

到底国小地偏，以色列人还不太能体会到它的大靠山——美国人的紧张感。很多中国人已经能熟练地引用美国宪法修正案了，可那些庸俗的扬基佬两耳塞豆，还以为中国人就是一群躺在紫檀木床上做梦的鸦片鬼，生活在工业污染、劣质产品之下。等他们清醒过来，电影里的长衫男和小脚女已经拿着绿卡来抢他们的饭碗了。知识上的顺差引发了定向季风一般的移民浪潮。雨王亨德森说：“白人的新教运动、制宪、南北战争、资本主义的成长和征服大西部的过程。所有这一切重大任务和征服都在我之前完成了，留下的最大问题是面对死亡……我这一代美国人注定要周游世界以寻找人生的真谛。”——贝娄在1959年发表了这部了不起的小说，但世界变得多快呀，现在，这种惠特曼式的浪漫将不得不搁置一下了，美国人必须清醒过来，土地、空气、制度文明都不是可以无限地慷慨分享的，这个世界被成群成群不在乎“人生真谛”，只图一个明确的、现实可得的目标的人给占领了。马克有一次突然问起我：“听说中国是下一个‘帝国’？”我很诧异，只好反问他：“你看我像个热爱和平的人吗？”但我心里又想：那些已经牢牢主宰了纽约华尔街和麦迪逊大道，拈着卷胡子人五人六的犹太大老爷们，是否也曾感受到来自东亚的威胁。

两个孩子悻悻地回到自己那一堆人中，他们从一学会打乒乓球起就在等待一个来自中国的高手，而我让他们失望了。他们继续打球，我拉了一个样子比较老实的孩子问：“你知道到阿尔图罗家怎么走吗？”

我在农庄作的最后一次访谈，对象是阿尔图罗。他的办公地点通常在艺术中心，我去过的那些空无一人的房间里，有一间是他的。露特说，阿尔图罗能设计各种建筑以及彩绘玻璃图案，我便留意着到处打听，但不论是开会，还是采摘水果，还是冥想仪式，饮食之外的公共场合很难见到他。如此不合群，更让我确信他是个有才的人了。

当然，我到底还是在昨天的午餐上逮住了他。墨西哥血统同普通犹太血统人群的差异是一望可知的，他留着卡洛斯·富恩特斯那样梯形的唇髭，有深重的双眉和茂密的鬈发，一说话更是卷舌音不断。阿尔图罗微笑着听了我的来意，跟我约了今天下午见面。

他在门口等我，和他家的猫一起，那只有着一副苦相，让人很想掐一把看看它到底能有多苦的大黄猫，看到我就痛苦地嗷了一声，继续趴在门口的褥垫上。阿尔图罗穿着一身合体的白衬衣，宽而黑的前额，身材高大，发色是铅灰。他让我想起一个人。

“你总是让我想起一个人。”我犹豫半天，还是说出了这句似乎更应该用来搭讪女孩子的话。

“谁？”

“尼迈耶。”

“谁？”

“奥斯卡·尼迈耶。”

阿尔图罗心领神会地呵呵起来。看得出来，他对我的敬意增加了不少。巴西建筑师 1964 年曾来到内盖夫沙漠，那是以色列一个连锁酒店的 CEO 把他请过来商谈业务，恰逢巴西发生军事政变，尼迈耶是个共产党人，就地遭到政府放逐，没有办法，只能在以色列待了半年。

当时以色列的住建部长十分兴奋，想借尼迈耶之力改善国内的建筑状况。自信的以色列人当然从不认为自己的房子有什么问题，但他们对实用的重视远远超过了外观，用阿基瓦·奥尔老先生的话说，以色列境内最好看的建筑得去阿拉伯人的村子里找。尼迈耶也直言，以色列人太不讲究建筑的美感。他在这片土地上留下的方案绝大多数都没能实施，造价太高是一个原因，以色列人爱争好辩、挑毛病是另一个。

尼迈耶一门心思要实践他的“垂直城市”理念，他想趁机在内盖夫沙漠搞试验田。他构思了一座塔形城市，有三五十层高，能容纳三四万居民。以色列就这么点地方，尼迈耶说，他的方案的立足点就是省地。“省地有着无法估量的经济好处：减少对道路和公路的需求，减少对占地面积巨大的楼房的需求，楼宇只会产生交通和运输方面的问题，使得供水、下水道和电力系统不堪重负……”他说，这个国家未来要在经济、技术和生活方面持续进步，选择他的方案是没二话的。

他的方案遭到了申斥，那些人说，他弄的东西是一团乌托邦，尼迈耶反唇相讥，批评以色列人固守着爱盖平房、爱占地的陈旧建筑理念。双方僵持不下，尼迈耶到底无法反客为主，只好跑到特拉维夫和海法去接一些委托项目。他给海法大学设计了一些建筑，在特拉维夫设计了著名的迪赞戈夫中心，他企划中的迪赞戈夫中心应该是雄伟的三座四十层高楼，几经周折，楼是建成了，但恐龙缩水成了鸵鸟：少了一座，又矮了一半。我多次路经它所在的那个路口，望着那两个形如女用发筒的楼，心想，特拉维夫是“中东纽约”一说至今还没有得到国际上的承认，实在不奇怪。

阿尔图罗不是犹太人，我问他，什么时候开始徙居内奥·茨马达的。

“三十四岁，”他说，“an age of hope。”

“渴望什么？”

“钱，权力，爱，一切东西。我先是在欧洲，计划旅行到埃及，仅仅是为了我自己而作这样一次旅行。埃及人有古老的玻璃工艺品和作坊，我在西班牙有两个朋友，他们想和我一起去，但是他们都只买了单程票，可是我还打算回来，也可能从埃及到法国去。玻璃工艺是我的职业之一，不过到了埃及，我唯一能做的也就是学点东西，然后接着走。

“最后我去了希腊。在巴塞罗那，我在街上闲逛时发现有个售票点出售非常非常便宜的到希腊的机票，于是，我就从巴塞罗那直接飞去了雅典。我去走访各个玻璃工厂，我去了希腊的群岛，从一个岛到另一个岛，去了米科诺斯，去了克里特，去了桑托里尼，有雄伟的火山，但是火山喷发物把周围的海湾弄得脏兮兮的。山的名字我记不住了，你可以问问村里的希腊姑娘。那时，另几个朋友在法国等我，希望我能过去跟他们一起干。”

“他们等到现在？”

“他们等到现在，呵呵。我在桑托里尼待了一个星期，跟当地人聊，他们说这里有条船到海法，而在以色列，要找个基布兹安顿下来比较容易，那里会接纳来自国外的志愿者，在海法，在特拉维夫。于是，你眼前的这个漫游者，跟着两条腿行动的人，就坐着船去了。”

他管自己叫“漫游者”，我说：“听起来你这是‘阿利亚’了。”

“不，‘阿利亚’的意思是‘向上走’，而我是在走下坡路。”

我们一起笑。

“然后你就到内奥·茨马达了？”

“不，我找了死海北边的一个基布兹，叫艾尔莫格。我在那里住了一个多月，认识了个朋友，他引我去看内奥·茨马达。我被吸引住了，他们正在建设，而我喜欢这样的感觉，朴质的，团结的，平等的，喜欢这里的人。那时的建设，现在来看跟计划的差不多，但那时比现在有个很大的不同：那时的内奥·茨马达有个领袖。”

“约瑟夫。”

“约瑟夫。这个地方的一切都是他规划的，农业、工厂、建筑以及生活规则。”

“还有冥想，你参加了吗？”

“是的，我对这有兴趣，我试图接近，去研究他们的理想主义的病毒，他们头脑里的幻想。”

“幻想（illusion）？”

“幻想，某种……类似于错误的东西。”

“你是说约瑟夫有幻想？”

“当然！”虽然说话还是很慢，但他激动的内心瞒不过我的眼睛，“跟我一样，我也有些幻想，改变世界啦，改善人生啦。但约瑟夫和我不一样，他的人格魅力能控制幻想，成为幻想的主人，而不是反过来，被幻想所控制。他有能力控制共同体的行为，不过不是外在的控制，而是内在于共同体，成为它的一部分。我无法解释这种控制，因为它不是理性的，被控制的人变空了，变得理想主义，变成一个‘心灵的地洞’，不但很难根除，而且人可以为之而死——那些可以为某个理想去死的人也是这样的，我认为是如此。”

“我总是怀疑那些为追求某种精神而结合起来的群体，那些瑜伽修行者、基督徒、神秘信仰组织，外在地来看他们很纯粹，甚至很干净，但是深交之后，或许我会感到他们都疯了。”

“约瑟夫比你说的那些人都聪明。我跟他们交流不畅，因为我刚来时一句希伯来语都不会讲，所以我干脆成了一个旁观者。约瑟夫是所有集会的召集者和领导者，他会带来一个主题，也会引导谈话，他自始至终都是一个发言人，因为他接受过专业的戏剧表演训练。他们经常讲，克里希那穆提怎么说的，他们把克里希那穆提的作品翻译成希伯来文研读。”

“然后，你开始作建筑设计了吧？”

“我年轻时在墨西哥西北部的瓦尔拉哈拉干过两年的工业建筑

师，后来又去进修，那是我理想主义的时代，你看我现在还是不是了？我也不知道。我只知道自己还需要进修专门的技术，然后我就去学玻璃工艺。”

“墨西哥没有你的用武之地吗？”

“当然不是。可是我在这里已经有了个小家庭，我妻子愿意待在农庄，我还有两个孩子，这都是最合适的理由。我的父母、姐姐妹妹都还在墨西哥。在我结婚之前，我想在农庄贯彻自己的建筑理念：房子要给人住，每一个空间都必须与其环境完美相称。我设计了一座‘共同体之家’，还给我在墨西哥的老师写信，想请他过来做总监督，但他拒绝了，他不同意我的理念。我另一个老师倒是很热情，说想来帮我，问题是——他是个哲学家。”

“嗯，这里不缺哲学家。”

“我的大学也有些问题，它是被一个基督教群体所控制的，教师们的头脑里也有很多幻觉。大学本该是一个各种理念可以汇聚的开放的地方，可是对他们来说我已经走得太远了。”

“露特告诉我说，阿尔图罗虽然是个业余的建筑师，但他特别聪明。”

“哈哈，可是我没有办法参与设计了，1995 年，艺术中心的设计已经定型，约瑟夫敲定的方案，我只能在一些细节上作点贡献。我设计了玻璃上的图案，还有阳台的造型。”

“我想你不会喜欢艺术中心的。”

“你这么认为？”

“因为我也不喜欢，太丑了。”

我用了 kitsch 一词，这个词还是马克教给我的——而我都很久没有过问他在桃花运方面的动态了。

“这根本不是个建筑——在我们墨西哥，你可以看到模样跟这个东西一样的蛋糕盒。它的价值走偏了。约瑟夫觉得自己是对的，他想把它设计成一个工作坊式的建筑，能包含很多不同的工作间，可造出来之后却像个舞台，供人们来表演和玩耍的。”

“聚会室要好一些吧？那个圆形、覆盖着茅草的建筑。”

“是的，但那只是因为它的功能很简单。”

我们说到村里的经济。“每年都会有困难的时候，”他说，“我们会付不起账单，我们的水也经常供不应求，导致一些农田受影响。在村子的每一个角落都有烂尾的活计，很少有什么工作是以完全职业的方式完成的。看上去一切都很好，但它们并不见得符合当初的目标，也就是说，我们可以做得更好，好得多。”

“我一直觉得，农庄的创始人是有很强的勇气和智慧的。”

“二十多年前他们有无限的能量。二十多年前，他们找到政府说：我们要在这里定居。‘哦，当然好。’我们想发展有机农业。‘哦，好主意。’我们需要一些便利条件。‘哦，当然，你们先干起来，以后再还钱不迟。’你看到那里的蓝房子吗？贷款造的，是政府给我们的贷款，利率特别低，因为这里是沙漠啊，正需要有人来定居。我们的椰枣园，我们的橄榄园、酒厂，都是投入了钱造的。造艺术中心中间的灯塔，我想现在应该还清贷款了，但费了很长的时间。当然有一些东西是来自捐赠，比如湖边的屋子和灯塔。二十多年过去了，新的二十年开始了，这是用来还钱的二十年，而创始人的年纪也大了。”

“他们还需要冥想。他们看不到结果，看不到终点，但他们想这样过下去，认为这是一条正确的道路。所以我跟他们说：你们是犹太人，我从你们的思考中看到了犹太思维的味道。他们不止有克里希那穆提。”

阿尔图罗沉吟着。“两年前我回了一趟墨西哥，待了一个月，看看家人。墨西哥不一样了，但唯一让我喜欢的还是吃的东西，比以色列好得太多，太多，太多。这十几年我所领会到的最重要的生活思想，就是生命的延续。如果你的生命在这一代结束了，那么一切就都停止了。对生命来说，唯一的目的就是延续下去。三百年前，居住在巴勒斯坦的人的平均寿命只有三十五岁，到了上个世纪，这个数字才飞速增长，现在即使在沙漠这么艰难的地方，活到八九十岁也不成问题。以色列是世界上人均寿命最高的国家之一。你可以在你人生的头二十年、头三十年里就完成这个任务——延续生命。剩下的六十年，你打算做点什么呢？”

我语塞，还是第一次有人如此直接地问这样的问题。

“你必须选择做一些事情来打发这些时光。一项宗教性的修炼，一个工程，笼统地来说，一项自我教育的工作。我在这里十七年，快十八年了，一开始，我没有任何朋友，没有任何关系，待了一年之后我就想走，因为我对这里没有太多的爱了—就像你说的，在外边看上去多么美，进入之后，就开始注意到那些脏兮兮的角落……”

“我没说这里有什么脏的地方，我只是说，时间久了可能会让我厌烦。”

“不管怎样，一年之后我便考虑离开。但是，我的心里满是困惑，然后我决定留在一个我不想待的地方。因为事情总是这样的，你做任何事，在没做之前，或者在一开始做的时候，情况总会比进行下去要好得多，情况一变，你就得跟着改变、打破、重新开始。我想，如果明明不想留可还是留下来，我是否能从中学到什么呢？”

“你让我想起约瓦尔日记里的一句话，他说，经理安排他写日记，他觉得这不是一个合适的时候，于是便答应了下来；他相信生活总能以自己意料之外的方式带给他一些有用的东西。”

“呵呵呵，这些犹太人。”

“你怎么就留下来了呢？”

“又过了两年，我三十七岁，又准备走了：我要做的事都做完了，再也没有什么要做的了。但这时我和卡伦发生了恋爱，她后来成了我的妻子。”

“她是新到农庄的吧？”

“她从一开始就在这里，她是创始人之一，来这里之前她才二十多岁，没有任何工作，也没有一技之长。于是我就留了下来。我认识她的时候，她刚刚经历了一段很不如意的感情，那个男人去了别处，她也正打算离开这里。就在这时我们成了亲密的朋友，我对家庭的渴念那时非常强烈，于是我救了她，她也救了我。一切都是很偶然的，偶然的时刻，偶然的地点，偶然的人，正确的选择。”

“你们从没讨论过去别处吗？”

“没有，她不想离开。内奥·茨马达就是这样，如果你不在乎很多，不考虑很多，不欲望很多，这里十全十美。一个给庸人待的地方，你可能会这么说？”

“我哪里有资格讲这话。”

墨西哥人又一次呵呵地笑了起来。

“我的一个疑惑是，不只是内奥·茨马达的人，我见过的以色列人好像对娱乐的兴趣非常少，这是为什么？我们年轻人忙于事业，几乎人人都是抓紧有限的闲暇时间去娱乐。”

“这与宗教的文化有关，这还不是普通的宗教，是犹太教。犹太教文化是约束人的，就像在墨西哥，你会遇到很多狂热的宗教团体，他们自愿用框架束住自己，不去做一些非宗教的事情。你要是加入那些群体，你的工作负担远远比在这里要沉重。在约瑟夫还活着的时候，村民接受他的领导，接受他所制定的所有规定，有意识地去遵守、履行，比如我们没有电视，比如约瑟夫会突然抛出一个指示，他说：接下去一个月，我们不能吃辣食！接下去一个星期，谁都不许打电话！……类似这样的。我们从这些实践里得到了什么？二十年的实践过后，大多数人都说，哦，差不多了，我们得到的已经够多了，不用再继续下去了。但是我们的精神已经因此而改变了，你现在见到的、与之聊天的都是被改变之后的人。”

“我理解了。”

“我的父母都是天主教徒，我从很小的时候起，就跟天主教那套产生了隔阂，可是，要从这个文化里面挣脱出来是十分困难的，天主教已经是我的一部分了。最后我虽然出来了，但是诉诸的是另一种极端：我信了本土化的印度教，印度哲学；我选择做一个纯理想主义的建筑师。我必须完全接受另一套东西，同样强有力的东西，才能根除此前固有的文化框架。”

“那么，让我谈谈我的看法吧。”我说，“像内奥·茨马达这样的地方，如果有很多人是怀着一种自由主义的心态的话，就很难生存。（以色列）社会主义并不民主，我相信这里存在一个两难悖论。在社会主义的环境下你不会有很多事可做，所以你必须减少欲求。你的孩子每天得到所有的照顾，你每天早晨可以见到很多人的笑脸，你享受其中——为什么不呢？这样不是很好吗？没有冲突，即便我们坐下来，互相交谈，我都怀疑，我们真能有这么多东西可谈吗？如果我住在这里，我可能会成立一个阅读小组，我每天都必须阅读，如果没有这个，我不知道还有没有别的选择，如果我要留在这里，并设法为改善这里作点贡献的话。我不觉得机械的、循环的、一成不变的工作就是贡献。或许，只有一场奇迹般的恋爱能让我在这里留下哪怕一年。”

“如果你能在一个地方待长久，那一定是因为它给你的东西多于你所拥有的：你渴望一个紧密的共同体，你渴望加入一个有实验性的经济体，你不想要一种资本主义工作方式，不想和众人一起逐利。这个村子可以给你很多你所要的，但同时，这些东西本质上都是美丽的气泡——我是说，村子赖以支撑自己的经济不是从内部生长出来的，它生成于外部，一个幻觉。你想在这里学到一些东西，你也读书，然后将你的见闻和体验与书里所写的相比较，你会意识到你心目中的社会主义形态来自你的阅读。我也读了不少书，最后我发现，我大脑里百分之九十的故事都来自这颗星球上的各个地方，墨西哥、美国、俄罗斯，美洲、亚洲、欧洲，非洲比较少，但也有一点。来到内奥·茨马达之后，我觉得自己的经验急速增长，而我的脑子在不停地过滤记忆；最终的理想还是在寻找一个框架，它可以有各种名字：自由、独立、澄明、智慧。”

“你觉得有收获吗？”

“我一直在培养对生活的简单性的理解，但是，这种理解可以发生在任何地方，在这个意义上，内奥·茨马达没有什么特殊的。我在其他地方不可能得到这样一个家庭，两个大人，两个孩子，大多数人一生都只有一次婚姻。每当我想到这一点，就觉得这是最大的财富，其他都是次要的。”

“可是你说这地方是个气泡。”

“当然是个气泡，一直就是。沙漠很好，不过住在有河流、有海湾的地方肯定比这里更好。”

“你目光里有一种冷漠的气质，你不太忠诚，我感觉你不像别人那样执着于共同的理念。”

“我必须诚实地对自己说：他们在胡闹。但是，我可以和胡闹共事。”阿尔图罗说，他转动眼珠，大概自己都感觉这样说有点奇怪，“你离不开这些胡闹了，当所接受到的信息都来自它的时候。你的行为都被它所控制，你无法左右自己了。当你做的所有的事情，你做饭，你收麦子，你磨面，你做清洁，都是为它作准备时，那个理念就是现实的了。”

“你必须跟着别人走，照着别人的样做，你要是想创造一些什么，没准你就会觉得自己与环境不协调了。”

“事实就是这样。我是少数，我半辈子过来就一直是少数，这是我的本性。在墨西哥，在我家，我都是少数；来到以色列后，我加入了群体，但后来我又成了少数，因为我与他们的理念不合。我再也不会参加集体会议了——二十年来他们一直在开会，讨论的是同一个主题：真理是什么？真理在哪里？”

“可是，有时他们要作出决策，还是得先咨询你的意见吧？”

“我可以在我的职业能力范围内做点什么。我设计了他们所说的‘浪漫屋’，这是一个富人捐资给我们盖的。平时要是来个要人，比如说有钱人，可能给农庄带来资金的人会住在这里作为旅馆；我的一个哥哥也来住过；有人新婚的话，夫妇可以在那里住十天。此外，那些给家庭住的蓝房子都是我修的。耶隆山上的植物和房舍的布置都是我设计的。”

在约瑟夫还健在的时候，所有的设计都得由他最终拍板。我们去了“浪漫屋”，一间白色的小房子，门口有个茅草覆顶的门廊，屋子做了好几个拱券，拱形的窗户和门，木制的、带一根根凸出横梁的天花板使得屋内特别凉快，冰箱里放了些水果和饮料。沙发、落地扇、灶台、水盆、茶几、地毯，陈设简而全。房间也不锁门，一个流浪汉如果选中这里，每晚过来栖息，大概也不是什么难事，即使被发现，也会被认作是村人的亲属而已。

阿尔图罗把图纸交给村里，开会时，每个人把图纸审过一遭，提出自己的意见；约瑟夫在的时候，每次动工都得经由他的拍板，他故去后，就变成了村委会的集体决定。变化虽有，但是很缓慢，因为已经建立起来的体制仍然在发挥作用。

阿尔图罗要我把拍的照片都发给他。我答应了，他又说："我可能不太会跟你保持联系的，你必须事先知道这一点。"

他转身往家走，我想了最后一个问题：

"你不是一个容易激动的人吧？"

他刚刚酝酿起来的告别的表情顿时减退了。我解释说："好像没有多少事情能很容易地让你兴奋起来。以色列是这样一个国家，你必须有足够的知识才能理解它，看出它的好处来，否则，你会失望的。"

"啊，我没住在以色列，我住的地方叫内奥·茨马达。"这个智者看着我，我说不清他眼里闪动的究竟是热忱还是冷淡，"我最早设计了湖，设计了岛，设计了周围的公路，我感到人们都很喜欢，他们让我感觉很好，我做的事情多简单，但人们很喜欢。这对我很好。我做的一切事都是我的一部分。"

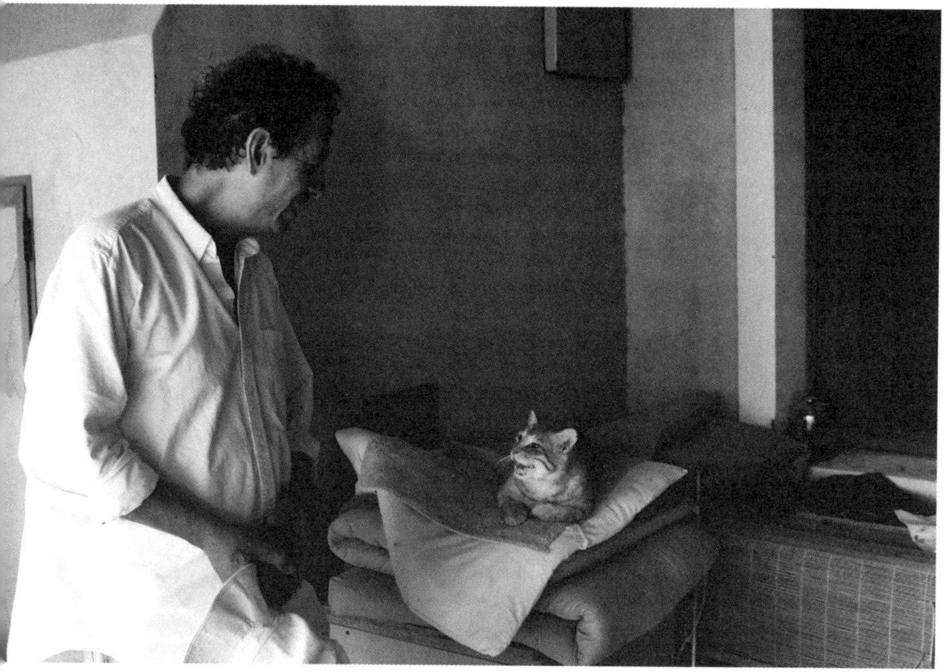

“我决定留在这里，一个我不想待的地方，然后想，我能从我这个决定中学到什么呢？”

Day 30

银河

我用勺子赶着水杯里的那枚气泡，滴溜溜的总也不破。我刚刚挖空了一盒和路雪巧克力冰激凌，这是雅各的爱物，但夏霓不让他吃太多，于是剩下的小半部分就归了我。夏霓端来了两盘刚做好的菜。在这座柠檬色、每天灌满阳光的别墅里，每一顿饭都是饯行：一天半后，我就要离开克法·弗哈迪姆，回到隐哈律去了，然后会从那里去特拉维夫，去海法，再然后……还没有计划。

我身边携带的礼物只有两份剪纸和两卷竹简，是我在上海南市一个小商品市场里淘来的，我把其中一份《道德经》竹简留给了他们作为礼物，并且把第一句话翻译给他们听。两人都热情高涨，雅各尤其爱听我讲解“非常道”的意思。“所有的东西都在变化，”我说，“当我说出‘道’的时候它就已经变了，所以……非常道。”

“所以，我们应该怎么做呢？”

“中国哲学家没有说，”我说，隐瞒了我根本没有看过《道德经》的真相，“我想，他会比较建议采用静观其变的态度吧，也就是少说话，多观察和思考。”

“哈哈，就像骆驼一样吗？”雅各说。

夏霓站起来，把脑袋贴往雅各的额头：“亲爱的，你又在想你的骆驼了。”这对重组不过六七年的夫妇如此恩爱，让我都有点愤世嫉俗了。

2008 年夏天，雅各和夏霓去南方埃拉特郊区的一个朋友家小住。他们都是基布兹之子，那朋友的父亲，当年和雅各的父亲同在一个农庄，成年以后，他离开那里，到南方干上了制售杀虫剂的行当，起初几年还兼做沙漠导游。数十年的故交相见，他们开车去了沙漠。

“我在欧洲旅游的时候，心脏出过问题，”雅各说，“所以夏霓不敢让我走远了。我们就在沙漠里住了两天。那里很宁静，这种宁静跟农庄里是不一样的。农庄里你认识所有人，熟悉所有的鸟啊、狗啊、牛啊什么的，但是在沙漠里你看不见一只鸟，一棵树，不只是一个人也不认识，你连一点人的声音都听不见。你耳朵里灌进去的，是那种沙沙沙的声音，很细，很轻，但是一直在那里，沙沙沙，沙沙沙，往你耳朵里灌进去。你会觉得这不是外边的声音，而是自己脑子在转动的声音。”

“那里唯一的动物是骆驼，”雅各说，他认为那是世界上最聪明的动物，“它们是思考型的，脑子特别发达，而且可以好几十天不吃东西。我从没见过哪种动物像骆驼一样让我向往的，它们动作缓慢，优雅，脑子却不慢，随时知道人需要它做什么，自己可以在怎样一个范围内去做。”

“所以他就看到他自己了。”夏霓还在笑，她趴在丈夫的肩头，勾住他的脖子。两个人几乎扭打在了一起。

“尼夫，我那个朋友，有很多外国客户，人家一来，他就招待他们去沙漠里游览，带他们去听那种声音，他们都很惊奇：怎么会有这样的地方存在呢？过去在农庄，接待客人时感觉自己是全庄子的代表，而在南方，在沙漠，他不代表任何人，他更自由，他在一个没有边界的家里迎接那些人。”

夏霓扯着雅各面前盘子里的泡菜说：“里奥，我有个想法，有一个地方很适合你去。”

她放下叉子，起身，找来纸笔写了几个英文字母。希伯来文的书写是从右往左，所以她写得非常慢，好像在画灵符一样。她把纸张立起来，上面那行字母都是往右倾倒的：

Neot Semadar

* * * * * *

“‘茨马达’的意思是‘嫩果’。”

霍尼和阿尔农分别坐在我的左右两边。我们刚刚听完达莉亚的一通讲话。前两周，霍尼经常出现在有我参加的工间讨论会上，临近我的辞别日，他却出现得少了。于是晚上，我便同他坐到了一起。

“它还是一个女孩的名字，她是我们冥想团体里的一员，后来去世了，车祸。我们就给农庄取了这个名字纪念她。”

霍尼手里把玩着一张名片，我的名片。在收点行囊的时候，我发现一个月来，连一张名片都没发出去过。霍尼对着灯光看了一阵，微微点着头，又还给我。“你是个爱思考的人，我很有幸认识你。”

“我还有名片呢，”我说，“这是给你的。”

霍尼笑笑，摇摇手示意不需要。

在农庄里，阿维克多和霍尼是给我亲切度最高的两个人，甚至可以说，是最接近父亲的人。但是两个人的风度截然不同。霍尼像个交际型男模一样走来走去，他的岗位职责里可能有“促进志愿者与社员之间关系融洽”这一条，但是，他的语言里很少亮点。阿维克多的很多话我记得一清二楚，霍尼说的话则是前听后忘。一个不易让人记住他的话的人，大概也不认为有必要保留别人的痕迹。

离开内奥·茨马达，注定不会有任何告别式了，这里没有一个人不可或缺。认识的人纷纷离去，萨拉去后，昨晚，达尼埃尔和克里丝蒂娜携手出现，一一点头作别。他们走得很快，好像有点不好意思，仿佛这个结果证明了他们来这里劳动的动机不纯似的。阿尔图罗因为爱情而留了下来，达尼埃尔则相反，爱情一到他就走了，他那么聪明，怎么会选择在这偏僻的小村子长久地待下去？阿诺奇卡像个伴娘一样无可奈何地看着。她应该很快就会有一位新室友。其他几个人，尤其是葡萄园里一高一矮那俩姑娘，都知道下一个走的人就是我，于是，出于某种有点硌硬的人之常情，这几天都纷纷来找我说话。

马克依然是话不多的那一个。这几天来，他都早早上床，很少参加夜间的聚会。昨晚他向我道歉说，肯定无法跟我同行了。不是因为爱情，事实上，他跟艾琳还没能说上三五句话；而是因为他没钱了，不能不留在农庄。

“你没钱了？”

“我几乎一分钱都没有，在美国的最后几个月，我把钱都用来学希伯来语。然后，阿姆，就来了这里。”

以色列或许是他最后的构建人生的机会。按照以色列的《回归法》，全世界的犹太人，只要能证明自己的身份，就可以“回归”以色列这个“犹太人之家”，政府会给你一笔丰厚的安家费。这个制度同样是里里外外广大民众争吵的阵地，以色列公民抱怨政府对新移民的待遇太隆重，凉了国内人的心，把沉重的捐税都加在了他们的头上。自由派学者则说，把以色列变成专属于犹太人的国家，而不是多民族共存的国家，是在自寻死路。

内奥·茨马达对马克的意义比对阿诺奇卡更大。阿诺奇卡喜欢这里的平等，而马克则要把它作为重起炉灶的起点。本质上，他与村里那些来自泰国和也门的雇工一样都是体力劳动者，但他比后者多了一个移民的可能，也就是说，不仅能被农庄接纳为自己人，还有希望得到整个国家的接受。只是我不知道，移民办会如何评估一个身无长物的四十岁美国犹太人的价值。犹太人遍天下，以色列的报纸上每周都会报道新移民的信息：今天是一个西班牙犹太裔农场主举家迁居，明天是一个退休的犹太裔阿根廷守林人，后天是一对爱沙尼亚犹太夫妇，在共同度过六十载春秋之后，终于决定不再忍受当地的严寒了。

我问马克："所以，你要一直待下去了？"

"是的，待到我能拿到国籍为止。"他有几天没在屋里弹吉他了，大概是想让自己显得坚毅一点。

最后，留在草地上跟我说话的只剩阿尔农了。那份译稿加深了我们的亲密度。我们坐着坐着，他就慢慢仰躺了下来，我也照做了，然后，我便犹豫着不知是该屏住呼吸还是深吸一口气：天上有一挂银河。

这是个多么适合抒情的场合。无数颗模糊的小白点组成了一条半透明的银绫，边缘渗入夜空，如雾又如烟。它也是沉默的。你尽管看，你看向愈高愈远愈深之处，总归要进入沉默的；你不去想那些光秃秃的星体，就会觉得银河是无形的，扑上去便会应声散开，但沉默是种黏而硬的东西，可以用小刀去刻去划。

“银河。”我说。

“银河。”他说。

“遥远，而又永远。”我说，一边痛恨自己的词汇贫乏。

我们七七八八扯了几句，然后，交谈便越来越像电视剧进入尾声时的样子了。阿尔农问我：“你还记得你说过的一句话不？”

“什么？”

“有一天的讨论会上，你说，假如你要学点新东西，或是做点自己想做的事情，首先必须感到被需要，或受尊敬。我的记忆正确吗？当时我问你，你能从谁那里，又怎样得到这种感觉呢？”

我记不得了。“大概是我讲的吧。”我说，“我有个人生态度，就是：我所有的力量都只能来自自己，如果我选择做什么事，那是我自己说服自己，而不是被别人说服的结果。一个人，也许他很雄辩，很能言，但他只能说服那些会被自己说服的人；一个人被崇拜，也只是因为他首先崇拜他自己。”

“你会经常问你自己‘我想要什么’吗？”

“是的，但我越是长大，越是难以回答这个问题，因为生活变成了一个特别复杂的过程，你追求这个，就得压抑那个，为了要一样东西，你不得不事先去追求一样你不想要的东西。我会怀疑是不是什么都能得到，我要开始计算可能性和成本，所以……”我忽然提高的嗓音，还有顿时变得有神采的眼睛，把阿尔农吓了一跳，“你知道雨王亨德森吗？我的梦想就是做他那样的人！”

索尔·贝娄的每一本书都一言难尽。我唇焦舌敝地跟阿尔农解释，亨德森是个处在精神困境之中的美国人，他的内心有个声音喊着“我要，我要”，他被这声音驱动着远走非洲。他天生伟力，可以斗狮，摔角，求雨，善于交流，敢于冒险，他进入了瓦里里人的部落。总之，他活得像个浪漫骑士，是一边行动，一边摸清自己想要的究竟是什么。

阿尔农耐心地听完，蠕动着嘴唇说："也许你已经做到了。"

"真的？"我说，"我只是离了家，但还没有行动，还没有好好地思考过自己的生活呢。"

"谁能把生活考虑得稳稳妥妥的啊！"阿尔农叹了口气，"我们只能做一些能做的事情，时间长了，可能你会发现已经得到了一些什么，可能你会认识到，行动本身就是价值。可能吧。"

"maybe"和"I don't know"是我在这里听到最多的口头语了。谁也没有答案，谁都不敢给别人以答案，所有人都用手头的具体问题来打发难以回答的问题。我同阿尔农话别，他说，他还会待上几个月，然后，恐怕得回耶路撒冷去继续学业了，以他现在的能力，离开父母实在无法养活自己。

我们的村子就是一片旷野，到了晚上，艺术中心头顶那一点灯光几乎是唯一的路标了。白天，站在艺术中心三楼俯瞰，薄薄的一行棕榈树把村子的两个区域隔开，近处的草稞子就像螺壳上寄生的真菌，一团一团的，草地之间的道路修得整整齐齐，碎碎的白石子填满了装饰植株之间的空隙。荒漠在远方蚕食着落单的绿色，一种错觉告诉我，它止步于我们的农庄之外，容忍了它的存在。在加利利，人们的橘园、葡萄园、农田和酒庄建在暂时休眠的沼泽花神之上，在南方，我们与荒漠比邻而居。

是啊，怎么会有这样的地方存在呢？但正像雅各说的："在南方，在沙漠，他不代表任何人，他更自由。"

从明天开始，说到内奥·茨马达，我使用的指代词又该从"我们”变回“他们”了。不过今晚，我还有一点小事要做。

在密密匝匝的一片民宅里寻找一栋不是件容易的事，农民们入睡大概都很早。盛夏时节，孩子们的树屋，沙土里的木船，都空空地扔在那里没人玩。踢球孩子们的喧声在很遥远的地方响着，也许就在近边；眼前，这片朴旧的瓦房里，像是有从梦乡里醒来的婴儿在喃喃。这里应该是没有蝉的，一个月来我从没听到过蝉声，宁静得仿佛睡着了的空气不可能藏匿起任何自然的和人类的声音，这十天里负责记日记的人是谁呢？如果他／她正在沙沙地写字，那么一定不会遗漏约瓦尔记下的那些动静——听觉是每个在内奥·莰马达生活的人最发达的感官：

> 一个老师骑车的声音，果园里摘果子的声音，机铺里的音乐，食品厂和车铺里的敲打声。……

夜晚，是的，夜晚。但是，我好像又听见牧羊人在牧场上简陋的木棚里哼哼小曲了。我感到，卡车正在把磨好的黑麦面一车一车地往这里运。过路的鹭鸟在水塘里歇脚，阿尔图罗大概又去自己规划的湖边散步了，十七年间，他有时怀才不遇，有时不太怀才不遇。孔雀如同巡警一样出现在每个你可以想象的地方，一直活到死都不让人近身。

沙漠毕竟是沙漠，再多的赞美、热爱及耕耘也无法让它盛开繁盛的鲜花，整个以色列的夏季都因为干旱而绿少黄多。最美的地方在戈兰高地，漫山遍野覆盖着一层金黄的毡子，6月中的一天，我跟着约瓦尔——另一位约瓦尔，七十五岁的老人——一起去那里的基布兹摘了半天的樱桃，两手和嘴都是红彤彤的。老人刚刚度过了爱子的祭日，这个年轻人在1991年刚刚服完兵役后去印度旅行，不幸遇害，据说凶手只是看中了他的护照。老夫妇时隔一年才见到了孩子。我们快要离开时，约瓦尔掏出一枚手机给我——那东西的像素还不如一个手电筒高——“帮我拍一张摘樱桃的照片，”他说，“我要发给我女儿看。”

拿答家的大门未关，黄色的灯光从纱门里渗透出来。院子里丢着一些廉价塑料玩具，两棵树之间悬着看上去脏脏的吊床，但我知道那不是真脏，吊床上覆着一层沙土、落叶和昆虫的残体。我一进门，他就赶紧把纱门关上：“蚊子多着呢，大概是因为附近有水池。”

客厅的房顶上吊下来一个四角绑着绳子的学步圈，兜住了小女孩浑圆的腰肢。三年前，同样的季节，一天之中同样的时间，拿答太太的体内发生了里氏六点七级的持续震动。“这是我们第一个孩子，”他说，“之前我每天都能摸到她，我老婆晚上总爱仰面躺着，我在她的肚子上就能摸到女儿的脑袋。她躺在我老婆的……呃，膀胱上，她还没出生就睡水床了，我们还没这样的待遇。”他连说带比划，“等我老婆去过厕所，她就掉下去了”。

他拿出一本结婚纪念册给我看：画着几道彩带的塑料皮封面里是方形的黑色卡纸，照片就插在卡纸上切出的四道槽里，每页上插了四张。我翻开一页，两页，三页，四页，五页，没了，半本相册还空着。

“都在这里了。”拿答说，好像很奇怪为什么我会对这些东西感兴趣。

来农庄三年之后，拿答结婚了。农庄的风景和现在没什么两样，婚礼在食堂门口的广场上进行，凉棚，草地，花坛，甚至连两边的树木，都和我现在见到的一模一样。男男女女穿着安息日的服装，女孩的头上戴着草环，手里捧着白绸，轻薄芬芳的白色裙幅在新人背后飘舞，只有一个彩虹形状的木架子支在广场上，作为婚场的标志。吃的跟平时没什么两样，多了几瓶上好的葡萄酒而已，人们整夜地唱歌。没有摄像，没有追灯，没有签到簿，没有特别的致辞，所有人都是伴郎和伴娘。照片里的人，差不多全是这几天我见过的：霍尼、达莉亚、阿娜特、阿维克多、西蒙、拉尼、乔治、阿里埃尔、夏哈夫妇、拿答和他的妻子……

我想起阿尔图罗引以自豪的白房子。那里面也留下过拿答夫妇的气息。

我合上本子。拿答半闭着眼皮，好像有点累了："你要走了，里奥，可是我还得留在这里。"

"嗯，明早5点半，我要去赶6点多钟去埃拉特的车，你能行吗？"

"没问题，你的行李都在我家储藏室里放着了。"

"拿答，你们生活在农庄，结婚也在农庄，没有度蜜月吗？"

他做了一个否定的手势。"我们在希腊待了两个星期。哦——"他咽了口唾沫，闭起了眼睛，"无法想象的天堂，啊。"希腊，四十年来一直是以色列人出行的首选之地，旅行热表示人们都过得不错，不是吗？不过，对那些负责推广以色列形象的机构来说，这个事实只能证明他们无能。埃弗莱姆·基训就挖苦说，以色列政府一直有个美好的梦想——让它的人民在罗马人宫殿的柱头上看到这样一句广告语："你想知道拿撒勒长什么样吗？"

你每天都能期待银河，可是天堂，你若不能永居，就只能念想。我面前坐着一个深深陶醉于自己记忆的人。我安慰他："可惜了，你不能在希腊住下。"

拿答立刻清醒了过来："什么呀，内奥·茨马达是世上最好的地方。"

沙漠毕竟是沙漠，再多的赞美、热爱和耕耘也无法让它盛开鲜花。

Day 31

尾声

游记都是从路上开始写的——我指的是那些头脑正常的游记。“我们的车行驶在一条灰土弥天的路上，我看到了驴、牛、狗、马等多种牲畜，四面都是我们听不懂的吆喝声”“船尾划开两道白花花的浪，我站在舷栏边，扑面的风送来了许多海鸥在猎猎的船旗旁不停地飞舞”“安坐在我身边，不停地撩动额发看着窗外，有时推推我说：‘你看，这山多大多长呀！’”“昏昏沉沉地一觉睡去，醒来时飞机已经开始降落”“托老天爷和平安保险的福，一路上特别顺利”“我在迷迷糊糊中听到一声惊叫：‘到了！’”。

而游记也要在路上结束。

哐啷哐啷，哐啷哐啷，拿答的专车驶过耶隆山，我坐在副驾驶位上，提防着不要被跳起的零件打到大腿。我向这座秃头秃脑的山包投去了最后一眼注目，不由想起我看过的一幅《圣经》油画《遥望示剑》：几个包着头巾的人或坐或站，眺望着远方昏黄的群山。

至少还得花上一代人的时间，这块地方才能更像一个绿洲吧，现在，它仍是一个必须靠攒集人的心气来让自己显得很美的地方。

以色列到处都有昏黄的土石背景和微笑的人，两者并不是只有在这里才交映到一起。不过，这里的人际关系却与其他任何地方都不一样，它是沉默的，但更紧凑，更贴近内心，与集体利益之间有着更密切的互动。汉娜·阿伦特提出过一个感人的理念叫“积极生活”，除了积极进取，她还强调一种共同体特征，这里的以色列人似乎是个绝好的证明，他们二十多年的共同定居、协作劳动让枯土有了苏醒的迹象。我努力回想着，看看所能回想起的历时最长的一个场景是什么——最后，从记忆中脱颖而出的，是工间游戏里的那些羞羞答答，左顾右盼，鸡零狗碎。

“我听到……我看到……我在想……”

谁说西方人都是开朗大方的？在做游戏的时候，我分明看到了人们的羞涩；也许，这种游戏的目的就是把所有人拉平、清零，让人们都进入同一个谈话的节奏里。想想宁录那副笨口拙舌的可笑样子，第一次看他提议做这种游戏时，我完全不明白，以凡事讲究意义著称的犹太人怎么会想出这么缺少意义的主意。可是现在，我听到小破汽车哐啷哐啷的响动，看到田野后退、散开、远走，开始想念起那些羞涩的表情和简单乏味的语言了。

只有三个A字打头的人跟我通过信。阿尔图罗要走了他的相片，阿诺奇卡和阿尔农分别来信问候。马克没有消息，但是，柯兰依，就是那天在葡萄园，一高一矮两位新来的女孩中矮个的那位，给我写来了几封长长的信。她是个匈牙利犹太人，比起阿诺奇卡单纯的眷恋，柯兰依是铁了心要在村里待下去的。为此，她去而复返，干脆在2013年年初加入了以色列国籍。最晚的一封信里，她的措辞已是一波三折的典型犹太写作风格：

“里奥，我现在很兴奋，因为你知道，农庄一直是个艰难的地方，而且，我现在可以想待多久就待多久了，因为我在匈牙利的工作已经了了，我是以色列公民了。但是，我开始日复一日地思念起匈牙利来,因为很可能我再也回不去那里了。但是,一切都是开放的，存在着多种可能。现在，我正打算在这里待一年，但是，一年以后我将看看事情进展到哪一步，生活给我带来了些什么，但是……”

阿诺奇卡和阿尔农分别投入各自的学业之中，而我最关心的萨拉却没有哪怕一封回信。第二个遗憾是，我没来得及在软木告示板上留下一封附邮箱地址的感谢信。不过，露特的老闺蜜达妮埃拉倒是跟我热络得很。9 月初，我去耶路撒冷时再次见到了她，她引我去她最喜欢的阿拉伯人餐厅用晚餐，告诉我她对阿拉伯人的看法：这是一个有贵族精神的民族。

8 月下旬，我回到特拉维夫，去约瑟夫的旧书店，跟他聊我的农庄所得。他的店铺快要扩张了,特拉维夫新倒闭了两三家小书店，他正在把货给盘过来。二十二年里，书店可称得上大动作的举动只有一个，就是将隔壁的一间打印店吃了下来，改做堆书的库房，相当于一个村子里加盖了一座粮仓。不管生意清淡抑或兴隆，拿走或加入了多少本书，你看不出书店有什么变化：它就是一个缓慢的常在，城市腹心的一块农田。

我给约瑟夫写信，谈天说地，我告诉他，内奥·茨马达的小图书馆也是个迷人的地方，我在那里和心爱的作家们相聚，还见到过甲虫。后来终于忍不住问他，为什么他开这么大的书店，却能坦然地隆中高卧，为什么这里没有人偷书。

过了两天,回信来了。与我的预想相反,他既没有说一些类似“君子之德风，小人之德草”的社会良俗，也没有扯两句“哪儿都一样啦”之类的套话。他的第一句话就把我震惊了：“唉，那些偷，偷，偷的家伙啊，我最头疼的就是他们。

“以色列这么热，偷书应该是不大容易的事情。问题是他们总能找到办法。贼通常都是有钱人，一般人眼里的‘好’人，沉着冷静的人。每次逮住贼，他总是比我更加淡定，我倒慌了：我是不是抓错了？怎么会是他？可是书明明就在他的身上哪！

“被我逮住一次后，他们就消失了，再也不会出现了。你知道吗？我有时很迷惘：我不知道自己是有所得，还是有所失，不知道自己失去的究竟是一个贼呢，还是一个顾客……”